Gunnar Staalesen

Pour le meilleur
et pour le pire

Traduit du norvégien
par Élisabeth Tangen et Alexis Fouillet

Gallimard

Titre original :

DIN, TIL DØDEN

Gunnar Staalesen est né à Bergen, en Norvège, en 1947. Il fait des études de philologie avant de créer, en 1975, le personnage de Varg Veum qu'il suivra dans une douzaine de romans policiers.

Ses thèmes de prédilection, via son personnage de privé, chaque fois impliqué plus qu'il ne le voudrait dans des affaires qui le burinent et le blessent sans jamais le blinder, demeurent l'effondrement du rêve social-démocrate, les désillusions du mariage et la pression criminogène qui en découle, l'enfance et, de fait, le conflit des générations. L'amour n'est jamais loin. Le ton est profondément humaniste et cache, dans un humour désabusé parfois cynique, une violente tendresse pour les personnages décrits, servis par des enquêtes merveilleusement ficelées, réalistes et pourtant bien souvent surprenantes.

Les quatre premiers volets de cette série ont été publiés en France par Gaïa Éditions.

I make a date with you (put it down)
for six o'clock in the evening
a thousand years from now.

CARL SANDBURG

1

Peut-être était-ce parce qu'il était le plus jeune client que j'aie jamais eu. Peut-être était-ce parce qu'il me rappelait un autre petit garçon, ailleurs dans cette ville. Ou peut-être était-ce simplement parce que je n'avais rien d'autre à faire. Toujours est-il que j'écoutai ce qu'il avait à dire.

C'était l'un de ces jours de la toute fin de février, où un foehn avait brutalement fait remonter la température d'une vingtaine de degrés au thermomètre (de − 8 à + 12) et où une courte et unique averse avait fait disparaître la neige présente depuis deux ou trois semaines, qui avait transformé les montagnes autour de Bergen en un paradis et le centre-ville en un enfer impraticable. C'était fini. Le souffle du printemps envahissait la ville, et les gens déambulaient le long des rues avec une nouvelle excitation, vers un but dont ils ne savaient encore rien, dont ils ne faisaient que se douter.

Le bureau avait l'air exceptionnellement isolé, par des jours comme celui-ci. La pièce carrée, meublée de son gros bureau sur lequel il n'y avait rien d'autre qu'un téléphone, d'armoires à archives qui ne contenaient pas grand-chose d'autre que des courants d'air, était comme un petit coin à part dans l'univers, un endroit où l'on rangeait les âmes oubliées, des gens dont personne ne se rappelait le nom. J'avais eu un seul appel de toute la journée. Celui d'une dame d'un certain âge qui voulait que je lui retrouve son caniche. Je lui avais répondu que j'étais allergique aux chiens, et en particulier aux caniches. Choquée, elle avait renâclé et m'avait raccroché au nez. Je suis comme ça : je me vends cher.

Il était presque trois heures quand j'entendis la porte de la salle d'attente s'ouvrir. J'étais en train de somnoler à moitié dans mon fauteuil, et le bruit me fit sursauter. J'enlevai mes pieds du bureau, me levai et allai ouvrir la porte qui séparait les deux pièces.

Il était au milieu de la pièce et regardait tout autour de lui avec curiosité. Il devait avoir huit ou neuf ans. Il portait une doudoune bleu foncé usée, et un jean renforcé par des pièces aux genoux. Il avait un bonnet de laine grise sur la tête, mais il l'arracha quand j'apparus. Ses cheveux étaient longs, lisses, presque blancs. Il avait de grands yeux bleus, sa bouche entrouverte trahissait l'angoisse, et il avait l'air de pouvoir se mettre à pleurer à n'importe quel moment.

« Bonjour », dis-je.

Il avala avec difficulté et me regarda.

« Si c'est chez le dentiste que tu as rendez-vous, c'est la porte d'à côté.

— C'est chez... » commença-t-il en secouant la tête, en faisant un mouvement vers la porte. Sur la vitre dépolie, on pouvait lire, à l'envers, que c'était là que V. Veum, détective privé, avait son bureau.

Il me regarda d'un air gêné.

« Est-ce que tu es... un véritable détective ?

— Véritable, véritable... Entre et assieds-toi. »

Nous entrâmes dans le bureau. Je m'assis derrière mon bureau tandis qu'il prenait place dans l'une des chaises fatiguées réservées aux clients. Il regarda autour de lui. Je ne sais pas à quoi il s'était attendu, mais il avait l'air déçu. Si c'était le cas, ce n'était pas la première fois. Décevoir les gens est la seule chose pour laquelle je sois réellement doué.

« J'ai trouvé ton adresse... dans l'annuaire, dit-il. À "Agences de détectives". » Il prononça les derniers mots lentement et en articulant bien, comme s'il avait lui-même trouvé l'expression.

Je le regardai. Il avait le même âge que Thomas, à deux ou trois ans près. Ce dernier aussi pouvait donc me trouver au même endroit : dans l'annuaire. S'il le voulait.

« Et... pourquoi as-tu besoin d'aide ?

— Mon vélo.

— Ton vélo... » répétai-je en acquiesçant.

Je regardai par la fenêtre, de l'autre côté de Vågen. Une file de voitures montait en crachotant vers un pays lointain que l'on appelle Åsane, qui se trouve à l'est du soleil et à l'ouest de la lune, où l'on arrive — si l'on a de la chance — tout juste à temps pour faire demi-tour et se placer dans la file qui repart en direction de la ville, le lendemain matin. Moi aussi, jadis, j'avais eu un vélo. Mais c'était avant que la ville ne fût abandonnée aux voitures et qu'on la baptisât dans les gaz d'échappement. La fumée urbaine flottait comme un capuchon au-dessus du port, et le mont Fløyen ressemblait à un rat empoisonné couché sur le ventre, essayant d'inspirer un peu d'air du large.

« Est-ce qu'on te l'a... volé ? »

Il acquiesça.

« Mais tu ne penses pas que la police...

— Si, mais... Ça ferait des histoires.

— Des histoires ?

— Oui. »

Il hocha énergiquement la tête, et ce fut comme si tout son visage s'emplissait de quelque chose qu'il voulait me raconter, mais sans trouver les mots pour le faire.

Puis il eut un éclair de réalisme.

« Est-ce que ça coûte beaucoup ? Est-ce que... tu es cher ?

— Je suis le plus cher que tu puisses te payer et le moins cher qu'on puisse te coller aux fesses. »

Il me regarda avec étonnement, et je me hâtai d'ajouter :

« Tout dépend... de la nature de la mission... et de qui la confie. De ce que tu veux que je fasse, et de qui tu es. Mais raconte-moi ça en détail. Donc... on t'a volé ton vélo. Et tu veux savoir qui a fait le coup, et où est ton vélo ?

— Non. Je sais qui l'a.

— D'accord. Qui ?

— C'est Joker et sa bande. Ils veulent mettre la main sur... maman.

— Sur... sur ta mère ? » Je ne saisissais pas.

Il me regarda avec une mine de fossoyeur déprimé.

« Au fait, comment t'appelles-tu ?

— Roar.

— Mais encore ?

— Roar... Andresen.

— Quel âge as-tu ?

— Huit ans... et demi.

— Et où habites-tu ? »

Il nomma une banlieue au sud-ouest du centre, un quartier que je ne connaissais pas particulièrement bien. En fait, je n'avais fait que le voir de loin. Il rappelait par certains côtés un paysage lunaire, s'ils avaient eu des buildings sur la lune.

« Et ta mère ? Est-ce qu'elle sait où tu es ?

— Non. Elle n'était pas rentrée quand je suis parti. J'ai trouvé ton adresse dans le bottin, et j'ai pris le bus tout seul pour venir ici, et j'ai réussi à trouver sans demander à personne.

— On va essayer de téléphoner à ta mère, pour qu'elle ne s'inquiète pas. Vous avez le téléphone ?

— Oui. Mais elle n'est sûrement pas encore rentrée.

— Mais... elle travaille bien quelque part ? On peut peut-être téléphoner là-bas ?

— Non, parce que je crois qu'elle est partie, à l'heure qu'il est. Et — en plus, j'aimerais mieux qu'elle ne soit pas au courant de... tout ça. »

Il avait tout à coup l'air tellement adulte... Il avait l'air tellement adulte que je me dis que je pouvais lui poser la question que j'avais sur le bout de la langue. Les jeunes en savent tellement plus, de nos jours...

« Et ton père... où est-il ? »

Ses yeux s'agrandirent encore un peu. Ce fut la seule différence que je pus constater.

« Il... il n'habite plus chez nous. Il a déménagé. Maman dit que... qu'il s'est trouvé une autre fille, même si cette fille a déjà deux enfants. Maman dit que papa n'est pas gentil, et qu'il vaut mieux que je l'oublie. »

Je pensai à Thomas et Beate, et me dépêchai d'ajouter :

« Écoute, je crois que je vais te ramener chez toi,

et on verra si on peut retrouver ton vélo. Tu me raconteras le reste dans la voiture, d'accord ? »

J'enfilai un pardessus et jetai un dernier coup d'œil autour de moi. Une journée supplémentaire mourait sans laisser de trace derrière elle.

« Tu ne prends pas ton revolver ? demanda-t-il.

— Mon revolver ? répétai-je en le regardant.

— Oui.

— Je... je n'ai rien de tel, moi, Roar.

— Ah bon ? Mais je croyais que...

— C'est seulement au cinéma, ça. Et à la télévision. Pas dans la réalité.

— Ah bon. » Sa déception atteignait son paroxysme.

Nous sortîmes. Au moment où je fermais la porte derrière moi, j'entendis sonner le téléphone. J'hésitai une seconde pour savoir si je devais rouvrir, mais ce n'était certainement que quelqu'un qui voulait que je lui retrouve son chat, et la sonnerie s'arrêterait probablement à l'instant où j'arriverais à mon bureau. En plus, j'étais aussi allergique aux chats. Je laissai donc tomber.

C'était la semaine — une par mois — pendant laquelle l'ascenseur fonctionnait, et en descendant, je demandai :

« Ce Joker, comme tu l'appelles... Qui est-ce ? »

Il me regarda gravement et dit d'une voix frémissante :

« C'est... un méchant ! »

Je n'en demandai pas plus avant d'être dans la voiture.

2

Au dehors, le froid était de retour. Le gel raclait le ciel pâle de ses griffes moribondes, et la tiède ivresse de champagne de la matinée avait disparu. Il n'y avait nul printemps à lire dans les yeux des personnes que nous croisâmes : simplement des dîners, et des problèmes professionnels ou conjugaux. L'hiver prenait la coda, dans l'air comme sur les visages.

Ma voiture était garée à proximité d'un parcmètre, sur Tårnplass. Elle nous attendait, l'air de rien, bien qu'elle sût que le temps de stationnement autorisé était dépassé depuis longtemps. Mon petit client m'avait accompagné en me jetant des coups d'œil furtifs tout au long du chemin, à la façon dont un enfant de huit ans regarde son père lorsqu'ils sortent en ville ensemble. À cela près que je n'étais pas son père, et qu'il n'y avait pas grand-chose à admirer en moi. J'étais un détective privé, au milieu de la trentaine, sans épouse, sans fils, sans bons amis, sans partenaire fixe. J'aurais fait un tabac au parti des célibataires, mais même eux ne m'avaient pas contacté.

Quoi qu'il en soit, j'avais une voiture. Elle avait survécu à un hiver de plus, et entrait dans son huitième printemps. Et elle roulait toujours, même si elle avait du mal à démarrer, particulièrement quand le temps changeait brusquement. Nous prîmes place et démarrâmes après quelques minutes de rudes échanges diplomatiques. Roar regarda avec de grands yeux la façon dont ma bouche déversait les pires horreurs sans produire un seul son. J'ai à peu près toujours été fort pour ceci : je jure rarement en présence de femmes ou d'enfants. Peut-être est-ce pour cette raison que personne ne m'aime. Au beau milieu du pont sur le Puddefjord, nous fûmes soudain pris dans un embouteillage. C'était comme se retrouver coincé au sommet d'un arc-en-ciel délavé. À notre droite se trouvait l'île d'Askøy, comme une fine pellicule entre le ciel gris pâle et l'eau gris foncé. La lumière de l'après-midi avait commencé à jouer le long des versants des montagnes, comme de petits feux de détresse. À notre gauche, bien à l'intérieur de Viken, se dessinait le squelette de ce qui devait un jour — si seulement Dieu et les conjonctures maritimes le voulaient bien — être un bateau. Une gigantesque grue tournait de façon menaçante au-dessus du squelette, comme un saurien de la préhistoire en train de dévorer un dinosaure tombé à terre. C'était un de ces après-midi de la fin de l'hiver où la mort rôdait dans l'air, où que l'on se tourne.

« Parle-moi un peu de ton vélo, de ta mère, et de Joker et de sa bande. Raconte-moi ce que tu attends réellement de moi. »

Je le regardai du coin de l'œil en l'encourageant d'un sourire. Il tenta de sourire en retour, et je ne connais rien de plus déchirant qu'un petit enfant qui essaie de sourire et qui n'y arrive pas. Apparemment, c'était une histoire difficile à raconter.

« La semaine dernière, commença-t-il, c'est le vélo de Petter qu'ils ont pris. Lui non plus n'a pas de papa.

— Oui ? »

La file de voitures se remit lentement en marche. Je suivis mécaniquement les feux de position rouges que nous avions devant nous.

« Joker et sa bande... poursuivit-il. On peut les trouver... Ils ont une cabane en haut, dans les bois, derrière les tours.

— Une cabane ?

— Oui, mais c'est même pas eux qui l'ont faite. C'était quelqu'un d'autre. Mais Joker et sa bande sont arrivés et ils ont viré les autres... Et maintenant, il n'y a personne qui ose y aller. Mais ensuite... »

Nous suivîmes la nationale à travers Laksevåg. À droite, de l'autre côté du Puddefjord, Nordnes ressemblait à une patte de chien dans le fjord.

« Et, ensuite... relançai-je.

— On avait bien entendu dire qu'ils avaient déjà fait ça, avant. Qu'ils prenaient certaines des grandes filles... Qu'ils les chopaient pour les emmener dans leur cabane et... qu'ils faisaient des choses avec elles. Mais c'était avec des filles... Pas avec des *mères* ! Mais après, ils ont piqué le vélo de Petter, et ensuite la mère de Petter est montée là-haut pour récupérer le vélo et ensuite... Ensuite, elle n'est pas redescendue.

— Elle n'est pas redescendue ?

— Non. On a attendu pendant plus de deux heures... Petter, Hans et moi. Et Petter pleurait et il a dit qu'ils avaient sûrement tué sa mère, et que son père était parti en mer et n'était jamais revenu, et...

— Mais vous n'êtes pas allés... Vous ne pouviez pas trouver un autre adulte ?

— Qui d'autre ? Ni Petter, ni Hans, ni moi n'avons de papa, et le gardien nous chasse sans arrêt, et le policier Hauge aussi, et cet imbécile d'animateur de club de jeunes dit tout le temps que nous ferions mieux de venir jouer aux petits chevaux ou quelque chose comme ça. Et puis sa mère est revenue. Du bois. Avec le vélo. Mais elle s'était fait déchirer ses vêtements, elle était sale, et elle... elle pleurait, devant tout le monde. Et derrière, on a vu Joker et sa bande, qui criaient et riaient. Et quand ils nous ont vus, ils sont venus en courant et puis ils ont dit — comme ça, sa mère l'a entendu, et tout le monde — que si elle parlait, à quelqu'un, ils couperaient — ils feraient quelque chose d'épouvantable à Petter.

— Mais... les choses se sont arrêtées là ?

— Oui, il n'y a personne qui ose faire quelque chose contre Joker et les autres. Il y a eu le père d'une fille, il a attrapé Joker un jour qu'il était seul, près du supermarché, et il l'a chopé contre le mur et lui a dit qu'il allait lui mettre une telle rouste qu'il ne tiendrait plus jamais sur ses jambes s'il n'arrêtait pas ses conneries.

— Et ?

— Un soir, comme il rentrait tard, ils l'ont attendu devant chez lui, tout le groupe. Ils l'ont tabassé à tel point qu'il a été malade deux semaines, et ensuite il a déménagé. Alors, plus personne n'ose.

— Mais moi, alors, il faudrait que j'ose ? demandai-je en le regardant.

— Oui... parce que toi, tu es détective ! » répondit-il plein d'espoir.

Je ne répondis pas immédiatement. Un détective grand et fort, avec des muscles petits, tout petits, et une grande, grande bouche. Nous étions maintenant au niveau de la première agglomération, à plus de cinquante kilomètres du centre, mais je n'accélérai pas sensiblement. J'avais l'impression d'avoir de plus en plus de temps devant moi.

« Et maintenant, fis-je, maintenant, ils t'ont piqué ton vélo, et tu as peur que... ta mère... Est-ce que tu lui as raconté ce qui était arrivé à sa mère à...

— Oh non ! Je n'ai pas osé.

— Et tu es certain que c'est Joker et sa bande qui...

— Oui ! Parce qu'il y a un petit gros dans la bande

20

qu'ils appellent Tasse[1], et il est venu me voir quand je suis revenu de l'école, et il m'a dit que Joker m'avait emprunté mon vélo, et que je pouvais le récupérer si je montais le chercher à la cabane. Et que si je n'osais pas y aller, je pouvais toujours y envoyer ma mère. Et il a rigolé.

— Combien sont-ils, dans cette bande ?

— Huit ou neuf, quelquefois dix. Ça dépend.

— Que des garçons ?

— Non, il y a quelques filles avec eux... Mais pas toujours, pas quand...

— Quel âge ont-ils ?

— Oh, ils sont *grands*. Seize ou dix-sept ans, sûrement. Et Joker est même un peu plus grand. Certains disent qu'il a plus de vingt ans, mais il n'en a certainement pas plus de dix-neuf. »

Dix-neuf ans : l'âge auquel les psychopathes s'épanouissent le mieux. Trop vieux pour être des enfants, et trop jeunes pour être adultes. J'en avais déjà rencontré quelques-uns de ce tonneau. Ils pouvaient être parmi les personnes les plus dures qui soient, et vous pouviez les faire pleurer rien qu'en leur parlant durement. Ils étaient aussi imprévisibles qu'une journée printanière de fin février. Avec eux, vous ne pouviez jamais savoir à quoi vous en tenir. Apparemment, ça promettait.

3

Nous dépassâmes la galerie marchande qu'ils avaient sarcastiquement appelé un marché. Deux

---

1. Lutin, farfadet. (Toutes les notes sont des traducteurs.)

écoles gisaient sur la butte. Un grand collège rougissant et une école primaire qui s'accrochait au flanc de la colline comme une larve gavée. Derrière, les quatre bâtiments étaient cabrés vers le ciel.

« On habite dans celui-là », expliqua Roar avec la même expression que s'il désignait l'une des étoiles de la Grande Ourse.

Tout le quartier était plongé dans l'ombre du Lydehorn. Depuis cet endroit, la montagne avait un aspect escarpé, sombre et triste. Au sommet se dressaient les pylônes de télévision. Ils grattaient le ventre des nuages, de sorte que des boyaux de ciel bleu acier en sortaient.

Je garai la voiture et nous sortîmes.

« C'est là qu'on habite, dit-il en pointant son doigt vers le haut.

— Où ?

— Au huitième étage. La fenêtre avec les rideaux vert et blanc, c'est ma chambre.

— D'accord. » Une fenêtre avec des rideaux vert et blanc quelque part au huitième étage : j'avais l'impression d'entendre Robinson Crusoé.

« On devrait monter voir ta mère.

— Pas sans... le vélo, dit-il en secouant la tête d'un air décidé.

— Bon. »

J'éprouvais une sensation désagréable dans l'abdomen. Les groupes d'adolescents de seize ou dix-sept ans ne sont pas toujours les plus faciles à gérer, en particulier quand ils jouent les durs et que vous-même n'avez pas utilisé vos poings au cours des deux ou trois dernières années pour grand-chose d'autre que lever la bouteille d'aquavit.

« Où est cette cabane ?

— Là, fit-il en désignant un endroit du doigt. Je vais te montrer. »

Nous contournâmes le bâtiment suivant. Sur le flanc de la colline, à droite, quelques immeubles bas étaient jetés çà et là au milieu des arbres, comme s'ils avaient été largués de très haut et que personne n'était resté pour voir où ils avaient atterri. Derrière les premiers de ces bâtiments, quelque part sur le coteau envahi par les genévriers et les pins, était censé se trouver la cabane de Joker et sa bande.

Roar se posta au coin d'un des derniers grands immeubles tout en m'expliquant où aller.

« Tu n'as pas envie de m'accompagner ? »

Il secoua la tête d'un air buté.

« Non, je comprends », lui dis-je avec un sourire.

Nous avions aussi eu une bande de cet acabit, dans la rue qui m'avait vu grandir. Même si elle n'était pas aussi bien organisée. Mais il est vrai que nous ne vivions pas non plus dans des immeubles aussi hauts.

« Tu vas m'attendre ici. C'était là-haut, sur le sentier, entre les arbres ? »

Il acquiesça deux fois. Il me regarda avec de grands yeux. Il avait l'air vraiment angoissé. Pas pour lui, mais pour moi. Ça ne me rendait pas spécialement fier. Je me mis en route, en roulant des mécaniques. Cela me fit me sentir légèrement plus courageux, comme si ce n'était rien pour un grand type costaud qui se lavait les dents seul depuis pas mal d'années.

Une femme passa. Elle était à la fin de la trentaine, et son visage était maigre et griffé, et semblait porter les traces d'une bagarre récente. Pour faire meilleure impression, elle s'était attaché les cheveux dans la nuque en les tirant jusqu'à donner l'impression qu'ils étaient collés sur son crâne. Cela lui donnait un air presque indien, bien que ses cheveux fussent blonds. Mais ce n'était pas un tipi démonté qu'elle traînait derrière elle, c'était une poussette de marché. Elle était extrêmement pâle. Elle leva vers moi des yeux pleins d'angoisse. Mais elle n'avait aucune raison d'avoir peur. Je n'essayai même pas de lui sourire.

Je m'enfonçai entre les arbres.

J'ai toujours aimé les pins. Ils me font penser à des symboles phalliques païens, pointant vers le ciel leurs formes dodues, rondes, voluptueuses — en contraste cru avec les sapins piétistes, avec leurs branches pendantes et leur aspect lugubre. L'odeur des pins me fait toujours penser à l'été — la fin de l'été ; vous montez à travers une vallée, ou une gorge, ou ailleurs, vers les plateaux couverts de bruyère, vers les grands espaces ouverts et la voûte du ciel pur de la fin de l'été, pleine de sa force bleu profond, dont une longue saison ensoleillée a renouvelé les vitamines en prévision de l'hiver.

Mais on n'était pas à la fin de l'été. On était en février, et il n'y avait aucune raison de penser à des plateaux montagneux, à des pins, ni à quoi que ce fût.

Tout à coup, la cabane fut en vue, vingt mètres plus loin sur la pente. Il n'y avait pas vraiment de quoi pavoiser : quelques panneaux de coffrage que quelqu'un avait barbouillé de peinture verte, un peu de carton goudronné et de toile à sac comme isolation, et en haut du mur tourné vers moi, une lucarne garnie de grillage métallique. Une bicyclette bleu brillant était appuyée contre le mur, et je distinguai un visage blafard derrière le grillage.

Comme j'approchai, j'entendis des voix à l'intérieur de la cabane. Puis ils sortirent nonchalamment de l'un des côtés et vinrent sur le devant de la cabane. Ils se postèrent devant la bicyclette, comme un rempart.

Le comité d'accueil était en place.

4

Ils avaient en fait l'air plus effrayés que vraiment durs. C'étaient six adolescents banals, de belle taille, avec les mêmes sempiternels boutons d'acné, les mêmes mentons duveteux et les mêmes sourires débiles. Un grand mec efflanqué, à l'une des extrémités de la rangée, essayait de se rouler une cigarette, mais il laissa échapper la moitié du tabac et quand il finit par porter la cigarette à ses lèvres, ce fut tout juste s'il ne se la flanqua pas dans l'œil. L'un des jeunes, au centre, se distinguait des autres parce qu'il était petit et gros. Son visage était rougeaud et ses cheveux blond doré. Ses yeux avaient une expression de chien battu qui m'indiqua qu'il était le bouffon de la bande. Car toutes les bandes ont le leur, et malheur à celui qui s'en prend au bouffon d'une autre bande. Consciemment ou non, c'est en réalité le bouffon qui assure la cohésion de la bande, car c'est lui qu'ils ont l'obligation de défendre, c'est lui qui a besoin de protection. Ce devait être lui que Roar avait appelé Tasse. Les quatre restant se distinguaient les uns des autres par la couleur de cheveux, la taille et l'expression : en dehors de cela, ils étaient relativement synonymes. Tous portaient des jeans ; certains d'entre eux avaient des doudounes, les autres des vestes de cuir.

Puis le dernier sortit à son tour, et le tableau changea d'aspect. Les premiers avaient déboulé de l'intérieur de la cabane comme du bétail. Celui-là *arriva* tout bonnement, l'air de rien, comme s'il passait par hasard.

Il y avait en lui quelque chose d'artificiel et d'affecté qui trahissait instantanément le psychopathe, et je remarquai immédiatement l'angoisse et le respect qu'il inspirait. Ce qui une demi-minute auparavant avait été une assemblée de confirmands à qui j'aurais pu demander de me réciter le Notre-Père était brusquement devenu une bande. Les sourires hésitants cédèrent la place à des bouches serrées et déterminées. Les yeux pleins d'angoisse devinrent durs comme des cailloux. La cigarette du grand efflanqué, à gauche, trouva tout à coup sa place à la commissure des lèvres et y resta, et Tasse rentra le ventre et mit ses petites mains dodues sur ses hanches.

Il ne se présenta pas. Ce n'était pas nécessaire. D'une certaine façon, il semblait se désintéresser complètement de ce qui se passait, et il avait presque quelque chose de soporifique. Mais ses petits yeux pétillants ne dormaient pas. Ils étaient noirs et vifs comme ceux d'un animal prédateur à l'affût.

Il était brun, et ses cheveux étaient coiffés en arrière, lui dégageant le front. Cela lui donnait l'air d'un prêtre. Son front était haut et blanc. Son nez était singulièrement long et effilé, presque comme un couteau. On avait l'impression qu'il devait pouvoir s'en servir comme arme, si l'envie le prenait. Sa bouche pouvait faire penser à celle d'Elvis Presley. La lèvre supérieure était retroussée pour composer un rictus haineux, mais les dents qu'elle découvrait n'auraient jamais pu apparaître sur une pochette de disque : elles étaient leur propre caricature pourrie.

Il portait un jean étroit, presque blanc, et un blouson de cuir orné de tas de fermetures Éclair brillantes. Son corps était maigre et nerveux. Il n'était pas particulièrement costaud, mais je le soupçonnais de pouvoir être relativement rapide avec un couteau. C'est souvent le cas des gens comme lui.

Sa voix était telle que je m'y attendais : tendue comme un câble d'acier et sensuelle comme une lame de rasoir usagée. Au moment précis où il se mit à parler, un rayon de soleil doré vint se perdre à travers le toit de pin et atterrit sur son visage. Sa peau blanche comme du papier prit une teinte dorée, comme celle d'un ange, et les lèvres charnues prirent un aspect plein de vitalité, comme sur un tableau de Raphaël. C'était une illusion, comme la plupart des choses sur lesquelles le soleil darde ses rayons.

« Qu'est-ce que tu viens chercher par ici, vieillard ? » dit-il.

Il n'eut pas besoin de sembler attendre des applaudissements ; il eut une ovation. Des rires bruyants brisèrent à l'unisson la tranquillité du sous-bois. C'était un rire laid, comme celui des adolescents.

« Je cherche le jardin d'enfants. C'est ici, je vois... »

Je ne devais sûrement pas avoir le même charme, car personne ne rit.

Sa langue joua un instant entre ses chicots pourris.

« La maison des vieux, c'est plus bas ; est-ce qu'il faut qu'on te dégotte un fauteuil roulant ? »

Nouveaux éclats de rire. Ils n'avaient jamais rien entendu d'aussi drôle. Ce fût tout juste s'ils ne moururent pas de rire.

« Tu en as peut-être l'utilité ? » demandai-je. Je me dépêchai d'ajouter, tant que j'avais la parole :

« En fait, c'était mon vélo que je cherchais.

— Ton... ton vélo ? » Il regarda autour de lui,

comme s'il venait juste de s'apercevoir qu'il n'était pas seul.

« Est-ce que vous avez vu un vélo, les gars ? »

Tous les clowns regardèrent autour d'eux en ricanant. Tous secouèrent la tête. Celui qu'ils appelaient Tasse semblait sur le point d'exploser tant il se retenait de rire.

« Envoie plutôt ta tante, grand-père, fit Joker, ou une des infirmières de la maison de vieux, et on verra ce qu'on peut faire de... cette affaire. »

Cette fois, je crus réellement qu'ils allaient en mourir. Ils rirent comme si leurs tripes allaient exploser, comme s'ils avaient carburé au gaz hilarant sur les soixante-douze dernières heures, avec en plus quelques gallons en réserve. Je sentis se préciser le besoin de leur faire un discours.

Je suis comme ça. Quand j'ai peur, il faut toujours que je fasse un discours. À la frontière entre la vie et la mort, je ferais un discours désespéré comme celui d'un homosexuel à qui on demanderait de faire un discours en l'honneur des femmes. À la porte du paradis, je me mettrais à jacasser dans le dos de saint Pierre jusqu'à ce qu'il me renvoie au service des réclamations, au rez-de-chaussée.

Je me préparai. Je fis deux pas et me plantai devant l'asperge. Je le regardai droit dans les yeux avec une expression dont j'espérais qu'elle lui rappellerait un traumatisme de son enfance. Tout le monde a un souvenir désagréable qui remonte à l'enfance. Et je constatai à mon grand soulagement que la cigarette commençait à trembloter au coin de sa bouche.

« Je n'ai peut-être pas l'air si dangereux que ça, en tout cas à première vue, devant sept paires d'yeux plus jeunes que moi de quinze ou vingt ans. Un lion qui est resté exposé au zoo quelques années n'a pas non plus l'air spécialement dangereux, avant que quelqu'un n'ose s'introduire dans son enclos. »

Je passai au suivant. Il était presque aussi grand que moi, il avait un gros furoncle sur l'aile gauche du nez, et sa lèvre supérieure était couverte de sueur.

« Vous ne me faites pas peur, en restant là avec ce petit air fier et dur. Même malgré le coucher du soleil. »

Il rougit sensiblement, et je passai au suivant.

C'était un type qui avait déjà un magnifique début de barbe noirâtre. Il avait d'épais sourcils noirs, et ses yeux, en dessous, révélaient une myopie. Il aurait dû porter des lunettes. J'agitai la main devant ses yeux. Il n'arriva pas à fixer son regard dessus.

« Ooohééé ? Il y a quelqu'un ? Je suis là. Non, là. Rentre chez toi chercher tes lunettes, mon pote. Tu ressembles à un envoyé de la troisième dimension. Oui, tu pigeras quand tu seras un peu plus vieux. Jette un œil dans un dictionnaire si tu en as la force, et si tu es capable d'en trouver un. »

Le suivant était Joker, et je passai devant lui sans m'arrêter. Je vis du coin de l'œil qu'il avait du mal à le digérer. À sa droite se trouvait Tasse, le bouffon.

Un bouffon est un morceau facile, s'il n'est pas déjà immunisé.

« Salut, Tasse Groiink. Tu as l'air de pouvoir avoir besoin d'un vélo, de temps en temps. » J'attendis un instant. « Exercice physique : tu trouveras ça dans un dictionnaire des emprunts. »

Je pris les deux derniers en un seul bloc.

« Et à qui ai-je l'honneur ? Abott et Costello ? Marius et Olive à la maternelle ? »

Je revins au centre et parcourus l'ensemble du regard.

« Vous savez qui je suis ? Veum le Loquace, vous avez déjà entendu parler de moi ? Vous me trouverez dans l'annuaire, à M, comme "Monstre". On parle de moi dans le journal, de temps en temps : à chaque fois que je tabasse quelqu'un. Alors je ne vous conseille pas de venir faire un tour dans mon enclos. Vous voyez, je joue dans l'équipe nationale, et vous n'êtes que les poussinets d'un club de cinquième division du Møre og Romsdal. Vous n'avez qu'un avantage : je n'ai pas le droit de frapper les plus petits que moi. Mais je n'ai jamais été spécialement obéissant, alors vous pouvez toujours tenter le coup. »

Tant que j'avais toujours une toute petite avance, j'ajoutai :

« Je suis venu chercher mon vélo, et j'ai bien l'intention de repartir avec. Objections ? »

Je plantai mon regard dans celui de Joker. Il en va des psychopathes comme des ours : le meilleur moyen de les dompter, c'est de les regarder droit dans les yeux.

« Quand nous autres, les hommes, nous jouons au poker, il n'y a jamais de joker dans le paquet de cartes. »

Puis je passai juste devant lui, attrapai la bicyclette par le guidon et me retournai. Six paires d'yeux me regardèrent fixement. Joker ne bougea pas, et resta le dos tourné.

Tourner le dos à un psychopathe excité est peut-être la dernière chose à faire, mais j'avais un public médusé, et pas beaucoup d'alternatives. Au moment où je passai au niveau de Joker, en sortant du cercle magique, je tournai la tête et plantai mon regard dans le sien.

« Retournez à l'intérieur chercher le change complet de votre chef, les gars. »

Je restai la tête tournée, comme si j'avais un torticolis, en gardant mon regard dans le sien, jusqu'à ce que je fusse suffisamment loin pour qu'il ne puisse pas me planter un cran d'arrêt entre les deux omoplates sans que ça fasse toute une histoire.

Il n'y avait pas un bruit derrière moi. Personne n'osait rire. Personne ne rit lors d'un crime de lèse-majesté, en tout cas pas avant que le roi ne soit parti. Mais j'étais assez peu modeste pour supposer que mon comportement prendrait des dimensions mythiques au moment où la chronique de la bande serait diffusée, près des braises bleuâtres d'un feu de camp télévisé, quelque part dans le désert stérile et désolé de l'audiovisuel de demain.

En descendant, j'enfourchai le vélo et me mit debout sur les pédales : le cavalier solitaire s'en retourne vers le soleil couchant. À cela près que le cavalier solitaire n'avait pas une minute à perdre. À cela près que le cavalier solitaire... c'était moi.

5

Roar me retrouva au coin où je l'avais laissé. Il me regarda sans chercher à dissimuler son admiration. Je sautai du vélo, et nous retournâmes vers l'immeuble dans lequel il habitait, chacun d'un côté du vélo.

« Que... Qu'est-ce que tu as fait ? demanda-t-il.

— Je suis allé le chercher, c'est tout. » Comme si c'était la chose la plus simple au monde.

Elle n'eut pas besoin d'ouvrir la bouche pour que je sache qui elle était. Elle arriva vers nous en proie à l'agitation d'un coq de bruyère terrifié, ses cheveux noirs comme un nuage autour de sa tête, son visage si fermé et angoissé qu'elle semblait avoir trois yeux, si ce n'est que le troisième était sa bouche. Elle portait un pantalon de velours bleu, un pull moulant blanc à col roulé et une doudoune bleu et rouge qu'elle n'avait pas eu le temps de fermer.

« Roar ! cria-t-elle à cinquante mètres de nous. Où étais-tu ? »

Elle attrapa son fils par les épaules et fixa son visage comme si ce dernier était une carte de la région à travers laquelle il s'était déplacé. Ses cheveux étaient pleins de boucles folles, coupés très court dans la nuque. C'était une de ces nuques blanches et étroites qui vous font pleurer intérieurement, qui vous rappellent tous les milliers de cygnes que vous avez jadis vus dans le Parc Nygård, quand vous étiez enfant, qui vous font regretter profondément et sincèrement de ne pas avoir vous-même trouvé une telle nuque contre laquelle pleurer, ou bien d'avoir trahi celle que vous aviez naguère. C'était en bref une de ces nuques qui vous rendent beaucoup trop bavard, intérieurement.

« Maman, dit Roar, c'est... C'était Joker et les... Ils m'ont pris mon vélo, et je suis allé... »

Elle leva sur moi un regard glacial et dit d'une voix qu'il eût été bon d'avoir avec soi sur la plage, en plein été, quand il fait trente degrés à l'ombre :

« Qui êtes-vous ? »

Puis de nouveau à Roar :

« Est-ce que cet homme t'a fait quelque chose ?

— M'a fait... » reprit-il sans comprendre. Elle le secoua.

« Réponds, bonhomme, réponds ! »

Elle me regarda à nouveau, et les larmes se mirent à couler de ses yeux.

« Qui êtes-vous ? Si vous avez touché à un seul de ses cheveux... je vous tue ! »

Ses joues étaient toutes rouges, et son petit nez était brillant de sueur. Ses yeux bleu sombre étincelaient comme du gaz enflammé.

« Je m'appelle Veum, madame, et je n'ai pas... »

Ce fut Roar qui m'interrompit. C'était à son tour d'avoir les larmes aux yeux.

« Il n'a pas... il m'a bien aidé... C'est lui qui m'a rapporté mon vélo. Il est allé me chercher mon vélo là-haut, à la cabane de Joker et des autres, pour que tu ne... »

Les larmes coulaient de ses yeux, et elle le regarda, impuissante. Puis elle le prit dans ses bras et lui murmura quelque chose à l'oreille.

Je regardai autour de moi. Il faisait presque tout à fait noir, et des lumières s'étaient allumées à la plupart des fenêtres. Des voitures passaient, et des hommes fatigués allaient en courbant l'échine depuis leur voiture à leur ascenseur et leur porte, montaient vers leur femme et leur table de salle à manger, à une vingtaine de mètres de la croûte terrestre, une vingtaine de mètres plus près de l'espace, et un jour ouvré plus près de l'éternité. Un petit drame familial se jouait sur le trottoir devant chez eux, mais aucun d'entre eux ne levait les yeux, aucun d'entre eux ne remarqua qu'une jeune femme, un petit garçon, un homme légèrement moins jeune et une bicyclette relativement neuve se trouvaient là. Nous aurions aussi bien pu être seuls en un lieu reculé du désert du Sahara.

Elle me regarda par-dessus l'épaule de son fils, avec un visage trop jeune de vingt ans — au moins. Sa bouche avait l'expression maussade d'une petite fille qui s'estime lésée parce qu'elle n'a pas eu sa friandise, mais c'était une bouche charnue, aux lèvres rondes et sensuelles, et quelque chose dans son contour trahissait qu'elle saurait bien obtenir ce qu'elle voulait, lorsqu'elle serait suffisamment grande. Ses yeux bleu foncé exprimaient maintenant davantage de calme. Ils ressemblaient à deux fleurs que vous auriez jadis évité de ramasser, pour vous en vouloir ensuite le restant de votre vie.

« Je suis désolée, dit-elle. J'ai eu si peur. Il... Il n'a jamais été absent aussi longtemps. Oui, je...

— Je comprends. »

Elle se redressa et me tendit une main tout en écartant de l'autre les cheveux qui lui tombaient sur le front.

« Je suis... Je m'appelle... Wenche Andresen. »

Je tins sa main quelques secondes.

« Veum. Varg Veum. »

Elle eut l'air surprise, et je compris qu'elle n'avait pas saisi le prénom — ou bien qu'elle pensait avoir compris de travers.

« Mon père avait le sens de l'humour. C'est lui qui a choisi le prénom.

— Qui a choisi...

— Le prénom. Varg. [1]

---

1. Le nom de Varg Veum est calqué sur une expression norvégienne *(varg i veum,* littéralement « loup dans le lieu sacré » remontant au Moyen Âge, qui désigne un fauteur de trouble, voire

— Alors vous vous appelez réellement... » Puis elle partit d'un grand rire libérateur. La bouche boudeuse s'élargit en un grand sourire, et tout son visage se changea pour devenir beau, heureux et jeune — jusqu'à ce qu'elle cesse de rire, ce qui la rajeunit de dix ans tout en la vieillissant simultanément de vingt. Elle avait la bouche d'une jeune fille et les yeux d'une femme mûre. Il fallait que je pense à rentrer.

« Mais qu'est-ce que vous... Comment vous a-t-il trouvé ?

— Je suis enquêteur privé. Une sorte de... détective. Il m'a trouvé dans l'annuaire.

— Détective ? » Elle ne semblait pas me croire tout à fait.

« C'est vrai, maman, dit Roar. Il a son bureau en ville, mais... il n'a pas... de revolver.

— Ça, c'est plutôt une bonne chose », dit-elle avec un petit sourire. Puis elle regarda autour d'elle.

« Je ne sais pas... Je peux peut-être vous offrir une tasse de café ? » proposa-t-elle avec un signe de tête en direction de l'immeuble.

Je regardai l'heure. Il fallait que je pense à rentrer.

« Oui, peut-être, merci. »

Je passai donc devant ma voiture en compagnie de Roar et de sa mère, et les suivis dans l'une des entrées de l'immeuble de onze étages. Nous mîmes le vélo en sécurité à la cave avant d'emprunter l'un des ascenseurs. Elle pressa le bouton 8. C'était un ascenseur métallique, sans ouverture, aux murs d'acier dont la peinture grise avait déjà commencé à s'écail-

---

un hors-la-loi. Le « sens de l'humour » du père du détective vient du fait que Varg est aussi un prénom assez courant en Norvège.

ler. L'ensemble ressemblait davantage à une chambre à gaz qu'à un moyen de transport.

Wenche Andresen me regarda de ses grands yeux :

« Si nous avons de la chance, nous arriverons jusqu'en haut.

— C'est-à-dire ?

— Il y a toujours des jeunes qui le trafiquent. Ils sont chacun à un étage, et ils appellent l'ascenseur en même temps, ce qui provoque un court-circuit, ou un truc dans ce genre. En tout cas, cela fait que l'ascenseur s'arrête entre deux étages, et on reste coincé dedans jusqu'à ce que le gardien vienne le remettre en route.

— Vous êtes entourés de jeunes gens agréables, à ce que je vois. Il n'y a vraiment rien d'autre à faire pendant ses loisirs que piquer des vélos et bousiller des ascenseurs ?

— Il y a un type qui est employé par la commune pour s'occuper des jeunes, mais je ne crois pas que ça marche très bien. Il a créé un club de loisirs. Il s'appelle Våge[1]. »

L'ascenseur s'arrêta ; nous étions arrivés. Nous sortîmes par l'une des deux portes de l'ascenseur, sur une galerie qui courait tout le long de la façade, interrompue seulement par la cage d'ascenseur. Les portes d'entrée de tous les appartements donnaient sur cette galerie. Nous en passâmes deux avant d'arriver devant celle de Wenche Andresen, ainsi qu'une série de fenêtres, dont la plupart étaient garnies de rideaux empêchant de voir à l'intérieur. Sa porte était peinte

1. Våge, patronyme fréquent en Norvège, est aussi un substantif signifiant « entreprise hasardeuse, risquée » et un verbe (fr. *oser, risquer*).

en bleu. Nous étions au huitième étage, et l'asphalte devant l'immeuble semblait infiniment lointain. Un saut de l'ange de cette hauteur signifierait une mort certaine.

Un panonceau peint à la main fixé sur la porte informait : *Ici habitent Wenche, Roar et Jonas Andresen*[1]. Elle ne fit aucun commentaire, et ouvrit sans rien dire.

Une fois dans l'entrée, elle se débarrassa de sa doudoune et me prit ma veste. Je restai un peu empoté au milieu de l'entrée tapissée de feutre vert, comme à chaque fois qu'on se trouve dans une entrée inconnue et qu'on ne sait où aller. Roar attrapa ma main.

« Tu... Viens, je vais te montrer ma chambre.

— Je vais faire du café, pendant ce temps-là », fit sa mère.

Roar m'entraîna dans sa chambre. De plus près, les rideaux vert et blanc se révélaient composés de camions blancs sur fond vert. Un lit en bois naturel, qui pouvait passer pour la partie inférieure d'un lit superposé, occupait un coin de la pièce. Les murs portaient des affiches de personnages de bande dessinée, d'animaux, une grande image de clown sur un manège et une petite illustration de calendrier représentant une fanfare en marche dans une rue étroite bordée de petites maisons de bois peintes en blanc. Un assortiment assez arbitraire de jouets jonchait le sol. Des rails de chemin de fer en bois, des petites voitures usées, des animaux éventrés laissant voir

---

1. Ces plaques ou panonceaux sont très courants en Norvège, le plus souvent décorés, et les noms de chaque membre de la famille y sont en général tous inscrits.

leurs entrailles de laine et de restes de vêtements, et des figurines représentant des cow-boys et des indiens aux bras cassés et aux expressions figées. Un tas de blocs à dessin, de feuilles volantes couvertes de dessins et des piles de vieux magazines de bandes dessinées occupaient une petite table verte.

Un enfant habitait dans cette pièce, et c'était une pièce dans laquelle un enfant aimait vivre. Roar me regarda d'un air grave et dit :

« Et toi ? Comment je dois t'appeler ? Veum ?

— Appelle-moi Varg, tout simplement », répondis-je en lui passant la main dans les cheveux.

Il hocha frénétiquement la tête en faisant un grand sourire. De nouvelles dents avaient poussé sur le devant, trop grandes pour sa petite bouche.

« Tu veux voir ce que j'ai dessiné ? »

J'acquiesçai, et il me montra ce qu'il avait dessiné. C'était des soleils qui étaient bleus et des arbres qui étaient jaunes. C'était des montagnes qui étaient rouges et des bateaux qui avaient des roues. C'était des chevaux qui portaient des lapins sur leur dos et de petites maisons penchées par le vent, aux fenêtres asymétriques, dans des jardins pleins de fleurs.

J'allai à la fenêtre et regardai à l'extérieur — et vers le bas. C'était comme être dans un avion. Les gens, les voitures, tout était si petit. Les blocs de trois étages ressemblaient à des boîtes d'allumettes aplaties, et la rue entre les immeubles faisait penser à une piste pour petites voitures.

Je levai les yeux vers les versants escarpés du Lyderhorn, vers la silhouette gris sombre qui se distinguait à peine sur le ciel nocturne, comme si le Lyderhorn *était* le ciel, comme si la montagne obscure avait grandi dans l'ombre pour devenir une congère menaçante au-

dessus du quartier tout entier — comme un avertissement du jugement dernier, ou comme une menace de
mort.

<h1 style="text-align:center">6</h1>

Nous bûmes le café dans la cuisine.

Dans le salon, on entendait le cancan de la télévision : Roar regardait les émissions pour enfants.

C'était une cuisine jaune, peinte de couleurs vives
qui n'y étaient pas quand l'appartement était neuf.
Les portes des placards étaient peintes en orange, et
les rideaux étaient blancs, ornés de dessins d'oranges.

La table de la cuisine avait un plateau en formica
gris pâle, mais elle l'avait couvert en son milieu d'une
nappe ronde tachetée de jaune et d'orange. Elle servit le café dans des tasses vertes à pois rouges, et
présenta un assortiment de biscuits dans un panier
de raphia.

« Ce n'est pas grand-chose, mais... fit-elle en haussant les épaules.

— Le café était excellent.

— Sers-toi. Il en reste. »

Je jetai un œil à la cafetière de verre, encore à
moitié pleine, qui attendait au chaud sur son support
électrique. Je fis un signe de tête.

« Est-ce que c'était lui — Joker, comme ils l'appellent — et sa bande qui avaient pris le vélo ? demanda-
t-elle.

— Oui. J'ai entendu dire qu'il s'était passé quelque
chose, l'autre jour... La mère d'un des camarades de
Roar...

— Oui. Je suis au courant. J'en ai parlé avec elle.

Elle... » Elle se mordit les lèvres. « C'est presque incroyable. Elle... Ils avaient pris le vélo de son petit garçon, et elle est montée là-haut pour le récupérer. Ils... Ils l'ont purement et simplement faite prisonnière, comme si c'était une petite fille et pas... pas une adulte !

— Est-ce qu'elle a été... »

Elle reposa violemment sa tasse.

« Ils devraient avoir honte ! S'il s'était passé quelque chose de tel... Si nous avions... Quand nous étions mômes... Je n'ose même pas y penser. Mais c'est comme ça... » Elle me regarda fixement dans les yeux. « C'est ça, d'être une femme seule, avec des enfants. On est du gibier, pour tout ce qu'on appelle les hommes — depuis les petits morveux jusqu'aux Don Juan vieillissants — c'en est à vomir !

— Mais a-t-elle été à proprement parler...

— Non. Elle n'a pas été violée, même s'il s'en est fallu de peu cette fois-là. Ils l'ont simplement séquestrée, tourmentée, tripotée — si tu vois ce que je veux dire. Lui, Joker, lui avait retiré son pantalon et l'a obligée à... Il l'a exhibée, pour que tous les autres puissent voir. Mais ils ne sont pas allés plus loin.

— Mais pourquoi est-ce qu'elle n'est pas allée voir la police ?

— La police ? Et qu'est-ce qu'elle peut faire, la police ? Est-ce qu'il y avait des témoins ? Non, personne d'autre qu'eux-mêmes, la bande... Et ils n'osent pas parler, ils ont aussi peur pour leur vie que nous autres, peur de lui, Joker. Un type a essayé de faire quelque chose, ici : il a été si proprement passé à tabac que j'ai du mal à croire qu'il redeviendra un jour un être humain. Si elle allait à la police... Pour commencer, elle ne recevrait plus jamais de courrier.

Il y a quelques autres parents qui sont allés chez Joker — chez sa mère — et qui se sont plaints. Leur boîte à lettres a constamment été incendiée, à la suite de ça. Ils mettaient des chiffons enflammés dans leur boîte. Pour finir, il a fallu que ce soit la poste qui garde leur courrier. Et nous qui sommes seules, avec de petits enfants, tu ne te doutes même pas de ce qu'ils peuvent inventer — même avec les tout-petits ! Il y avait une fillette, six ans, elle est rentrée chez elle avec des brûlures de cigarette sur tout le corps — le corps *entier* ! »

Je sentis mes tripes se nouer. Je me les remémorai, visage après visage : le grand dégingandé, les anonymes, le gros Tasse... et puis Joker lui-même, aux apparences de prêtre, aux yeux de tigre et aux dents de cadavre décomposé. Et je pensai à tout ce qu'ils auraient eu l'idée de faire de Wenche Andresen, si elle aussi était allée chercher le vélo.

« Est-ce que... toi-même... tu serais allée chercher le vélo ? demandai-je.

— Après ce qui s'est passé ? » Elle secoua la tête. « Plutôt tirer un trait sur le vélo. Même si on n'en a pas vraiment les moyens. Non, je ne serais jamais montée là-haut... pas toute seule !

— Il n'y a personne qui aurait pu vous aider... t'aider ? Personne que tu connais ?

— Est-ce que tu as déjà vécu dans un immeuble comme celui-ci ? demanda-t-elle en me regardant. Combien d'appartements y a-t-il ? Cinquante, soixante ? Environ deux cents personnes. C'est tout juste si je dis bonjour à ceux qui habitent au même étage. J'en vois d'autres de temps en temps dans l'ascenseur. C'est comme dans une fourmilière. Tu crois que les fourmis se disent bonjour ? » Elle secoua à nouveau la tête. « Absolument personne. Nous sommes isolés, comme nous l'avons toujours été... Même quand Jonas habitait ici.

— Vous êtes... divorcés ? »

Elle s'alluma une cigarette, sans m'en proposer une avant.

« Séparés. Huit mois. »

Les muscles de sa mâchoire jouèrent, et son regard erra à travers la pièce jaune. « Huit mois... »

Puis elle posa les yeux sur le paquet de cigarettes, et le poussa dans ma direction.

« Merci, mais je ne fume pas. » Je pris un biscuit à la place, pour montrer ma bonne volonté.

« Encore du café ? »

J'acquiesçai, et elle se leva. Elle était mince, le dos droit, la poitrine relativement menue, le derrière petit et rond dans son pantalon en velours. Elle avait un petit creux au milieu de la nuque.

« Tu travailles ?

— Oui. J'avais déjà un boulot à mi-temps avant que... Et on ne peut pas dire que je touche des mille et des cents de Jonas. Il me doit déjà plusieurs milliers de couronnes. Je crois... je crois qu'il attend... qu'il fait cela volontairement. C'est lui qui a cassé, mais il essaie de me faire porter le chapeau. Mais c'était lui qui n'avait pas... qui n'a pas pu se tenir tranquille, c'est lui qui a dû aller voir ailleurs, cette... cette pute !

— Où travailles-tu ?

— Au Haakonsvern[1], dans les bureaux. Ça m'évite de devoir aller jusqu'en centre-ville. Mais maintenant, ça y est. Le pire, quand tu avais pris l'habitude

1. Base militaire de la marine norvégienne à Bergen.

d'avoir quelqu'un dans ta vie, c'est... d'être seul, tout à coup. »

Elle s'était recroquevillée et se tenait penchée en avant, regardant dans sa tasse. Ses lèvres tremblaient faiblement, et ses yeux étaient devenus sombres. Il fallait que je pense à rentrer.

« Je sais ce que ça fait. Ça m'est arrivé, à moi aussi.

— Quoi ? fit-elle sans comprendre.

— Je veux dire... J'ai aussi été... Je suis moi aussi divorcé. Ça fait quatre ans. Ça va un peu mieux, maintenant. On s'habitue à tout. C'est exactement comme le cancer : j'imagine qu'on finit aussi par s'y habituer.

— Dieu seul le sait. »

Nous restâmes silencieux un moment. Je regardai à travers la fenêtre, dans le vide de la nuit noire. Je remarquai qu'elle ne me quittait pas des yeux.

« Est-ce que ta femme... Est-ce qu'elle t'a quitté ? demanda-t-elle.

— Oui. Ou elle m'a envoyé promener, comme tu préfères. Elle m'a demandé de déménager.

— À cause de... d'un autre ? Est-ce qu'elle avait rencontré quelqu'un d'autre ?

— Ça, je n'en sais rien, fis-je en me tournant vers elle. Je ne sais pas si elle l'avait déjà rencontré... à ce moment-là. Mais c'est l'impression que j'ai. Je n'étais pas souvent à la maison. Je travaillais pour la protection de l'enfance, ce qui fait que j'étais souvent en vadrouille, le soir. Dehors, à chercher ces petits chéris. Il m'est aussi arrivé d'en retrouver quelques-uns. Alors, je les ramenais chez eux, et je restais à discuter avec leurs parents jusque tard dans la nuit. Et quand je rentrais, elle était déjà couchée, et elle n'avait jamais rien à me raconter pendant les petits déjeuners. Elle se contentait de me regarder. Elle avait une façon bien à elle de me regarder, si tu vois ce que je veux dire...

— Vous avez eu des enfants ?

— Mmm. Un garçon, un peu plus jeune que Roar. Il va faire sa première rentrée, à l'automne[1]. Thomas. »

Ce fut mon tour de regarder dans ma tasse de café, d'y chercher un visage qui n'y était pas, une voix qui s'était tue longtemps auparavant.

Puis Roar arriva du salon.

« Varg ? Tu viens regarder Detektimen[2] ? »

Wenche Andresen ouvrit la bouche.

« Non merci, répondis-je avec un sourire en coin. Je préfère mes cauchemars quand je dors. Je ne vais pas tarder à me rentrer. »

Il eut l'air déçu, mais ne dit rien. Je toussotai et me levai.

« Merci pour le café. C'était sympa de pouvoir discuter un peu », dis-je à l'adresse de la femme qui se trouvait de l'autre côté de la table. « Content de t'avoir rencontré », fis-je à Roar en lui frottant rapidement la tête.

Nous regagnâmes tous les trois l'entrée.

Je mis ma veste, vérifiai que la clé de contact était bien à sa place. Je caressai la tête de Roar encore une fois et tendis la main à sa mère.

« Merci pour le service, fit-elle en laissant sa main dans la mienne. Est-ce qu'on te doit quelque chose ?

— Considère cela comme un service amical. Et prends soin de ton vélo, Roar. Salut.

---

1. Ce qui indique qu'il a sept ans.
2. Série de téléfilms policiers sur la chaîne NRK1.

« — Salut, répondit-il.

— Au revoir, fit sa mère. Merci. »

Je traversai rapidement la galerie, et je fus seul dans l'ascenseur. J'eus l'impression de descendre vers le royaume des morts, par l'entrée de service. Je sortis de l'immeuble et regagnai ma voiture. Je levai les yeux au moment d'ouvrir ma portière. Un enfant avait collé son visage au carreau de la fenêtre aux rideaux vert et blanc. Il me fit signe. Je lui fis signe à mon tour et m'installai au volant. Au coin du bâtiment, je vis les ombres étirées de sept ou huit personnes. Ce pouvait être une bande d'adolescents, mais peut-être était-ce seulement un effet de lumière.

7

Samedi et dimanche se déroulèrent comme ils le font d'habitude entre février et mars : comme de gros efforts à travers une couche de neige qui vous arrive aux genoux. Il n'y eut à aucun moment une lumière convenable. Les nuages formaient une couverture basse et grise sur la ville, et l'ascension du mont Fløien s'apparenta à une escalade à travers du coton détrempé et vaguement sale. Je me sentais comme si j'avançais dans des bottes qui me montaient jusqu'à la racine des cheveux, et elles étaient loin d'être flambant neuves. On n'entendait chanter aucun oiseau, et aucun poisson rouge ne nageait dans ma bouteille d'aquavit quand je rentrai. Je la vidai entièrement pour m'en assurer, mais c'était vrai. Aucun poisson rouge n'y nageait.

Le dimanche, j'allai faire le tour de Nordnes. À l'endroit où il y avait jadis eu de petites maisons de bois appuyant leur fatigue les unes contre les autres, se dressaient maintenant de lourds cubes de béton dans lesquels habitaient des gens, aussi incroyable que cela pût paraître. Là où il y avait naguère eu un terrain de jeu et un parc qui semblait infini, se trouvait un aquarium où de gros poissons nageaient dans trop peu de place, et l'institut de recherche marine occupait une tour qui aurait mieux convenu à l'étude des poissons volants. Où vous aviez par le passé déambulé mal à l'aise avec une fille, en faisant des dessins dans les gravillons, du bout de votre chaussure, il n'y avait plus de gravillons, mais de l'asphalte. Et aucun poisson rouge ne nageait dans ma seconde bouteille d'aquavit. Pas un seul.

Le lundi matin, j'étais de retour au bureau. Le coton gris détrempé avait envahi ma tête, et le téléphone silencieux ressemblait à un crapaud pétrifié. Les heures passaient comme des traces de pas étrangères dans le sable. La ville vivait de l'autre côté de ma fenêtre, sans moi. Sur la place du Marché, les poissonniers réchauffaient leurs grosses mains rouges en les tapant l'une dans l'autre, et coupaient de bons morceaux de poisson blanc-vert à des dames en manteau bleu, équipées de sacs de nylon marron. Les fleuristes avaient l'air aussi misérables que leurs fleurs racornies, et un unique vendeur, en bas sur le marché aux légumes, vendait des carottes d'Italie, des laitues romaines d'Israël et des têtes de chou du siècle précédent.

La pluie et la neige fondue formaient un mur oblique sur la ville, et l'eau de Vågen se dressait en aboyant. C'était un de ces jours où les gens ont des visages comme des poings fermés, et ils n'ont pas besoin qu'on les incite beaucoup pour frapper.

L'après-midi arriva tard et lentement, comme s'il n'en avait pas vraiment envie, et le téléphone était toujours aussi silencieux.

Je le regardai. Je pouvais toujours téléphoner à...

Je pouvais toujours téléphoner à ma vieille mère, si ce n'est qu'elle était morte depuis deux ans et demi, et ne risquait pas de décrocher où elle était. De toute façon, je n'avais pas son numéro.

Ou bien je pouvais téléphoner à une fille que je connaissais à l'état civil, s'il n'y avait pas eu la vacherie qu'elle m'avait balancée la dernière fois que je lui avais téléphoné. « C'est Veum », avais-je dit. « Quel Veum ? » avait-elle répondu avant de poursuivre : « Celui avec le téléphone ? » Il m'avait fallu plusieurs jours avant de comprendre ce qu'elle voulait dire, et je ne l'avais plus rappelée.

Ou bien je pouvais téléphoner à Paul Finckel, le journaliste. Nous pourrions prendre une bière ensemble, dîner. Mais il ne ferait alors que me parler de toutes les filles qu'il s'était faites depuis la dernière fois, et il n'y a rien de pire que d'entendre parler de toutes les filles que les autres se sont faites — en particulier quand vous n'en croyez pas un traître mot. Lui aussi avait divorcé. De temps en temps, j'ai la sensation que c'est le cas de tout le monde, d'une façon ou d'une autre.

Je finis par composer un numéro au hasard. Une voix masculine répondit :

« Ici Jebsen.

— Euh... Puis-je parler à... Mme Andresen ?

— Qui ?

— Mme Andresen.

— Vous devez faire erreur.

— Oh, je suis désolé.

— Bon. » Et il raccrocha.

Je restai assis, le combiné collé à l'oreille, à écouter la tonalité. Un bruit bizarre, cette tonalité. Si vous l'écoutez suffisamment longtemps, vous avez l'impression que ce sont des gens qui vous crient dessus : beaucoup, en chœur, mais sans véritablement percer. Mais si vous restez trop longtemps, une dame des télécoms prend la ligne : « Veuillez avoir l'amabilité de raccrocher, s'il vous plaît. »

Je raccrochai donc, et quittai le bureau avant qu'il ne me meure entre les bras.

Lundi est une journée curieuse. La dépression du week-end ne vous a pas encore lâché, et la nouvelle semaine n'a pas encore commencé. En fait, nous pourrions nous débrouiller sans un seul lundi. Dans ma branche, nous pourrions aussi bien nous en sortir sans la plupart des jours de la semaine.

Je ferais aussi bien de rester chez moi.

8

Je dînai[1] à la cafétéria du premier. Ils proposaient une sorte de plat de viande dont le goût rappelait quelque chose que les éboueurs auraient oublié d'emporter. Mais c'était de ma faute. Je savais ce que je risquais. J'avais déjà mangé là.

Une fois rentré, je me fis une tasse de tisane brûlante destinée à nettoyer les reins après les longues

---

1. Comme à chaque fois qu'il est question de dîner en Norvège, il s'agit du repas que les gens prennent en rentrant du travail, en général entre 16 h 30 et 18 h 30, rarement plus tard. C'est en fait le principal repas de la journée.

heures de pêche du week-end. Je m'installai avec une grosse tasse blanche et une biographie d'Humphrey Bogart que j'avais déjà lue. Les photos avaient cette teinte grise voilée qui indiquait qu'elles avaient été prises longtemps, longtemps auparavant, dans un pays merveilleux dont il ne restait rien depuis belle lurette. On ne trouve à notre époque plus personne comme Bogie. Et s'il avait contre toute attente surgi vivant dans la lumière des Communaux du Marché, tout le monde se serait foutu de son trench-coat. Le regard mélancolique endurci par les problèmes gastriques (et plus tard par le cancer), la voix sifflante due à un dentier en vadrouille : de nos jours, il n'y a pas de place pour les mecs comme Bogie ailleurs que dans les placards à curiosités.

Puis le téléphone sonna. Il était cinq heures et demie, et le téléphone sonnait. Ce devait être une erreur. Je décrochai et dis :

« Vous vous êtes trompé ; ici Veum.

— Veum ! Il faut m'aider ! Tu dois venir immédiatement. Ils ont Roar ! » Sa voix était perçante. Je revis ses yeux bleus, sa fine nuque blanche.

« Du calme, détends-toi. Qui a Roar ? Pas...

— Si ! Joker, comme ils... cette bande ! » Elle eut un hoquet. « Quand je suis rentrée, il n'était pas là, mais il y avait un mot dans la boîte aux lettres : *Nous avons Roar. Tu sais où tu peux le trouver. Si tu préviens les flics, on le tue.*

— Tu as téléphoné à la police ?

— Non ! Tu as entendu...

— Mais est-ce que ça ne serait pourtant pas le mieux ? C'est malgré tout... Tu ne dois pas croire ce qui est écrit. C'est seulement du bluff. Ce ne sont que des gamins tout compte fait. Tu comprends... C'est juste pour t'effrayer.

— Alors, c'est réussi, Veum ! Je ne veux pas téléphoner à la police. C'est bien pour cela que je... Je n'ai personne d'autre qui puisse m'aider, pas pour cela. Est-ce que toi, tu ne peux pas... Je paierai, bien sûr, si c'est ce que...

— Il ne s'agit pas de ça. » Mon compte en banque était vide depuis trop longtemps. Si quelque chose arrivait dessus maintenant, cela le rendrait malade et le ferait vomir.

« Bien sûr, que je vais venir, si tu...

— Bon. Oui. Merci ! Mais viens, viens aussi vite que tu... Viens tout de suite, d'accord ?

— Je suis déjà parti. Calme-toi, d'ici là. Ça va s'arranger, je te le garantis. Salut.

— Salut. »

Je raccrochai, bus une dernière gorgée de tisane, laissai Bogie en paix dans sa tombe de papier pour cinéphiles, et quittai l'appartement.

En bas, dans la ruelle, les lumières de l'après-midi s'allumaient. Derrière des rideaux à carreaux bleus, une famille avec deux enfants dînait : une mère blonde aux joues rouges déposait des poêles au contenu fumant sur la table, tandis qu'un homme avec une frange sur le front et une moustache pâle regardait ses enfants avec une inquiétude qui lui ridait le front, comme s'ils étaient son propre reflet dans un miroir fêlé. À travers une fenêtre ouverte du premier étage, dans une autre maison, une voix rauque chantait qu'il avait vécu au bord d'une route de campagne toute sa vie, mais le seul point commun qu'il avait avec Edvard Persson, c'était qu'il ne roulait pas les *r*. C'était une après-midi tout à fait ordinaire dans la ruelle, et Veum sortait. On l'appelle le bon Veum. Qui vient quand ils crient, mais pas pendant les heures d'ouverture, définitivement pas pendant les heures d'ouverture.

La Mini toussa d'étonnement d'être dérangée au beau milieu de sa sieste, et elle cala deux fois en traversant le centre-ville. Je lui dis alors tout haut que la prochaine fois, je la laisserais sur place pour aller m'acheter une Volkswagen. Elle ronronna ensuite comme un bourdon repu jusqu'à ce que nous soyons arrivés à destination, devant l'immeuble.

Je me garai et entrai dans la tour. L'ascenseur attendait. Il n'y avait personne dedans, et il ne s'arrêta pas avant ce qui était prévu. J'allai à la porte de Wenche Andresen et sonnai.

Elle ouvrit. Son visage était rouge, et ses yeux gonflés. Elle m'attira dans l'entrée et ferma la porte. Puis elle s'abattit contre ma poitrine, et j'entendis de longs sanglots sourds contre ma chemise. Son corps entier tremblait, et je ne savais pas exactement ce que je devais faire de mes mains. Cela faisait longtemps que quelqu'un n'avait pas pleuré contre ma poitrine. Trop longtemps, en fait. Je posai doucement mes mains sur ses omoplates, les doigts tournés vers l'épine dorsale. Je déplaçai doucement mes paumes, sans rien dire. Il vaut mieux les laisser d'abord pleurer tout leur saoul.

Elle se calma. Elle cessa de pleurer, et se raidit brusquement entre mes bras. Elle me fit comprendre qu'elle voulait que je la lâche, et je desserrai mon étreinte autour de son dos. Elle regarda fixement les boutons de ma chemise, et je lui tendis un mouchoir. Elle s'essuya les yeux, se moucha. Puis elle leva les yeux, des boutons de ma chemise à mon visage.

« Excuse-moi, murmura-t-elle. Je ne voulais pas... »

Sa bouche était gonflée par les larmes, enflée comme après une piqûre de guêpe, ou comme après une longue et bonne nuit d'amour. Je dis — et ma voix grinça comme sur un vieux 78 tours (si c'était vraiment ma voix) :

« Tu as... ce mot ? »

Elle acquiesça et prit un papier froissé sur la commode. Elle me le tendit, et je le pris. J'évitai de toucher sa main.

Je lus le papier. Il y était écrit, en lettres rondes légèrement enfantines : *Nous avons Roar. Tu sais où tu peux le trouver. Si tu préviens les flics, on le tue.* Il n'y avait pas de signature.

« Quand es-tu rentrée ?

— À quatre heures et demie.

— Mais tu ne m'as pas téléphoné avant... cinq heures et demie. Quand as-tu eu ce mot ?

— Quand je suis rentrée, il n'était pas là. Je suis sortie le chercher, j'ai demandé à quelques-uns de ses copains. Mais ils ne l'avaient pas vu, m'ont-ils dit. Je l'ai cherché encore un moment, et puis... Vers cinq heures, je suis revenue, et il y avait ce mot dans la boîte aux lettres. J'ai été complètement terrifiée. Je ne me souviens pas, je suis montée directement, je me suis cachée, j'ai pleuré. Je ne savais pas ce que je devais faire, qui je devais appeler... au secours. Alors, j'ai pensé à toi. Nous... nous avions si bien discuté... ce jour-là. J'ai pensé que, peut-être, tu... Mais je ne voulais pas, ce qui vient de... C'est juste... Je vais... » Elle me regarda droit dans les yeux. « Je vais te payer les honoraires que tu as l'habitude de recevoir.

— On en discutera plus tard. D'abord, il faut retrouver Roar. C'est le plus important. Et tu ne veux toujours pas que je prévienne la police ? »

Elle secoua la tête.

« Bon. Tu restes ici, au cas où il reviendrait. Moi, je vais voir si je peux le trouver.

— Où... Où vas-tu ?

— Je ferais bien de commencer là-haut, à leur cabane. »

Ses yeux s'ouvrirent. Ils s'agrandirent et se firent plus bleus, si grands et bleus qu'ils en étaient presque douloureux à regarder.

« Mais, ça peut être... dangereux, dit-elle. Ça peut être...

— Moi aussi, de temps en temps, je peux être relativement dangereux. » J'essayai de donner l'apparence que je pouvais l'être. Puis je sortis.

9

Quand il fait sombre sur l'arrière du Lyderhorn, il fait plus sombre que n'importe où à ma connaissance. C'est comme si le versant escarpé doublait la force de la nuit, comme si la montagne elle-même était une nuit parfaitement concrète.

Je m'arrêtai à bonne distance de la cabane. Je restai un moment à écouter. Je n'entendis rien. Pas un son. Je parcourus du regard l'ensemble des arbres, l'un après l'autre, mais il était difficile d'en discerner les contours dans l'obscurité sourde de ce soir sans étoiles.

Les bois pouvaient être pleins de vie, ou bien ils pouvaient être aussi morts que s'ils étaient pétrifiés.

Je montai jusqu'à la cabane et m'arrêtai près de l'un des murs, juste en dessous de la lucarne grillagée. Elle était trop haut pour que je puisse jeter un coup d'œil à l'intérieur. J'essayai d'entendre quelque chose. Toujours aucun bruit. Mais j'avais le sentiment intense et désagréable de ne pas être seul. Je parcourus à nouveau l'ensemble des arbres du regard : l'un des troncs était-il anormalement épais ? Y avait-il une bosse quelque part, qui n'était pas une branche cassée, mais une tête dépassant légèrement ? Entendais-je quelqu'un respirer dans l'obscurité ?

Je me déplaçai prudemment le long du mur. Je jetai un coup d'œil au coin. La cabane n'avait pas de porte, mais de lourds morceaux de toile pendaient devant l'ouverture. Il m'était impossible de voir si quelqu'un se trouvait à l'intérieur. Je me redressai et me plaçai juste devant l'ouverture. De la main gauche, je repoussai doucement la toile sur le côté et regardai à l'intérieur. L'obscurité à l'intérieur était encore plus dense que celle qui m'entourait, le silence plus profond. Ou y avait-il un léger mouvement... par terre ?

Puisque personne ne m'arrivait dessus à travers l'ouverture, il n'y avait qu'un moyen d'en avoir le cœur net. Je rentrai la tête dans les épaules, passai rapidement le seuil, puis me déplaçai vers la gauche, de sorte que je me trouvai dos au mur.

Il ne se passa rien. Personne ne me sauta dessus dans le noir, aucun poing ne m'atteignit, aucun couteau.

Je restai debout en reprenant mon souffle, tandis que mes yeux s'accoutumaient lentement à l'obscurité.

Je me trouvais dans une petite pièce carrée. Le sol était couvert d'une toile à sac, ainsi que de quelques vieux journaux et de sacs en plastique vides. Une caisse vide était poussée sous la lucarne. Il flottait une odeur de bière, de sueur et de quelque chose d'indéfinissable qui pouvait être du sperme.

Un paquet de linge gisait dans l'un des coins, à moitié dressé contre le mur. C'était Roar.

Il était pieds et poings liés, les bras dans le dos. Quelqu'un lui avait fourré un mouchoir sale dans la bouche, et son visage était congestionné. Ses yeux étaient braqués dans ma direction. Je vis des traces de larmes séchées sur ses joues. Lorsqu'il vit qui était entré, de nouvelles larmes coulèrent de ses yeux qui brillèrent dans l'obscurité. Il avait les cheveux en bataille, et ses vêtements étaient sales. En dehors de cela, il avait l'air intact. Mais les blessures externes sont probablement les moins graves, dans des cas comme celui-là.

Je dépliai la lame de mon couteau de poche, m'accroupis devant lui et le libérai de ses liens. Je lui extirpai le mouchoir de la bouche, et un mélange de soupir et de sanglot emplit la cabane. Je vis qu'il essayait de se retenir de pleurer, mais je savais qu'il n'y arriverait pas. Je passai mes bras autour de lui et l'attirai contre moi. J'étouffai ses pleurs contre ma veste, en essayant de le faire se tenir tranquille avec mes bras. Il pleura en sanglots violents, presque convulsifs, et il mit plus de temps à se calmer que sa mère. Je ne parvins pas non plus à me concentrer entièrement sur lui. Ses pleurs troublaient le calme, et je ne pouvais plus être sûr que ce que j'entendais était juste le silence, ou s'il y avait des bruits dans la nuit : des bruits qui n'auraient pas dû y être. J'écoutai avec tant d'attention que j'en attrapai la migraine, mais je ne réussis pas à distinguer autre chose que ses pleurs. Peut-être étions-nous complètement seuls, peut-être étaient-ils rentrés chez eux boire du chocolat et jouer aux petits chevaux : ils avaient fini de jouer pour aujourd'hui.

« Il faut dégager, Roar ! lui fis-je à l'oreille. Ta mère nous attend. »

Il hocha la tête contre ma poitrine et renifla longuement.

« Tu sais où... où sont les autres ?

— I-Ils sont partis, il y a l-longtemps », bégaya-t-il en secouant la tête, les larmes comme un voile sur sa voix.

Je sortis un mouchoir propre de ma poche et essuyai ses larmes de ses joues.

« On va rentrer tranquillement, hein ? » fis-je d'un ton rassurant.

Je passai un bras autour de ses épaules, écartai la toile de l'ouverture et sortis.

Ils nous attendaient, en demi-cercle autour de la porte.

Je sentis que Roar se raidissait à côté de moi, et je le repoussai vivement derrière moi, vers l'ouverture.

Je comptai rapidement. Cinq. Ils étaient deux de moins que la dernière fois. Joker était là ; le grand dégingandé, Tasse, le bouffon ; celui avec le furoncle sur le nez ; et un blond aux cheveux épais, coiffés en arrière, que je ne me souvenais pas avoir déjà vu.

Cinq personnes. Et j'étais un.

Cette fois-ci, Joker ne me permit pas d'amorcer la conversation.

« Chopez-le, les gars, bousillez-le ! » intima-t-il de son mince filet de voix nerveux.

Lui-même se contenta de rester sur place, les bras croisés et une expression de haine sur le visage. Il était évident qu'il ne s'abaissait pas à se battre, en tout cas pas sans être sûr à cent pour cent de gagner. Cela réduisait le nombre d'adversaires à quatre, et je ne pouvais pas prendre Tasse au sérieux.

Je devais me concentrer sur les trois autres. Deux d'entre eux étaient déjà en mouvement.

Je contrai un coup du grand avec le bras gauche et reçus le blond avec l'épaule droite. Je frappai le grand au tibia et atteignis de travers l'épaule du blond, sans beaucoup de force. Celui avec le furoncle réussit à placer un solide coup de poing dans ma poitrine, et je trébuchai vers l'arrière. Je m'appuyai le long du mur de la cabane. Tout compte fait, j'aurais dû prendre Tasse au sérieux. Il se cassa en avant et vint vers moi tête baissée. Il m'atteignit au ventre, avec le dessus de la tête, et tout l'air que j'avais en moi sortit instantanément. Pendant un instant, les bois ne furent plus noirs, mais d'un blanc aveuglant. Puis l'obscurité revint. Je flanquai un genou dans le visage de Tasse, qui n'avait pas encore réussi à s'éloigner, tout en essayant de balayer avec des grands gestes désordonnés les taches orange qui dansaient devant mes yeux, dans l'obscurité mouvante et anguleuse qui m'entourait.

J'entendis Roar gémir, et je fus attaqué sur deux flancs. Un poing me frappa à la bouche et ma lèvre supérieure perdit toute sensibilité, et le bout d'une chaussure m'atteignit à l'intérieur de la cuisse, suffisamment haut pour que je sente mes muscles se tordre, mais pas assez pour me rendre inoffensif pour de bon.

Je serrai les dents et tentai de faire la distinction entre les ombres et l'obscurité. Je vis les contours d'un visage, à ma gauche, et y mis rapidement le coude gauche, puis le poing droit. Je constatai que j'avais fait mouche, et j'entendis quelqu'un basculer en arrière sans laisser d'autre trace que jurons et malédictions. Puis j'en eus un autre devant moi, qui essayait de me ceinturer. Je n'étais pas chaud pour une embrassade, et je levai mon genou droit, entre ses jambes. Au moment où il se cassa en deux devant moi, je joignis les mains et le frappai à la nuque. Il resta étendu sur le sol. Il n'essaya pas de se relever. Je reçus alors un coup derrière la tête qui fit jaillir des étoiles dans le noir. Je sentis une nausée monter, et crus m'évanouir. J'emplis mes poumons et pivotai, frappai à l'aveugle dans le noir. Une poitrine large et une exclamation furent au rendez-vous. Je reçus un coup à la joue, et je ripostai, plus bas cette fois-ci. Je l'atteignis au ventre. Mon poing s'enfonça dans les muscles flasques. Je le balayai du bras gauche.

Alors, je me retournai et appuyai mon dos au mur.

Tasse se tenait à bonne distance en tenant un mouchoir appuyé sur son nez. Les larmes coulaient de ses yeux, mais il ne faisait aucun bruit en pleurant.

Le grand maigre était appuyé contre un arbre. Il tenait une main devant son œil, tandis que l'autre me regardait avec haine.

Le blond était étendu sur le sol, devant moi. Je vis qu'il respirait, mais il ne faisait aucun geste indiquant qu'il voulait se relever.

Celui avec le furoncle dansait une danse solitaire, dans son coin, à gauche entre les arbres. Ses jambes s'agitaient sous lui sans aucune coordination apparente avec le haut du corps. Il bougonnait tout seul en tenant son épaule d'une main, comme s'il avait besoin de se cramponner à quelque chose. Il se laissa finalement tomber assis par terre. Il resta assis, nous tournant le dos, et ne se retourna pas pour nous regarder. Il regardait en l'air, vers toutes les étoiles qui n'y étaient pas.

Joker me regardait. Ses yeux semblaient incolores, livides dans l'obscurité. L'expression de haine sur son visage était inchangée, et il tenait de la main droite un couteau à cran d'arrêt, la lame tournée de façon menaçante vers le ciel. Mais il n'avait pas l'air de vouloir danser. Ce n'était vraisemblablement qu'une posture de défense.

Je cherchai Roar du regard. Il était toujours dans l'ouverture de la cabane, ses yeux grands ouverts et une expression d'angoisse et de joie mélangées sur le visage.

« Viens, Roar. On y va. » Mais je ne passai pas mon bras autour de ses épaules ; je voulais garder les deux mains libres.

Je m'adressai à Joker :

« Tu te rappelles qui je suis ? Veum. Laisse-moi te dire une bonne chose : si j'entends dire encore une seule fois que tu ennuies... cette famille, dis-je avec un geste de la main qui donnait à Roar le statut de famille, je reviens personnellement ici, encore une fois, et à ce moment-là, je me fous complètement des quelques avortons encroûtés qui te tiennent lieu de sujets. C'est toi que je viendrai chercher. Et je te plierai en deux comme un couteau de poche, avant de te faire valdinguer contre tous les arbres de ce bois, si fort et si longtemps que tu ne seras même plus capable d'appeler ta mère au secours. C'est clair ? »

Il serra les dents et agita son couteau dans ma direction, à bonne distance. Mais il ne trouva rien à répondre.

« Et si tu crois que je me laisse effrayer par un petit cran d'arrêt, continuai-je, tu te trompes. J'ai déjà bouffé des crans d'arrêt. On m'appelait l'avaleur de sabres, quand j'étais en mer. Alors vide complètement le tiroir de la cuisine de ta mère, si ça te dit. Je viendrai te chercher de toute façon, et tu t'en mordras les doigts de t'être levé ce jour-là. »

J'étais plus dur que jamais, mais j'avais aussi quatre preuves que je l'étais, debout, assis ou couchés dans le noir autour de moi.

Et il était clair que Joker trouvait les preuves suffisamment convaincantes, car il ne donnait toujours pas le moindre signe de vouloir danser.

Je le laissai là, dans le bois, son couteau à la main et son expression de haine sur le visage. Peut-être qu'il était né comme ça. Peut-être faisait-il partie de ceux qui sortent de leur mère à coups de couteau, et qui crachent au visage de la sage-femme. Certains sont comme ça, d'autres le deviennent.

Joker était comme cela, et ça me suffisait. Je n'avais pas besoin d'en savoir davantage.

Je suivis sans rien dire Roar jusque chez sa mère.

10

Ce ne fut qu'une fois dans l'ascenseur que je remarquai à quel point la tête me tournait. Je dus m'appuyer au mur, et la sueur me sortait de tous les pores. J'eus l'impression que nous n'arriverions jamais : comme si l'ascenseur s'était libéré de son puits de mine et continuait son ascension dans l'espace, comme si Roar et moi étions les seuls survivants sur Terre, envoyés dans le futur, souvenirs d'une civilisation passée.

Puis l'ascenseur s'arrêta, et nous sortîmes.

Elle nous avait vus arriver depuis sa fenêtre et nous attendait près de la porte de l'ascenseur. Ses yeux s'agrandirent lorsqu'elle me vit ; puis elle s'accroupit et prit Roar dans ses bras. Il passa les bras autour de son cou et se remit à pleurer. Des larmes lui montèrent aux yeux à elle aussi. Son visage se détendit et frémit.

Au bout d'un moment, je toussotai doucement, et elle leva les yeux vers moi.

« Tu saignes », constata-t-elle. Elle se redressa, avec Roar dans les bras. « Viens, on va rentrer », dit-elle. Elle porta Roar à travers la galerie et jusque dans l'appartement, et je suivis. Je ne tenais pas bien sur mes jambes.

Je jetai un coup d'œil prudent dans le miroir de l'entrée, comme on regarde dans une pièce où l'on n'a pas le droit d'entrer. Il y avait un homme dedans, quelqu'un que j'avais jadis connu. C'était un homme pâle, aux cheveux en bataille et au visage sale et taché. Quand il essaya de sourire, il saigna davantage ; alors il laissa tomber.

Elle s'occupait toujours principalement de Roar, mais elle vint vers le miroir et jeta un œil à mes égratignures.

« Que s'est-il passé ?

— Ils étaient un peu plus nombreux que moi. Mais je crois que la plupart ont un peu plus mal que moi, en ce moment. »

Je souris, et elle dit ce qu'il fallait :

« Ne souris pas. Ça fait se fendre la lèvre. Viens par ici. »

Elle me prit par le bras et me conduisit à la salle de bains. Ce fut comme arriver en plein soleil. Une lumière blanche comme la neige heurta mes yeux, et je fus aveuglé.

La pièce était petite, blanche et brillante, et le gros tube fluorescent au plafond était d'une puissance inhabituelle. Dans cette pièce, il était impossible de garder la moindre petite infirmité secrète. Elle devait avoir une très belle peau, pour pouvoir supporter ça.

Elle remplit d'eau le lavabo de faïence et leva mon visage vers la lumière. Elle trempa alors un gant de toilette et me mouilla le visage. Elle passait le gant avec autant de délicatesse que si c'était un nourrisson qu'elle lavait, et je sentis les douleurs se calmer, l'étourdissement s'écouler comme de l'eau.

« Ça fait du bien ? » demanda-t-elle.

Je clignai des yeux entre mes paupières gonflées et hochai la tête. Ses yeux étaient encore plus bleus dans la forte lumière. C'était comme si son visage emplissait toute la pièce : comme s'il aspirait la lumière et grandissait. Je vis les petites veinules dans ses narines ; le duvet clair, presque transparent de sa lèvre supérieure ; les fines rides récentes sur son front et autour de ses yeux. Et ses yeux étaient bleus, si bleus que vous vous attendiez presque à ce que des oiseaux s'en envolent.

Roar suivait de la porte. Il s'était calmé, et sa voix était pleine d'ardeur :

« Tu aurais dû voir comment Varg les a pris, maman ! Il leur a fait leur fête ! Ils... Ils ne pouvaient presque plus marcher, après ça. Et Joker, il avait l'air, il avait l'air... de s'être pissé dessus. Varg les a pris et leur a cassé la figure, à tous. »

Je le regardai en clignant des yeux. Les siens étaient resplendissants.

« Hein, c'est vrai, Varg ?

— Eh bien...

— Venez, dit-elle. Je vais vous faire quelque chose à manger. »

Ce soir-là, j'eus le droit d'entrer dans le salon.

C'était un salon agréable : rien d'inhabituel, juste l'un de ces salons dans lequel on a l'impression d'avoir vécu toute sa vie, même après une demi-minute. On y trouvait de bons vieux meubles, les chaises invitaient à s'asseoir et la table permettait de manger sans avoir à pencher la tête jusqu'entre les genoux. D'anciennes aquarelles passées, représentant des paysages de haute montagne, étaient accrochées aux murs, ainsi qu'un nombre incroyable de tapisseries qu'elle avait faites elle-même. Des livres aux dos usagés et fatigués étaient rangés dans une bibliothèque : des romans policiers, des livres sur la broderie et la façon de s'occuper des enfants, un roman de Faulkner et un best-seller racontant l'histoire d'une vieille femme quelque part dans le désert, les mémoires d'un politique bien connu (tome 3) et un manuel de football. Un peu pour tous les goûts, comme l'on dit lorsqu'il manque quelque chose.

Quatre ou cinq albums photo étaient alignés sur l'une des étagères, à côté d'une photo encadrée. C'était une photo de famille, et je reconnus Wenche Andresen avec des cheveux un peu plus longs et Roar avec un visage rond de petit enfant et un regard fixe. La troisième personne sur la photo devait être le père de Roar. C'était un homme jeune, au visage ouvert et un peu terne (mais c'était peut-être dû à l'éclairage naturel), des cheveux blonds et des lunettes à monture sombre. Il arborait un sourire triomphant, pas celui de quelqu'un qui a eu le quinté dans l'ordre, mais au moins le tiercé. Wenche Andresen et lui posaient assis sur un muret, elle avec Roar sur les genoux. C'était l'été, ils étaient habillés légèrement, et ils avaient l'air très, très heureux.

Les autres rayonnages étaient couverts de petits

63

objets : de petits personnages en terre cuite, des pommes de pin décorées, des souvenirs de pacotille et de coûteux animaux de porcelaine. Il restait à peine la place pour une boîte d'allumettes.

La télévision parlait toute seule dans un coin de la pièce. Un personnage de dessin animé bougeait d'avant en arrière en faisant des grimaces. J'appréciais que ça ne fût pas drôle au point de me faire rire, car j'avais cessé de saigner. J'étais assis dans un bon fauteuil douillet, et Roar était assis sur l'un des accoudoirs, appuyé sur mon épaule. À l'autre bout de la pièce, des images bleues et floues dansaient devant nous.

Puis le film se termina, et une dame arriva pour nous demander si ça, ça n'avait pas été un film rigolo. Si nous avions envie de le revoir, il nous suffisait de rallumer la télévision le lendemain, à dix heures cinq du matin. Ça serait super chouette, dit-elle avec un sourire plus sucré qu'un loukoum.

Puis l'émission d'apprentissage de l'anglais commença. C'était une série qu'ils n'avaient diffusée que cinq fois auparavant, autant dire donc qu'elle était nouvelle.

« Est-ce que tu veux regarder ? me demanda Roar.

— Non, merci. Tu peux éteindre. »

Comme tous les enfants, il avait du mal à accomplir ce geste particulier, mais il le fit. Puis il revint. Il s'assit sur le bras du fauteuil et se mit à ruminer. Je le regardai.

« À quoi penses-tu ? finis-je par demander.

— À rien, répondit-il en rougissant.

— Vraiment à rien ?

— Je pense que tu es beaucoup plus fort que mon

papa, fit-il après une pause. Qu'il n'aurait jamais réussi à faire tout ce que... »

Wenche Andresen entra, et il se tut. Elle portait un plateau garni de chocolat et de tranches de pain : le chocolat dans des tasses jaunes, et le pain dans un grand plat en étain, des tranches de pain agrémentées d'œuf et de saucisse d'agneau, de tomates et de concombre, de jambon et de betterave, de sardines à la sauce tomate, et un pot de confiture de fraise. Tout ça ressemblait à une invitation au petit déjeuner. Ou bien elle attendait d'autres personnes.

Nous mangeâmes, tandis que Roar racontait comment tout avait commencé. Ils l'avaient dépassé juste devant l'immeuble, trois types, et Joker dirigeait ça d'un peu plus loin. Ils lui avaient tordu les bras dans le dos et lui avaient enfoncé un mouchoir dans la bouche avant de l'emporter. Il avait essayé de se débattre, mais ils l'avaient frappé sur la bouche en disant qu'ils lui casseraient les jambes s'il ne se tenait pas tranquille. Il ne s'était plus débattu.

Arrivés à la cabane, ils l'avaient d'abord attaché à un arbre et tous étaient venus lui donner des coups de pied et le frapper. Il retroussa la jambe de son pantalon : « Regarde ! » Sa jambe était plus bleue que blanche, et sa mère gémit. Je continuai à mâcher.

Ils lui avaient ensuite dit ce qu'ils allaient faire à sa mère.

Wenche Andresen pâlit.

« Qu'est-ce qu'ils ont dit ? »

Il se détourna, aussi pâle que sa mère.

Elle rougit.

« Les foutus porcs ! Oh, je vais... »

Elle se leva, les mains à la gorge. Je la vis chercher sa respiration. Elle portait un fin pull blanc, et sa poitrine se soulevait en dessous, en rythme avec les profonds hoquets.

« Qu'est-ce que tu dis de ça, Veum ? »

Je ruminais. Je ruminais, encore, encore et encore. J'aurais pu ruminer pendant un siècle : cette fournée avait du mal à passer. Je me levai et allai aux toilettes la cracher dans la cuvette. Je retournai ensuite au salon.

Elle s'était rassise.

« Je vais... Ahr ! » Elle frappa du poing le bras du fauteuil.

« Cet animateur de club de jeunes... Comment s'appelle-t-il ?

— Våge. Gunnar Våge. Pourquoi ?

— Je vais aller lui parler.

— Ça ne sert à rien. C'est un con. Il croit en ces démons, lui. C'est le milieu, dit-il. Tu ne dois pas oublier de quel genre de familles ils viennent, dit-il. Justement, de quel milieu viennent-ils ? Est-ce que *nous*, nous venions d'un si bon milieu ? »

En une seconde, comme un flash, je revis un autre salon, tout en bas d'une ruelle sombre, une mère qui tricotait, assise près d'un poste de radio, un père qui rentrait à la maison, vêtu de son uniforme de la compagnie de transport, les traits tirés, vers une grande cuisine chaleureuse, vers un salon décoré de grandes plantes en pots, dans lequel nous n'entrions que vers le soir, et à la radio : un coup de gong et une voix qui disait : « Bonsoir, je m'appelle Cox. » Puis une mélodie qui résonnait si sûrement en nous que nous pouvions en fredonner n'importe quelle strophe vingt ans plus tard, et une strophe que nous récitions sur la mélodie et dont nous nous souviendrions jusqu'à notre mort : « Cox, c'est comme ça que je m'appelle

/ et c'est Peacock qui a tué / de Pip, on est sans nouvelles / et Margot a trépassé / Cox est amoureux de la belle Hélène / et ils se marient l'année prochaine... »

« Est-ce que c'était le cas, Veum ? » Elle me regarda, les yeux rendus troubles par les larmes qui y montaient.

« De quoi ?

— Est-ce qu'on venait d'un si bon milieu ?

— Certains d'entre nous, peut-être. D'autres, non. Il y a tellement de choses qui comptent, tant de choses qui entrent en jeu.

— Et on fait des enfants, dans ce monde, dans cet enfer : un monde de traîtres, de menteurs et... de terroristes. Existe-t-il autre chose que la misère ? Est-ce que ça n'ira jamais, est-ce qu'on n'aura jamais le droit d'être... d'être seulement... un tant soit peu... heureux ? »

Elle me regarda comme si j'avais vu la pierre philosophale. Mais ce n'était pas le cas. Je ne savais même pas où elle était. J'étais Veum, et mon père m'avait prénommé Varg. Il aurait aussi bien pu m'appeler Cox : cela aurait fait le même effet.

Je regardai l'ensemble de la pièce. Je regardai l'appareil de télévision mort, les étagères, tous les objets, la photographie de l'heureuse famille, les illustrations et les broderies aux murs, la table garnie de ses tranches de pain et de son chocolat, Roar qui écoutait sans rien dire, et sa mère qui n'arrêtait pas de pleurer.

Je me levai et allai à la fenêtre, comme pour y chercher le réconfort. Il faisait noir au-dehors, et il avait commencé à pleuvoir. Les lumières, tout en bas, cillaient dans ma direction, comme des yeux aveuglés

par les larmes, et de la grande route montait le ronronnement irrégulier et constant de la circulation. Le
Lyderhorn couvait l'ensemble, comme s'il couvait ses
propres funestes secrets : sa propre obscure certitude
à propos de la vie, du bonheur, et de tout le reste. Il
n'y avait rien d'étonnant à ce que ce fût sur ce sommet que les sorcières atterrissaient le soir de la Saint-
Jean, sur le chemin de Bloksberg, comme le préten-
dait la légende.

11

Roar s'était couché. Elle avait trouvé une bouteille
de vin rouge : l'une de ces marques pas chères à la
mode, qui changent d'une année sur l'autre. Cette
année-là, elle devait être israélienne.
« Tu veux boire un verre de vin, avant d'y aller ?
— Ça me fera du bien, répondis-je. Même si je
conduis. Ça me donnera peut-être l'illusion d'être
meilleur conducteur. »
Elle sortit des verres et y versa du vin. C'étaient de
petits verres ronds sans pied. Ils ressemblaient à de
petites bulles de savon, contenant du sang. Elle leva
son verre en un toast silencieux, et nous bûmes.
Ç'avait le goût de l'automne. Septembre, ses sorbes et
ses fruits d'églantier écrasés sur le trottoir, de vieux
journaux, dans les caniveaux, qu'agite le premier vent
de l'automne, des gens qui passent rapidement pour
rentrer plus vite chez eux. Ses lèvres se firent humides.
« Nous étions si heureux, Veum, commença-t-elle
spontanément. Jonas et moi. Les premières années.
C'est comme ça que je me rappelle... les premières
années. L'époque où l'on se découvre encore l'un

l'autre, tu vois ? Quand tu vis dans une ivresse d'amour, et tu ne vois rien d'autre que... l'autre. Oh, Seigneur... qu'est-ce que j'étais amoureuse de lui ! »

Elle tendit la main vers une coupelle pleine de cacahuètes : de longs doigts blancs à la peau propre, fraîchement lavée. La télévision avait été rallumée, mais aucun de nous ne la regardait. Le son était coupé, et un homme à la mâchoire imposante parlait sans bruit dans le salon.

« Il était en dernière année à l'École Supérieure de Commerce, et je travaillais dans un bureau. Il avait un appartement à Møhlenpris, dans les combles. Le soir, nous regardions les étoiles à travers les deux fenêtres, allongés sur le divan. Ou les soirs d'été, et les nuages qui passaient. Les fenêtres étaient ouvertes, et les chants d'oiseau et les odeurs montaient du parc Nygård jusque dans la chambre. Il n'y avait qu'une pièce, un divan, une table et deux chaises, et dans un coin, une petite table avec une plaque de cuisson. Les toilettes se trouvaient en face, dans le couloir : avant d'y aller, il fallait écouter pour vérifier que personne ne venait. On pouvait alors se glisser dehors, pieds nus, ou en chaussettes. Quand je pense à quel point c'était miteux, étroit et petit... Mais nous n'avons jamais été aussi heureux que les années durant lesquelles nous avons habité là-bas. Et puis Roar est arrivé, et c'est devenu trop petit. On s'est trouvé un appartement un peu plus haut sur Nygårds-høyden, un deux-pièces. Nous nous sommes mariés — quand je suis tombée enceinte, je veux dire. Pas parce que nous y étions obligés, on ne l'a pas ressenti comme ça, à ce moment-là. Il n'y avait que nous deux, en quelque sorte. Pouvait y avoir personne d'autre. Le couple le plus heureux du monde. Et puis... »

Elle haussa les épaules et regarda tristement devant elle. Elle serra le verre de vin entre ses mains, comme s'il était chaud et qu'elle avait les doigts gelés.

« Nous étions plus jeunes, bien sûr, continua-t-elle. On est toujours plus jeune... les premières années. Je suppose que c'est le cas pour la plupart des gens : que ça change petit à petit, en tout cas un peu. Jonas a fini ses études et il a trouvé un boulot dans une agence de publicité. Une agence relativement petite, seulement cinq personnes, et il y avait beaucoup de travail. Il rentrait vers six heures, la tête rentrée dans les épaules tellement il était stressé, mais c'était quand même une chouette période. Roar était petit. Il fallait que je pense à lui, tu vois ? Un petit enfant. J'ai abandonné mon travail au bureau et je suis restée quelques années à la maison. Nous étions d'accord là-dessus. C'est ce qu'on voulait, tant qu'il était petit. Et puis... »

Elle me jeta un long regard interrogateur.

« Et puis... en quelque sorte... c'est mort.

— C'est pour les mariages comme pour les dinosaures : ils meurent d'eux-mêmes.

— Quoi ? fit-elle pensivement.

— Les mariages. Ils meurent d'eux-mêmes, pour beaucoup d'entre eux.

— Je ne peux pas dire exactement quand, continua-t-elle. Je ne peux pas ressortir un vieux calendrier et désigner un mois, une date précise et dire : c'est ce jour-là que ça s'est terminé. C'était plutôt comme... être malade. Ou plus exactement... se remettre. »

Elle se resservit du vin.

« Tu restes malade longtemps, tu vois... Ça m'est arrivé, quand j'étais petite. Rester couchée pendant des mois, m'ennuyer et être servie. Être au centre de tout. C'était presque douloureux de ne plus être malade, tu vois. Tout redevenait si banal, tout à coup. C'était comme ça : comme si je m'étais réveillée un matin, avec lui endormi à côté de moi, sentant la transpiration et la bière de la veille, pour me dire : Qu'est-ce qui nous est arrivé ? — Oui, il avait commencé à picoler. De temps en temps, il rentrait tard du boulot. Il avait dû sortir boire une bière, disait-il. Et puis il y avait les repas avec les clients, les séminaires le week-end, les conférences à Oslo. Il avait été pris dans une agence de publicité plus importante, qui avait des clients dans tout le pays. Je passai de plus en plus de nuits toute seule. Mais donc, un matin... et je me suis dit : *Avant*, avant, quand je me réveillais à côté de toi, Jonas, un feu s'allumait instantanément en moi, pour toi, une flamme, quelque chose qui brûlait en moi toute la journée, jusqu'à ce que nous nous endormions le soir, ensemble. Mais à présent ? À présent, je n'éprouve absolument plus rien, et quand tu te réveilles, tu ne te penches plus vers moi pour m'embrasser comme tu le faisais avant ; tu me regardes de tes yeux froids et somnolents, et tu grognes, comme pour dire : Tu es toujours là ? Est-ce que je ne serai jamais débarrassé de toi ? — Je parle trop ? » s'interrompit-elle brusquement.

Je bus une gorgée de vin pour éviter d'avoir à répondre sur-le-champ.

« Non, non », répondis-je. Venez voir Veum, ce bon vieux Veum : aucune biographie n'est trop mauvaise pour lui, même si elle est franchement banale. Allez-y, parlez. Le bon Veum est tout ouïe : c'est son boulot, ça.

« Ça fait si longtemps que je n'ai pas discuté avec

quelqu'un. Aussi bien, je veux dire. Mais il faut parler de toi, aussi. Raconte quelque chose, Veum.

— Tu ne pourrais pas m'appeler Varg ?

— Si, d'accord. » Elle se versa un nouveau verre de vin. Ses yeux commençaient à briller. « Aucun problème, Varg. Parle-moi de... ta femme. Celle que tu...

— Beate ? » Je haussai les épaules. « Il n'y a pas grand-chose à raconter sur Beate. Pas encore. Nous avons été mariés pendant quelques années. Cinq, pour être exact. Nous avons eu un petit garçon, et puis nous avons divorcé. Elle s'est remariée, avec un professeur. Ils habitent de l'autre côté de Sandviken, et dans quelques années, ils seront aux premières loges sur la nouvelle voie rapide. Ils s'apprêtent à nager dans le bonheur. Beate, elle... »

Ça faisait quatre ans maintenant, et ce n'était plus aussi douloureux de penser à elle. En fait, j'allais très bientôt pouvoir me mettre à parler d'elle.

« Je ne sais pas exactement quand je l'ai compris, dit Wenche Andresen, qu'il en avait une autre. Mais j'ai bien fini par le comprendre. Et à ce moment-là, ça durait déjà depuis plusieurs années. Solveig, elle s'appelait. » Elle prononça ce nom avec un long *s* sifflant, qui faisait immanquablement penser à un reptile : le serpent du Jardin d'Éden, peut-être.

« Il m'arrive de me demander... si ce n'était pas moi, par hasard, qui... si c'était de ma faute. Si notre couple s'était d'abord effondré, et qu'ensuite, il était parti chercher ailleurs. Ou bien si c'était l'inverse : que le couple s'était effondré *parce* qu'il était parti chercher ailleurs. Mais alors, pourquoi est-ce qu'il avait fallu que... la première fois ? Ah, les mecs ! »

Elle me regarda avec colère, des étincelles dans les

yeux. C'était à moi de rendre des comptes. Mais ça ne me dérangeait pas outre mesure. J'en avais déjà rendu auparavant.

« Vous n'arrivez pas à vous tenir tranquilles. Il suffit que vous voyiez une... une fille alléchante, provocante... il faut absolument que vous vous mettiez à vouloir tripoter et à draguer... Vous ne pouvez pas vous contrôler ?!

— En fait, ça vaut aussi pour les femmes. Enfin, certaines.

— Mais *vous*, c'est pire ! Je peux t'assurer qu'il y a plus de maris infidèles et de femmes déçues partout dans ce monde que... oui, que l'inverse.

— Bon, fis-je en haussant les épaules. Qui a fait le sondage ? L'UNESCO ? »

Elle reposa violemment son verre et pointa l'index dans ma direction.

« Et puis, vous avez cette tare : il faut toujours que vous vous défendiez les uns les autres. Jonas aussi était comme ça. Quand on nous parlait de ce genre d'histoires, il disait toujours : "Il ne faut pas juger, il y a toujours deux façons de voir." Deux façons de voir ! Mais je n'aurais jamais pensé, je n'aurais jamais cru que je me retrouverais un jour dans la même situation. »

Ses yeux se voilèrent à nouveau, et elle dit, comme si elle se parlait à elle-même, un seul mot :

« Déçue... »

Elle se reversa un verre, et eut l'air surprise quand elle vit le mien.

« Tu ne bois pas ?

— Si, mais je conduis.

— J'aurais pu choisir quelqu'un d'autre, bien sûr. » Longue pause pensive. « J'aurais pu me marier avec quelqu'un d'autre. » Nouvelle pause. « Après tout, il y en avait bien d'autres. »

Un homme brun, à la télévision, tenait fermement une femme blonde par les bras et la secouait en grommelant sans bruit. Une porte s'ouvrit et un autre homme entra, une expression d'étonnement sur le visage, en poussant un cri qui ne parvint jamais à s'échapper du poste.

« Mais après avoir rencontré Jonas... Il n'était plus question de qui que ce soit d'autre. Ça doit être comme ça, l'amour. Aveugle, sourd, sans odorat. L'amour ne prévoit pas dix ans en avant. L'amour ne voit pas plus loin que le bout de son nez, au mieux.

— L'amour... Qui est-ce ? La femme aux lunettes sombres, assise à la table d'angle, là-bas ?

— Quoi ? » fit-elle sans comprendre. Elle se leva, un peu chancelante. « Et on était tellement heureux... les premiers temps. Tiens, tu vas voir... »

Elle alla chercher un album de photos dans la bibliothèque. Elle revint s'asseoir sur le bras de mon fauteuil, si proche que c'en était alarmant. Elle ouvrit l'album et le posa sur mes genoux, se pencha au-dessus de moi et montra du doigt les pages noires.

« Regarde ! »

C'était en été. Wenche Andresen et son mari posaient sur une de ces plages incolores bordant une mer verte, gorgée de soleil, et un hôtel étincelant, récemment blanchi à la chaux formait le décor de fond. Leurs corps étaient jeunes et bronzés, et leurs dents étaient fortes et blanches. Ils souriaient comme de petits enfants à une fête foraine.

« Tenerife, fit-elle. C'est à ce moment-là que... nous avons fait Roar. Et là, c'est... septembre. Nous étions à la montagne. Jonas avait une semaine de vacances, et je venais de voir le médecin. Nous étions tellement heureux. »

Je regardai la photo. Hormis les vêtements et les circonstances, c'était la même photo que la précédente. Ils étaient à la montagne, et derrière eux, à droite, on voyait une cabane en pierre. L'herbe portait les couleurs de l'automne, et le ciel au-dessus de leur tête était bleu vif. Elle avait du vent dans les cheveux, et ils portaient des pulls épais. Et ils souriaient, ils souriaient.

Elle avait les cheveux plus longs, à l'époque, et un peu plus clairs. Il avait d'épais cheveux mi-longs, et il portait des lunettes de soleil sur les deux clichés. Son visage était beau, aux traits bien fermes. Il avait une belle carrure, et semblait en bonne forme.

Elle avança dans l'album, et de nouvelles photos défilèrent. Jonas et Wenche à une soirée, lui avec un bras autour de ses épaules à elle, et souriant largement au photographe. Des cheveux qui lui tombaient sur le front. Ils dansaient, me regardaient tous les deux en riant. Et puis Wenche seule, photographiée sur le mont Fløien, par un appareil énamouré. Jonas seul, un 17 mai[1], posant devant une maison en bois ornée du drapeau norvégien, quelque part dans la montagne : le même sourire sincère, mais un peu plus court sur le front.

Elle revint en arrière, jusqu'aux photos du bébé. Roar nourrisson, sur la table à langer, dans son lit à barreaux, assis sur une chaise, le regard dans le vague. Dans un jardin, entouré de lourdes fleurs d'arbres

1. Le 17 mai est le jour de la fête nationale, qui commémore la naissance de l'État norvégien, par la signature de la constitution d'Eidsvoll, le 17 mai 1814.

fruitiers et de montagnes bleues qui se dressaient sur l'autre rive d'un fjord étincelant (ce devait être le Hardangerfjord), tendant la main vers une femme âgée aux cheveux gris, et un homme plus jeune aux cheveux bruns coiffés en arrière. Des photos de famille prises dans le même jardin : meubles en bois blanc, et des personnes alignées comme sur une photo de classe. Des enfants d'âges différents, et Wenche Andresen portant Roar dans ses bras.

« À la maison », dit-elle.

On sonna à la porte. Elle me regarda d'abord, puis l'heure.

« Est-ce que tu veux que j'y aille ?

— Non, il vaut mieux que... je... je... »

Je restai assis au salon, l'album sur les genoux. J'écoutai. J'entendis sa voix, comme un marmottement faible à travers la porte fermée.

Je remontai encore une fois le temps avec l'album de photos, jusqu'à l'*avant* Jonas Andresen, à une période où elle avait des anglaises et un visage encore rond et enfantin. Sur l'une des photos, elle levait des yeux énamourés vers un jeune homme aux cheveux blonds bouclés coiffés en pétard. Il portait une chemise blanche au col déboutonné, et on eût dit qu'il faisait chaud. Il avait un visage agréable, un sourire franc, et sa silhouette, sous la chemise, indiquait qu'il deviendrait nettement plus gros au fur et à mesure que les années passeraient. Sur une autre photo, elle marchait la main dans la main avec un jeune homme brun, maigre, qui la dépassait d'une tête, le long d'un chemin de campagne. Il était vêtu d'un costume sombre, d'une chemise blanche et portait une cravate, tandis qu'elle avait une ample robe claire à motif de fleurs. Elle regardait la personne qui prenait la photo, et lui disait quelque chose en riant.

Peut-être était-ce l'un d'entre eux que Wenche Andresen aurait dû choisir, à la place de Jonas. Peut-être auraient-ils mérité d'être pour elle plus que quelques clichés dans un vieil album ; quelques morceaux carrés de vie oubliée.

J'entendis la porte d'entrée se refermer, puis elle fut dans la cuisine.

« Ce n'était rien », dit-elle en revenant.

Elle se rassit sur le bras de mon fauteuil, en appuyant ses hanches contre mes épaules et mon bras. Je refermai l'album et le posai sur la table. Je vidai mon verre.

« Il faut que je pense au retour. »

Je levai les yeux vers elle. Elle me regarda, de ses grands yeux humides.

« Il me reste du vin, fit-elle.

— Je ne crois pas que ce soit... »

Elle soupira.

« Tu as l'air tellement mélancolique. Il ne faut pas. Ça va s'arranger. Demain, je passerai voir ce type qui s'occupe du club de jeunes. Je passerai faire un tour ensuite, si ça te va. »

Elle acquiesça.

« Pour voir si tout va bien », continuai-je.

Elle sourit tristement, et je me levai.

Elle resta assise sur le bras du fauteuil. Je tendis la main et la lui passai doucement dans les cheveux.

« Le chagrin sied à Wenche Andresen », dis-je — presque pour moi-même.

Elle leva son visage vers le mien. Ses lèvres tremblèrent.

Je me penchai en avant et l'embrassai : doucement,

comme j'aurais embrassé un enfant. Nos lèvres se trouvèrent, s'ouvrirent, hésitantes et attentives.

Son corps s'avança lentement à la rencontre du mien. Je sentis la chaleur qui s'en dégageait, ses doigts dans mon dos, qui remontaient vers ma nuque. Je fermai les yeux et m'endormis, d'un sommeil de Belle au Bois Dormant d'une trentaine de secondes, pour une rêverie somnolente. Puis une vilaine image vint briser le rêve : Roar, ligoté dans la cabane. Je serrai les yeux et les rouvris. Les siens étaient fermés. Je me libérai sans mouvement brusque et sortis dans le couloir, devant elle.

Le charme était rompu, et elle n'osait pas me regarder en face. Elle faisait penser à une adolescente un peu voûtée, se cachant presque derrière le chambranle de la porte.

Je mis ma veste et allai à la porte d'entrée.

« À bientôt... Wenche », lui dis-je d'une voix que je reconnus à peine.

Elle hocha la tête et finit par lever les yeux. Ses yeux étaient presque mauves — de doute, d'angoisse, ou d'autre chose. Et on n'avait plus l'impression que des oiseaux pouvaient s'en envoler ; ils étaient comme des entrées de tunnels sombres, de sous-sols enfumés et de pièces peintes de couleurs vives, de fumeries et de villages perdus au milieu de la jungle.

Je lui fis un sourire crispé, sortis sur la galerie et fermai la porte sur ses yeux. Je descendis en ascenseur, m'installai au volant et m'en allai. Je ne me réveillai qu'en arrivant en ville.

12

J'émergeai le lendemain matin avec des aigreurs d'estomac, la nuque raide et l'impression qu'on m'avait frotté les yeux avec du sable. La neige fondue et la pluie grattaient tout doucement la fenêtre de la chambre à coucher. La lumière semblait filtrée par une passoire à mailles serrées, et les nuages étaient suspendus presque entre les toits, de l'autre côté de la ruelle.

Je sortis du lit et m'allongeai sur le sol. Je fis trois séries de vingt mouvements de la nuque, puis trente pompes avant de me ramasser cinq minutes sur le tapis pour reprendre mon souffle. Ça retapait la nuque.

J'allai dans la cuisine et me préparai le mélange matinal des scouts déchus : un verre de lait glacé et deux Spasfon. Ça retapait le ventre.

Je versai de l'eau dans un verre et me rinçai les yeux à l'eau tiède salée. Ça ne retapait pas définitivement les yeux, mais ça enlevait quand même une partie du sable.

J'étais prêt pour la douche, le petit déjeuner et un nouveau combat pour ma survie. Je passai par le bureau pour m'assurer qu'il ne s'était pas carapaté pendant la nuit. Après avoir ramé un moment, je réussis à entrer en contact téléphonique avec l'employé communal en charge du club de jeunes qui répondait au nom de Gunnar Våge. J'annonçai mon arrivée sans en dire trop sur ce qui m'amenait. Je repris la voiture.

Les routes étaient glissantes et humides, et l'herbe qui poussait le long était couverte de givre. Une nouvelle neige indésirable ouvrait de nouvelles engelures sur le Lyderhorn. L'hiver faisait un brusque retour.

L'animateur du club de jeunes s'était établi dans le premier des immeubles. J'entrai par l'accès principal. Deux panneaux étaient accrochés sur le mur de droite. Sur le premier, fait de métal peint en jaune, des lettres noires indiquaient : *Refuge*. Le panneau avait la forme d'une flèche, et pointait vers une porte de cave qu'une cale de bois maintenait entrouverte. Sous le premier panneau, un autre, peint à la main, de couleurs vives et jeunes annonçait : « *Club J* ». *Animateur*. Une autre flèche rouge vif pointait dans la même direction que l'autre.

Je suivis les flèches et descendis au sous-sol. C'était un de ces escaliers en béton gris et froid qui vous donnent l'impression de descendre tout droit dans les catacombes. Le long du mur de droite, plusieurs flèches épaisses peintes de la même couleur rouge que la première se suivaient. De toute façon, il ne fallait pas beaucoup d'imagination pour s'y retrouver.

Je passai devant plusieurs portes de caves, toutes munies de cadenas aux dimensions inhabituelles, et finis devant une porte métallique affichant le même triple message d'accueil : *Refuge*. « *Club J* ». *Animateur*. J'ouvris la porte et entrai.

J'étais arrivé dans une grande pièce de béton, au plafond bas. Elle était équipée de solides meubles de bois tout simples : une grande table, des bancs, quelques rares tabourets et chaises rustiques. Les murs étaient ornés de posters de stars de variété, de joueurs de football, de couples sur fond de soleil couchant et de Per Kleppe [1]. Je ne compris pas vraiment ce que Per Kleppe faisait là, mais il semblait qu'il avait servi de cible pour des parties de fléchettes. Il était aussi plein de trous qu'un budget municipal.

1. Ministre des finances de 1973 à 1979, secrétaire général de l'AELE (EFTA) jusqu'en 1988.

Un piano fatigué marron foncé occupait un des coins de la pièce, et un slogan fluorescent était peint sur l'un des murs : *Arrête pour de bon de fumer, et viens jouer !* Certainement de la poésie.

Au fond de la pièce, une porte entrebâillée laissait passer un rai de lumière blanche. Je m'approchai et frappai.

« Entrez. »

Je suivis l'invitation.

J'entrai dans une pièce minuscule aux murs recouverts de lambris non teintés, meublée d'un bureau brun clair qui semblait provenir d'un marché aux puces. Un grand calendrier qui permettait de voir les douze mois de l'année en un coup d'œil pendait au mur. Certaines dates étaient encerclées ou encadrées de différentes couleurs. Une grande affiche représentait un pic de montagne blanc que mettaient en perspective les branches d'un tronc de pin marron rouge. Une bibliothèque branlante contenait quelques classeurs, des périodiques, des photocopies de circulaires et quelques revues de bandes dessinées. Une machine à écrire, une Remington du début du siècle avec des touches larges comme des assises de tabourets de bar, trônait sur le bureau. Il était impossible de dire si elle servait effectivement à écrire, ou si elle était juste là pour décorer.

L'homme qui était assis derrière le bureau me regarda de ses grands yeux brun foncé de chien battu. Bien qu'il n'eût guère plus de trente ans, il était complètement chauve sur le dessus du crâne. Ses fins cheveux blonds frisés lui recouvraient les oreilles et la nuque, ce qui lui donnait un aspect un peu curieux.

Sa bouche était aussi mélancolique que ses yeux, encerclée d'une bande sombre qui rappelait un entourage de faire-part de deuil. Il portait un pull à col roulé marron et un pantalon en velours vert, et je vis au moment où il se levait qu'il était légèrement corpulent. Il me tendit une main pâle :

« Veum, je présume ? »

J'acquiesçai.

« Gunnar Våge. Asseyez-vous là. » Il désigna une chaise rustique du même genre que celles qui se trouvaient dans la grande pièce d'à côté. Il s'assit pour sa part dans un large fauteuil de bureau, aux accoudoirs comme des tremplins de saut à ski.

S'installa alors le silence oppressant qui se crée quelquefois entre deux personnes qui se rencontrent pour la première fois. Je le regardai un peu plus attentivement. Ses sourcils étaient clairs, séparés par un petit bouton rose. Il avait un demi-cercle sombre sous chaque œil, et un petit tiraillement nerveux au coin de l'œil droit. Le lobe d'une de ses oreilles était un peu plus long que l'autre, comme si quelqu'un s'y était jadis cramponné dans un bus qui aurait pris un virage trop brusque. Il avait apparemment des problèmes pour se raser juste sous le nez, ce que trahissaient une petite croûte de sang et quelques poils plus longs à cet endroit.

« Vous avez fini de jouer à Sherlock Holmes ? demanda-t-il. Vous avez trouvé quelque chose d'intéressant ?

— Tu utilises un rasoir à main, mais ta main tremble sous le nez. Peur de la castration : une mère dominante et l'angoisse de se retrouver seul au monde. Ce n'est pas comme ça que vous résolvez tous les problèmes ?

— Pas tous, fit-il avec un sourire aigre. Comment est-ce que tu les résous ? Avec le poing droit ?

— Ça dépend de quels problèmes tu parles. Tu connais un type qu'ils appellent Joker ? »

Il hocha longuement la tête, et une expression de découragement apparut autour de sa bouche.

« Si c'est de Johan qu'il s'agit... » Il ne dit pas "encore", mais ce fut tout juste. Le mot flottait dans l'air de toute façon.

« Vous avez déjà eu des problèmes avec lui ? »

Il ne répondit pas immédiatement. Il déplaça un pouce le long du bord du bureau, lentement et par à-coups. Il ouvrit un tiroir, regarda dedans et le referma. Puis il leva les yeux vers moi, me regarda attentivement et dit :

« Je crois que je suis l'une des rares personnes qui ont eu une espèce de contact avec... Johan. D'une certaine façon, je crois... qu'il me respecte. D'une certaine façon. Je... Au début, quand je suis arrivé ici, il a voulu me tester, évidemment. Le précédent animateur a été interné en maison de repos. Oui, il en est sorti, à présent, et j'ai entendu dire qu'il s'était bien remis, mais tu n'as qu'à lui chuchoter le nom de Joker pour qu'il se mette à pleurer comme un petit enfant. Alors, quand je suis arrivé, j'étais prévenu. Je n'ai peut-être pas l'air si dur — pour un détective, j'entends... »

Il fit une pause artistique, pour voir s'il avait fait mouche, mais je l'ignorai et gardai le silence. Je ne démarrai pas pour si peu.

« Mais je peux être assez dur, continua-t-il. Ça n'a rien à voir avec la masse musculaire ou quelque chose de ce genre. C'est une question d'attitude. Si tu fais comprendre aux jeunes que tu les respectes et que tu les comprends, et que tu veux que ça aille bien pour eux en les laissant le plus possible décider, alors il y a des chances pour qu'ils te respectent aussi un peu. Fais-leur faire des activités, oriente-les — comme tu veux —, montre-leur l'amitié qu'ils ne connaissent que rarement (et qu'ils n'accepteraient jamais) chez eux, sois copain avec eux sans être condescendant — mais pose une limite. La plupart d'entre eux ont besoin d'une limite, en tout cas ceux du genre de Johan. Quand il vient ici et qu'il agite ses couteaux, je les lui prends, tout simplement. Et puis il revient les réclamer. Un ou deux jours après. Je me rappelle la première fois. Nous organisions une petite soirée, ici : du coca, des petits pains au lait que quelques filles avaient faits, de la musique, et quelqu'un qui chantait des chansons, un jeune qui lisait des poèmes qu'il avait écrits — et Joker est arrivé. Il avait bu, et il y avait là un garçon dont la tronche ne lui revenait pas. Le couteau est sorti, au milieu des cris et de tout le potin. J'ai coupé la sono, et un silence de mort s'est abattu dans la pièce. Je suis allé vers Johan, qui avait chopé l'autre garçon contre le mur. Je l'ai attrapé par une épaule et l'ai fait se retourner — je n'ai fait que le tourner vers moi. Je l'ai regardé dans les yeux, et je lui ai dit : "Donne-moi ce couteau." Il m'a jeté un regard de défi, et je lui ai dit : "J'en ai besoin pour les pains au lait. À moins que tu ne veuilles pas de confiture dessus ?" Quelqu'un a commencé à rire, et j'ai vu que ça le rendait nerveux. Ce n'était pas de lui qu'ils riaient, bien sûr, ils n'oseraient pas, et il le savait. Alors il s'est mis à rire lui aussi. Et j'ai pu prendre le couteau. Ce soir-là, j'ai coupé deux cents petits pains avec un couteau à cran d'arrêt. »

Il se passa lentement une main sur le crâne, comme s'il cherchait de nouvelles pousses.

« Le lendemain, continua-t-il, à peu près à l'heure

qu'il est aujourd'hui... En fait, il m'avait demandé le soir même s'il ne pouvait pas récupérer son couteau. Reviens demain, je lui ai dit. Alors il est revenu, le lendemain... Il restait à la porte, avec une expression distante, sombre et incertaine d'enfant de trois ans sur le visage. C'était à propos du couteau, a-t-il dit. J'ai sorti le couteau, je lui ai demandé de s'asseoir, et j'ai posé le couteau sur la table entre nous deux. Puis je lui ai posé quelques questions, en y allant doucement, pour essayer d'amorcer une conversation. Je ne suis pas arrivé à grand-chose cette fois-là, ni la fois suivante. Mais petit à petit... Pendant un temps, il a presque eu ses habitudes ici. La première fois, quand il est reparti, il a dû penser qu'il fallait qu'il s'endurcisse un peu. Il a replié son couteau et l'a mis dans sa poche, a enfoncé ses pouces dans ses poches, m'a regardé de travers et m'a dit : "Ne me reprenez plus jamais mon couteau, mister..." Et il est parti. Mais ensuite, c'était presque comme s'il devait sortir son couteau à la moindre occasion — juste pour que je puisse lui prendre, pour qu'il ait l'occasion de revenir le lendemain. Il avait besoin de parler, bien entendu. Un gamin solitaire comme le sont tous les petits durs de son espèce. Et il en a foutrement bavé.

— Ça, c'est bien possible. Mais ceux qui le rencontrent en bavent aussi pas mal...

— C'est-à-dire ? Tu fais allusion à quelque chose de particulier ?

— On entend bien sûr dire que... Et on constate... certaines choses.

— Écoute, Veum. Je ne sais pas pourquoi tu es venu, et je ne sais pas qui t'a demandé de venir. Mais si tu viens ici comme une espèce de... comme une espèce de héros de western — pour faire le ménage — alors tu t'es trompé d'interlocuteur. Les détectives privés ne pourront jamais être des assistants sociaux.

— J'*ai fait* l'école des Hautes Études Sociales. Stavanger. J'*ai bossé* pour la protection de l'enfance... cinq ans. Mais ça ne représente peut-être pas grand-chose...

— Mais tu n'y travailles plus. Tu vis en gagnant ta croûte sur les malheurs des autres. Il n'y avait pas assez d'argent à gagner dans les services sociaux, j'imagine...

— Si tu crois que c'est une question d'argent, alors tu es chaudement invité à jeter un œil sur mon compte en banque. Quand tu veux, où tu veux. Il est ouvert comme une vieille putain et bourré comme un militant de la ligue anti-alcoolique. Juste une chose : n'oublie pas ta loupe. Les dépôts donnent le vertige. J'ai donné cinq années de ma vie aux services sociaux, et j'ai bien dit *cinq* ans. C'était avant la loi sur les conditions de travail, et... oui, j'ai eu trois semaines de vacances, mais en dehors de ça, je faisais tout juste la différence entre le dimanche et les jours de la semaine. Ma femme non plus, du temps où j'en avais une. Et quand les services sociaux m'ont eu utilisé cinq ans, après m'avoir vidé de toutes mes forces, fait couler mon couple et tout le tremblement... ils m'ont jeté, à cause d'une petite méprise, un seul petit faux pas. Alors, ce n'est pas d'argent qu'il s'agit, Vâge. C'est seulement une autre façon de faire le même boulot. Simplement, tu es ton propre patron, tu n'as pas de revenus fixes et tu ne peux même pas t'offrir de vacances.

— Est-ce qu'il y a autre chose que je puisse faire pour toi ? fit Gunnar Vâge d'un air las.

— J'ai entendu dire que Joker — ou Johan, comme

tu veux — a une bande qui terrorise tout le quartier.
Qu'ils forcent des mères célibataires à monter à leur
cabane, dans le bois, et qu'ils leur font subir... des
choses assez humiliantes, et que les gens qui essaient
de donner l'exemple se font passer à tabac, que... »

Il me montra ses deux paumes, les tint en l'air
devant lui comme pour parer des coups.

« Ça suffit, ça suffit, Veum. »

Il avala sa salive et poursuivit.

« Si tu veux être détective, il faut t'en tenir à ce
qui se passe vraiment, aux faits, et pas à ce que les
gens disent... à ce que tu entends dire. Première
chose : celui qui s'est fait passer à tabac, comme tu
dis... ça fait un moment, maintenant. Un type assez
atteint, et une brute. Il est tombé sur Johan près du
supermarché du coin, et l'a littéralement assommé.
Eh bien : si tu t'en prends à des jeunes comme celui-
ci, il faut t'attendre à ramasser en retour. Ils l'ont
chopé un soir qu'il rentrait tard, et il s'en est tiré avec
quelques égratignures, ça, c'est vrai. Mais trois des
jeunes ont été conduits chez le médecin de garde en
même temps que lui, et il est sorti *avant* eux. Quant
au fait qu'il ait dû déménager juste après, c'est parce
qu'il s'est fait jeter dehors... pour beuveries et tapage
nocturne, et parce qu'il avait fait sa fête au gardien
qui avait essayé de les faire se tenir tranquilles. Il a
été convoqué par la police, mais je n'ai jamais eu le
courage d'essayer de savoir ce qui s'est passé ensuite.
En ce qui concerne le reste...

— Oui ?

— Pour aller droit au but : je n'y crois pas, Veum,
dit-il sèchement. Pas avant de le voir de mes propres
yeux. Les gens devraient bien avoir à l'esprit que...
tu sais ce qu'ils disent ? Ce Våge, disent-ils, il les

défend, ces jeunes ! Ils ont fait circuler une pétition, il y a quelques mois : ils voulaient que le club soit fermé. Mais ils n'ont pas rallié assez de monde. La plupart des parents de... ceux qui traînent ici... ils ont compris la valeur d'un club de jeunes, d'un endroit où les jeunes peuvent venir. Si nous n'avions pas eu ce club, ce n'est pas une bande, que nous aurions, mais vingt — et bien pires que celle de Johan et ses copains.

— C'est bien possible. C'est pourtant de cette bande-ci qu'il s'agit maintenant, et le moins qu'on puisse dire, c'est que ce ne sont pas des anges. Et s'ils en sont, ils ne portent pas de gants de velours. »

Je fis un geste de la main en direction de mon visage, qui portait encore les égratignures consécutives au règlement de comptes de la veille.

« On ne peut pas dire que j'aie jamais été un Apollon. Mais le traitement que m'ont réservé hier au soir Joker et sa bande, à leur cabane, ne m'a pas particulièrement embelli.

— Tu les as provoqués, peut-être ?

— J'ai rendu un service à quelqu'un. Je suis allé chercher un petit garçon volé. »

Je constatai que cela le laissait légèrement stupéfait.

« Qu'est-ce que tu veux dire ?

— On appelle ça du kidnapping, de mon côté de la ville. Un petit garçon qui s'appelle Roar. L'autre jour, ils ont volé son vélo, et hier, ils l'ont volé, lui.

— Ils n'avaient sûrement pas de mauvaises intentions, en faisant ça.

— Sûrement pas. Ce n'était pas l'impression qu'il donnait, allongé comme il était, les bras attachés, un mouchoir sale enfoncé dans le claque-merde et des traces de larmes sur les joues. Il avait l'air de quelque chose avec quoi ils avaient joué, et qu'ils avaient jeté. »

Gunnar Våge se leva et fit le tour du bureau.

« Écoute, Veum. Je suis réaliste. Je ne crois pas que ces jeunes soient des anges. Je n'essaie pas de les comprendre coûte que coûte. Pas coûte que coûte. Mais j'essaie de les comprendre, et j'ai quelques connaissances sur le milieu dont ils viennent. Il n'est pas joli-joli, pas toujours, et on peut sans problème comprendre que certains d'entre eux regardent tout ce qui est extérieur avec amertume et agressivité. Prends Johan, par exemple... »

Il s'assit sur le bord du bureau et joignit les mains. Il faisait penser à un prêtre en train de confier à son confirmand préféré que lui aussi se masturbait quand il était jeune, mais que c'était quelque chose qui disparaissait avec l'âge, après quatre-vingt-dix ans.

« Il n'a jamais eu de père. »

Il réfléchit un instant.

« Ou plutôt, il en a eu mille, si tu vois ce que je veux dire. Je crois qu'en fait, jamais la mère n'a su avec qui elle l'avait eu. Il y en avait trop, et il y en a toujours trop, et il y en a trop eu depuis la naissance de Johan. Les gens la qualifient de putain. J'ai un peu discuté avec elle... de Johan. En fait, c'est une femme pleine de bon sens, quand elle est à jeun. Mais elle l'est trop rarement. Et pourquoi elle en est arrivée là, on peut le voir dans son vécu à elle. Enfant de la D.D.A.S.S., violée par l'un des directeurs à l'âge de treize ans, envoyée en maison de jeunes filles à quinze ans, elle a fichu le camp avec les Allemands au cours des dernières années de la guerre et a ensuite été marquée au fer rouge pour ça. Alors Johan a eu plutôt du mal à s'en sortir. Et ce n'est pas un imbécile.

Bien au contraire : il est intelligent, bougrement intelligent. Avec une intelligence et une mère pareilles, il n'avait qu'une voie à suivre. Ou peut-être deux. Il pouvait devenir artiste, ou psychopathe. Donc, il est devenu psychopathe.

— Il peut toujours devenir détective privé, fis-je.

— Je connais les mecs de ton genre, Veum, dit-il avec un regard froid. J'en ai trop vu. Vous avez tellement peur de la vie que vous vous planquez derrière un mur de plaisanteries. Vous avez une bonne réplique pour les destins les plus affligeants, et vous vendriez votre vieille mère pour une bonne blague.

— Ma vieille mère est morte, et je ne connais pas de bonne blague.

— Tout juste. Ha ha. Tu es un exemple vivant de ce dont je suis en train de parler. Je crois que tu devrais y aller, Veum. Je ne crois pas t'aimer. »

Je restai assis.

« Elle... La mère de ce Johan... Où pourrais-je la trouver ? »

Il sauta du bord du bureau et vint se planter devant moi, les jambes légèrement écartées.

« Pour être sincère, je ne crois pas que tu doives t'en soucier, Veum. Je crois que tu peux faire plus de ravages que tu n'en as vraiment conscience. Tu en as le profil. J'essaie de faire du bon boulot, ici, de donner une chance à ces jeunes, somme toute de les aider. Tu peux me considérer comme une sorte de jardinier, et rien ne m'insupporterait plus que quelqu'un venant piétiner mes plates-bandes...

— Même pas pour enlever les mauvaises herbes ?

— Écrase, Veum. S'il y a une chose que je n'aime pas, c'est parler de moi. Je ne me considère pas comme un idéaliste, ni comme quoi que ce soit, mais j'essaie en tout cas de faire quelque chose de ma vie. En fait, j'étais ingénieur électricien, dans le temps ; j'avais un boulot qui rapportait plutôt bien, dans l'industrie, secteur privé, fort revenu annuel, je pouvais avoir une maison, une femme et tout le reste... Si je ne m'étais pas un jour brusquement arrêté pour regarder autour de moi : Mais bon Dieu, qu'est-ce que tu fais de ta vie, Gunnar ? je me suis demandé. Regarde autour de toi. Tu travailles dans une des entreprises qui polluent le plus sur la péninsule de Bergen. Tu erres dans un bureau dont la climatisation est réglée par ordinateur, et tu prévois de nouvelles entreprises, de nouvelles pollutions, de nouvelles cascades dans les cercueils, de nouveaux espaces verts à soumettre au développement, et dans la ville où tu habites, il y a des gens qui ont besoin d'aide. Des personnes vivantes. De jeunes personnes. Je n'ai pas été converti, politiquement, en tout cas pas directement. Je n'ai pas été dans la mouvance révolutionnaire, si ce n'est que j'ai compris que chaque révolution doit commencer par le commencement... à la génération suivante. Notre génération — la tienne et la mienne — est déjà dégénérée. Nous sommes une bande de blagueurs angoissés qui n'ont même pas eu la révolution de leurs parents comme credo, ni le Jésus de nos grands-parents. Nous sommes une génération athée, agnostique, de mufles, Veum... et qu'on me les coupe si tu n'en es pas le prototype : tel que j'étais il y a quelques années. »

Il s'arrêta un instant pour reprendre son souffle, avant de continuer. Pour quelqu'un qui n'aimait pas parler de soi, il se débrouillait très bien pour le monologue.

« Alors j'ai changé de cheval. J'ai fait comme toi : je suis entré à l'école des Hautes Études Sociales, et j'ai commencé à *faire* quelque chose. Eh bien. Regarde-nous. Je travaille toujours dans la branche qui correspond aux études que j'ai faites, mais toi... »

Il fit une moue méprisante.

« Moi aussi, à ma façon, dis-je. D'une autre façon. »

Il me regarda avec une attention extrême.

« Oui, oui, peut-être bien. Hors des groupes, hein ? Tu es un exemple parfait de ces individualistes anxieux de l'après-guerre. Hors de tous les groupes, extérieur à chaque règlement. Tu es un hippie en retard, Veum. En retard de dix ans. »

Je me levai.

« Je suis désolé de devoir partir, Våge. C'est réjouissant de t'écouter. Ma femme t'aurait adoré. Mon ex-femme, devrais-je dire... »

Il montra à nouveau les dents d'un air méprisant.

« Et voilà. Voilà l'apitoiement sur soi. La dernière caractéristique. Ça et l'alcoolisme. Ou peut-être que tu es moderne au point de fumer du hasch à la place.

— Aquavit. Pour ton information.

— Et donc, tu restes assis dans ton coin, pendant toutes ces sombres soirées d'hiver, à têtouiller ton litron et à pleurnicher sur ta propre solitude, n'est-ce pas ? »

Il s'approcha encore davantage, si près que je sentis l'odeur de café de sa bouche.

« Mais certains d'entre nous ont choisi la solitude, Veum, de vivre seuls. Parce que c'est peut-être aussi sensé. Parce que ça te donne davantage d'occasions de te vouer à... à ce en quoi tu crois. Ne va surtout pas te mettre dans le crâne que je n'aurais pas non plus pu me marier. Et même plusieurs fois.

— Plusieurs fois ? » répétai-je en essayant de donner l'apparence d'une certaine jalousie. Ce n'était pas très difficile.

« Mais non. J'ai dit non. Quand j'en suis arrivé à ce stade de ma vie — ce tournant — je me suis dit : si tu en es arrivé là tout seul, tu peux bien parcourir le reste du chemin tout seul. »

Il regarda tout autour de lui.

« C'est chez moi, ici », dit-il. Il fit un signe de tête vers la pièce vide, derrière moi.

« Ceux-là, là-bas, ce sont mes enfants. Si je peux les aider, de quoi d'autre puis-je avoir besoin ?

— Une cuiller à soupe d'amour, matin et soir ? proposai-je.

— L'amour... Ce n'est pas quelque chose qu'on prend... ou qu'on reçoit. Comme un fortifiant. L'amour, c'est quelque chose qu'on donne... et il faut quelqu'un à qui le donner.

— Tout juste. » Je ne dis rien d'autre. Puisque je n'avais plus d'autre drôlerie à raconter, des choses qu'on pardonnait à un individualiste angoissé d'après-guerre.

Il ne me restait qu'une chose à dire : partir.

Je ne dis même pas au revoir. Mais je suppose qu'il comprit que c'était parce que j'avais une boule dans la gorge et que je n'étais pas sûr que ma voix n'allait pas me trahir.

Aveuglé par les larmes, je retrouvai la sortie... lentement, en remontant le courant des flèches rouges.

13

Je m'arrêtai quelques instants sur le trottoir.

Que faire ? Et est-ce que ça me concernait un tant soit peu ?

Je regardai l'heure. Je levai ensuite les yeux sur

l'immeuble où habitait Wenche Andresen, la galerie du huitième, la fenêtre de Roar, celle de la cuisine et la porte d'entrée. La fenêtre de la cuisine était illuminée. Je remontai vers l'immeuble, passai l'entrée principale et arrivai à l'ascenseur.

Pendant que j'attendais, une femme entra et vint à côté de moi. Je saluai — discrètement — et elle me regarda avec effroi, comme si je lui avais fait un geste obscène. Les gens ne se disaient peut-être pas bonjour, ici, que ce fût en attendant l'ascenseur ou non. C'était un autre monde, il ne fallait pas que je le perde de vue. Puis elle se domina et sourit, un bref sourire gêné.

C'était une femme relativement agréable. Elle avait dû être belle, naguère, quelques décennies auparavant. Mais elle avait dépassé le demi-siècle, et les cinq premières décennies avaient laissé leurs sillons sur son visage. Certains avaient semé, d'autres avaient moissonné, mais Dieu seul sait qui y avait gagné.

Ses cheveux avaient été noirs : ils étaient à présent mêlés de longues mèches grises, relativement décoratives, si on aimait les zèbres. Ses yeux étaient marron, avec un peu trop de rouge autour de l'iris, et sa bouche avait une expression amère, comme si elle venait de boire le Campari de trop.

Elle n'était pas très grande, mais j'étais incapable de décider si elle était mince ou potelée, parce qu'elle portait un large manteau de fourrure marron foncé qui, il est vrai, avait connu des jours meilleurs, mais qui pouvait toujours réchauffer une âme gelée dans un corps frigorifié. Elle avait des jambes magnifiques. Elle avait dû les changer quelque part en cours de route : elles ne pouvaient guère avoir plus de trente ans.

Je lui tins la porte de l'ascenseur quand celui-ci arriva. Elle ne souriait plus. Il y avait des limites.

L'ascenseur était profond et étroit, comme un cercueil. Il était évident qu'il devait pouvoir servir à monter des pianos, des lits et des canapés jusqu'au douzième étage, et qu'il avait été dessiné en fonction. Elle alla jusqu'au fond. Je restai tout près de la porte.

« À quel étage allez-vous ? demandai-je.

— Sixième », répondit-elle. Sa voix grinça légèrement, une voix éthylique : quelques verres de trop, pas assez d'heures de sommeil. Elle avait des poches sous les yeux.

L'ascenseur s'ébranla et s'éleva. Il s'arrêta entre le troisième et le quatrième étage. Le plafonnier s'éteignit deux fois avant de se calmer, comme l'avait fait l'ascenseur. La femme qui se trouvait à mes côtés inspira profondément.

« Oh, Seigneur, encore ! Il est bloqué », dit-elle comme si c'était ma faute.

« Je vois bien. »

Je voyais dix ou quinze centimètres de la porte du quatrième étage. En dehors de cela, du béton.

Se retrouver coincé dans un ascenseur est une expérience particulière, réservée en exclusivité à ceux qui vivent dans des pays prétendument civilisés, à savoir des pays où l'on construit des bâtiments de plus de trois étages. L'ascenseur se coince, le monde s'arrête. Qu'on ait cinquante ans ou qu'on en ait quinze, cela n'a aucune espèce d'importance : on se sent de toute façon très, très vieux. La guerre peut faire rage au dehors : les Russes, les Américains ou les Chinois peuvent avoir débarqué. Il peut y avoir une coupure d'électricité, un séisme ou une tempête. Les gens peuvent courir tout nus dans la rue, et se tailler des morceaux de chair les uns dans les autres, ou des tonnes de rhinocéros peuvent traverser les rues en trombe dans leur chasse aux vierges. Vous n'êtes pas dans le coup. Vous n'avez rien à faire dans cette histoire. Vous êtes immobilisé.

La claustrophobie ne fait pas partie de mes hobbies, mais je sentis néanmoins la sueur commencer à couler sur mon front et dans mon dos. Personne n'aime se retrouver coincé dans un ascenseur. Quand on est coincé, on veut sortir. C'est simple comme bonjour.

Et nous restions bloqués.

La femme qui partageait mon immobilité n'avait pas l'air à l'aise non plus. Son visage s'était comme dilaté : ses yeux, ses narines, sa bouche... et elle respirait lentement, difficilement. Ses genoux semblaient désarticulés, et elle s'appuyait contre la paroi de l'ascenseur d'une main faible et blanche. Elle tenait l'autre sur son front.

« On pourrait peut-être se présenter. Je m'appelle Veum. »

Elle n'avait pas l'air de me croire.

« Je... on est coincés. Coincés ! » L'hystérie perçait dans sa voix.

« J'ai entendu dire que les gens qui souffrent de claustrophobie, quand ils se retrouvent dans la même situation, commencent à se déshabiller. Ne faites pas ça. Je suis trop jeune. Je ne le supporterais pas. »

Elle recula.

« Mais qu'est-ce que vous racontez ? Tirez-nous de là ! Sortir ! Je veux sortir ! »

Elle se retourna et se mit à taper contre la paroi de l'ascenseur de ses petits poings impuissants.

« Au secours ! Au secours ! » cria-t-elle.

Je pressai le bouton *Alarme* et entendis une sonnerie quelque part. J'espérai que ce n'était pas que ce qu'on appelle un « bouton de réconfort » qu'ils posent pour tranquilliser les gens qui sont coincés, mais qui émettent un son inaudible passé quelques mètres. J'espérai par la même occasion qu'une sonnerie retentirait aussi ailleurs, chez un gardien céleste, où qu'il se trouve, si toutefois il y en avait un.

La femme dans le vieux manteau de fourrure s'était écroulée sur le sol.

« Combien de temps peut-on survivre ? Combien de temps restera-t-il de l'oxygène dans l'air ? sanglota-t-elle.

— De l'oxygène ? » Je regardai tout autour. « Suffisamment longtemps. J'ai entendu l'histoire d'une femme de ménage suédoise : elle est restée enfermée pendant quarante jours dans un monte-charge d'usine. Toutes les grandes vacances. Et elle a survécu. Mais il faut cependant préciser qu'elle avait un peu d'eau savonneuse pour boire.

— Quarante jours ! Mais au nom du ciel ! Mais Seigneur ! Je n'ai aucune intention de...

— Non, non, non. Je voulais juste dire : l'air... ce n'est pas le problème. »

Je jetai quelques coups d'œil autour de moi. Ça commençait à sentir le renfermé, la température montait, mais pas de doute : l'air n'était pas le problème. Je transpirai de plus belle.

Je levai les yeux. Il n'y avait pas l'une de ces sympathiques trappes au plafond, comme au bon vieux temps. Que vous pouviez ouvrir pour grimper et sortir, vous donnant l'impression que vous étiez assis au fond du cratère d'un volcan. C'était toujours si tranquillisant...

Avec étonnement, je constatai que je transpirais de plus en plus. On ne devrait jamais prendre l'ascenseur, pensai-je. Les escaliers existent pour qu'on les utilise, ça améliore la condition physique, et on vit plus longtemps. Les ascenseurs, c'est pour les vieux et les nouveau-nés, pas pour les personnes grandes, fortes et...

Quelque chose s'était mis à grouiller dans mon ventre : cette bonne vieille angoisse.

Je refis une fois du regard le tour de l'ascenseur, d'une paroi à l'autre. Il avait maintenant l'air plus petit : plus étroit, plus confiné.

Je remarquai brusquement que mes poings éprouvaient l'envie de frapper les murs, de les démolir, que ma voix aurait voulu crier : « Au secours ! Au secours ! »

La tête me tournait.

Je me raclai la gorge (pour me rassurer) :

« Dans peu de temps, nous sommes dehors. Dans peu de temps, madame. »

Elle s'était complètement écroulée, et fixait le sol. Elle avait replié ses jambes devant elle, et sa gêne banlieusarde avait disparu. Je vis qu'elle portait une culotte noire sous un collant brun mat, et je pus constater qu'elle était nettement plus dodue à cet endroit que ne l'avaient laissé supposer les jambes.

Je détournai donc les yeux. Je suis un type convenable : je n'abuse jamais des femmes désemparées. Ou peut-être n'est-ce que de l'appréhension... appréhension sexuelle ? Il m'était fort possible d'y réfléchir un instant, de m'analyser : j'avais été relativement bon à ce jeu, à une époque. C'était tout juste s'ils ne m'avaient pas interné, à ma demande.

J'écoutai les bruits venant du bâtiment, autour de nous. Le béton conduit le son de façon extrêmement étrange. J'entendis les tuyaux chuinter, et quelque chose qui rappelait des signaux frappés dans une prison, un code pour communiquer d'une cellule à l'autre. Peut-être était-ce quelqu'un qui s'était retrouvé bloqué dans l'autre ascenseur, peut-être l'immeuble était-il plein d'ascenseurs dans lesquels des gens étaient coincés, deux par deux, et plus personne ne bougeait, et personne ne venait nous aider à sortir, peut-être était-ce... l'enfer ?

Je la regardai à nouveau. Passer l'éternité — avec elle ?

La transpiration coulait maintenant abondamment. J'étais incapable de me fixer sur une pensée rassurante. J'essayai. Je pensai à l'été : une plage blanche, baignée de soleil, une mer infinie, bleu turquoise, un ciel haut et bleu... de l'air, de l'air ! — et des gens qui parlent danois. Je pensai à de la bière : de la bière dorée dans de grands verres, avec de la mousse blanche et fraîche au sommet, des nappes à carreaux rouges et blancs, une véranda ouverte, une femme... Je pensai à Beate. Mais ça ne me tranquillisait pas. Je pensai à... Wenche Andresen.

« Ohé ! »

Ohé ? Ohé ! Ce n'est qu'à la troisième fois que ma voix se fit entendre : « Ohé ! »

Quelqu'un tapait à la porte du quatrième étage.

« Il y a quelqu'un ? Vous êtes bloqués ? » C'était une voix bourrue, une voix de gardien.

« Oui. On est coincés. Vous pouvez nous faire sortir ? » Il se passait quelque chose, et je cessai de transpirer. La femme à côté de moi leva la tête et se mit à écouter.

« Oui. Ce sont encore ces satanés gamins. Les plombs ont sauté, mais attendez un peu, dans cinq ou dix minutes, ça devrait se remettre à fonctionner.

— Merci », chuchotai-je aux pas lourds qui s'éloignaient.

Il se passa un quart d'heure supplémentaire. La femme et moi n'avions aucun intérêt commun dont nous puissions discuter. Nous n'en avions qu'un : nous sortir de là. Je regardai l'heure : était-il possible qu'elle fût rentrée ?

Puis, sans crier gare, l'ascenseur reprit son ascension. Quatrième, cinquième, sixième. Il s'arrêta.

La femme s'était déjà relevée. Elle s'était rapidement passé la main dans les cheveux, et éventée avec un petit mouchoir en dentelle. Ses yeux étaient cernés de rouge, mais la différence n'était pas sensible. Elle avait en gros la même apparence qu'en entrant dans l'ascenseur : quelques années de plus, peut-être, mais c'était aussi mon cas. C'est une des choses qui sont liées aux séjours prolongés dans les ascenseurs : on vieillit à toute vitesse. Quelquefois, on s'écrase.

Elle me prit soudain la main, au moment de me quitter : « Solfrid Brede », dit-elle de la même voix éraillée.

« Euh... Merci. »

Puis elle s'en fut, et je repris l'ascenseur pour deux étages de plus. Bonjour et au revoir, Solfrid Brede. Peut-être nous reverrons-nous une autre fois, dans un autre ascenseur, en enfer ou ailleurs ? On ne sait jamais, Solfrid Brede, on ne sait jamais...

J'ouvris la porte de l'ascenseur et sortis.

Wenche Andresen attendait au-dehors. Elle n'était pas seule. Elle était avec un homme.

14

C'était un homme grand et bien bâti, au physique d'athlète. Il devait être à la fin de la quarantaine, ou avoir tout juste dépassé les cinquante ans : son visage avait un aspect nerveux et tenace qui indiquait qu'il avait vu défiler quelques années. Mais ses yeux étaient sombres et vifs au fond de leurs orbites, partiellement dissimulés par de gros sourcils gris foncé. Ce que je pouvais voir de ses yeux avait la même teinte grise, ce qui, en plus de son attitude légèrement tendue, faisait penser à un loup. Il était vêtu d'un uniforme de marine orné du grade de capitaine de frégate, et semblait s'attendre à ce que je me mette en position de repos à l'instant même où je le vis.

Wenche Andresen avait l'air un peu déboussolée.

« Va... Veum ? »

Elle regarda l'homme-loup, puis moi à nouveau.

« Je passais simplement pour prendre des nouvelles... de Roar.

Oh, ça va bien, mais... Je pars travailler à l'instant. Voici mon... mon supérieur, le capitaine de frégate... » elle bougonna son nom indistinctement.

Il le répéta lui-même, en appuyant bien sûr chaque syllabe, comme s'il parlait à un matelot niais.

« Richard Ljosne, fit-il en attrapant ma main de ses doigts forts et noueux.

— Veum. »

Et le silence s'installa. Wenche Andresen avait toujours l'air aussi troublée. Elle avait une demi-lune sombre sous chaque œil, et elle était très pâle.

« Je... ne me sentais pas très bien, alors j'ai téléphoné pour dire que j'arriverais un peu plus tard... au bureau, et Richard — Ljosne m'a dit qu'il pouvait venir me chercher, pour...

— Nous avions quelques papiers très importants à remplir aujourd'hui, et Wenche est la seule à savoir comment les mettre en forme. Sans elle, il nous aurait fallu faire appel à un intérimaire, et il aurait en plus fallu passer du temps à lui expliquer... »

Il avait une voix profonde et sonore : une voix qui m'aurait fait craquer, si j'avais eu dix ans de moins... et si j'avais été une femme. Mais je ne satisfaisais à aucune de ces deux conditions, et Wenche Andresen ne se remettait pas de son trouble.

Je regardai sa bouche. Je pensai à la veille au soir, aux sensations qu'avaient créées sa bouche — et ses lèvres — légère comme un duvet contre la mienne.

Je regardai la bouche de Richard Ljosne. C'était une grande bouche large, aux lèvres minces et rouges sur des dents jaunies et acérées. Une zone gris-bleu révélait l'endroit où il se rasait, et quelques poils bouclés lui montaient jusqu'à la gorge. Ses sourcils se rejoignaient au dessus du nez.

« Bon, je ne vais pas vous déranger plus longtemps, dis-je. Je voulais simplement savoir comment ça allait... mais je me répète... »

Puis j'ajoutai :

« Écoute, ce Joker, où habite-t-il ? »

Elle regarda par la fenêtre, vers l'un des autres immeubles.

« Là-bas. Il habite chez sa mère.

— Bien. Merci », fis-je avec un petit signe de tête.

Je leur tins la porte de l'ascenseur, et ils passèrent devant moi. Au moment ou j'allais refermer derrière eux, elle me dit :

« Mais... tu ne descends pas avec nous... Veum ?

— Non merci. Je vais emprunter l'escalier. »

Je lâchai la porte qui se referma lentement derrière eux.

Je pensais toujours à sa bouche, et je n'étais pas sûr que ce fût une bonne chose à garder à l'esprit. Pas aujourd'hui, pas maintenant.

Je sortis sur la galerie, en tournant le dos à son appartement, et allai jusqu'à l'escalier qui se trouvait à l'extrémité sud du bâtiment. De la galerie, je vis Wenche Andresen et Richard Ljosne aller jusqu'à une grosse voiture noire qui pouvait bien être une Mercedes. Elle en avait en tout cas bien l'air, vue du huitième étage.

Ils pourraient passer dans ma vie de cette façon, monter dans une voiture et disparaître, pensai-je.

Mais j'avais le sentiment désagréable que les choses ne se dérouleraient pas comme ça, que je les reverrais tous les deux, que ce ne serait vraisemblablement pas des retrouvailles plaisantes... pour personne.

Je descendis lentement l'escalier en colimaçon, en me demandant ce que j'allais bien pouvoir faire.

15

Deux alternatives s'offraient à moi : rentrer à mon bureau, ou faire quelque chose de sensé. Ou alors quelque chose qui pouvait avoir l'air sensé. Mon bureau ne risquait pas de s'écrouler si je n'y retournais pas sur-le-champ, et la seule chose qui pouvait arriver au téléphone, c'était que quelqu'un vienne le prendre parce que je n'avais pas payé la facture. Dans ce cas-là, il valait peut-être mieux que je ne sois pas présent.

Wenche Andresen m'avait révélé que Joker habitait avec sa mère dans un immeuble proche de celui où elle habitait, et Gunnar Våge m'avait appris que Joker s'appelait en réalité Johan Pedersen. Rien ne m'empêchait de passer faire un tour, voir s'il était à la maison. Je pouvais lui recommander un cours de peinture sur bois pour résoudre ses problèmes de temps libre, ou peut-être des cours du soir sur l'histoire du roman picaresque. Les possibilités sont nombreuses, dans la sphère d'enseignement actuelle. Si tu ne peux pas faire ça, tu peux apprendre ça, et ça ne coûte pas cher. Quelques efforts, peut-être, mais guère plus. En une dizaine d'heures de cours à l'École Libre ou à l'AOF, vous pouvez apprendre comment fabriquer un costume traditionnel du Hardanger, ou bien à maîtriser les ordinateurs de poche. Vous pouvez apprendre à peindre (presque aussi bien que Munch), à parler espagnol (pour la prochaine fois que vous irez dans les Canaries discuter avec des Suédois) ou à faire des photos impeccables (de la belle-mère en contre-jour et des mômes qui braillent). Beaucoup de perspectives s'offraient donc à Joker, si seulement il le voulait bien. Et s'il était chez lui.

Au pied de l'ascenseur, je trouvai une boîte à lettre portant le nom de H. Pedersen, au 3e étage, mais je ne pris pas l'ascenseur. Je me rendis dans une des cages d'escalier et commençai mon ascension. J'étais heureux qu'ils ne vivent pas au dixième étage. En continuant comme ça, je pourrais me passer de mon jogging hebdomadaire dans l'Isdalen.

Hildur et Johan Pedersen, mère et fils, habitaient l'appartement qui se trouvait le plus proche de l'ascenseur. Leurs noms figuraient sur la porte. Je jetai un coup d'œil par la fenêtre de la cuisine, sans voir autre chose que des rideaux blancs qui auraient dû être lavés longtemps auparavant.

Je sonnai.

Il s'écoula quelques années, mais je peux être relativement patient, et je sonnai donc encore une fois.

Quelques années plus tard, j'entendis une voix venant des profondeurs de l'appartement, un peu comme les gargouillis que fait le ventre de quelqu'un assis tout à l'arrière du bus. Les mots étaient indiscernables.

C'était une voix féminine bourrue, ou bien une voix masculine claire. J'optai pour la première solution, et gagnai.

La femme qui ouvrit la porte et me jeta un regard soupçonneux avait un visage que seul un fils très dévoué pouvait aimer, en tout cas au premier coup d'œil. La prochaine fois que je serais en panne de cauchemars, il faudrait que je tente de me le remémorer.

C'était un visage qui avait vu trop de nuits et pas assez de jours. C'était un visage qui avait traversé les couloirs les plus sombres de la vie et qui n'était jamais sorti à la lumière. Un visage que vous pouviez imaginer apprécier à condition de vous trouver dans une pièce obscure, à l'autre bout de la pièce, tourné dans l'autre sens.

Hildur Pedersen avait des cheveux qui n'étaient ni gris, ni brun, ni noir, ni roux, mais un peu de chaque, en grappes inégales, et ils n'avaient vu ni peigne ni brosse ces derniers mois. Ils partaient dans tous les sens, comme la crinière d'un très vieux lion, dans un cirque désaffecté. C'était en soi un cadre convenable pour le visage qu'ils entouraient.

Il se pouvait qu'Hildur Pedersen eût été relativement belle, un jour, vingt ans et cinquante kilos auparavant. Je n'ai jamais été particulièrement doué pour évaluer le poids des gens, mais j'aurais parié qu'elle faisait partie de la catégorie des cent vingt, dont environ trente sur le visage. Ses yeux — s'il se pouvait qu'elle en eût — étaient profondément enfouis entre deux replis de graisse, et son nez — ce devait être un nez — n'avait réussi qu'à grand-peine à maintenir sa toute extrémité à la lumière du jour (ce devait être parce qu'il mesurait au départ à peu près vingt centimètres). Elle devait bien avoir une bouche quelque part, mais il était difficile de la trouver au milieu de tous ses mentons. Finalement, je découvris qu'un des mentons était peint en rouge, et j'en déduisis que ce devait être la bouche.

L'ensemble de la tête, et c'était une tête imposante, était posé sur un col de graisse, et le corps en dessous était à l'avenant. C'était une avalanche faite femme, et je n'aurais pour rien au monde aimé me retrouver dessous.

« Mme Pedersen ? » dis-je en guise d'introduction, tout en cherchant ses yeux. Elle ouvrit la bouche, et l'odeur univoque d'alcool bon marché me gifla.

« Que voulez-vous ? »

C'était une voix rauque mais à l'accent qui trahissait une excellente éducation, comme si elle était née et avait été élevée à Kalfaret[1] sans jamais avoir réussi à y retourner.

_____

1. Banlieue chic et riche à l'est de Bergen.

« Juste discuter un peu, du bon vieux temps et de...
rien.

— Qui êtes-vous ?

— Je m'appelle Veum, et je suis une sorte de détective privé.

— Une sorte ? Ou bien vous l'êtes ou bien vous ne l'êtes pas.

— Oui, mais c'est toujours embarrassant de le dire sans détour, si vous voyez ce que je veux dire.

— Je n'ai aucune difficulté à le comprendre. Si j'avais votre dégaine, je serais embarrassée de toute façon.

— Ah oui ? »

J'avais toute une série de bonnes répliques en réserve pour répondre à ça, mais je n'avais aucune envie de me faire jeter dehors avant même d'être entré. En plus, la dame me plaisait bien, d'une certaine manière. Elle donnait l'impression qu'il pouvait être amusant de jouer au ping-pong avec elle, pendant une petite demi-heure.

« Vous ne m'invitez pas à entrer pour me faire admirer la vue ?

— Vous buvez votre vodka pure ?

— Je préfère l'aquavit.

— Je n'ai que de la vodka et je n'ai rien à mélanger avec. Je n'ai ni thé, ni café. Pas de lait. Mais il y a de l'eau au robinet, si vous avez soif... ou bien, donc, de la vodka. Et elle est dégueulasse. Mais ça fait du bien. Un moment. »

Tout en parlant, elle commença à reculer vers l'intérieur de l'appartement — comme tirée par une force invisible (et il fallait que cette force fût puissante) — mais laissa la porte ouverte. Je l'interprétai comme une invitation et la suivis à l'intérieur en refermant la porte derrière moi.

Son appartement était très semblable à celui de Wenche Andresen, exception faite de son contenu. Le mobilier était du genre fatigué : des chaises et des canapés qui avaient porté trop de kilos, des tables qui avaient participé à trop de batailles navales, des tapis à travers lesquels on voyait le plancher. Quelqu'un avait procédé à l'euthanasie des plantes en pots qui décoraient la fenêtre (à moins qu'elles soient mortes sans aide extérieure) et les journaux sous la table basse avaient dix-huit mois et racontaient des matches de football vieux de dix-huit mois. L'équipe qui avait alors gagné était depuis longtemps en deuxième division. Où nous échouons tous, tôt ou tard.

Hildur Pedersen attrapa une bouteille de vodka à moitié pleine et deux verres sales, et s'installa au milieu d'un canapé, à un endroit qui rappelait vaguement un hamac. Elle agita son gros bras en direction d'un fauteuil défoncé de couleur vieille fiente. L'espace d'un court instant, j'imaginai un ciel printanier azur, clair comme du cristal (tel qu'il était toujours au-dessus des rues dorées de soleil de notre enfance), et un nuage de pigeons en vol au-dessus des toits bas et rouges, en descendant vers Vågen (et de l'autre côté de Vågen : le quai de Skoltegrunnskaien et les transatlantiques). Et derrière les autres pigeons, un retardataire voletant en loopings désespérés. Combien de fois ne m'étais-je pas senti exactement comme cela — comme un retardataire, toujours un peu derrière les autres pigeons, et trop pris de vertige pour avoir un aperçu de la vie. Je dérapai à travers la vie entre le ciel bleu et les toits rouges, d'une escale à l'autre, comme celle-ci, dans un salon fossile avec une femme dinosaure...

Hildur Pedersen versa de la vodka dans les deux verres et en poussa un vers moi. La table qui nous séparait était mordorée, marquée de cercles pâles qu'avaient laissés les nombreux verres et bouteilles, et de petites traces consécutives à la chute répétitive de petits fragments de tabac incandescent, le tout couvert d'un vernis de poussière.

« À la tienne, petit gros, dit-elle avant de vider la moitié de son verre.

— À la tienne, grande maigre », répondis-je avant de boire une petite gorgée tout en pensant à ma voiture qui attendait sur le parking et comptait rentrer à la maison aujourd'hui, et certainement pas derrière une dépanneuse.

« Allez, crache le morceau ; qu'est-ce que tu veux ? Qui t'a envoyé ici, chez la vieille Hildur ?

— Personne ne m'a envoyé, mais ce que je veux, c'est... Johan.

Johan ? » Elle prononça son nom comme s'il s'agissait d'un cousin éloigné. « Comment ça ?

— Je l'ai rencontré l'autre jour, tout à fait par hasard, si on peut dire. Ou peut-être est-ce lui qui m'a rencontré. Ou plus exactement : certains de ses potes m'ont rencontré. Lui, il est resté en arrière.

— Qu'est-ce que tu racontes, au juste ?

— Est-ce que tu as toujours eu des problèmes avec lui ?

— Des problèmes ? Avec Johan ? Mais qu'est-ce que tu crois ? Est-ce que tu as déjà entendu parler de quelqu'un qui avait des enfants sans avoir des problèmes ? Est-ce que ce n'est pas pour ça qu'on les a ? Johan a été un problème depuis le jour où il a eu un mois — et par là, j'entends huit mois avant sa naissance ! Mais, c'est le cas pour la plupart.

— Son père...

— Ce péquenaud !

— Vous ne vous êtes jamais mariés ?

— Je n'aurais pas épousé ce crétin même s'il avait été importateur de vodka. En plus, il était déjà marié. Un marin, un *happy* [1] marin en sortie à terre dans la grande ville. Un campagnard du Sogn que j'ai rencontré à la Stjernesal et que j'ai invité dans mon studio dans Dragesmauet. Au dernier étage, mon grand, avec vue droit sur la maison d'à côté. Le mec était tellement bourré que j'ai dû prendre les choses en main et le guider en moi, alors on ne peut pas dire que j'en aie tiré une grande satisfaction. Mais ça faisait quelqu'un avec qui dormir, et je ne me réveillerais pas seule le lendemain matin. Mais, bordel de Dieu, je dois dire que j'ai maudit le jour où j'ai appris que... que Johan était en route ! »

Elle me jeta un regard mauvais, comme si c'était moi le coupable.

« J'ai pu retrouver son adresse et lui écrire. Pour lui demander de l'argent. Il m'a téléphoné la fois suivante quand il est revenu en ville : il était si nerveux que le combiné lui échappait des mains tous les deux mots. Bien sûr, il allait payer, a-t-il dit. J'aurais autant que je voudrais. Et il allait payer pour que je puisse élever le gamin... et pour son éducation... et tout et tout. Il suffisait que je ne lui écrive plus. Il avait eu beaucoup de difficultés à expliquer à Madame de qui était la lettre. Mais c'était son problème, n'est-ce pas ? Ça ne devrait pas non plus

---

1. En anglais dans le texte.

être aussi simple pour les hommes de faire des mômes.

— Et comment ça s'est passé ?

— Comment ça s'est passé ? À ton avis ? Il a tenu parole. Il m'a envoyé de l'argent chaque putain de mois, depuis. J'ai dû promettre de ne rien révéler sur l'identité du père, mais j'ai une sorte de preuve, quelque part ici, si tu vois ce que je veux dire. Et lui devait m'envoyer de l'argent... et c'est ce qu'il a fait. »

Elle baissa des yeux étonnés sur la bouteille de vodka, comme s'il l'avait payée en nature.

« Et Johan ?

— Il a grandi. Pas avec la meilleure des mères, mais en tout cas, il avait une mère. Il n'a jamais manqué de rien. Il a eu tout ce qu'il devait avoir — des vêtements, à manger, à boire — jusqu'à ce qu'il soit assez grand pour se débrouiller. Quand il a eu fini le collège, je lui ai dit : maintenant, l'école, c'est fini, Johan. Il va falloir que tu te trouves un boulot pour commencer à mettre du beurre dans tes épinards, et à défaut de beurre, tu pourras toujours y mettre de la margarine.

— Quel genre de travail a-t-il trouvé ?

— Aucune idée. Demande-lui. Je n'ai pas... ces dernières années, nous... je considère que j'en ai fini avec lui. Nous sommes quittes. Il habite toujours ici, mais il pourrait aussi bien être locataire. On ne se parle pas. Il me traite de vieille pute obèse et ne me répond pas quand je lui demande quelque chose. Mais je comprends bien pourquoi. »

Elle plissa les yeux d'un air rusé et se resservit en vodka.

« Tu ne touches plus à l'alcool ? Tu pointes aux

Alcooliques Anonymes ? Le petit chéri à sa maman ?
Vide ton verre et accompagne-moi, nom de Dieu !

— Désolé, mais je conduis, et de préférence la tête
hors de l'eau.

— Alors, tu es assez vieux pour avoir le permis ?

— Je l'ai eu avant-hier, pour mes dix-huit ans. Sur
la photo, j'ai l'air d'en avoir trente-cinq, mais c'est
juste sur la photo. En réalité, je me sens plus proche
des soixante.

— Tu as la langue bien pendue.

— Bien comme il faut. Pourquoi Johan te traite-t-il
de vieille pute ?

— À ton avis ? »

Je fis semblant d'y réfléchir, mais elle répondit
avant moi.

« Parce que je n'ai pas voulu lui dire qui était son
père.

— Pourquoi voulait-il le savoir ? Est-ce qu'il y a eu
un événement particulier, je veux dire...

— Demande-lui. Si j'avais eu cet abruti comme
père, je m'en serais mieux sortie en ne le sachant pas.
Mais tu sais ce que c'est, d'être jeune.

— C'est tout juste si je m'en souviens.

— Ils veulent toujours savoir des choses qui leur
font du mal. Comment on les fait et qui est le père
et ce genre de choses. Crétins décérébrés !

— Mais tu ne lui as pas dit ?

— Non. Pas à ce moment-là. Pas après... combien
d'années, déjà ? Dix-huit, dix-neuf ? Je lui ai dit la
même chose qu'au planning familial. Je n'en avais
aucune idée. Il y en avait eu tellement — ce qui était
vrai. Mais pas à ce moment-là. C'était une période
de calme dans ma vie... Je venais tout juste de connaître une... déception. Et j'en ai eu une autre — en

112

plein ventre. Une super déception de neuf mois qui n'a jamais tout à fait disparu. Je ne sais pas, Johan, j'ai dit. Ça pourrait être tellement d'hommes. — Tu ne peux pas me donner les noms de quelques-uns d'entre eux ? a-t-il demandé. — Non, je ne m'en souviens pas. Il y en avait trop... Et tous ne se sont pas présentés. Très peu m'ont laissé une carte de visite, et ceux qui sont revenus l'ont fait pour de la gnôle. Est-ce surprenant qu'il me traite de... »

Son regard se perdit dans la bouteille avant de remonter, humide tout à coup. Elle cligna plusieurs fois des yeux, sans réussir à bien me voir.

« C'est une vie de merde, hein... Veum ?

— Un jour sur deux, acquiesçai-je.

— Un jour sur deux ? Alors tu as pas mal de veine. »

Je bus une gorgée supplémentaire, histoire de faire quelque chose. Elle chercha dans sa poche et en sortit un mouchoir fatigué avec lequel elle se frotta la partie supérieure du visage, à la manière d'un fossoyeur épongeant une suée de juin.

« Est-ce que tu l'as revu, plus tard... celui qui était le père ? » demandai-je.

Elle buvait à présent à même la bouteille, et ne me regarda pas en face en répondant :

« Non, pourquoi je l'aurais revu ? Ce débile ? Il n'avait qu'à m'envoyer de l'argent, et j'étais contente. C'est lui qui m'a procuré cet appartement, d'ailleurs. À cause de Johan. Il a fourni l'apport personnel, et tout le reste. Autrement, je n'en aurais jamais eu les moyens. Et je ne voulais surtout pas aller demander des aides sociales !

— Comment s'appelle-t-il ?

— Mais qu'est-ce que ça peut te foutre ? Et pourquoi est-ce que tu me poses toutes ces questions, sur ces vieux trucs ? Tu n'as rien de mieux à faire ? Rentre chez toi jouer avec ton train électrique, ou je ne sais quoi.

— Tu sais que Johan n'est pas la moitié d'une terreur, dans le quartier ? Que les gens frissonnent rien qu'en entendant son nom, et qu'ils le surnomment — Joker ? »

Elle me regarda avec des yeux grands comme des parapluies ouverts.

« Qui ça ? Johan ? Ce petit gringalet ? Je pourrais l'écrabouiller entre mon pouce et mon index ! Si vous avez peur de lui, alors vous craignez de sortir dès que le soleil se couche.

— Il n'est pas tout seul. Il a une bande, ils sont relativement nombreux, et ils se croient durs. De temps en temps. »

Je me passai involontairement la main sur le visage, à l'endroit où ils s'étaient crus durs, pendant un moment.

« Il vient bien de temps en temps ici avec des copains. Ils vont dans sa chambre, et ils boivent de la bière, ils fument et se passent leurs saloperies de cassettes. Mais je ne m'occupe jamais d'eux. Tant qu'il n'y a pas de fille avec. Je ne veux pas de ça... chez moi », conclut-elle avec un brusque regard plein de morale.

Je regardai autour de moi, chez elle. Juste en face de moi, au-dessus de sa tête, une illustration était suspendue au mur. Elle était un peu de travers. C'était une espèce de peinture représentant une espèce de bateau, au large sur une espèce de lac. Mais les proportions n'y étaient pas. Les sapins sur l'autre rive étaient plus grands que ceux de ce côté-ci, et le bateau était si gros qu'il remplissait le lac tout entier.

Cela me fit penser à Hildur Pedersen elle-même : un bateau surdimensionné dans un étang trop petit pour elle. Une grosse femme dans une vie trop petite, une vie qui ne contenait rien d'autre que quelques déceptions passagères, un mandat postal par mois et quelques vieux souvenirs fantomatiques. Des visages dont il manquait le nom, des visages qui n'avaient laissé que des bouteilles d'alcool vides et qui avaient disparu quand la fête avait été finie.

Je regardai son visage. Quelque part, loin, loin à l'intérieur, elle était aux aguets : une jeune fille d'il y avait vingt ou trente ans. Une petite fille qui avait monté et descendu une ruelle en courant, qui avait joué à lancer une balle contre un mur de bois peint en vert, avec les autres filles de la ruelle, qui avait joué à *je te tiens, tu me tiens, par la barbichette* derrière une palissade quelconque — mais qui par la suite avait tenu trop d'hommes, beaucoup trop, pas uniquement par la barbichette, et rarement ceux qu'il aurait fallu. Mais quelque part, loin à l'intérieur, elle devait sûrement être à l'affût, si l'alcool ne l'avait pas emportée pour la rejeter sur une plage étrangère, loin, très loin — où vous ne la retrouveriez jamais. Hildur Pedersen de Bergen.

Dieu sait pourquoi, je pensai à une année. 1946.

1946 : c'était en quelque sorte le début de tout, pour nous tous. La guerre était finie, et la ville allait passer encore quelques années comme paralysée, avant de renaître de ses cendres au cours des années 50, de dresser ses immeubles cubiques sur son dos bossu et de laisser le passé dans la poussière. Les bateaux en partance pour les États-Unis disparaissaient, et l'aéroport de Flesland était mis en service. Le ferry de Laksevåg était supprimé, et on construisait un pont sur le Puddefjord. On creusait des trous au travers des montagnes environnantes, et on construisait des zones habitables sur ce qui avait jadis été des jardins, des bosquets et des marécages.

Mais en 1946... rien de tout cela n'était vraiment commencé. C'était encore comme dans les années 30. Ceux qui avaient été adultes pendant la guerre crachaient dans la paume de leurs mains pour tout recommencer. Les vieux mouraient, tout comme leurs maisons. Et nous qui étions très, très jeunes — toutes les possibilités s'offraient à nous.

Hildur Pedersen devait avoir été en plein épanouissement en 1946, une belle jeune femme, peut-être un peu forte, mais pas trop. Une femme à la poitrine opulente et aux hanches larges, descendant gaiement la ruelle avec une bouteille de lait dans son filet marron, et un sourire pour tous ceux qui le désiraient.

Joker n'était pas encore né, et Varg Veum... C'était un garçon de quatre ans, dont la mère n'avait pas encore de cancer et dont le père était toujours conducteur du tramway de Minde. Mais cette ligne aussi avait été désaffectée, et ce père aussi était redevenu poussière, comme tant de pères avant lui. Mais c'était un père, et je le revoyais rien qu'en fermant les yeux : petit et trapu, portant toujours en lui son village, ce village qu'il avait quitté alors qu'il n'avait même pas deux ans, pour venir en ville par le bateau. En fermant les yeux, je le revoyais sourire, de ce sourire âpre et froid qu'il réservait aux rares bons moments où nous étions tout à fait seuls et avant que ma mère ne développe un cancer.

Quand Johan Pedersen fermait les yeux, il ne voyait rien. Et il n'y avait pas de Joker dans son paquet de cartes : pas de père qui surgissait brusquement entre les valets et les dames, sa veste de conducteur sur l'épaule et la casquette un peu de bizingue, et qui disait : « Salut, salut, y'a quelqu'un ? »

1946 : quatre chiffres contenant un passé mort depuis longtemps, contenant des rues disparues et des maisons effondrées, des maisons démolies, des gens morts depuis longtemps et des tombes rouvertes, des bateaux qui ne circulent plus et des tramways mis en pièces...

1946 — et le début de tout ça.

« Où étais-tu... en 1946 ? demandai-je à Hildur Pedersen.

— En 1946 ? Pourquoi tu me poses cette question ? Tu es cinglé ? Bon Dieu, qui se rappelle où il était en 1946 ? Putain, je ne sais même plus où j'étais avant-hier. Tu poses trop de questions, Veum. Tu ne peux pas fermer ta gueule une minute ? »

Je hochai la tête en guise d'approbation.

Je n'avais pourtant pas envie de partir. J'avais envie de rester assis là, en compagnie d'Hildur Pedersen, et de boire de la vodka pure — en silence — jusqu'à ce que mes jambes m'abandonnent et que je doive me traîner à la force des bras jusqu'à la porte, sur la galerie et descendre ainsi tous les escaliers jusqu'à ma voiture.

Je n'avais pas envie de partir. Mais je finis par m'en aller. Quand Hildur Pedersen commença à piquer du nez, je m'en allai. Je me levai précautionneusement, pris le verre qu'elle tenait dans l'un de ses gros poings et le reposai à côté de la bouteille, loin du bord de la table. Je revissai le bouchon de la bouteille, car il restait quelques gouttes dans le fond — quelque chose sur quoi se réveiller, au moment où elle se réveillerait, si elle se réveillait.

Puis je m'éclipsai doucement de sa vie. Pour un temps.

En sortant du bâtiment, je tombai à nouveau sur Gunnar Våge. Il vint vers moi et m'attrapa sans ménagement à l'épaule.

« D'où est-ce que tu sors, Veum ? siffla-t-il.

— Pourquoi cette question ?

— Je t'avais dit de ne pas t'occuper de... Johan. Fous-leur la paix, Veum, à lui et à sa mère. N'aggrave pas les choses. Tu ne sais pas dans quoi tu mets les pieds. Tu peux faire plus de mal que...

— Dans quoi est-ce que je mets les pieds ? Qu'est-ce que je peux détruire, qui ne le soit pas déjà ?

— Tu ne piges vraiment rien à rien. Tu es aussi froid que... que...

— Que... ?

— Reste à l'écart de ça, Veum. Reste à des milliards de kilomètres de tout ça ! »

Je fixai son visage énervé et demandai :

« Et où étais-tu, toi, en 1946, Våge ? »

Puis, je passai devant lui, m'assis au volant de ma voiture et partis sans me retourner. Ils ne m'aimaient pas, là-bas. Pour une raison ou pour une autre, ils ne m'aimaient pas.

16

J'ouvris mon bureau et allumai la lumière. Bien que le soleil eût dépassé son zénith au-dessus de Løvstaken, quelque part au-delà de la couverture nuageuse grise, il faisait sombre et triste. Comme la demi-lumière d'une salle de cinéma avant le début de la séance. Peut-être le soleil était-il en train de mourir. Peut-être nous réveillerions-nous le lendemain matin dans une obscurité éternelle, une nuit étoilée sans fin, une fuite vers le froid, la mort et les champs de givre éternels[1].

Le bureau était comme une pièce d'un musée. Un musée que plus personne ne visitait, mais dont j'étais pour une raison ou pour une autre le gardien. Je m'assis dans le fauteuil derrière le bureau et ouvris le troisième tiroir en partant du haut. Tout au fond, à gauche, se trouvait la bouteille du bureau, ronde et tiède.

Je la pris et parcourus tout le texte qui figurait sur la jolie étiquette, comme si c'était la première fois. L'eau de la vie. Le sang des solitaires. Le réconfort des loups fatigués.

Je dévissai le bouchon et portai la bouteille à mes lèvres. L'aquavit clair et fort rinça l'arrière-goût fadasse de la vodka d'Hildur Pedersen.

Je me demandai ce que je devais faire, et si j'avais quelque chose à faire. Je pensai aux individus que j'avais rencontrés au cours de ces derniers jours. Roar. Wenche Andresen. Joker et sa bande. Gunnar Våge et Hildur Pedersen. Wenche Andresen à nouveau — et l'homme en uniforme de marine, Richard Ljosne. Et Roar...

Je pensai à Thomas. Peut-être devais-je lui téléphoner, pour savoir comment ça allait, pour lui demander

1. Allusion à l'eschatologie banale dans beaucoup de religions, y compris dans les mythes des anciens Scandinaves, et en particulier au Destin des Puissances (*Ragnarök*) tel qu'il est décrit dans la *Völuspá* (Prédictions de la prophétesse), poème eddique composé vers l'an 1000.

s'il lui arrivait de penser à son père. Je pouvais lui téléphoner pour lui demander s'il voulait bien venir au bureau me tenir compagnie. Je pourrais lui lire — comme je l'avais naguère fait (l'un des soirs où j'étais libre) — le premier chapitre de Winnie l'Ourson. Le reste, il avait fallu que ce soit sa mère qui le lui lise. Et tous les autres livres. J'avais commencé à penser à elle en tant que « sa mère » : c'était déjà un progrès. Plus « Beate », mais « sa mère ».

Mais je pensai alors qu'il n'était pas souvent à la maison, et que, de plus, il était trop grand pour Winnie l'Ourson. Il avait sept ans, et la dernière fois que j'avais appelé, il n'avait pas eu le temps de me parler. Il partait à un match de football, avec « Lasse ».

Je décrochai pour écouter la tonalité, les fantômes de conversations depuis longtemps terminées, les squelettes de suaves voix féminines, les lourdes traces de pas qui suivaient les grosses voix d'hommes : plus rien, plus rien.

Le téléphone sonnait au moment où je raccrochais.

Je le laissai sonner cinq fois avant de décrocher : c'était un son béni, et je pouvais bien retarder d'une demi-minute encore la conversation avec l'un de mes créanciers.

Lorsque l'appareil eut sonné cinq fois, je décrochai et dis dans la gueule noire béante, de ma voix professionnelle :

« Ici Veum.

— Oh, Varg, j'avais peur que tu ne sois pas là. C'est Wenche... Wenche Andresen. »

C'était Wenche... Wenche Andresen. Sa voix claire résonnait comme des cloches lointaines dans l'appareil, et la bouche noire béa de plus belle... avant de se mettre à sourire. En tout cas, les coins en frémirent. Je souris à mon tour.

« Oh, salut, commençai-je en entendant le soupir plein d'expectative dans ma propre voix. Comment ça va ?

— Bien, mieux. Pas trop mal. J'appelle du bureau. Je voulais seulement... Merci, pour l'autre soir, d'ailleurs. C'était... sympa. Cela faisait pas mal de temps... que ça avait été aussi sympa.

— Oui. Pour moi aussi. » Ce n'était pas grand-chose, mais je n'étais pas non plus obligé de le dire.

« En fait, je... je me demandais si tu ne pourrais pas me rendre un... service. Je veux dire... je te paierai.

— Oh, ça n'a pas tellement d'importance. Qu'est-ce que tu veux que je... Est-ce qu'il y a quelque chose que...

— En tant que détective, est-ce que tu acceptes toute sorte de... mission ?

— Oui et non. » Je n'en acceptais pas certaines, et il y en avait beaucoup que personne ne me proposait.

« Je me demandais si... si tu pouvais aller voir Jonas de ma part. Mon... mari. Celui avec qui j'ai été mariée. »

Cela ressemblait à l'une de celles que je n'acceptais pas, et je demandai :

« Qu'est-ce que tu veux que je fasse ? »

L'amener dans une ruelle à l'écart, et lui casser la gueule ? Lui mettre un coup de bouteille vide derrière la tête ? Le virer de la ville en le pourchassant sur une vieille carne, s'il s'en trouvait une à portée de main ?

« Juste... lui parler. Je n'ai pas le courage de le faire moi-même. Je n'arriverais qu'à me mettre à pleurnicher, à lui faire une scène et... Je ne supporte plus ce genre de trucs. Je ne veux plus le voir, Varg, tu comprends ?

— Eh bien...

— C'est l'argent, vois-tu...

— Quel argent ?

— Pas la pension alimentaire. Pour ça, il n'y a jamais de problème. Enfin presque. À quelques reprises, il a bien été un peu en retard, et il a fallu que je demande une avance au bureau ou que j'emprunte à quelqu'un. Mais quand Jonas m'envoyait l'argent, il fallait que je rembourse ce que j'avais emprunté, et il ne restait ensuite plus rien. Et Roar use pas mal ses vêtements, comme ils le font tous à cet âge, et si en plus son vélo avait disparu... Il leur manque toujours quelque chose, n'est-ce pas ?

— Oui, il paraît... En tout cas c'est ce que j'ai lu dans les journaux. Dans les petites annonces.

— Mais ce n'est pas de la pension alimentaire qu'il s'agit. C'est l'assurance-vie.

— Quelle assurance-vie ?

— Nous avions souscrit un contrat croisé. Et quand nous... quand on s'est séparés, on était d'accord pour récupérer chacun sa part, en tout cas à sa valeur de rachat. Ça ne représente pas des mille et des cents, mais... C'était à Jonas de s'en occuper, et on devait se partager la somme. Mais je n'ai toujours rien reçu, et j'ai *vraiment* besoin d'argent.

— Je peux peut-être t'en prêter un peu, mentis-je.

— Je sais bien, Varg. » Elle en savait dans ce cas plus que moi. « Merci. Mais j'en ai ma claque, des emprunts. Je ne veux plus emprunter d'argent, que ce soit à des amis, à des connaissances ou à qui que ce soit d'autre. »

Je me demandai une seconde si elle me plaçait dans

la catégorie des « amis », dans celle des « connaissances » ou dans celle des « qui que ce soit d'autre ».

« J'imagine que je peux le faire. Lui parler.

— Oh, vraiment, Varg ? Merci, merci beaucoup. Je paierai. Combien prends-tu ? »

Combien je prends ? Oh, je suis une pute bon marché, chérie. Je ne coûte pas cher. Un baiser sur la joue, et peut-être un sur la bouche, un regard par en dessous ta frange, un peu en coin, ton index le long de mes lèvres, à la lisière entre les lèvres et la barbe. Je ne coûte pas cher.

« Ne t'en fais pas. Je peux m'en occuper entre midi et deux.

— Mais je ne veux pas que tu y perdes. »

Non ? Non ?!

« On en reparlera... une autre fois. » Autour d'une chandelle, avec chacun un verre de vin, chérie, à la lueur d'une lune cristalline, sous la pluie argentée des étoiles, sur un voilier, la proue tournée vers la Chine... une autre fois.

« Bon. Tu sais où il travaille ? Je te l'ai déjà dit ?

— Dans une agence de pub, c'est ça ?

— Oui. Ça s'appelle Pallas, et ils ont leurs bureaux à Dreggen, dans le même bâtiment que le Vinmonopol[1].

— Je vois où c'est. Ils me connaissent, là-bas. On est à tu et à toi.

— Je... » commença-t-elle. J'avais peur qu'elle soit en train de me décommander, et je changeai sans attendre de sujet.

« C'est d'accord. Je vais aller lui parler. Et puis on

---

1. Point de vente de boissons alcoolisées, réglementé et sous contrôle de l'État.

verra. Je te tiendrai au courant. Je peux peut-être passer... ce soir ? » demandai-je en sautant sur l'occasion.

Silence.

— « Tu ne peux pas passer un coup de fil, plutôt ? Je... en fait, je ne peux pas, ce soir. »

— Ah non ? La lune se fit moins limpide, la pluie argentée d'étoiles n'était que de la camelote, et le voilier en route pour la Chine avait déjà coulé.

« D'accord. Je t'appellerai. Salut. »

Après avoir raccroché, il me vint à l'esprit que j'avais oublié de lui demander de passer le bonjour à Roar. Mais je ne rappelai pas. Il valait mieux que je tâche de m'en souvenir pour la fois suivante.

La bouteille du bureau était toujours sur la table. Mais elle ne me tentait plus. En fait, elle n'éveillait plus du tout l'appétit, avec son étiquette vulgaire et sa réputation ternie. Je revissai soigneusement le bouchon et la remis plutôt violemment à sa place dans le tiroir.

Je regardai autour de moi, un vague sentiment désagréable dans le ventre.

« De tous les trous poussiéreux... » dis-je pour moi, à voix haute, pour être sûr de m'entendre.

Puis je me rassemblai et m'en allai sans même éteindre la lumière. Cela donnerait peut-être au bureau un aspect plus agréable lorsque j'y reviendrais. Comme s'il y avait quelqu'un à la maison.

Si je revenais jamais. On ne sait jamais. Une voiture rapide... à Dreggen, sur un passage piétons. On n'est jamais en sécurité, surtout pas sur les passages piétons. On est une cible plus facile, à cet endroit-là.

17

Je traversai lentement la place du marché et au-delà de Bryggen. Il était trop tôt pour qu'il y eût des touristes sur le marché aux poissons, et les poissons vivants nageaient tranquillement dans leurs bassins [1]. Les vendeurs se réchauffaient en frottant leurs grosses mains rouges sur leurs flancs, et les ménagères allaient de stand en stand avec un regard soupçonneux, comme si elles ne croyaient pas à l'authenticité des poissons qu'elles avaient sous les yeux.

Plus loin, sur Bryggen, un chariot élévateur rouge engloutissait une palette après l'autre pour les emmener derrière les portes vertes d'un entrepôt. Il faisait penser à un rat en train de faire ses provisions.

Derrière l'un des coins, l'ivrogne de service soutenait le mur, une bouteille bien entamée dans la poche intérieure, et jetant des coups d'œil de travers à tous ceux qui passaient. Il était inévitable. D'une certaine manière, il était devenu lui aussi une attraction touristique, une valeur sûre du paysage urbain, une pièce de l'ensemble. Sauf que pour lui, c'était toujours la pleine saison.

L'agence de publicité Pallas était installée dans le nouveau bâtiment en brique rouge en face du musée de Bryggen, qui était presque aussi récent. Sur quelques mètres carrés, on pouvait trouver tout ce dont on avait besoin : un supermarché qui proposait plus que de quoi survivre, un vinmonopol, un musée pour le cultivé, une église pour le croyant, un cabinet de dentiste, un parc avec des bancs... et une agence de

---

1. Le port de Bergen est réputé pour son marché de poissons vivants, comme beaucoup d'autres ports norvégiens.

publicité. Une personne pouvait y vivre sa vie entière. En passant le coin, on trouvait une banque et un hôtel, et il y avait aussi un bureau de poste, un vieux cimetière... et un endroit où l'on pouvait jouer au bingo. Tous les besoins vitaux étaient satisfaits. On pouvait envoyer des lettres, aller retirer des mandats postaux, jouer au bingo. Le nouveau Dreggen était un Bergen en miniature, une Norvège de poche pour celui qui en a les moyens.

Ce qui frappe tout de suite lorsqu'on entre dans une agence de publicité, c'est qu'il ne doit y avoir que de jeunes employés. On voit rarement quelqu'un de plus de quarante ans, parce qu'ils sont dépassés et vidés d'idées, et ne sont plus capables de suivre le rythme de travail. Un monsieur chenu, plus tout jeune, occupe peut-être l'un des bureaux du fond, parce qu'il se trouve qu'il est actionnaire majoritaire dans la société, et parce que personne ne peut se permettre de le prier de rester chez lui. Mais c'est la seule raison, et il ne se rend pas utile de quelque manière que ce soit.

À l'accueil, ou dans le premier bureau, ou au salon (tout dépend du degré de mondanité), une jeune femme, toujours jolie (car si elle ne l'est pas, elle est trop compétente pour occuper ce poste), vous sourit. C'est-à-dire : elle vous sourit si vous avez moins de quarante ans, et si vous donnez l'impression d'avoir quelque chose à faire là, et pas d'être venu emprunter de l'argent à quelqu'un. Mais c'est rarement un sourire particulièrement chaleureux. C'est un sourire mécanique — beau, sans doute, mais mécanique. Et il ne dure pas longtemps : il disparaît avant que vous n'ayez eu le temps de vous retourner pour de bon.

Toutes les agences de publicité essaient de se donner une image « jeune et dynamique », et il se trouve toujours quelques personnes habillées de façon branchée allant à toute vitesse d'un bureau à l'autre. Ils portent des lunettes dernier cri et ont en permanence une bonne blague à la bouche, une repartie rapide à l'attention d'une des filles équipées d'écouteurs téléphoniques, devant leur machine à traitement de texte. Les hommes portent des chemises de couleurs vives et des cravates larges à carreaux, et les créatifs portent volontiers des jeans, et leur barbe et leurs cheveux longs révèlent leur passage à l'École des Beaux-Arts, passage qui n'en a pas encore fait des artistes confirmés. Mais ça vient. Ou ça ne vient pas. Quand ils ont dessiné des pubs et des prospectus pendant cinq ou six ans, ils se coupent les cheveux, se rasent et accomplissent leur mue en devenant acheteurs de la voiture élue véhicule de l'année et une maison mitoyenne à Natland Terrasse.

L'agence de publicité Pallas était jeune et dynamique, et usait de couleurs agressives : rouge, vert et brun. Le sol était vert, les murs rouges et le plafond brun. L'entrée se faisait par un long couloir étroit, plein de gens longs et minces, décoré de vieilles affiches publicitaires pour de la bière, qui dataient de l'époque où l'on avait le droit de faire ce genre de choses.

La femme de l'accueil était brune, frisée, à la coupe afro, et portait une sorte de tunique vert très pâle et de grandes lunettes à monture dorée et verres teintés. Mais ses dents n'étaient absolument pas teintées lorsqu'elle sourit.

« Je m'appelle Veum. J'aurais aimé parler à Jonas Andresen. Est-ce qu'il est là ? »

127

Elle regarda une table lumineuse et hocha la tête en guise de confirmation.

« Avez-vous rendez-vous ? » Ses yeux étaient bleus derrière l'ombre grise, tout comme le ciel l'est derrière tous les nuages gris.

« Il le faudrait ?

— Vous êtes client ? demanda-t-elle avec un sourire un rien plus crispé.

— Pas directement. »

Son sourire disparut tout à fait, et elle dit d'une voix froide :

« Je vais me renseigner. »

Elle composa un numéro interne et se mit à parler discrètement, à voix basse, pour que je n'entende pas comment elle m'appelait.

« Andresen demande de quoi il s'agit, dit-elle en levant les yeux de son combiné.

— Dites-lui que c'est personnel, et que c'est important. »

Elle fit passer le message, écouta quelques secondes et raccrocha.

« Un instant, il arrive. » Puis elle oublia que j'étais là et retourna à son dictaphone et sa machine à écrire, dont Dieu seul sait ce qu'elle pouvait faire. Elle répondait au téléphone plusieurs fois par minute, avec la même voix aimable.

« Pallas, j'écoute. »

J'attendis debout. Personne ne me pria de m'asseoir, et j'en fus soulagé. Les fauteuils ne donnaient pas l'impression que qui que ce soit puisse s'en relever. Un peu plus loin dans le couloir, un jeune homme vêtu d'un pantalon à pinces marron clair et d'une chemise à carreaux reconduisait lentement un monsieur chenu vêtu d'un costume sur mesure, en lui parlant comme on le fait dans les agences de publicité avec les clients importants avec lesquels on vient de traiter.

Une jeune femme portant un gros dossier vert sous le bras sortit par une porte et vint droit vers moi : une petite femme avec une poitrine relativement menue et des hanches larges, un beau visage, des yeux sombres et vifs et une mâchoire bien dessinée.

Mais ce qu'on remarquait de prime abord, c'était ses cheveux : ils luisaient. Ils étaient châtains, mais ils étaient plus que châtains — ils avaient un fort reflet roux, et ce n'était pas ce genre de roux que l'on trouve dans de petits flacons à vingt couronnes le demi-litre et que l'on utilise lorsqu'on se lave les cheveux — c'était un roux qui venait de quelque part à l'intérieur, d'endroits calmes et douillets et d'arbres qui poussent en bosquets à l'intérieur de tout un chacun. Mais en même temps, ce n'était pas un roux agressif. Il ne vous serait jamais venu à l'idée de dire qu'elle était rousse. Car elle avait les cheveux châtains : le reflet roux ne faisait que s'y trouver, comme son âme quelque part à l'intérieur de son corps, comme les joueurs de clarinette, hautbois et bassons dans son propre orchestre symphonique.

Elle était habillée en conformité avec les nuanciers en vigueur : un chemisier pourpre et une jupe à bretelles de velours vert. Elle me sourit en passant à ma hauteur, et je vis aux ridules qui entouraient sa bouche qu'elle n'était pas si jeune que cela, mais autour de la trentaine. Mais c'était un sourire à la beauté et à la chaleur rares. C'était un sourire qui venait du même endroit que les reflets roux de sa chevelure, et ce devait être un endroit agréable. J'y aurais bien passé mes vacances, si j'en avais eu, ainsi que le reste de ma vie.

Ce fut tout. Un sourire en passant, et je fus si étourdi que je ne savais plus où fixer le regard. Ça fait un sacré bout de temps que tu n'as pas été sérieusement amoureux, Varg — trop longtemps, pensai-je. Et je pensai à Wenche Andresen, je cherchai à entendre sa voix. Mais pour une raison quelconque, je n'arrivais pas à me remémorer son visage, et je n'entendais pas un son.

La petite bonne femme déposa son gros dossier vert à l'accueil, dit quelques mots et revint — dans le couloir, dans l'autre sens. Ses cheveux étaient légers, fraîchement lavés et libres, et ils faisaient des vagues derrière elle tandis qu'elle avançait dans le couloir trop court. Puis elle tourna et disparut par la porte par laquelle elle était apparue.

Ainsi entrent les gens dans votre vie — et ainsi disparaissent-ils, après une ou deux minutes.

Un homme sortit par une autre porte et vint vers moi d'un pas qui n'était plus vraiment dynamique. Peut-être était-il trop tard dans la journée, ou peut-être travaillait-il là depuis trop longtemps. C'était un homme bien habillé, vêtu d'un costume gris-vert, composé d'une veste cintrée à la taille, d'un pantalon large à ourlets et d'un gilet.

Il était brun, ou châtain, portait de nouvelles lunettes, et s'était laissé pousser une seyante petite moustache en crocs (qui pend de façon un peu mélancolique de part et d'autre de la bouche), mais je le reconnus quand même d'après la photo que j'avais vue chez son ex-femme. C'était Jonas Andresen.

Il ne m'apprit donc rien en disant :

« Je suis M. Andresen ; c'est vous qui vouliez me parler ?

— Oui, répondis-je en serrant la main qu'il me tendait. Je m'appelle Veum. Je viens de la part de votre femme, je suis une sorte de... juriste, ajoutai-je en baissant le ton.

— Venez dans mon bureau », fit-il en baissant la voix à son tour.

Il fit volte-face et je le suivis le long du couloir, jusque dans son bureau.

C'était un bureau relativement petit, avec vue sur les tours de l'église Sainte-Marie et Fløien, derrière. Je pouvais voir directement le toit de la maison dans laquelle j'habitais. C'était à en avoir les larmes aux yeux.

Il avait une grande table de travail noire sur laquelle des papiers, des imprimés et des ébauches de pubs étaient soigneusement empilés. Un bac marqué ARRIVÉE était nettement plus plein que celui marqué DÉPART. Un crâne en plastique était posé à côté des bacs, découpé à la hauteur du front, et servait de pot pour des crayons et des stylos aux couleurs de la maison : rouge et vert. Une rose unique, d'un rouge passé, dont le bord des pétales était depuis longtemps noirci, trônait dans un mug en plastique, et un cendrier vert était plein de mégots, de cendre et d'allumettes brûlées. Si le cendrier avait été propre le matin, Jonas Andresen était un fumeur invétéré.

Les murs étaient décorés d'affiches, de quatre agrandissements de Roar (qui dataient d'un an ou deux) et d'un panneau d'aggloméré sur lequel étaient punaisés des pubs, des publicités pleine page de revues hebdomadaires, des articles découpés dans des journaux, des photos, des cartes de visite, des projets d'avenir et un assortiment de diverses conneries.

Jonas Andresen s'assit derrière son bureau et m'indiqua un chouette fauteuil en cuir qui lui faisait face. Il sortit un paquet de cigarettes de sa poche intérieure, m'en proposa une et alluma la sienne après que j'eus décliné son offre. C'était une longue cigarette toute blanche, et sa main trembla légèrement lorsqu'il l'alluma.

« Eh bien ? fit-il avec un regard interrogateur.

— Votre femme... m'a demandé... C'est au sujet d'une certaine somme que vous lui auriez promise... la valeur de rachat d'une assurance-vie. Il se trouve qu'elle a quelques problèmes. Financiers. »

Il me regarda de ses yeux qui étaient bleus et vifs derrière les verres incolores de ses lunettes. C'étaient de grandes lunettes, à la monture brun clair, légèrement arrondies dans leur partie supérieure. Le bas en était carré, ce qui leur conférait une espèce de forme en cloche. Il recracha la fumée bleue de sa cigarette entre ses lèvres pincées.

« Mettons tout d'abord certaines choses au clair. Vous avez dit être une espèce de juriste. Est-ce que vous êtes l'avocat de ma femme, oui ou non ?

— Non.

— Est-ce que vous êtes un *ami* ? demanda-t-il en se penchant sur son fauteuil.

— Je peux vous assurer... »

Il leva ses deux paumes vers moi et se mit à parler sans enlever la cigarette qu'il avait au coin de la bouche.

« Du calme. Je n'y vois aucun mal. Bien au contraire : cela me ferait bien plaisir, en toute sincérité, que Wenche se soit trouvé... un ami. Un nouveau.

— Eh bien, en tout cas, ce n'est pas moi. Pas comme ça. En fait, je travaille comme détective privé. »

Son visage se crispa instantanément.

« C'est votre fils, Roar, qui est venu me voir, poursuivis-je. Pour récupérer son vélo, qu'on lui avait volé.

— Roar ? Est-ce que... Il a engagé un détective privé pour retrouver un vélo volé ? Ah, ce gosse ! » Il rit, avec une pointe de découragement.

« Le lendemain, c'est Roar, que j'ai dû retrouver. »

Il me regarda à nouveau, sans rire, cette fois. « Que voulez-vous dire ? »

Je lui résumai l'histoire de Joker et de sa bande, et comment j'avais retrouvé Roar ligoté et bâillonné. Mais je ne dis pas que j'avais dû tailler ma route hors du bois à coups de poings, avec Roar — et je ne lui dis pas que j'avais embrassé sa femme, même si c'était son ex-femme.

Il était de plus en plus pâle, et sa voix était relativement crispée lorsqu'il finit par dire :

« C'est vraiment dégueulasse. Les sagouins ! Je voudrais...

— Du calme. C'est déjà fait. Mais c'est comme ça que j'ai rencontré... votre femme. Et elle m'a engagé pour... oui, pour vous parler. À propos de cet argent. Elle ne se sentait pas... assez forte... pour le faire elle-même. »

Jonas Andresen tira intensément sur sa cigarette pour envoyer la fumée au plus profond de ses poumons. Elle ressortit par à-coups tandis qu'il parlait.

« Je... Je préfère ne pas parler de ces choses-là ici. On ne pourrait pas se voir dehors, dans... disons, une demi-heure ? »

Je jetai un œil à ma montre, comme si j'avais un emploi du temps chargé à bloc.

« Ça va être difficile ?

— Non, ça va pouvoir se faire, accordai-je généreusement. Où ça ?

— Bryggestuen ?

— Va pour le Bryggestuen. On pourra peut-être aussi y dîner ? En tout cas moi. »

Il haussa les épaules.

« Dans une demi-heure, alors ? »

Il se leva et me fit comprendre qu'il avait autre chose à faire dans la demi-heure à venir que de rester assis à hausser les épaules. Il fumerait au moins trois cigarettes dans l'intervalle, et la mort lente qui nous talonne depuis le jour de notre naissance gagnerait encore une trentaine de minutes sur lui.

Il m'accompagna à la porte et me fit ses adieux. La femme à la coupe afro tenta un sourire timide qui trahissait qu'elle n'était pas tout à fait sûre que je devienne un jour client. De toute façon, je n'avais pas encore quarante ans, ce qui justifiait malgré tout une partie de son sourire.

« À mardi prochain, derrière la bibliothèque », lui dis-je en lui faisant un clin d'œil, avant de m'en aller.

18

Bryggestuen est l'un des rares endroits de Bergen à avoir conservé une ambiance simple et fidèle à son passé, sans paraître mensongère. Les grandes peintures murales de Peter Schwab aux motifs portuaires, ces images de maisons disparues et de bateaux depuis longtemps partis à la casse, vous situent dans un endroit hors du temps ; et la clientèle ne se compose ni d'apprentis professeurs à la voix perçante, ni de ces jeunes à moitié beurrés que l'on trouve dans la plupart des autres restaurants où il est possible de prendre une bière sans être un millionnaire non imposable, mais de solides travailleurs ordinaires : des vendeurs de marché, des marins, des employés de bureau — mais en majorité des hommes. Ce n'est pas le genre d'endroit où vous allez vous dégoter une fille. C'est un endroit où vous allez pour prendre une pinte vespérale dans le calme, ou bien pour manger un bon repas sans vous ruiner.

J'entrai et allai m'installer dans l'un des box les plus reculés. Je commandai une bière et un steak de baleine, et je pus manger et boire dans le calme et la sérénité.

Les box formaient trois rangées parallèles. J'étais assis au fond, près de l'un des murs. Un homme baraqué, vêtu d'un manteau gris occupait le box d'à côté. Son ventre recouvrait sa ceinture, et il était parti à la pêche au passé dans son verre de bière. Je ne sais pas s'il fit une prise. Un jeune couple était installé près du mur opposé, main dans la main et doigts emmêlés, et ils semblaient ne jamais devoir se détacher l'un de l'autre. Mais ils le pourraient bien, après deux ou trois années de mariage, ou quelque chose d'approchant.

Le bruit de la circulation nous parvenait étouffé de Bryggen, à travers les carreaux plombés, et le steak de baleine avait la saveur attendue.

Ce fut une bonne demi-heure, la meilleure depuis pas mal de temps.

Je m'étais enfoncé d'un demi-mètre dans ma deuxième bière quand Jonas Andresen entra et jeta un regard scrutateur autour de lui. Je levai un doigt dans sa direction : il hocha la tête et arriva. Il aurait dû être serveur.

Il portait un manteau clair autour du bras et une mallette à stress dans une main. Il déposa les deux sur le banc à côté de lui. Quand le serveur arriva, il commanda une pinte de bière de luxe. Quand le serveur revint avec sa pinte, il en commanda immédiatement une autre. « Juste pour me remettre, après le boulot », dit-il.

Nous bûmes en silence, moi ma bière légère, lui sa forte bière de luxe. Nous bûmes comme deux vieux amis qui se retrouvent chaque jour après le travail, et qui n'ont pas besoin de discuter pour être ensemble.

Mais il fallait bien que l'on finisse par parler, une bière légère et une de luxe plus tard. Il commençait déjà à déraper sur les *s*.

« Je ne sais pas au juste à quel point Wenche t'a mis au courant, dit-il. Ou ce qu'elle a pu te raconter. »

Il s'arrêta un instant, puis ajouta :

« On peut bien se dire "tu" ?

— Pas de problème, répondis-je en serrant la main qu'il me tendait.

— Jonas, dit-il.

— Varg.

— Quoi ?

— Rien, Varg.

— Ah oui », fit-il avant de se mettre à rire, comme si c'était drôle.

Puis il reprit là où il s'était arrêté. « Je suppose qu'elle... je veux dire : elle n'a peut-être pas fait un portrait spécialement flatteur de moi ? Elle peut être relativement dure dans ses... descriptions. » C'était un mot difficile à prononcer, mais il réussit à le dire. Ce n'était pas pour rien qu'il travaillait dans la pub.

« Es-tu marié ? demanda-t-il avec un regard en biais vers ma main droite.

— Non. Je l'ai été.

— Félicitations. On est donc dans le même... box.

— Tu peux le dire.

— Quand tu étais marié, est-ce que ta femme était infidèle ? C'est peut-être pour ça que vous...

— Non. Mais je travaillais beaucoup.

— Compris. »

Il m'avait lancé, et je continuai : « Je veux dire, il y a tellement de façons d'être infidèle. Il y a les hommes qui trompent leur femme avec une autre, il y a ceux qui leur préfèrent la bouteille, et il y a ceux qui leur préfèrent leur boulot. Ne me demande pas ce qui est le pire, mais dans ma... profession... J'ai l'impression que la plupart des femmes pensent que c'est pire quand leur mari les trompe avec d'autres femmes.

— Exactement. Et elles ne nous demandent jamais pourquoi. En tout cas rarement. Et on ne peut pas dire que ça arrange les choses. Un mari infidèle... ou le cas échéant, une femme infidèle... est toujours coupable. Toujours le coupable. Si un mariage coule, c'est toujours celui qui a fait l'écart, ou les écarts, qui porte la faute... parce que personne ne demande jamais pourquoi.

— Tout juste. Et c'est pour cela que je n'accepte pas ces missions.

— Quelles missions ? demanda-t-il, l'air déboussolé.

— Ce genre de missions. Je ne file jamais d'époux pour découvrir où ils sont lorsqu'ils ne sont pas où ils devraient être — et avec qui ils sont. Parce qu'on se fout complètement de savoir pourquoi ils sont là.

— Oui, tout à fait. Mais écoute Veum... Ne va pas croire que je suis là... que je dis ça pour rejeter la faute sur... Wenche. Parce que ce n'est pas ce que je fais. »

Non, ce n'était pas ce qu'il faisait. Ce qu'il fit, ce fut commander encore un demi-litre de bière de luxe. J'avais déjà cessé de vouloir suivre, et je sirotai ma troisième bière. Sa moustache était couverte d'une mousse blanche qui se mit à trembloter quand il continua :

« Malheureusement c'est ce qu'elle fait. Elle me fait porter le chapeau. Elle ne voit aucun défaut chez elle. Mais bon. Laissons-la y croire, si ça peut l'aider à se sentir un peu mieux. Mais la vérité... la vérité c'est que ce n'était pas un vrai mariage, que ça n'aurait jamais dû en être un. Mais ça, on est toujours trop jeune pour le comprendre, n'est-ce pas... hein, Varg ?

— Je doute juste qu'on devienne assez vieux.

— Ouais. Mais nous étions... on était trop différents dès le départ. Je ne sais pas si elle t'a parlé de son passé. Parce qu'elle ne vient pas de Bergen, même si son accent est complètement effacé à présent. Elle vient de loin dans le Hardanger. D'une de ces petites ramifications qui se glissent le long d'une paroi et où le destin, sur son passage, a laissé derrière lui une ferme et deux vaches. Elle vient d'un milieu farouchement piétiste, mais quand elle est rentrée à l'école, elle est partie habiter chez une de ses sœurs aînées à Øystese et là, ça allait mieux. Ce sont des gens bien, que ce soit sa sœur ou son beau-frère. Mais ça ne fait pas de doute : son enfance la poursuit. Jésus au mur et un seul livre dans la bibliothèque, n'est-ce pas ? Et un abonnement à *For fattig og rik* [1] Tandis que moi... je suis un gars de la ville : j'ai pris ma première cuite à quatorze ans, j'ai eu ma première fille à quinze : on piquait des voitures et on partait en virée à Fanafjell et Hjellestad. Mais la tartine n'est pas retombée du côté confiture. En fin de compte. J'ai fait l'École Supérieure de Commerce, tout en ayant des loisirs relativement douteux : des beuveries sans fin et des petits étudiants grassouillets de l'Østland qui dansaient à moitié à poil sur les tables quand ils avaient trop picolé. Puis la publicité, avec toute la dynamique et l'agitation qu'on lui connaît, avec toutes ses conférences, ses séminaires et ses déjeuners en ville, avec les clients. Elle aimait rester à la maison, concentrée sur ses travaux d'aiguilles, ou bien à lire, à écouter des disques ou à regarder la télévision. Elle aimait faire la cuisine et s'occuper de ses vêtements — elle n'était pas vraiment attirée par les sorties. Elle ne goûtait à l'alcool que par pure politesse, et c'est moi qui lui ai appris à fumer. Tandis que moi, j'avais l'habitude de sortir prendre une bière avec les potes, draguer un petit peu les filles, rentrer pas très tôt, en ne tenant plus très bien sur mes quilles. Mais est-ce que ces différences sont vraiment significatives, quand on s'aime, et que cela suffit ? En fait, peut-être que ce n'était pas non plus le cas... Ou *mon* cas... conclut-il avec un sourire résigné.

— Mais comment vous êtes-vous rencontrés, au juste ?

---

1. Périodique publié depuis le XIXe siècle par l'Indremisjon, organisation piétiste œuvrant pour un renouveau de la foi en Norvège.

— Comment se rencontrent les gens ? Elle connaissait quelqu'un qui connaissait quelqu'un qui... Toujours la même rengaine : il y a toujours l'amie d'une amie de quelqu'un avec qui tu as été colocataire, tu vois ? Et il faut bien que quelques-unes de ces amies... qu'une de ces amies, un jour ou l'autre, soit originaire du Hardanger, n'est-ce pas ?

— Oui ?

— Eh bien. Ça s'est passé comme ça. On s'est rencontrés chez des connaissances communes, et... En fait, elle m'a littéralement attiré. Elle était tellement différente de toutes ces autres... filles. Elle était réservée, timide, virginale. Elle ne disait presque rien, et quand je lui posais une question, elle baissait brutalement les yeux et emmêlait nerveusement ses doigts. Donc, elle m'a, oui, attiré, allumé... Je voulais l'avoir, me l'approprier. Et elle... Elle m'a apprécié, elle aussi. Assez rapidement », fit-il en haussant les épaules, avant de vider son verre.

Il commanda une autre bière et continua :

« C'était une vie nouvelle, tout à coup. Après des années passées à picoler et à draguer à droite, à gauche, après des saisons d'alpinisme d'un lit à un autre... c'était tout à coup une paix douce, tendre. Les promenades sur le mont Fløien, au cours de nuits douces comme du velours, les balades du dimanche après-midi, vers les quais tout calmes. Les séances de cinéma, comme quand on était mômes... assis quelque part tout au fond, dans le noir, la main dans la main. Wenche, Wenche, Wenche... »

Il m'avait pratiquement oublié, et sa cinquième bière rapprochait un peu plus sa tête de la nappe à carreaux rouges et blancs.

L'homme de la table voisine nous avait quittés.

Tout ce qu'il avait laissé comme trace, c'était un cercle humide sur la nappe. Le jeune couple, un peu plus loin, en était arrivé aux coudes, mais il leur restait encore un bon repas avant qu'ils ne se dévorent entièrement l'un l'autre.

« Puis elle fut à moi, dit Jonas Andresen, tendrement, comme quand une rose s'ouvre pour la première fois. Une truite qui saute dans le ruisseau et reste suspendue en l'air... dans tes bras. Puis elle est tombée enceinte, et nous nous sommes mariés, et Roar est né. Et on s'est retrouvés à trois, tu vois, dans cet appartement de Nygårdshøyden. Le début d'une petite famille standard, sans endroit où aller. Même pas six mois après, j'étais déjà amoureux d'une autre, et ça a commencé à se déchirer... relativement tôt. Je veux dire : le fait que je sois amoureux d'une autre fille après six mois de mariage... ça montrait bien... où on en était.

— Où ? » demandai-je, la cervelle embrumée par trois bières. J'en commandai une quatrième pour ne pas sombrer.

« *Never-never land*. Et moi, j'étais Peter Pan. Et Wendy était déjà du passé. Elle a tellement vieilli, Varg. Je ne parle pas de son apparence : Seigneur, elle a toujours l'air d'avoir seize ans — ou en tout cas jusqu'à il y a quelques mois. Mais elle a pris un sacré coup de vieux. Elle ne s'intéressait plus qu'à moi et au gamin, et ces sempiternels travaux de cousette. Les murs étaient couverts de petites broderies, les canapés étaient surchargés de coussins, et les tables et les placards recouverts de ravissants napperons. Et au petit coin, elle avait remplacé la chaîne de la chasse d'eau par un cordon brodé qu'elle avait fait elle-même, et... »

J'essayai de me remémorer l'appartement de Wenche Andresen.

« Tu n'exagères pas un petit peu ?

— En tout cas, c'est l'impression que j'avais, à ce moment-là. Comme si j'étais en train de me noyer dans toutes sortes de babioles brodées. »

Une femme vint s'asseoir à la table libre voisine. Elle était à la fin de la cinquantaine, et tenait la tête légèrement penchée. Un petit sourire rôdait sur sa bouche fatiguée, comme un loup dans les bois, attendant le Petit Chaperon Rouge. Mais le Petit Chaperon Rouge avait pris sa carte du MLF, et allait brûler des bouquins en ville, elle était donc occupée ; et si elle était venue, ça n'aurait pas vraiment aidé le loup, puisqu'elle avait pris des cours de judo et savait comment gérer des hommes poilus sur les bras et les jambes. La femme commanda donc une bière et une espèce de hamburger, et commença à dévorer sa propre solitude transparente, bouchée après bouchée, jusqu'à ce qu'il n'en reste rien.

Jonas Andresen continua sans s'apercevoir de quoi que ce fût, tandis que la mousse dans sa moustache avait disparu en séchant.

« Les premiers petits écarts pas nets s'apparentaient aux petits mensonges que les gens racontent dans ton dos — si ce n'est que dans mon cas, ce n'était pas des mensonges. Une collègue quelconque, une serveuse dans un restaurant lors d'un séjour à Oslo, la femme d'un ami ou une diva récemment divorcée : de courtes aventures cannibales, qui ne duraient que rarement plus d'une soirée. Je suis tombé amoureux à deux reprises, vraiment amoureux, mais je n'ai... couché qu'avec l'une des deux. Comme si c'était vraiment important. Comme si le rapport sexuel était la cerise sur le gâteau. Comme si le fait de coucher avec quelqu'un infirmait ou confirmait quoi que ce soit d'autre que ta propre fierté éventuelle... ou que tu n'en as pas. Mais, alors... »

Son regard se fit rêveur et vague, et je me dépêchai de lui commander une autre bière de luxe. Le serveur avait commencé à être aussi sceptique envers l'un qu'envers l'autre, mais il revint avec le verre.

« Tu veux manger quelque chose, Jonas ? demandai-je.

— Manger ? » répéta-t-il en levant les yeux vers moi. C'était un mot qu'il n'avait jamais entendu auparavant.

J'essayai de le faire atterrir. « Mais alors, as-tu dit...

— Oui, alors... J'ai rencontré S-Solveig. »

Nouvelle pause. Son visage s'adoucit, son regard se réchauffa, et je vis qu'il essayait de se redresser. Ce n'était pas une mince entreprise, après cinq bières de luxe et demie.

« Et ç'a été foutu pour moi. Fou-tu-pour-moi. »

Je ne rebondis pas. Je savais que ça prendrait du temps. Qu'il faudrait encore cinq ou six pintes de bière forte avant d'y arriver, mais je vis à ses yeux et à son visage qu'il ne m'épargnerait rien. Je n'échapperais pas à une seule strophe de « La ballade de Jonas et Solveig ». Il me faudrait être patient.

« Solveig », répéta-t-il.

Et ce n'était maintenant plus l'image d'un serpent bavant qui se dessinait : c'était le soleil matinal lui-même qui se levait sur le paysage, qui perçait entre les peintures défraîchies suspendues aux grands murs, qui dardait ses rayons obliques dans le box marron rouge, sur la nappe trouée et les verres de bière à moitié vides — comme il les aurait dardés sur un paysage matinal vert printemps, quelque part à la limite entre la mer et la montagne, la mer comme un miroir ondulant et la montagne comme un ensemble de promesses bleuâtres pour l'avenir. C'était le soleil qui se levait au-dessus des riches et des pauvres, des gens de la pub et des détectives privés, Jonas et sa baleine, et Varg et son temple. C'était le soleil qui nous comblait, qui nous dévorait et nous recrachait sous forme de petites plaques de cendre, après l'éruption volcanique de la vie qui se produisait en chacun de nous, le soudain purgatoire de l'amour.

« Elle a commencé chez nous, il y a... trois ou quatre ans, et au début, elle ne faisait que de la présence. Elle sortait tout droit de l'École des Beaux-Arts, et elle a commencé comme collaboratrice à la mise en page : design typographique, story-board, ce genre de choses. Une fille toute simple, sympa — le genre agréable à fréquenter, qu'on aime avoir comme collègue. Jusqu'au jour où tu te pinces le bras et où tu découvres que tu es follement amoureux d'elle, et le lendemain, tu te réveilles et tu te rends compte que tu l'aimes — plus que tu n'as jamais aimé. Tu n'oses pas le lui dire, parce que tu es marié. Et qu'elle est mariée. Et que tu as un enfant, et qu'elle en a deux. Et tu découvres que tu es monté dans le train trop tôt, beaucoup trop tôt, et que tu es descendu au mauvais arrêt ; et il est alors beaucoup, beaucoup trop tard. Tu vois ? »

Je voyais. J'avais aussi éprouvé ce sentiment, de temps à autre. Simplement, mes trains étaient partis depuis longtemps, et je n'étais descendu à aucun arrêt. J'avais été éjecté quelque part dans un virage, la tête la première.

Il balaya l'air devant lui, comme s'il la cherchait.

Ou peut-être essayait-il de la dessiner, de la matéria-liser devant mes yeux.

« Tu... C'est ce genre de personne dont on a l'impression que tout le monde doit tomber amoureux. La première chose qui frappe, chez elle... ce sont ses cheveux. Ils ne sont pas châtains. C'est-à-dire : ils sont vraiment châtains. Mais ils sont plus que châtains, ils sont roux, sans *être* roux... si tu vois ce que je veux dire. »

Je le comprenais. Je l'avais vue.

« Ils... ils luisent, c'est tout, comme si la couleur venait...

— De l'intérieur ?

— Oui, c'est ça ! De l'intérieur. Et toute sa chaleur, aussi. De l'intérieur. Parce que ce que tu remarques ensuite, c'est qu'elle est foutrement sympa. Toujours. Qu'elle est toujours de bonne humeur, toujours souriante, et gentille... même si on n'est pas d'accord sur une façon de faire, même si on a des discussions. Et on a eu tellement de chance — enfin, moi... — de pouvoir travailler beaucoup ensemble.

— C'est quoi, exactement, ton boulot ?

— Consultant... c'est comme ça qu'on dit, maintenant. Ça se serait appelé chef du marketing à l'époque où chacun était son propre patron, dans son bureau. Je m'occupe de rendez-vous, de contrats, de mise au point des campagnes, d'obligations financiè-res, et tout ça. Mais elle, elle faisait partie de la bran-che pratique de l'entreprise : elle couchait les idées sur papier. Elle était... elle est... efficace. Elle a un coup de crayon tout simple, mais bien le sens de... l'expression, tout court. Donner la représentation d'une idée, par écrit ou en dessinant, pour lui donner un sens. Pour lui donner une certaine profondeur. Si tu vois ce que je veux dire. »

Je ne comprenais pas exactement ce qu'il voulait dire. Mais je pourrais toujours me servir de mon imagination. Et surtout, je l'avais vue.

« Je tournais en rond, et j'ai rongé cette langueur secrète, cet amour, pendant des mois — jusqu'à un jour, subitement... Nous travaillions, et je revenais d'un dîner avec un client, avec qui j'avais partagé une bouteille de vin, et j'avais la tête aussi légère qu'on peut l'avoir quand on boit du vin : comme si je pouvais planer, tu vois ?

— Ouais.

— Et brusquement, j'ai senti que nous étions si proches l'un de l'autre, penchés au-dessus de sa table à dessin, et je lui ai dit, tout doucement : "Tu sais, Solveig, je pense que je suis tombé amoureux de toi. Oui, en tout cas un tout petit peu", ajoutai-je — pour être tout à fait sûr qu'elle ne le prendrait pas mal. Elle m'a regardé, avec le regard scrutateur qu'ont certaines femmes quand tu leur dis ce genre de choses, comme si elles voulaient lire le mensonge ou la vérité sur nos visages, et elle a dit : "C'est vrai ?" — et sa voix était si douce, si douce — et ensuite, quand j'ai dû partir, j'allais juste lui faire la bise, elle est venue tout près de moi, et j'ai plongé la bouche vers son cou, j'ai senti l'odeur de ses cheveux, et nos lèvres se sont effleurées une fraction de seconde ; et elle ne s'est pas détournée, mais je suis sorti un peu étourdi de son bureau, sans même refermer la porte derrière moi. »

Il pencha la tête et regarda avec étonnement son verre vide.

« Et puis... il s'est écoulé presque un an entier sans

146

que rien n'arrive. C'est vrai, Varg : j'ai essayé de laisser couler. Je me disais : tu es amoureux d'elle, mais elle n'éprouve rien pour toi. Pourquoi le devrait-elle ? Elle est heureuse dans son couple, elle a deux enfants, et toi, tu es... marié, et tu en as... un. Et je n'en savais rien — à ce moment-là... Je ne pouvais pas m'imaginer, même dans mes rêves les plus fous, qu'une femme comme S-S-Solveig puisse ressentir quoi que ce soit pour moi — mais c'était pourtant le cas. Et puis, l'automne est arrivé, comme un long passage à vide planant, vers quelque chose de bien précis. C'était de plus en plus évident pour moi qu'elle... était là et qu'elle y resterait. Dans ma tête. Je ne voyais rien d'autre qu'elle... Elle — elle. J'ai commencé à moins bien faire mon boulot, je m'en rendais compte moi-même. J'étais moins concentré, en tout cas, mais mon expérience m'a sauvé. Puis j'ai fait des conneries, et on a même failli perdre un client à cause de ça. Mais ça n'avait pas vraiment d'importance. Tant qu'elle était là, tout le temps, avec moi. Tant que nous pouvions continuer à travailler ensemble. Et pendant tous ces mois, nous n'avons jamais parlé — de ce qui s'était passé, de ce que j'avais dit. Nous sommes simplement devenus des amis de plus en plus intimes. Je crois qu'en fait, je n'ai jamais eu d'ami plus proche, que ce soit un homme... ou une femme. »

Je lui reversai une partie de ma bière dans son verre, et il me lança un coup d'œil reconnaissant, depuis l'autre rive de l'Atlantique.

« Mais, un jour...

— Oui ?

— Et puis un jour... il était tard, nous avons fait des heures supplémentaires, nous avions quelque chose à boucler. Il n'y avait que nous deux, tous seuls dans l'agence. Quand nous avons eu fini, nous sommes restés un moment, à discuter. C'est-à-dire... Elle était assise. J'étais debout, de l'autre côté de sa table à dessin. On avait chacun une tasse de café tiède, et je ne me souviens pas de ce dont nous avons parlé... de tout et de rien, vraisemblablement. La seule chose dont je me souviens, c'est que j'ai pensé : maintenant, Jonas, c'est le moment de tout lui dire. C'est le moment. Mais je n'arrivais pas à me décider... je n'arrivais pas à le formuler, je ne pouvais pas les définir, tous ces sentiments qui me déchiraient, juste parce que... juste de la voir assise là. Et puis... elle a allumé une cigarette, et elle m'a dit : "Je ne fume que rarement. Ça m'aide à me sentir... insouciante. — Insouciante..." ai-je répété. Je lui ai tendu la main, et je lui ai caressé la joue. Son regard s'est assombri, en même temps qu'il dégageait plus de chaleur. Et elle a tendu la main pour, elle aussi, me caresser la joue, rapidement, avec le dos de la main. C'est comme si tout explosait en moi. Tout s'est détendu. Je me suis penché au-dessus de la table et j'ai pris son visage, sa tête, entre mes deux mains, j'ai senti ses douces joues sur mes paumes, j'ai approché mon visage du sien, de ses cheveux, ses cheveux magnifiques et doux, j'ai approché ma bouche de son oreille, de sa joue, du coin de sa bouche, où je sentais presque ses lèvres frissonner... Et j'ai poussé un soupir, Varg. J'ai soupiré comme une vieille bonne femme, à tel point j'étais submergé par mes propres sentiments. "Solveig, ai-je dit, tu es quelqu'un de bien, Solveig." Elle m'a regardé de ses grands yeux brillants : "Tu crois ? — Si seulement tu savais, je crois que jamais... ça fait des années que je n'ai pas ressenti quelque chose de tel." Je l'ai embrassée plusieurs fois, sur l'oreille, sur la joue près de la bouche, mais pas à proprement parler *sur* la bouche, parce qu'à ce moment-là, elle a tourné la tête. "Tu m'aimes bien un petit peu, toi aussi ? — Je t'aime vraiment beaucoup, Jonas." Et je l'ai embrassée de plus belle. "C'est chouette, de t'avoir ici, près de moi, mais tu ne pourras pas... Tu n'auras pas d'autres câlins de ma part aujourd'hui." D'une main, j'ai écarté une mèche de son front — devant ses yeux. "Ce que je ressens... ça n'a rien de sexuel... pas comme ça. C'est purement romantique. C'est comme être à nouveau tout jeune, seize ou dix-sept ans. J'ai envie d'être tendre avec toi. T'embrasser... sur la bouche." Et j'ai regardé sa bouche, ses belles et douces lèvres, relativement fines, mais *ouvertes*, et l'une de ces lèvres inférieures douloureusement émouvantes, si tu vois ce que je veux dire. »

Je vis ce qu'il voulait dire. J'étais sur le point d'en avoir les larmes aux yeux.

« Elle... elle a souri, continua-t-il, timidement, je pense, et elle m'a dit : "Moi aussi, j'ai... Je dis tellement de bêtises, je suis impulsive, trop impulsive, et émotive... Moi aussi, j'ai besoin d'être... tendre, avec d'autres personnes..." Elle avait les deux mains... Elle tenait ses deux mains autour des miennes, Varg... Et elle m'a regardé — tout son visage m'a regardé, en quelque sorte... Et c'était comme si son visage emplissait toute la pièce, comme s'il n'y avait rien d'autre dans tout l'univers que ce délicieux visage encadré par *cette* chevelure : le petit nez fin, les yeux bleu sombre, presque noirs, la bouche frissonnante, les joues rondes et douces, le menton bien dessiné... Solveig, Solveig. Et à ce moment-là, j'ai su — j'ai su à ce moment-là, tout comme je le sais maintenant — que je l'aimais, que je l'aimerais toujours, quoi qu'il arrive, que je ne pourrais jamais m'arrêter de l'aimer... »

Il regarda tout autour de lui, comme s'il cherchait d'autres femmes qu'il pourrait aimer, d'autres femmes avec qui il pourrait partager sa tendresse, d'autres femmes avec qui il pourrait discuter pendant des heures et des heures. Mais il ne trouva personne. Tout ce qu'il réussit à trouver, ce fut un détective, pas l'un des plus chers, mais pas non plus l'un des moins chers. Un confident.

« Puis nous avons entendu marcher quelqu'un... dans le couloir. Nous nous sommes séparés lentement, nous avons cherché à tâtons chacun sa tasse de café pour faire comme si nous buvions, assis à distance respectable l'un de l'autre, quand la porte s'est ouverte et que quelqu'un est entré... »

J'attendais la suite.

« Qui est entré ? demandai-je.

— Son mari. »

19

Il commençait à faire sombre, et le serveur avait abandonné tout espoir de nous faire nous arrêter. Il nous apporta deux nouveaux verres, et j'étais à cent pour cent sûr que cette journée ne nous mènerait qu'à un endroit : à deux petits verres d'aquavit sur le pouce, et puis rideau. J'avais déjà du mal à trouver le chemin des toilettes et à en revenir.

« Est-ce que je t'ai parlé de son mari... Tout à l'heure ? demanda-t-il.

— Je ne m'en souviens pas », répondis-je. Mais j'avais l'impression que j'étais sur le point de me mettre à oublier.

« Reidar Manger, mais il ne vient pas de Manger. Il vient de quelque part dans le Sørland. Kristiansand, me semble-t-il. Il est... chercheur rémunéré — bon Dieu, les mots qu'ils nous sortent ! — en littérature américaine. Un de ces types livides qui restent debout jusqu'à pas d'heure, à travailler leur thèse sur Hemingway, mais qui tomberait dans les pommes à la simple vue d'une truite vivante. Mais il est sympa, et je l'ai toujours bien aimé. Enfin... toujours, c'est peut-être un peu exagéré, vu que je ne l'ai pas rencontré si souvent que ça — et qu'on peut comprendre ce qu'on veut dans "bien aimé". Si tu...

— Oui, je vois ce que tu veux dire.

— D'accord. D'accord. » Il parlait nettement plus lentement, et tenait la tête encore un peu plus bas. Hormis cela, on aurait pu le penser parfaitement sobre. J'avais arrêté de m'intéresser aux autres clients : il n'y avait plus que lui et moi. Et une femme, donc, qui s'appelait Solveig.

« Son mari est entré, disais-tu...

— Oui... Oui ! C'est ça ! Chouette type, Reidar Manger. Un soir, nous sommes restés plusieurs heures à parler du livre *Le soleil se lève aussi*. J'avais seulement lu la première moitié, mais lui, il l'avait lu cent fois, alors ça faisait une bonne moyenne... Mais on n'arrivait pas à se mettre d'accord.

— Sur quoi ?

— La deuxième moitié. Celle que je n'avais pas lue.

— Je vois ce que tu veux dire. Je l'ai lu aussi. Mais alors, ce jour-là, il est entré...

— Il n'a rien dit. Il n'a rien fait. Je ne sais même pas s'il a pu se rendre compte de quelque chose en nous regardant. S'il avait voulu jouer les Hemingway, il aurait pu essayer de me foutre par la fenêtre, mais il ne serait vraisemblablement pas arrivé à grand-chose d'autre que se blesser lui-même. Il passait la chercher, en retournant à ses bouquins, et nous sommes restés un moment à papoter autour d'un café. On lui en a donné une larme, à lui aussi. Mais c'était difficile d'entretenir la conversation. Je n'osais même pas la regarder, et en le regardant, j'avais peur qu'il pense que je lui faisais des avances, à lui. Tu sais, ces chercheurs en littérature américaine, ils voient de l'homosexualité refoulée dans tout et n'importe quoi. Ils ont lu *Gatsby le Magnifique*, tu sais, avec l'exégèse et tout le tremblement. Et *Huckleberry Finn*, et tout le bastringue... Et puis, un moment après, chacun est rentré chez soi : elle et lui à Skuteviken, et moi, j'ai refait le long chemin jusqu'à... ma famille. Quand je suis rentré, ce jour-là, je me suis allongé, point. J'étais complètement crevé, moulu à travers tout le corps, et j'avais les jambes qui tremblaient. Plus tard, elle m'a raconté qu'elle s'était sentie pareil, et qu'il avait fallu qu'elle sorte faire une grande balade sur Fjell-veien, toute seule. Le lendemain, juste avant de partir du bureau, elle m'a remis une enveloppe, et elle est partie. Je me rappelle encore ce qu'il y avait d'écrit, dans cette lettre, presque au mot près : *Mon cher ami, en matière de sentiments, je n'ai malheureusement jamais été spécialement douée pour m'exprimer au moyen de mots, et c'est pourquoi je t'admire pour avoir réussi à me dire toutes ces belles choses. Je n'ai pas réussi à t'extraire de mes pensées depuis la dernière fois — pas une seule seconde. Comme tu me l'as dit* toi-même, ce sont des choses qui arrivent... pour moi aussi. J'espère sincèrement que nous arriverons à nous voir dans d'autres circonstances — dans la mesure du possible. À bientôt. — et puis : Je t'embrasse, une "bonne" amie. Et un post-scriptum : Déchire ce mot en mille morceaux, s'il te plaît ! — Mais je n'ai pas pu le déchirer en mille morceaux ; mais je pourrais sauter à pieds joints dessus, danser dessus, et le réduire en cendres que je ne pourrais jamais oublier son contenu, ce qu'il y avait d'écrit — dans la plus belle lettre qu'on m'ait jamais écrite. »

Il secoua la tête pour renforcer l'impossibilité d'oublier.

« Jamais. Et c'est comme cela... que ça a commencé pour de bon... que nous sommes devenus un peu plus que de simples bons amis. »

Nous restâmes un moment à siroter chacun son verre, avant que je continue mon interrogatoire.

« Et ensuite ?

— Ensuite... tout est arrivé. On a commencé à se voir régulièrement. Après le boulot, la plupart du temps. Pour prendre un café quelque part, pour parler, jouer avec les doigts l'un de l'autre. Juste parler. Un soir... un soir où nous étions ensemble, j'avais la voiture, et on est partis... loin, loin, m'a-t-il semblé. En montant, vers l'église de Fana. J'ai garé la voiture, et nous avons marché le long de la route. La main dans la main, dans une nuit d'hiver noire et pluvieuse... Et là, quelque part dans l'obscurité, nous nous sommes embrassés pour la première fois. Correctement. Et c'était comme embrasser une petite jeune fille et une femme mûre en même temps. Une petite fille qui t'embrasse sans se poser de questions sur la bouche, sans être complètement consciente de ce qu'elle déclenche en toi, et une femme mûre qui sait exactement ce qu'elle fait... Et quelques semaines après, elle m'a invité chez elle. Son mari était à Oslo, pour un séminaire de recherche, et je suis arrivé chez elle après qu'elle a eu mis les enfants au lit. Ils habitent une petite maison en bois, à Skuteviken, dont ils ont rénové l'intérieur, pour la mettre au dernier cri. Et nous... nous avons parlé, bu du thé, et écouté de la musique, pendant ce qui m'a semblé durer des heures, et nous nous sommes embrassés, sur le canapé, comme des adolescents qui découvrent l'autre pour la première fois. Mais en réalité, nous n'avions pas imaginé... nous n'aurions jamais cru... ce n'était pas voulu... mais l'ivresse s'est emparée de nous, et nous... eh bien, nous avons couché ensemble. Fait l'amour. Nous avons commencé par terre, dans le salon, et nous avons continué dans la chambre... et crois-moi, Varg, je n'avais jamais été avec quelqu'un de cette façon-là. Je n'avais jamais cru qu'elle puisse porter autant de chaleur en elle, autant de passion... Et quand elle a été cambrée, comme un pont blanc sous moi, exprimant par à-coups sa joie et sa douleur, dans la pièce autour de nous... Je ne trouve pas les mots, il n'y a pas de mots... pour décrire ça. »

Non. Il n'y avait pas de mots. Je comprenais ce qu'il voulait dire. Et pour certains, il n'y avait même pas... ça.

« Plus tard, ça n'a fait que se poursuivre. Nous nous sommes rapprochés l'un de l'autre, encore et encore. Ce n'est pas si souvent que nous avons pu être vraiment ensemble... De cette façon, je veux dire. Une fois par mois, peut-être. Parfois tous les deux mois. Et quelquefois encore plus rarement. Mais on a pu vivre sur ces instants, pendant les semaines qui ont suivi. Quand nous sommes ensemble, tout est oublié... tous les autres. À ce moment-là, il n'y a que nous deux.

— Et vous... vous n'avez pas réussi à le tenir secret ?

— Un moment. Étonnamment longtemps. En quelque sorte, c'est toujours secret, si ce n'est que... mais je ne sais pas... je ne pense pas que Wenche lui ait dit... quelque chose. Lui, en tout cas, il n'a pas laissé sous-entendre à Solveig... qu'il le sait. Mais pour moi, pour moi, c'était tout simplement insupportable, à la longue. Wenche. On aurait pu continuer à jouer la comédie, si on veut, tant qu'il n'y avait personne d'autre. Mais après avoir rencontré Solveig, et quand c'est devenu sérieux entre nous... C'était tout simplement impossible. Le résultat, c'est que je me sentais "infidèle" quand j'étais avec... Wenche. Infidèle envers Solveig, tu vois ? — Je n'étais plus ni un mari, ni un père, et pour finir, pour finir, j'ai tout simplement laissé tomber. J'ai dit à Wenche que je voulais partir. Et quand elle m'a demandé s'il y avait quelqu'un d'autre, je lui ai répondu que oui, et quand elle m'a demandé de qui il s'agissait — je lui ai dit... Ouais. C'était peut-être bête. Mais je lui ai dit quand même. Et je suis parti... accompagné jusqu'à la porte par des insultes et des malédictions, des pleurs et des grincements de dents, et tout ce qui s'en suit. Ç'a été une sortie éblouissante. Tout l'immeuble devait être au courant. Elle était sur la galerie et me hurlait dessus tandis que j'allais d'un pas mal assuré jusqu'à ma voiture. Je me suis installé au volant, et je suis parti. — Plus tard... plus tard, on ne s'est revus que chez l'avocat. Et pour la conciliation.

— Et Roar ?

— Je ne l'ai presque pas vu. Nous n'avons pas encore conclu d'un arrangement. C'est moi qui ai voulu le repousser. J'en ai ma claque, des confrontations. »

Lui aussi.

« Justement. C'est pour cela que je suis là. Pour vous épargner, à toi et à Wenche — d'autres entrevues. Il s'agissait de l'argent...

— Solveig... Elle n'a jamais voulu... Nous sommes toujours ensemble. Mais elle n'a pas encore voulu franchir le pas et faire ses valises. C'est vrai : elle a deux enfants, je n'en ai qu'un. Même si la relation qui la lie à Reidar n'est pas des plus puissantes, ils s'en sortent sans une égratignure, au quotidien, et il y a deux autres personnes à qui elle doit penser. Et même si elle dit le contraire : ce n'est vraiment pas sûr que ses sentiments à mon égard soient aussi forts et démesurés que ceux que je peux avoir pour elle... Alors, je lui ai au moins donné du temps. Parce que moi, je peux attendre. Je l'ai attendu depuis mon enfance, et je peux encore attendre quelques années. Parce qu'on rêve tous d'une femme idéale, pas vrai, et quand on finit par la rencontrer — quand on découvre sa femme idéale — alors on a brusquement l'impression d'avoir plein, plein de temps, qu'on a la vie devant soi, et qu'on peut attendre... à condition qu'elle finisse par te rejoindre.

— Dans l'ultime rue, dans la toute dernière ville ? Ouais, je vois ce que tu... » Je l'avais vue.

« Voilà, voilà ma petite histoire salingue d'adultère. Deux personnes qui se sont rencontrées trop tard... trois enfants et deux époux trop tard. Deux personnes qui s'aiment sans que ç'ait été écrit, après la fin de la représentation. Les autres... ils ne veulent voir que l'aspect extérieur de la relation. Ils veulent l'interpréter comme la banale histoire d'adultère. Mais ce n'était pas le cas. Pour moi, ç'a été... le grand amour, s'il peut exister quelque chose de tel en dehors des livres pour jeunes filles. Cette relation a aussi pris un caractère érotique, par la suite, et je n'ai jamais eu autant de plaisir avec une femme qu'avec elle... comme ça aussi. Mais c'était érotique, jamais sexuel. Ce n'était pas... Je ne lui disais jamais qu'on baisait, ou qu'on tirait un coup. Parce que ce n'est pas ce qu'on faisait : on faisait l'amour... »

Il m'observa comme si j'allais protester. Mais je n'avais pas l'intention de protester. Je l'avais *vue* — et elle m'avait souri.

« Je ne vois vraiment pas pourquoi je te raconte tout ça. »

Il regarda avec une mine de reproche son verre, puis le mien.

« Je n'en ai jamais parlé à personne... avant ce soir. Personne à part Wenche, et à ce moment-là, c'était comme lui lancer un nom à la manière d'un hameçon, lui donner une raison d'essayer de me happer, avant de me lourder. »

Il regarda tristement devant lui.

« Ces derniers mois, ç'a été un peu... problématique, d'un point de vue purement matériel. C'est une chose de devoir verser de l'argent à son fils et à sa... à Wenche. C'est complètement différent de devoir repartir à zéro. Et on ne donne pas de subvention ou d'allocation aux maris infidèles. Il faut que tu te trouves un appartement, et ce n'est pas donné, de nos jours ; et il faut bien mettre quelque chose, dans cet appartement : dans quoi dormir, sur quoi manger, à quoi suspendre tes fringues, ou dans quoi les ranger.

Alors passe le bonjour à Wenche, et dis-lui que je suis désolé. Que je suis désolé pour tout, pour la première fois où je suis entré en trébuchant dans sa vie. Que je suis désolé de ne pas encore m'être occupé de l'assurance. Et que je vais le faire. Dis-lui — dis-lui qu'elle aura l'argent, demain ou après-demain. Que je viendrai en personne lui remettre la totalité de la somme, pour ses bons et loyaux services dans la brigade des époux trompés, etc., etc... Passe-lui juste le bonjour de la part de Jonas, et dis-lui que Jonas est désolé, hein, Varg ? »

J'étais fatigué. Et j'étais pompette.

« Je transmettrai le message. Je lui dirai que je viens tout droit de la baleine, et que Jonas est désolé. Je lui dirai que... oui. »

J'étais trop fatigué et trop pompette pour pouvoir en dire plus.

Nous réglâmes nos deux dernières pintes, mais nous restâmes encore un peu, principalement parce que nous n'avions pas le courage de nous lever.

Lorsque nous nous levâmes enfin, nous titubâmes vers la sortie, appuyés l'un contre l'autre, comme des frères siamois. Le videur nous tint la porte au moment où nous sortîmes sur le trottoir.

Nous restâmes un moment l'un près de l'autre, chancelants, comme deux jeunes tourtereaux qui ne peuvent se résoudre à se dire bonsoir.

« Où vas-tu ? lui demandai-je.

— Prestestien. Mais il faut que je prenne un taxi.

— Bon. Alors tu as le choix entre la statue d'Holberg et la Forteresse.

— Va pour la Forteresse. Au moins, ça me fait partir dans le bon sens.

— O.K. Alors bon vent.

— Merci, de même. De quel côté pars-tu ?

— Vers les hauteurs. »

Il regarda le ciel. La couverture nuageuse grise s'était déchirée, et quelques étoiles apparaissaient dans les trous. « Là-haut ? demanda-t-il.

— Pas aussi haut. »

Puis il me tapa sur l'épaule en disant :

« *Remember Alamo, Reidar.* »

Je n'eus pas le temps de réagir au fait qu'il s'était brusquement mis à m'appeler Reidar. Il m'avait déjà quitté. Il tituba le long de Bryggen : un publiciste en costume, son attaché-case à la main, et son manteau sur le bras. Un homme à la réputation ternie, portant quelque part en lui un amour vulnérable. L'une des nombreuses personnes à être arrivées sur la mauvaise planète, au mauvais siècle. Une des nombreuses personnes...

Je me retournai et partis dans la direction opposée. En face, de l'autre côté de Vågen, j'apercevais l'unique lumière qui brillait dans mon bureau, deux étages au dessus de la cafétéria du premier.

Mais je n'avais pas la force de traverser la place du marché pour aller l'éteindre. Elle resterait allumée jusqu'au lendemain — comme la lumière d'un phare dans la nuit, comme un message secret pour le naufragé. À la place, je regagnai les hauteurs, vers la caserne des pompiers de Skansen et les plaines infinies, là-haut. Je montai vers deux aquavit sur le pouce, et rideau. C'était tout ce qui m'attendait : c'était tout ce dont j'avais besoin.

Pas aujourd'hui, et pas demain. Mais un jour. Un jour...

20

Lorsqu'on se réveille d'un rêve, on se réveille brusquement, comme jeté au sol. J'ouvris tout grand les yeux, réveillé. J'étais nu sous la couette, et j'étais tellement conscient de ma propre nudité que cela me bouleversait. J'avais rêvé d'une femme. D'une femme dont les cheveux n'étaient ni roux, ni châtains, mais qui flottaient comme une chanson autour de son visage, et elle avait arboré un sourire, en plein milieu de ce visage, un sourire qui restait suspendu même après mon réveil, après qu'elle fut partie, un sourire comme celui du chat d'*Alice au pays des Merveilles* : un de ces sourires qui s'enfouissent en vous et ne meurent jamais, un de ces sourires que vous gardez en vous jusqu'à la tombe, un de ces sourires qui renaît de la terre dans laquelle vous reposez sous la forme de jolies fleurs, quand revient le printemps, et que vous n'êtes plus. Parce que le printemps finit toujours par revenir, même après votre mort. Quand vous êtes mort, et que les montagnes autour de la ville se dressent comme elles l'ont toujours fait, et que le ciel se penche au-dessus de maisons qui se disloquent, et de maisons qui se construisent ; et il reste des lundis après votre mort, et les gens vont travailler, à pied ou en voiture, vers des boutiques ou des bureaux ; et ils prennent les transports en commun, quand vous êtes mort, et que c'est le printemps, et que toutes vos femmes sont mortes, toutes sauf une.

Elle m'avait souri et s'était présentée. Wenche Andresen, avait-elle dit, et son visage était devenu flou, diffus. Et loin, très loin, un garçon m'avait appelé, d'une voix claire de garçonnet, et il était venu vers moi en courant, un ballon de football sous le bras, portant des pantalons qui devenaient trop courts pour lui, et il avait crié. C'était Thomas, non, c'était... Roar. Et j'avais essayé de me cramponner à son sourire, cette demi-lune qui s'était décrochée d'un côté et qui pendait maintenant légèrement, j'avais essayé de me balancer dedans, ou après... je m'étais réveillé.

Je roulai hors du lit, sur le sol. Je tendis la main vers la table de nuit et y attrapai le réveil. Je le regardai. Il était midi passé. J'avais oublié de le mettre à sonner. Et si quelqu'un avait téléphoné... au bureau. Quelqu'un qui voulait que je promène son caniche, ou que je retrouve une machine à laver évadée, ou la neige de l'an passé. J'avais un goût d'herbes fanées dans la bouche. C'était LE VERRE d'aquavit de trop.

Les six — ou sept ? — pintes me plombaient le ventre, et je sentais que j'aurais toute la journée quelques problèmes à l'allumage. Il me faudrait un réveil beaucoup plus violent que d'être éjecté du lit par un rêve.

Je traînai les pieds jusqu'à la salle de bains et ouvris les robinets d'eau chaude et d'eau froide. Je me savonnai lentement, des cheveux jusqu'aux orteils, puis je restai un moment immobile, les yeux fermés, l'eau dégoulinant paisiblement sur moi. Je restai à dessein jusqu'à ce que le ballon d'eau chaude fût vide. Après deux minutes passées sous l'eau froide, je me sentis suffisamment réveillé pour fermer le robinet. Je me frictionnai avec la serviette pour me réchauffer, puis effectuai à même le sol du salon un enchaînement rapide d'exercices relaxants de yoga, et de mouvements visant à muscler le ventre et la nuque, avant de me rendre à la cuisine.

C'est de thé que j'avais besoin, ce matin-là. Du thé

léger, léger, avec plein de sucre dedans... Et une seule tasse ne suffit pas. J'avais besoin de fines tranches de pain complet, garnies de grandes rondelles humides de tomate et de concombre. Et davantage de thé. Avec encore plus de sucre dedans.

À une heure et demie passée, je me sentis suffisamment bien pour reprendre la voiture.

Je retournai au bureau, et éteignis la lumière qui était restée allumée depuis la veille. Je restai alors assis dans la pénombre, en fixant le mur que la lumière maussade du jour colorait en gris-vert.

C'était le mois de mars. Le printemps ne tarderait pas. Tous les hivers allaient fondre en nous, et le printemps allait s'y frayer un chemin, comme une femme facile, comme une femme souriante — une femme dont les cheveux n'étaient ni...

Je pensai à Jonas Andresen et à ce qu'il m'avait raconté. Je pensai à Wenche Andresen et à ce qu'elle m'avait raconté. Et je pensai qu'il n'y a pas deux mariages identiques... même pas pour ceux qui sont en plein dedans. Parce qu'absolument personne ne vit la même chose que quelqu'un d'autre. Wenche et Jonas Andresen m'avaient raconté chacun son histoire de deux mariages radicalement différents et deux histoires d'adultère radicalement différentes.

Ils avaient joué, et aucun des deux n'avait gagné. Ils avaient perdu tous les deux. Et pour une raison ou pour une autre, ils m'avaient impliqué — comme arbitre, comme juge de touche, ou comme Dieu sait quoi.

Je regardai à nouveau l'heure. Bientôt trois heures. Combien de temps travaillait-elle à son bureau du Haakonsvern ? Jusqu'à quatre heures ? Je pouvais lui téléphoner. Ou je pouvais y aller et lui faire un rapport sur place. Mais qu'est-ce que je lui dirais ? Que j'avais bu tant de pintes avec son ex-époux que j'avais fini par arrêter de les compter ? Peut-être pouvais-je les ajouter à la note, si j'avais une note sur laquelle les ajouter ?

Quoi qu'il en soit, je pouvais toujours y aller. Il y avait là-bas largement assez de loisirs pour un détective qui ne tenait pas en place. Je pouvais aller faire un tour dans les bois me bastonner un peu avec Joker et sa bande : aller y chercher quelques nouvelles ecchymoses. Je pouvais descendre me chicaner avec Gunnar Våge, ou rester coincé dans un ascenseur avec Solfrid Brede. Je pouvais aller boire de la vodka avec Hildur Pedersen, ou jouer aux petits chevaux avec Roar.

Je pouvais... embrasser Wenche Andresen.

Je posai les doigts sur mes lèvres. Son baiser y errait encore, comme un souvenir de jeunesse. Il y avait longtemps que quelqu'un m'avait embrassé avec autant de tendresse. Il y avait longtemps que quelqu'un m'avait embrassé, tout court. Je ne promenais pas une bouche facile à embrasser, pas pour les inconnues, et il y en avait de moins en moins qui ne faisaient pas partie des inconnues. Et ce n'était pas sûr que même celles-là voudraient m'embrasser.

Je pensai à Beate, essayai de me rappeler comment étaient ses baisers. Mais c'était trop loin, à beaucoup trop de nuits noires sans lune.

Les possibilités étaient donc légion, au-dehors. Je fermai le bureau derrière moi, sans allumer la lumière, et descendis prendre la voiture.

Un autre jour était en train de mourir, de la même façon que tous les jours meurent en nous, l'un après l'autre, jusqu'à ce que l'on se réveille un matin pour

163

découvrir que l'on n'est absolument pas réveillé, mais que l'on dort toujours. Et tous les jours ne font plus qu'un, et toutes les nuits se fondent en une. Et vos bouteilles d'aquavit prennent la poussière jusqu'à ce que quelqu'un vienne les vider à votre place, et votre bureau est repris par un nouveau médecin, par une boîte de publipostage, ou par une agence immobilière.

Et vous cessez de vous inquiéter. Plus de factures d'électricité, plus de peines de cœur.

21

Je garai la voiture et restai un instant dedans. Au loin, un jeune homme maigre était adossé contre un grand réverbère courbé, les pouces enfoncés dans les poches de son jean, le blouson de cuir noir à demi ouvert, une cigarette complètement consumée au coin du bec, et une expression de calamité naissante sur le visage. C'était Joker.

Ses yeux ne m'avaient pas quitté tandis que j'arrivais et me garais, et ils étaient à présent fixés sur mon visage comme deux sangsues.

J'ouvris la portière et descendis. Je regardai autour de moi, l'air de rien. Le Lyderhorn était à sa place habituelle, les quatre immeubles itou. Aucun d'entre eux ne s'était sauvé, aucun d'entre eux ne s'était effondré.

Je levai les yeux vers l'appartement de Wenche Andresen. Les fenêtres étaient éclairées.

Je posai alors les yeux sur Joker. Nos regards se croisèrent, et il fit rouler la cigarette dans le coin opposé de sa bouche.

Je regardai autour de moi. Je jetai un nouveau coup

d'œil vers l'appartement de Wenche Andresen. Sur la galerie, devant l'appartement, quelqu'un s'éloignait. Ça pouvait être...

« Tu es revenu chercher une nouvelle raclée, cowboy ? fit-il de son mince filet de voix.

— Tu as envie d'être mon cheval, peut-être ? »

Quand je fus arrivé suffisamment près, je pus voir des gouttes de sueur sur sa lèvre supérieure. Son regard vacilla.

« Je ne vois pas tes hommes de main. Ils ont eu leur compte ? Tu crois peut-être que tu peux m'expédier tout seul ? Sans acier ? On parle d'acier dans les jambes et dans les bras, dans la chanson ; pas dans les poings, et on ne parle pas de lame de cran d'arrêt. Ça te fera tellement mal quand je serai contraint de te piétiner les doigts. Je pourrai t'en casser certains, et alors tu n'arriveras même pas à te tourner les pouces pendant plusieurs mois. »

Sa voix était encore plus faible. « Je ne veux pas me colleter avec toi, mister. Pas maintenant. Mais je te préviens, ne me marche pas sur les arpions...

— J'ai dit "les doigts".

— Parce que sinon : les soirées sont sombres par ici...

— Qui a dit que je comptais passer mes soirées dans le coin ? »

Je ne pus m'empêcher de lever involontairement les yeux. La porte était ouverte. Quelqu'un se tenait dans l'ouverture, mais à cette distance...

« C'est ta pute, que tu cherches ? Il ne faut pas que tu t'inquiètes. Elle a de la visite. Du vieux en personne. Andresen. »

C'était donc Jonas Andresen que j'avais aperçu. Je m'approchais tout près de lui, si près qu'il sursauta.

« Appelle-la encore une seule fois comme ça, petite frappe, et je te casse en deux avant de t'envoyer par porteur dans deux paquets séparés... à la même adresse. Comme ça tu peux être sûr qu'une moitié ne retrouvera jamais l'autre[1]. »

Il plissa les yeux sans que je puisse savoir si c'était de colère ou de peur.

« Et ne reviens jamais voir ma mère... sinon... sinon, je te tue ! » Il siffla les derniers mots, d'une voix sans timbre.

J'avais envie de lui taper dessus, avec force et précision, dans le ventre pour qu'il se casse en avant et rencontre mon genou en cours de route. Mais je ne le fis pas. Je pensais à sa mère, et je pensais à Wenche Andresen.

Je regardai à nouveau en l'air. Sa porte était toujours ouverte, mais quelque chose clochait. Je n'arrivais pas à savoir quoi.

Puis, il se passa quelque chose là-haut. Je vis Wenche Andresen. Elle arrivait de la cage d'escalier, en courant. Elle tenait quelque chose à la main, puis elle disparut à l'intérieur de l'appartement.

J'avais toujours les yeux fixés sur sa porte, là-haut, ayant presque oublié Joker, à côté de moi. Je jetai un coup d'œil sur le côté. Il avait suivi mon regard et regardait lui aussi en l'air. « Qu'est-ce qui se passe ? » demanda-t-il d'une voix soudain jeune et faible.

Puis, Wenche Andresen réapparut à la porte. Elle se déplaçait bizarrement, comme si elle flottait, et vint jusqu'à la rambarde le long de la galerie. Je la vis se pencher vers l'avant.

---

1. Allusion à la prétendue désorganisation des services postaux norvégiens.

Pendant un instant, je crus presque qu'elle allait sauter, se jeter dans le vide et descendre en planant vers nous comme un grand oiseau. Mais elle ne sauta pas et sa voix porta jusqu'à l'endroit où j'étais : « Au secours ! Au secours... Quelqu'un ! Au secouuurs ! »

Puis, elle disparut à nouveau, avalée par l'ouverture béante. Je me mis en mouvement. J'entendis Joker derrière moi. Il courait dans une autre direction, mais je ne m'occupais pas de savoir laquelle. Tout ce dont je m'occupais, c'était d'une femme qui s'appelait Wenche Andresen et qui n'était pas un oiseau, mais qui avait appelé au secours, quelqu'un, au secouuurs.

Et ce quelqu'un, c'était moi, ce devait être moi.

22

J'arrivai en trombe aux ascenseurs. Sur l'une des portes, un mot annonçait que l'ascenseur était hors service. L'autre descendait, mais je n'avais pas le temps d'attendre.

Je courus à la cage d'escalier, et montai à toute vitesse. À mi-chemin, je dus m'arrêter pour reprendre mon souffle. Je regardai devant l'immeuble.

Aucun oiseau ne s'était encore envolé. Et ma connaissance d'ascenseur de la veille, Solfrid Brede, s'éloignait de l'immeuble. Ce devait être elle qui était descendue avec l'autre ascenseur. Elle s'était donc remise de sa frayeur.

Je poursuivis mon ascension, sentant le sang battre dans mes tempes et des taches noires dansaient devant mes yeux. J'entendis ma propre respiration, comme de brusques rafales de vent, à l'automne : rasant les angles de rues.

J'arrivai en haut. Je sortis de la cage d'escalier en chancelant et trottinai les derniers mètres. J'avais la nausée, vraiment la nausée.

La porte de l'appartement était toujours ouverte, et je ne sonnai pas : j'entrai directement.

Je n'eus pas à aller très loin. Passer la porte suffisait. J'avais fait plus de chemin et plus — tout court — qu'il n'était utile.

Jonas Andresen gisait sur le sol, légèrement sur le côté, à moitié recroquevillé autour de ce qui était devenu le centre fatal de son dernier instant : un trou sanglant dans le ventre.

Ses deux mains agrippaient son ventre là où sa chemise était déchirée, comme pour retenir la vie. Mais ça n'avait servi à rien. La vie s'était échappée, comme d'un ballon crevé. Quelqu'un l'avait éventré, de quelques fatals coups de couteau, et son visage avait depuis longtemps trouvé le calme éternel, son corps gisait depuis longtemps : il ne viderait plus de verres de bière de luxe, il ne ferait plus rien.

Et Wenche Andresen était penchée sur lui, le dos au mur et un couteau ensanglanté à la main ; son visage était comme un cri muet, un appel figé, au secours, quelqu'un, au secouuurs, un cauchemar dessiné de quelques traits nets de craie blanche sur un visage qui ne serait plus jamais le même.

Sa voix de la veille au soir résonnait encore dans ma tête. Qu'est-ce qu'il avait dit, déjà ? *Quand tu finis par la rencontrer, que tu découvres vraiment la femme de tes rêves, tu as tout à coup l'impression d'avoir beaucoup de temps, que tu as la vie entière devant toi, et que tu peux attendre...*

Mais Jonas Andresen n'avait pas eu beaucoup de temps, n'avait pas eu la vie entière devant lui, et il n'avait pas eu l'occasion d'attendre. Il avait rencontré la femme de ses rêves, et puis... sortie. Exit.

Il sort.

Il sort et marche sans jamais aller plus loin. Il a entamé sa dernière marche, la dernière de toutes.

Sa moustache semblait étonnamment rêche. Ses lunettes étaient de travers. Sa chemise était fichue, et son costume de guingois. Il était couché dans une flaque de sang, mais il n'avait pas besoin de gilet de sauvetage, il n'avait pas de bouée. Mais à la place, son visage avait une expression paisible comme s'il venait de se pencher pour cueillir une fleur et d'en sentir le parfum.

Jonas était entré dans sa dernière baleine, et n'en sortirait plus jamais.

Nous autres restions tous au-dehors : les survivants. Nous qui allions porter sa mort en nous comme des banderoles noires.

Je me repris, essayai de saisir des détails. Un pot de confiture brisé gisait à côté de lui, incongru. La confiture rouge avait commencé à se mêler au sang.

J'allai jusqu'à Wenche Andresen, lui pris doucement le couteau des mains, de deux doigts, tout près de la garde.

C'était un cran d'arrêt : comme celui qu'aurait utilisé Joker.

Mais Joker ne s'en était pas servi, parce qu'à ce moment-là, il discutait avec moi.

Alors qui s'en était servi ?

Mon regard se posa sur Wenche Andresen. Ses yeux emplirent les miens : grands, noirs et apeurés.

« Je... je revenais du sous-sol... avec le pot de confiture. Il... il était étendu là... je... je ne sais pas ce que j'ai fait. Je... j'ai dû prendre... comme si ça pouvait servir à quelque chose.

— Tu as retiré le couteau ?

— Oui. Oui ! Je n'ai pas bien fait, Varg ?

— Si, si. » Non, elle n'avait pas bien fait, mais qui aurait eu le cœur de le lui dire ?

« Tu n'as vu personne ? demandai-je.

— Non.

— Est-ce que tu as pris l'ascenseur ?

— Non, l'escalier. Je n'aime pas... Oh, Varg, Varg ! Seigneur... Qu'est-ce qui s'est passé ?

— Attends un peu... attends un peu ! »

Ce n'était pas nécessaire, mais je me penchai malgré tout vers lui et cherchai son pouls, pour en avoir le cœur net. Je ne voulais pas être celui qui discutait alors qu'un homme agonisait à côté. Mais je ne sentis rien. Il avait déjà été appelé depuis longtemps au bureau du fond du couloir le plus reculé, où il rendait des comptes au chef suprême.

« Est-ce qu'il avait téléphoné pour dire qu'il viendrait ?

— Non, répondit-elle en secouant la tête. Je ne me doutais de rien. Je suis descendue au sous-sol chercher un pot de confiture et quand je suis remontée... il... il était allongé là. Tel que. Je crois... j'ai dû lâcher le pot... et... le couteau, lui... » Elle baissa les yeux sur sa main vide, mais le couteau n'y était plus. Il était sur la commode, comme un serpent venimeux, dans un musée. Il ne mordait plus.

« Mais... tu as laissé la porte ouverte quand tu es descendue ?

— Non, tu es fou... dans le coin ? »

Non, lui fis-je de la tête, je n'étais pas fou.

« Il a dû ouvrir... avec sa propre clé. »

170

Mon regard balaya le sol. Pas de clé. Mais il l'avait vraisemblablement remise dans sa poche.

Je tentai une reconstitution rapide : il était entré. Personne à la maison. Il était retourné à la porte et l'avait ouverte. Quelqu'un attendait derrière.

Ou bien, il n'avait pas fermé la porte derrière lui et quelqu'un l'avait suivi à l'intérieur.

Ou bien, y avait-il eu quelqu'un à l'intérieur : à l'attendre ?

Non, ça clochait. Tout clochait. Un cadavre par terre cloche toujours.

Une dernière pensée me frappa. « Roar. Où est Roar ? »

Elle haussa les épaules, impuissante. « Dehors. Quelque part dehors. »

Je retournai à la porte et la fermai soigneusement. Je m'assurai qu'elle fût verrouillée.

Puis, j'enjambai Jonas Andresen, passai devant Wenche Andresen, et allai téléphoner.

23

Après avoir appelé, je retournai voir Wenche Andresen, et sortis avec elle sur la galerie. Elle avait besoin de prendre l'air. Nous avions tous les deux besoin de prendre l'air. Et surtout, je voulais intercepter Roar avant qu'il n'entre dans l'appartement.

Nous restâmes un instant dehors dans l'après-midi gris pâle de mars, tournés vers le Lyderhorn. Le Bukkehorn raclait le ciel bas. Quand on arrive en ville par la mer, la montagne ressemble à un diable somnolant. D'où nous étions, il ressemblait à une canine diabolique, marron sale de vieux sang.

Wenche Andresen ne disait rien. Elle avait enfoncé une main sous chaque aisselle comme si elle avait froid, et son visage s'était refermé, replié sur un chagrin et une douleur que personne ne pouvait comprendre. Car le chagrin et la douleur sont des choses individuelles. Comme l'amour.

Elle portait un pull à col roulé bleu sous un cardigan gris. Elle avait un pantalon de velours bleu foncé, et des tennis. Ses cheveux partaient dans tous les sens autour de son visage pâle, et sa bouche avait une expression encore plus amère qu'auparavant.

Je me demandais où elle allait passer la nuit. Je craignais que ce ne fût dans une pièce allongée munie d'une minuscule fenêtre grillagée, d'une paillasse, d'un lavabo et d'un seau. Les indices étaient un peu trop évidents, quoi qu'elle racontât. Je savais ce qu'ils allaient penser, ceux qui arrivaient ; je savais ce qu'ils allaient dire.

Je les avais déjà entendus.

Les enquêteurs de la brigade criminelle furent les premiers arrivés, accompagnés de deux policiers en uniforme. Quelques minutes plus tard, trois ou quatre agents de la police scientifique arrivèrent, vêtus de leur tablier bleu-gris, ce qui leur donnait l'air d'épiciers de naguère.

Je respirai plus librement quand je vis qui dirigeait le groupe. Le commissaire principal Jakob E. Hamre était une des personnes les plus compétentes dont ils disposaient : l'un de ceux qu'ils sortaient dans les situations réellement compliquées, pour sauver les apparences. S'il s'agissait d'un cas compliqué qui impliquait les intérêts d'autres pays, ou les territoires de chasse d'autres administrations, ils envoyaient

Hamre en première ligne. Il parlait trois langues, peut-être pas parfaitement, mais en tout cas mieux que la plupart, et pour un flic, il était étonnamment sympathique et intelligent. Il devait bien avoir ses défauts, mais je n'en avais pour l'instant découvert aucun. D'un autre côté, il est vrai que je n'avais pas eu tant que cela affaire à lui. Ils avaient l'habitude d'envoyer l'artillerie de campagne dans les affaires qui m'impliquaient.

Je n'avais pas la moindre idée de ce que le E de son nom représentait, et quand quelqu'un le prononçait, on avait juste l'impression que la personne butait sur le nom de famille. Jakob — euh — Hamre. Il était à la fin de la trentaine, mais paraissait moins. C'était un de ces beaux flics à l'apparence juvénile qu'ils mettraient volontiers sur leurs plaquettes publicitaires, s'ils avaient rien eu de tel. Faites comme Jakob E. Hamre, devenez flic vous aussi. Ça aurait peut-être aidé.

Il avait les cheveux blond foncé, coiffés en arrière, mais qui retombaient sur le front, d'un côté. Il était bien habillé, en costume gris, chemise bleu clair et cravate rouge et noir. Par-dessus son costume, il portait un trench-coat beige. Il n'avait rien sur la tête. Les traits de son visage étaient réguliers, le nez mince et arqué, la mâchoire puissante, la bouche relativement large.

Derrière lui arrivait Jon Andersen, agent de police, et ses quatre-vingt-quinze kilos, transpirant comme un bœuf, comme à son habitude. Les pointes de son col de chemise étaient sales, ses cheveux pleins de pellicules, et un adorable rictus rôdait autour de ses vilaines dents. Nous étions de vieilles connaissances : l'un de mes rares, meilleurs amis dans la maison.

Hamre menait la danse. Il me salua et demanda :
« Où est-il, Veum ? » Il était professionnel, neutre,
mais pas inamical.

J'indiquai d'un mouvement de tête la porte derrière moi. Il jeta un regard interrogateur sur Wenche
Andresen. « Et c'est...

— C'est sa femme. C'est elle qui l'a trouvé. »

Il la regarda avec intensité, et elle baissa les yeux.

« Ç'a été un choc pour elle, c'est bien compréhensible », dis-je.

Il la quitta de ses yeux froids, bleu clair, pour les
poser sur moi.

« Bien entendu. Nous y reviendrons plus tard. Mais
d'abord, nous aimerions bien le voir... lui. Je crois
que le mieux est d'entrer tous ensemble dans l'appartement et de nous asseoir bien tranquillement.

— Juste un truc, dis-je. Son fils — leur fils... Roar.
Il peut débarquer à n'importe quel moment. Mais je
ne crois pas qu'il faille qu'il voie... son père — dans
cet état. L'un de vos agents ne peut pas essayer
d'attendre là-bas ? fis-je avec un mouvement de tête
vers la porte. Pour l'arrêter à temps.

— Si, bien sûr. » Il demanda à Jon Andersen de
faire passer le message.

Puis, nous entrâmes dans l'appartement.

Wenche Andresen commença à sangloter aussitôt
qu'elle aperçut de nouveau Jonas Andresen. De douloureux sanglots sans larmes qui venaient de quelque
part loin en elle.

« L'un d'entre vous peut-il appeler une femme
policier — et accompagner Mme Andresen au salon,
et faire chauffer un peu d'eau. Elle a bien du thé ou
quelque chose dans le genre, dans la maison. »

Jon Andersen et un policier momentanément

désœuvré accompagnèrent Wenche Andresen plus loin dans l'appartement, tandis que Hamre et moi restions dans l'entrée. J'entendis Andersen appeler le central.

Hamre s'accroupit et chercha le pouls du corps.

« Trop tard, lui dis-je. Parti depuis belle lurette. J'ai déjà vérifié. »

Il hocha la tête, les lèvres serrées. Puis il se redressa. Il aperçut le couteau sur la commode.

« L'arme du crime ?

— Oui.

— Est-ce qu'elle était là quand tu es arrivé ? »

J'hésitai. Trop longtemps. Jakob E. Hamre me regarda, dans l'expectative. Il était trop rusé pour qu'on pût jouer à cache-cache avec lui. Il détectait le moindre petit détail anormal. C'était un détecteur de mensonges ambulant, j'en étais à peu près aussi sûr que de la présence du macchabée sur le sol, à côté de nous.

« Non, finis-je par répondre.

— Alors où était-elle ?

— Elle... elle la tenait à la main. »

Il hocha la tête. Comme si c'était exactement ce à quoi il s'était attendu.

« Mais elle m'a dit qu'elle l'avait extraite elle-même, ajoutai-je rapidement. Elle est remontée du sous-sol avec ce pot de confiture — celui qui est par terre, en morceaux — et elle l'a trouvé comme ça. Elle ne l'attendait pas, ils étaient séparés, mais il avait toujours son double, et il a donc dû ouvrir lui-même, et elle... elle n'est restée que quelques minutes au sous-sol, mais pendant ce temps... j'étais devant l'immeuble, et je l'ai vu arriver ici, jusqu'à la porte, et... »

175

Il me regarda d'un air qui pouvait passer pour de l'amusement.

« On arrivera bien à faire une reconstitution précise. Mais tu dois bien avouer que ça a l'air assez... évident. Pour l'instant. Mais en tout état de cause : rien n'est définitif. Il y a beaucoup de zones d'ombres. Par exemple, qu'est-ce que tu viens faire là-dedans ?

— C'est une histoire compliquée. Elle implique son fils, elle, son mari... » Je hochai mécaniquement la tête. « Mais je te raconterai tout ça. Ce n'est pas... très important. Pas dans ce cas précis.

— Eh bien, c'est à nous d'en décider. »

Je sentis un tout petit frisson le long de ma colonne vertébrale. Je savais que j'étais en face d'un enquêteur très doué, et je me posai tout de suite la question : peut-être que ça avait *quand même* un rapport ? Est-ce que ce n'était dans l'ensemble qu'un vaste jeu compliqué, un puzzle dont je n'avais pas encore une vue générale ? Quels fils du destin avaient pu conduire à ce malheureux cadavre, dans cette sordide entrée ? Ceux de Wenche et Jonas Andresen ? Ceux de Solveig Manger ? Ceux de Joker ? Et quelle part devais-je révéler ? Quelle part devais-je garder pour moi ?

L'expert médical arriva : un petit homme à lunettes sans montures, bouche plissée, grand nez frémissant, moustache soignée, et des yeux qui témoignaient d'un intérêt habitué et détendu envers les morts.

Les hommes de la police scientifique entrèrent, et l'un d'entre eux se posta près du couteau. « Des empreintes digitales ? » demanda-t-il à l'attention d'Hamre. Ce dernier acquiesça.

« Vous trouverez celles de Wenche Andresen, ainsi que les miennes, tout près de la garde. J'ai dû lui retirer le couteau des mains. Je ne sais pas si vous en trouverez d'autres.

— Bon. Allons au salon. Viens, Veum. Laisse un peu d'espace aux gens, pour qu'ils puissent bosser. »

Je jetai un dernier coup d'œil à Jonas Andresen. J'entendais encore sa voix, de la veille au soir. Je voyais encore ses yeux mélancoliques, lorsqu'il me parlait de son mariage... Et de cette femme qui s'appelle Solveig Manger. Il n'avait pas changé. Pas beaucoup. Juste une toute petite différence. Il était cané.

Je lui tournai le dos et suivis Jakob E. Hamre au salon.

24

Le policier assis dans le canapé à côté de Wenche Andresen avait l'air de quelqu'un qui s'est vu confier la mission honorifique de surveiller quelque chose de très précieux. Son visage carré arborait une expression de fierté, et ses grosses pattes reposaient sérieusement autour de ses genoux. Il faisait deux tailles de trop pour ce canapé, mais il faisait deux tailles de trop pour tous les canapés de la création. Quand il se levait, il mesurait environ deux mètres. Je n'aurais pas aimé disputer un match de football interentreprises avec lui : en tout cas pas dans l'équipe adverse.

Jon Andersen regardait fixement par la fenêtre, comme s'il cherchait la vérité même sur le mois de mars dans le temps gris au-dehors.

Wenche Andresen tenait les deux mains autour de sa tasse blanche pleine de thé chaud. Elle était un peu voûtée et regardait le fond de sa tasse, se recroquevillait autour, comme pour en conserver la chaleur. Mais elle ne se réchaufferait jamais tout à fait. Il y aurait toujours une bande de gel en elle.

Elle leva les yeux quand nous entrâmes.

Hamre lui fit un signe de tête amical. « Il reste du thé ? demanda-t-il à Jon Andersen.

— Oui, répondit ce dernier, avant d'aller chercher deux autres tasses et une théière à moitié pleine dans la cuisine.

— Il y a du citron dans le placard, dit Wenche Andresen d'une voix faible, tout en dressant la tête, comme à l'écoute de quelque chose.

— Merci, inutile, dit Hamre.

— Ça serait chouette, dis-je. Et un peu de sucre, s'il y en a. »

Cela me donnerait quelque chose à faire : touiller mon thé.

« Je regrette de devoir vous déranger, madame, dit Hamre, mais... Il y a juste certains points qu'il faut que nous éclaircissions sans attendre. J'espère que vous comprendrez. Je vais essayer de ne pas faire traîner les choses. Souhaitez-vous... parler à un avocat ? »

Elle le regarda, les yeux vides. Puis elle me regarda. Je ne crois pas qu'elle comprenait toute la portée de la question.

« Ce serait peut-être une bonne idée, dis-je.

— Quoi, un avocat ? Pourquoi ça ? demanda-t-elle en secouant la tête.

— Bof... Mais on ne sait jamais. Mais bon. Racontez-nous... tout. »

Son regard se perdit devant elle, derrière lui, derrière nous tous, une demi-heure en arrière. Sa voix était toujours faible, et son élocution presque apathique. « Il n'y a pas grand-chose à raconter. Je... Je venais tout juste de rentrer du bureau. J'allais faire à manger. Du lapskaus[1]. Il... Il... Est-ce que vous avez coupé sous la casserole ? demanda-t-elle soudain à Jon Andersen.

— C'est bon, acquiesça-t-il. J'ai mis sur 1.

— Oui... Roar va peut-être... en vouloir. Quand il...

— Ah oui ? demanda Hamre avec précaution.

— Le dîner. Et puis je voulais... j'avais pensé faire une purée de fruits, pour le dessert, avec de la confiture de fraise, que je gardais... au sous-sol. Alors je suis descendue, dans notre cave.

— Une minute. Vous avez pris l'ascenseur ?

— Non, je suis descendue par les escaliers.

— De ce côté-ci du bâtiment ?

— Oui, bien sûr.

— Et vous n'avez croisé personne ?

— Personne », dit-elle avec effort, en secouant la tête. Puis elle se tut. Ses yeux se remplirent de larmes. Ils brillaient. Ses lèvres tremblèrent faiblement. Elle regarda tout autour d'elle.

Je sortis un mouchoir et le lui tendis par-dessus la table.

Elle le prit, mais ne s'essuya pas les yeux. Elle le tint devant sa bouche, respirant lentement à travers, comme s'il était imprégné d'une quelconque substance tranquillisante.

« Voulez-vous une cigarette, madame Andresen ? » demanda Hamre en lui présentant un paquet ouvert. Elle hocha la tête et en prit une, la porta distraitement à sa bouche, et Hamre la lui alluma.

Nous lui avions donc tous les deux rendu un ser-

1. Ragoût de viande et de légumes.

vice, et elle put continuer, les larmes comme un voile devant ses yeux.

« Il... Quand je suis remontée. J'ai vu que la porte était entrebâillée, dès que je suis arrivée sur la galerie... et il... il s'est passé tellement de trucs bizarres, ici, ces derniers temps... J'ai eu si peur — j'ai cru — Roar... Et puis... et puis je l'ai trouvé.

— C'est vrai, Hamre, dis-je. Je l'ai vue courir, depuis le parking.

— Sois gentil et ne nous interromps pas, Veum. Ton tour viendra. » Puis à elle : « Et vous êtes aussi remontée par l'escalier ? »

Elle acquiesça.

« Et avez-vous rencontré quelqu'un en remontant ?

— Non. Mais...

— Oui ?

— Non, je veux dire... Il y a les deux ascenseurs, plus l'escalier à l'autre bout de l'immeuble, donc il se peut que quelqu'un...

— Oui, on est au courant. Cependant, l'un des ascenseurs est apparemment hors-service, mais... Il est clair qu'il y a des moyens de s'enfuir.

— Ça pourrait même être quelqu'un de l'immeuble, fit Jon Andersen. Quelqu'un qui n'a pas besoin d'aller se cacher très loin, je veux dire. »

Hamre le regarda pensivement.

« Oui, peut-être bien. » Mais il n'avait pas l'air d'y croire tout à fait.

Il continua avec Wenche Andresen.

« Essayez de vous remémorer ce qui s'est passé... quand vous l'avez aperçu. Je sais que c'est doulou-reux, mais...

— Il était allongé par terre, dit-elle d'une voix laconique. Et il saignait. Je ne l'avais pas vu... depuis plusieurs semaines... et c'était vraiment bizarre, de le voir tout à coup... comme ça. On était... séparés, voyez-vous. Il m'avait quittée. Et puis... Je crois... D'abord, je suis sortie en courant, sur la galerie, sous le coup de la panique. Je crois que j'ai crié. »

J'acquiesçai pour confirmer.

« Et puis... je suis rentrée en courant. Je voulais arrêter le saignement, je ne savais pas quoi faire : j'ai arraché le couteau... Il était littéralement planté sous son sternum. Mais alors, il s'est mis à saigner encore plus... et puis... Et puis... Il est arrivé... lui. »

Elle me regarda, et je regardai Hamre. « Comme je vous le disais.

— Et donc, elle était là, avec... le couteau à la main. »

Il regarda à travers moi, de ses yeux perçants. Jon Andersen toussota. Le policier anonyme ne me quittait pas des yeux.

« Madame Andresen, dit Hamre, vous avez dit qu'il s'était passé des choses... bizarres, dans le coin, ces derniers temps. Est-ce que vous pensiez à quelque chose de précis ?

— Oui. Oui ! » fit-elle énergiquement.

Elle me regarda.

« Tu ne pourrais pas le leur dire, Varg ? Moi, je n'en ai pas la force ! »

Les trois policiers me prirent à nouveau dans leur ligne de mire.

« Si. Ça explique aussi ce que je fais là. »

Je leur racontai donc toute l'histoire, depuis le tout début. Je leur parlai de Roar qui était venu me trouver en ville, tout seul, pour m'engager, je leur dis comment j'avais retrouvé son vélo, avant de le rac-

compagner chez lui. Je leur parlai du coup de téléphone de Wenche Andresen, le lendemain, et leur
racontai comment j'avais retrouvé Roar pieds et
poing liés dans leur petite cabane, dans les bois et
— en termes mesurés — la petite bataille au milieu
des arbres. Je leur expliquai pourquoi j'avais ressenti
un certain intérêt pour le cas Joker, en tant qu'ancien
assistant social, et comment je m'étais renseigné sur
lui, auprès de Gunnar Våge, et de la mère de Joker.
Je continuai en mentionnant le coup de téléphone de
Wenche Andresen, qui me priait d'aller voir son ex-
époux pour lui demander l'argent de l'assurance-vie,
et ce dernier qui m'avait répondu qu'il allait passer
la voir, avec l'argent, dans les jours à venir.

« Il l'a sûrement sur lui », conclus-je.

Je ne dis rien de ma rencontre avec Wenche Andresen et Richard Ljosne, et je ne mentionnai pas Solveig Manger. C'était à elle de le faire : je m'en abstins,
comme un dernier hommage à Jonas Andresen.
C'était un secret qu'il m'avait confié, et je ne le répé-
terais pas sans y être véritablement obligé.

Hamre et les autres m'écoutaient attentivement.
Jon Andersen prit une expression consternée lorsque
je parlai de Joker et de sa bande, et de leurs proues-
ses. Hamre restait toujours aussi impassible. Il ne
faisait pas partie des gens qui trahissent leur jeu, et
aucune de ses expressions n'en révélait la qualité.

« Et aujourd'hui, que venais-tu faire ici, Veum ?
demanda-t-il quand j'eus fini.

— Aujourd'hui... aujourd'hui, je venais répéter à
Wenche Andresen... ce que son... ce que Jonas
m'avait raconté. Qu'il devait venir avec l'argent.

— Et tu étais en train de monter quand tu... as vu
— oui, qu'est-ce que tu as vu, au juste ?

182

— J'ai vu... D'abord, j'ai vu Jonas Andresen — ou quelqu'un que j'ai pris pour Jonas Andresen, mais en fait, ce devait être lui — se diriger vers la porte. Puis j'ai été distrait par quelque chose d'autre, car quand j'ai relevé les yeux, la porte était ouverte, et il y avait quelqu'un dans l'ouverture... et tout de suite après, j'ai compris que quelque chose clochait : j'ai vu Wenche arriver en courant — depuis la cage d'escalier jusqu'à l'appartement, et ensuite, quand elle est ressortie en criant au secours, j'étais déjà en train de monter...

— Et tu... Est-ce que tu as pris l'ascenseur ?

— Non. L'un des deux descendait, et l'autre était nazebroque, et je n'ai pas eu le courage d'attendre tranquillement. Alors j'ai pris les escaliers... ceux qui sont le plus près de son appartement.

— Attends un peu. L'ascenseur descendait, dis-tu... Tu n'aurais pas vu...

— Si. Par hasard. C'était une femme — elle s'appelle Solfrid Brede — je... en fait, je me suis retrouvé coincé avec elle, dans l'ascenseur — hier. » Je leur relatai rapidement l'événement.

« Solfrid Brede », répéta-t-il en notant dans un petit calepin à couverture orange.

Jon Andersen avait les joues écarlates, comme s'il brûlait de dire quelque chose.

« Écoute... Écoute... fit-il à Hamre. L'arme du crime... ce couteau. Tu as bien vu quel genre de couteau c'est ?

— Bien sûr, acquiesça Hamre. C'est un couteau à cran d'arrêt.

— Tout juste, continua Jon Andersen. Et Veum vient juste de nous dire que ce Joker, comme ils

183

l'appellent... que lui et sa bande — en tout cas lui — se baladerait avec ce genre de trucs. »

Wenche Andresen inspira profondément, et ses yeux se firent encore plus sombres.

« Il devient évident que nous devons parler avec ce... Johan Pedersen », dit Hamre.

Un silence tendu, lourd, se fit, et je dus briser l'ambiance, bien malgré moi. Mais c'était inévitable.

« C'est juste que Jok... que Johan Pedersen a un alibi en béton pour l'instant où Jonas Andresen a été tué.

— C'est-à-dire ? » demandèrent Hamre et Andersen en chœur.

Wenche Andresen me fixa, l'air de ne pas comprendre, presque de douter de moi. Ses doigts se contractèrent autour du mouchoir que je lui avais donné, sa cigarette se consumait toute seule entre ses lèvres exsangues.

« Parce qu'à ce moment-là, il était en bas, sur le parking, et nous discutions tous les deux. »

25

« Et voilà », fit Jon Andersen.

Hamre me lança un regard insondable. « Un alibi en béton », répéta-t-il pensivement, presque distraitement.

Une femme policier frappa et entra. Elle fit un bref signe de tête à ses collègues. Elle avait la trentaine, et elle était jolie, sans plus, les cheveux blonds avec une pointe de gris. Ses yeux et ses lèvres n'avaient pas vu de maquillage depuis pas mal de temps.

« Il y a un petit garçon, là devant, avec Hansen. Il dit qu'il habite ici...

— Roar, Roar ! s'exclama Wenche Andresen en éclatant en sanglots. Qu'est-ce qu'on va devenir, qu'est-ce qu'on va devenir ? »

Hamre fit signe à la femme flic d'aller s'occuper de Wenche Andresen.

« Sors et dis-leur d'attendre un petit peu. On ne peut pas laisser entrer le môme. Pas devant... »

Il ne dit pas devant quoi Roar ne devait pas passer, mais ce n'était pas absolument nécessaire. Aucun petit garçon de huit ans ne passerait devant son père mort et vidé de son sang, par terre dans l'entrée, sans en garder quelques séquelles. Même, même si ce père les avait quittés, lui et sa mère, pour une autre femme.

Nous attendions silencieusement que Wenche Andresen se calme à nouveau. La femme policier était assise à côté d'elle, un bras autour de ses épaules, et essayait de la réconforter.

Je ressentais une impression diffuse, désagréable, dans le ventre. Je savais que la situation n'était pas spécialement encourageante — ni pour elle, et ni pour Roar. Et pour des raisons que je distinguais à peine, j'y étais aussi mêlé. J'éprouvais une sensation pesante de chagrin. Je me sentais concerné par ces individus. Une semaine plus tôt, j'ignorais leur existence. À présent, ils représentaient quelque chose pour moi... à mort.

Roar : il était venu jusqu'à mon bureau, et m'avait fait penser à un autre petit garçon. Il m'avait parlé, à cœur ouvert, et un court instant, j'avais été son héros. Je l'étais peut-être toujours.

Wenche Andresen : elle avait été une femme malheureuse, quelqu'un dont la vie était partie de travers, une jeune femme qui se retrouvait soudain seule, qui manquait de tendresse et de sollicitude, et... elle m'avait embrassé. Ou l'inverse : je l'avais embrassée. Et j'avais toujours le souvenir de ses lèvres, comme un souffle léger sur les miennes.

Et Jonas Andresen : je l'avais bien aimé. Il m'avait raconté sa vie en détail, l'avait dépliée sur la nappe à carreaux rouges et blancs comme une carte routière. Il m'avait montré les routes secondaires, les sentiers secrets, et il m'avait révélé le chemin qu'il comptait emprunter. Mais il s'était trompé de chemin : il l'avait mené tout droit au précipice.

Et il y avait d'autres personnes. Il y avait Joker, qui m'avait fait peur et qui m'avait légèrement cassé les pieds, mais que, bizarrement, je comprenais, ou que je pensais pouvoir comprendre. Il y avait sa mère, Hildur Pedersen, avec qui j'avais bien aimé discuter, à travers une brume de vodka. Il y avait Gunnar Våge, avec qui je n'avais pas aimé discuter, mais qui m'avait révélé certaines choses qu'il serait peut-être bon que l'on me rappelle.

Et Solveig Manger — la toujours énigmatique Solveig Manger, que j'avais d'une certaine façon l'impression de connaître, grâce à cette courte rencontre muette que j'avais eue avec elle — et à travers le récit que Jonas Andresen m'avait fait d'elle, d'une passion que je ne comprenais que trop, trop bien.

Je regardai autour de moi. Encore mieux qu'avant, je voyais les petits travaux d'aiguille dont il m'avait parlé, et dont il s'était senti encerclé. Il avait raison. Il y en avait effectivement pas mal. Un peu trop, en fait.

Wenche Andresen avait retrouvé son calme, et

Jakob E. Hamre continuait inexorablement, de sa voix toujours aussi aimable :

« Est-ce que vous avez de la famille en ville, madame Andresen ? »

Elle secoua la tête.

« Des amis proches, peut-être ? Quelqu'un qui pourrait s'occuper de Roar... pendant quelque temps ? »

Je savais qu'on en arriverait là. Je l'attendais. Mais elle ne comprenait pas encore pleinement ce qu'il venait de dire :

« Mais, moi, est-ce que je ne peux pas... »

Seul Hamre osa la regarder dans les yeux, lorsqu'il lui dit :

« J'ai peur que nous devions vous emmener au poste pour quelques jours, madame. Provisoirement comme témoin, mais... Je suis désolé de devoir le dire : il y a des indices qui jouent trop fortement en votre défaveur, et nous ne pouvons pas prendre le risque de vous laisser dehors tant que l'affaire n'est pas élucidée. C'est une question de destruction de preuves, ce genre de choses... On vous expliquera ça plus en détail un peu plus tard, avant que vous ne soyez déférée au tribunal, demain dans la matinée. Et vous pourrez bien entendu consulter un avocat. En avez-vous un ? »

— Non, non... fit-elle en secouant la tête. Est-ce que ça veut dire que... je suis... arrêtée ? Mais vous ne croyez quand même pas que...

— Mais non, mais non. On ne croit rien. Nous n'avons pas le droit de croire. Mais nous n'avons pas non plus le droit d'arrêter de réfléchir. Et pour être honnête, l'affaire dans son ensemble paraît relativement... évidente. Mais c'est clair : on va mettre en route une investigation de fond... Ne vous inquiétez pas. »

Son regard chercha le mien. Je l'avais aidée auparavant, mais je ne pouvais plus l'aider, en tout cas pas dans l'immédiat.

« Mais Roar... dit Hamre.

— Varg ! l'interrompit-elle. Il t'apprécie tant. Depuis que tu es venu — la première fois — il n'a presque pas arrêté de parler... de toi. Tu... Pourrais-tu le conduire chez... Sissel, ma sœur... à Øystese ? »

Hamre me jeta un regard indécis.

« Bien sûr, acquiesçai-je, si on m'en donne l'autorisation. Il... Il peut passer la nuit chez moi, et je le conduirai là-bas demain. Si la police les met au courant de ce qui s'est passé. »

Je regardai Hamre, qui hocha la tête.

« On va s'en occuper. Je suppose que tout est en ordre... Si ça ne pose pas de problème au gamin. »

Puis il s'adressa à Wenche Andresen.

« Voulez-vous lui parler ?

— Non, oh non ! répondit-elle avec virulence. Je n'y arriverai pas, pas maintenant. Je ne pourrai pas m'empêcher de pleurer. Je... non. »

Elle se tourna vers moi.

« Tu veux bien y aller ? Est-ce que tu peux l'emmener, tout de suite, avant que je ne sorte ?

— Oui, acquiesçai-je gravement.

— Et...

— Oui ?

— Dis-lui juste... que je pense à lui. Dis-lui... dis-lui que tout va s'arranger... que je suis juste absente... pour un moment, et que je lui expliquerai tout quand je... quand je reviendrai. »

Les larmes se remirent à couler de ses yeux, les recouvrant d'un voile impénétrable et vacillant.

« Et rappelle-nous, Veum, ajouta Hamre. Nous avons besoin de ta déposition, de façon plus formelle.

— Bien entendu. Je vous rappelle dès que... je reviens. »

Je me levai. J'avais envie de m'approcher de Wenche Andresen, de la prendre dans mes bras, de la serrer contre moi et de lui dire : « Ça va s'arranger, mon cœur, tu verras, ça va s'arranger. »

Mais je ne pouvais pas. Je lui tendis donc la main, et elle la prit doucement, très doucement.

« À bientôt... dis-je. Je te raconterai comment ça s'est passé... avec Roar. »

Elle acquiesça sans rien dire, et je la laissai là, en compagnie de quatre policiers et d'un cadavre muet. Je la laissai là, avec un passé vécu et un futur incertain. Avec le souvenir d'un baiser et celui d'une main. Tout ce que j'avais eu à lui donner, le seul réconfort que j'avais pu lui offrir.

Dans le couloir, ils avaient étendu un drap blanc, par terre, à côté de Jonas Andresen, et je savais par expérience qu'ils n'attendaient plus que l'accord de Jakob E. Hamre. Puis ils le mettraient sur un brancard, en l'attachant bien dessus, et l'emmèneraient à l'institut médico-légal. Il fallait absolument qu'ils l'attachent bien soigneusement... pour qu'il n'essaie pas de se carapater.

Je sortis de l'appartement, pour accueillir Roar.

26

Il était dehors, sur la galerie, tout au bout près des ascenseurs, avec un autre policier en uniforme. C'était un type de belle taille, aux joues rebondies et au visage rubicond. Il avait l'air gentil.

Roar avait une expression lointaine. Il était pâle,

presque transparent, et ses cheveux blonds avaient un aspect terne et mort. Ses yeux étaient grands ouverts, inquiets, et il était évident que personne ne lui avait raconté ce qui s'était passé. Et c'était sans aucun doute cela le pire.

J'allai jusqu'à lui et posai une main sur son épaule. Mes doigts glissèrent sur sa nuque et je lui ébouriffai les cheveux.

« Tu veux bien venir avec moi... Roar ? » dis-je d'une voix qui sonnait comme celle d'un autre. Elle était rauque et indistincte. Je me raclai la gorge.

« Tu veux bien ? »

Il me regarda sans comprendre, comme s'il ne me reconnaissait pas. Comme en écho de sa mère, je vis ses yeux se remplir de pluie. Il se mit à pleurer, calmement et sans un bruit. Les larmes coulaient le long de ses joues, et il ne faisait rien pour les arrêter, rien pour les dissimuler.

« Est-ce que maman est morte ? » demanda-t-il en me cherchant à travers les gouttes.

Je m'accroupis devant lui.

« Non, non. Elle va... bien. Elle m'a dit de te dire qu'elle pense bien à toi. C'est elle qui a décidé que... tu allais venir avec moi. Elle est juste un peu... occupée. Elle le sera pendant quelques jours. »

Ou quelques semaines... ou quelques années. C'était selon.

« Demain, nous irons à Øystese, chez tante... Sissel. Tu vas rester chez elle quelque temps, jusqu'à ce que ta mère soit... moins occupée. »

C'était trop difficile à expliquer, et ça faisait des années que je n'avais pas parlé de choses aussi sérieuses à un enfant. Mais j'avais peur qu'il ne lui reste plus beaucoup de temps à être enfant ; j'avais peur qu'il soit bientôt adulte, brutalement.

Je me redressai, le pris par la main et le menai à l'autre bout de la galerie, en passant de l'autre côté de l'ascenseur, pour arriver à la galerie, sur l'autre aile du bâtiment. Nous descendîmes les escaliers, sortîmes devant l'immeuble et allâmes prendre la voiture. Je ne me retournai pas. J'aurais été transformé en sel.

Je l'installai sur le siège du copilote, lui passai la ceinture de sécurité, attachai la mienne, et nous partîmes. Aucun de nous deux ne prononça un seul mot.

Nous étions dans la cuisine. L'obscurité nocturne s'était répandue dans la ruelle, avait repoussé les maisons pour remplir la ville de nuit, avait enfermé le jour dans un sac avant de le flanquer à la mer, nous avait tous enfermés dans nos zones quadrangulaires de lumière, derrière nos fenêtres sécurisantes, autour de nos rassurantes tables de cuisine.

Nous avions mangé. J'avais préparé des œufs au plat et du bacon grillé, je lui avais donné du lait, pendant que je buvais du thé. Nous avions parlé de tout autre chose que de ce que nous avions en tête.

Il m'avait parlé de son école, de sa classe, de ses camarades et de ses instituteurs, d'une fille qui s'appelait Lisbeth et qui avait de longs cheveux blonds tressés, et qui avait un chien qui s'appelait Arnold.

Je lui avais parlé du temps où j'étais moi-même gamin, quand les zones qui avaient été bombardées au cours de la guerre n'avaient pas encore été reconstruites. Je lui avais décrit la ville de cabanes que nous avions construite, les guerres que nous avions traversées, et les bandes qui étaient aussi violentes que celle de Joker, mais que nous avions défaites avec le même calme stoïque et la même distance que le temps donne toujours à ce genre de souvenirs. Oubliés, les jours où nous rentrions chez nous le nez en sang, les genoux écorchés et la tête amochée par des pierres pointues. Ce que nous nous rappelions, c'était l'unique fois où nous étions si nombreux que nous avions chassé nos adversaires jusqu'à leur rue, dans le parc, en les poursuivant d'une averse de pierres, de bouts de planches et de boîtes de conserves vides : tout ce qu'on avait pu trouver, tout ce qui pouvait servir.

Puis nous allâmes au salon allumer la télévision, pour voir la fin du journal, où un homme au visage équin nous racontait qu'il y aurait de la pluie et des orages et de la neige sur les sommets le jour suivant.

Je lui demandais s'il voulait se coucher.

Il acquiesça.

Je lui préparai ma chambre et m'apprêtais à passer la nuit par terre. Ou sur le canapé. La seule différence, c'est qu'il y avait plus de place par terre que sur le canapé.

Je lui trouvai une brosse à dents, et il se brossa les dents. Je lui prêtai mon savon et ma serviette, et il se lava sans que j'aie à l'aider. Puis il alla se coucher.

J'éteignis la lumière et restai un moment à la porte, à le regarder.

« Bonne nuit, Roar.

— Bonne nuit. »

Pour ma part je regardai distraitement les images qui défilaient à la télévision, un aquavit mort dans une main et rien dans l'autre.

Les images qui se succédaient étaient vides et ne signifiaient rien. Même le liquide transparent, dans le verre transparent, était dépourvu de sens. Quand quelqu'un meurt alors que son heure n'avait pas sonné, c'est inévitable. C'est toujours l'impression que ça fait.

Le téléphone sonna vers dix heures. C'était Hamre.

« Tribunal demain matin, à onze heures. On va demander son incarcération, pour trois semaines. Avec interdiction de recevoir du courrier ou des visites. Je voulais juste que tu sois au courant.

— Interdiction de recevoir du courrier ou des visites ! C'est si grave que ça ?

— J'en ai bien peur.

— Est-ce qu'elle... Qui est son avocat ?

— Smith.

— Smith la Moindre Miette ?

— Tout juste. Ce bon vieux Smith la Moindre Miette. Le meilleur cavalier juridique qu'elle puisse trouver. C'est toujours ça. Pour elle, j'entends. »

Une longue pause sombre, qui donna l'impression d'un trou noir dans le réseau téléphonique.

« Comment va le gamin ? demanda-t-il.

— Il dort.

— Bon. Tu l'emmènes demain matin ?

— Oui.

— Appelle-moi quand tu seras rentré.

— N'aie pas peur. On se reverra bien.

— Je n'en doute pas. Bonne nuit, Veum.

— Bonne nuit. »

Je restai assis avec le combiné dans une main et l'aquavit dans l'autre. Puis je raccrochai, vidai mon verre d'un trait et allai au panier. Par terre.

27

Je me réveillai tôt et ne pus me rendormir. Il y avait trop de monstres sans nom en moi, trop de fantômes qui erraient entre de grands troncs d'arbres noirs et nus, et qui ne me laissaient pas en paix.

Je laissai Roar dormir tout son saoul, et me glissai dans la cuisine. Je brisai l'un de mes principes les plus immuables en buvant du café à jeun. Je m'en fis une tasse hyper forte, que je restai à regarder comme dans un puits sans fond. Mais il n'y avait rien à lire dans le puits, et il n'y avait pas de marc dans la tasse. J'avais tout le marc en moi : derrière les yeux, sur la langue et sur l'âme, s'il s'en trouvait une.

J'essayai de me faire une idée globale de la situation. Jonas Andresen était mort. Son dernier jour était révolu, et pour la première fois depuis trente et quelques années, le soleil se levait sur une demi-sphère sur laquelle Jonas Andresen ne se promenait plus. Pour nous autres, la différence ne serait pas énorme. Pour lui, elle était fondamentale. Il était entré dans le royaume du mystère, dans les vallées embrumées et les forêts voilées, il était monté au royaume montagneux qui nous attendait tous, quand nous arrivions à l'échéance.

Il était mort rapidement et brutalement. Je l'avais moi-même vu aller à la rencontre de la mort, mais je n'avais pas vu l'instant de sa mort. Ce que j'avais vu, c'était Wenche Andresen sortir en courant, après que c'était arrivé, et j'avais vu Solfrid Brede sortir de l'ascenseur, encore un peu plus tard. Et j'avais revu Jonas Andresen, trop tard, quelques minutes et une éternité trop tard.

Il avait été taillé en morceaux par un couteau dont

Joker aurait pu se servir. Mais Joker ne s'en était pas servi, car Joker était en train de discuter avec moi au moment où on s'était servi du couteau.

Mais *qui* s'en était servi ?

Je repensai au visage tendu de Wenche Andresen, assise dans le canapé, les doigts repliés autour du mouchoir que je lui avais prêté : je revis ses yeux, sa bouche et... je revis Jakob E. Hamre. Je revis la certitude dans ses yeux, la conviction sur sa bouche résolue, le calme sur son visage.

Qui y avait-t-il d'autre ? Solveig Manger ? Son mari ? Ou alors un inconnu, un visage qui était encore dans l'ombre, qui ne s'était pas encore montré à la lumière ?

Ça, c'était à la police de le découvrir. Mon travail était à bien des points de vue beaucoup plus simple. Il consistait à mener Roar à Øystese, et à me ramener à la maison. Rouler vers un avenir incertain, et revenir vers un passé gâché.

Au-dehors, un nouveau jour pointait timidement. C'était une nouvelle journée de mars, une journée à un chiffre, une journée pleine de nuages agités traversant le ciel, laissant apparaître entre eux de petits morceaux angoissés de ciel bleu. Un soleil bas formait un bâti à l'aide de quelques rares rayons matinaux dorés, sur la ville, entre les nuages, mais ils disparaissaient aussitôt. C'était le printemps qui jetait ses projecteurs timides sur la ville, pour se retirer ensuite vers des coins plus tempérés, dans l'attente de jours meilleurs.

Je vis tout à coup Roar qui se tenait dans l'entrée de la cuisine, pieds nus, en sous-vêtements.

« Tu es réveillé... Varg ? »

La route entre Bergen et le Hardanger est une route que la plupart des habitants de Bergen peuvent parcourir les yeux bandés et avec du coton dans les oreilles, en tout cas jusqu'à Kvamskogen. Mais il avait un peu neigé, cet hiver-là, et c'était la première fois que je l'empruntai. J'avais dans l'ensemble mieux à faire que de monter mes skis jusqu'à Kvamskogen avant de les redescendre. Je préférais une partie de pêche en bonne et due forme, en eaux troubles, ou dans l'aquavit. Le long de Skuggestranden, vous suivez en voiture ce qui rappelle une autoroute grâce aux améliorations effectuées ces dernières années, et une bonne partie du suspense lié à un voyage en voiture a disparu. Auparavant, vous ne saviez jamais avec qui vous alliez entrer en collision au virage suivant ; maintenant, vous avez deux cents mètres pour voir venir.

Comme tous les petits garçons, Roar aimait la voiture, et je vis petit à petit l'expression tendue de son visage se changer en ivresse et la loquacité renaître.

« Tu... tu conduis très bien, Varg.

— Tu trouves ?

— Est-ce que tu... est-ce que tu as poursuivi beaucoup de bandits ? En voiture ?

— Pas tant que ça. » Seulement chaque vendredi, pendant *Detektimen*.

« Raconte !

— Il n'y a pas grand-chose à raconter. Ça va tellement vite qu'après... après, tu ne te souviens plus de rien. Tu es juste heureux de t'en être sorti indemne, sain et sauf.

— Oh, mais... » Il y a un café un peu avant Tysse. Il se trouve juste dans un virage serré, et il y a toujours quelques semi-remorques garés devant. Il n'a pas l'air très agréable, de l'extérieur, mais si vous entrez et traversez la baraque, vous arrivez à une salle à manger installée dans quelque chose qui rappelle un jardin d'hiver à l'ancienne. Ses grandes vitres carrées, comme les cases d'un échiquier, offrent une vue magnifique et paisible sur la mer, à travers un feuillage tendre en été. Pour l'instant, les branches nues s'agrippaient à l'aquarelle, mais l'ensemble donnait malgré tout l'impression de s'extraire d'une réalité criarde, sur la route, pour entrer dans un monde enchanté. Quoi que vous mangiez, vous n'arriviez pas à détacher vos yeux de la vue offerte par ces larges fenêtres. Vous attrapiez un torticolis, mais vous sortiez plus calmement au moment de reprendre le volant ; l'image vous donnait la paix intérieure et rendait vos mains plus sûres, et votre regard plus clair. Elle faisait de vous un meilleur conducteur.

J'y entrai avec Roar, et nous mangeâmes chacun notre tartine de crevettes, garnie de plus de mayonnaise que de crevettes, d'une feuille de salade qui faisait penser à une dépouille de caméléon et d'une tranche de citron qui avait l'air d'avoir servi de pied de sapin de Noël. Mais la vue resterait toujours la même, et elle n'était pas soumise à TVA, elle.

Je bus une tasse de café supplémentaire, et il but du soda avec une paille. La paille était rouge, et le soda incolore et transparent. La nappe sur la table était verte, et la vue...

Trois camionneurs étaient installés à une autre table. Leurs voix sonnaient comme dans un puits de mine, et leurs mains rappelaient des griffes de pelleteuse. Leurs visages étaient larges et carrés, comme les véhicules qu'ils conduisaient. C'était encore une caractéristique qui trahissait leur profession, une maladie pour laquelle même le code du travail ne pourrait rien. Je n'entendais pas de quoi ils parlaient, mais ce n'était pas très grave. J'entendais leurs voix ronronnantes, et c'était suffisant. Ils faisaient partie des meubles, comme ils faisaient partie des meubles de tous les bars routiers, disséminés le long de toutes les nationales à travers le monde. Les derniers irréductibles cow-boys. Si vous en croisiez un par une soirée sombre, en plein milieu d'un virage, trop à gauche dans votre voiture plus petite qu'une locomotive, c'en était fait de vous. Vous ne seriez plus qu'un mélange de sang et d'essence se répandant sur l'asphalte, à l'endroit où votre voiture et vous vous trouviez quelques secondes plus tôt : seul reste en vous LE kilomètre sur lequel vous avez dépassé le quatre-vingts, la minute que vous avez gagnée pour arriver à temps à votre mort imprévue, en plein milieu d'un virage, dans un soudain cercueil de métal tordu et d'huile versée.

Mais la vue...

Roar aspirait la limonade de sa bouteille à travers une paille en plastique rouge. Je regardai son visage. À qui faisait-il penser ? À sa mère ? À son père ? J'essayai de les invoquer : Wenche Andresen, les yeux fermés et la bouche soudain levée pour... embrasser ; et Jonas Andresen, avec ses lunettes et sa moustache ébouriffée par la mousse de la bière, les doigts autour de son verre, et, brusquement — mort.

Non. Il ne me faisait penser à aucun des deux. Il me faisait juste penser à lui-même : un petit garçon en doudoune bleue usée et jean renforcé aux genoux qui était venu me voir à mon bureau il y avait... Combien de jours, déjà ? Cinq, six ? Et il me faisait penser, encore et toujours, à un autre petit garçon, plus jeune de quelques années, qui n'était pas venu me voir à mon bureau depuis longtemps, très longtemps.

« Tu ne trouves pas que c'est joli ? demandai-je avec un mouvement de tête vers la fenêtre.

— Quoi ? fit-il sans comprendre.

— La vue.

— La vue ? »

Non, il était trop jeune. On ne regarde pas la vue, à huit ans. Il faut avoir été amoureux, pour la toute première fois, pour pouvoir commencer à regarder la vue.

Nous finîmes nos verres, avant de repartir. Les routes qui traversaient Kvamskogen étaient dépourvues de neige, mais noires de pluie. La neige faisait comme une croûte fine sur les sommets, et il fallait monter assez haut pour être sûr de trouver des pistes propres.

C'était de bonnes routes. Le temps légendaire des nids de poules à travers Kvamskogen était révolu : le tourisme avait rattrapé jusqu'à ce petit bout de chemin, même si la lutte avait été acharnée. Nous passâmes rapidement le paquet compact de cabanes qui faisait ressembler le paysage à un faubourg mal organisé, avant de plonger à travers Tokagjelet, où les tunnels nous avalèrent et nous recrachèrent comme des poissons pas frais.

Le paysage se fit de nouveau plus plat, vers le Hardangerfjord et Nordheimsund, et ce fut tout à coup le printemps. C'était l'un de ces instants qui revient une fois tous les ans, à la même période. C'est brusquement comme si une main céleste repliait sur le côté la couverture de nuages, et jetait du soleil sur le paysage. Le soleil se roule le long des coteaux, saisit les traces de vert de l'an passé et les mêle à celles de l'hiver, en brun, blanc et gris sale, avant de les jeter à vos pieds comme on jetterait des billes dans une cour de récréation. C'est le printemps.

C'était le printemps. Le soleil tombait comme un filet sur le paysage : les versants abrupts derrière nous, la route qui serpentait vers le fjord, le bras de mer bleu pâle en contrebas, la ligne de crête gris-bleu de l'autre côté, les fermes éparpillées, parées de rouge, blanc et gris, un bus rouge qui vient en haletant vers nous, une vieille femme vêtue d'une longue jupe grise, d'un cardigan brun foncé et un foulard noir sur la tête, qui s'arrête tout près du bord de la route, juste à côté de la rampe de livraison du lait. Elle nous regarda, de son visage raviné par le temps, érodé par les années. C'était le printemps, un printemps indéterminable.

Et je ne dis rien pour ne pas casser l'ambiance, pour que l'image entière ne vole pas en éclats. Mais je remarquai par sa mutité subite que Roar ressentait la même chose : qu'il avait vu le même soleil soudain au-dessus du paysage précoce, qu'il avait pressenti le même changement en lui, senti que le soleil ajoutait un poids supplémentaire dans la balance du temps, qu'un hiver de plus était sur le point de trépasser, et qu'un nouveau printemps s'élevait comme une marée gourmande, en bas dans le fjord, au large et dans le ciel. Il n'était peut-être pas nécessaire d'avoir déjà été amoureux, tout compte fait.

Le petit bout de route sur les chaussées larges entre Nordheimsund et Øystese longeait un fjord qui brillait à côté de nous comme un argent bleuté, qui reflétait en cascade les rayons de soleil, et qui se réjouissait autant que nous... du printemps.

C'est ainsi que nous arrivâmes à Øystese, l'hiver encore dans le sang, mais le printemps comme un espoir dans les yeux, l'été comme une langueur dans la peau... jusqu'à ce que l'hiver et la mort nous rattrapent tout à coup, et que nous nous rappelions pourquoi nous sommes là.

28

L'oncle et la tante de Roar habitaient une grande maison cubique qui donnait l'impression d'avoir été récemment récurée aussi bien à l'intérieur qu'à l'extérieur. Elle se trouvait perchée sur un coteau, entourée d'arbres fruitiers hirsutes, tournée vers Øystese, le fjord et les montagnes de l'autre côté. Cela devait procurer une sensation étrange : celui de vivre au milieu d'une carte postale.

Sa tante arriva en courant vers le portail avant que nous fussions sortis de la voiture. Elle nous avait attendus. Elle étreignit Roar, chaleureusement, longtemps, ce qui fit monter de nouvelles larmes.

Elle se redressa et me serra la main.

« Sissel Baugnes.

— Veum. »

Elle était nettement plus âgée que sa sœur, et son visage était plus anguleux. Elle avait la quarantaine et n'essayait pas de le dissimuler. Ses lèvres étaient minces, et ses longs cheveux blond foncé étaient zébrés de mèches grises. Le tour de ses yeux était rougi par les larmes, et des ombres assombrissaient son visage. C'étaient les ombres de maintes heures de veille. Elle portait une longue jupe bleue et un chemisier de coton blanc cassé. Ses mains étaient légèrement rouges, et elle avait des taches de rousseur claires sur ses bras nus.

« Ç'a été un choc terrible... pour nous tous. »

Elle chercha un écho sur mon visage, comme s'il y avait d'autres chocs à y lire, d'autres nouvelles macabres.

« En effet. Pour nous tous.

— Excusez-moi... Où ai-je la tête... Voulez-vous une tasse de café, quelques tartines ? »

J'acquiesçai et remerciai. Elle semblait être la personne idéale avec qui boire du café par un jour comme celui-là.

Elle me plaça dans un coin du canapé, dans un salon qui témoignait d'une vie de famille moyenne et paisible. Il y avait davantage de photos de famille que de livres sur les frêles étagères de teck, et le poste de télévision qui occupait un coin de la pièce était plutôt ancien, en noir et blanc. Le poste à transistors noir et son antenne brillante étaient plus récents. Des mélodies matinales s'en échappaient : un vague mélange de rythmes sud-américains, d'arrangements sirupeux ouest-allemands et de chœur d'anges des studios de Hambourg — du velours pour les oreilles, du miel pour l'âme. Si l'on n'avait pas l'oreille trop musicale, ni l'âme trop sensible. Un cocker brun roux vint en jappant vers nous, se mit à sauter autour de Roar qui tomba à genoux et le laissa lui lécher le visage. « Oup-là ! fit-il. Coucou, Oup-là ! » Il devait s'appeler Oup-là : tout autre nom eût été impossible dans ce cadre.

Elle revint avec un plat allongé en étain garni de tartines de pain fait maison, et elle servit le café dans des tasses minces mais solides, ornées de fleurs rouges.

« Les filles sont à l'école, dit-elle pour tenter de parler de choses banales.

— Quel âge ont-elles ? demandai-je.

— Berit a onze ans, et Anne-Lise treize. Reidar... mon mari, devait essayer de rentrer plus tôt aujourd'hui.

— Que fait-il ? »

Elle se passa une main sur le front, et à travers les cheveux.

« Il cst chef de magasin en bas, à la Coopérative. Avant, il dirigeait sa petite affaire, mais c'est devenu trop dur, la concurrence est devenue trop forte. Il n'était jamais à la maison, il ne pouvait pas se le permettre, et il n'avait pas non plus les moyens d'embaucher quelqu'un. Le soir, il devait faire du réassort, de l'étiquetage, préparer les commandes, et tenir la comptabilité. Oh, il est toujours bien occupé, ce n'est pas ça, mais c'est tout de même un peu plus paisible... »

Elle avait l'air agité, d'une façon tranquille. Il n'y avait rien de nerveux ou d'hystérique en elle : et pourtant, elle semblait fébrile, presque irritable. Un mince réseau de veines bleues parcourait son fin nez aigu, et ses lèvres pâles semblaient sèches.

« Je n'arrive tout bonnement pas à y croire... comment tout ça... » dit-elle.

Elle regarda Roar.

« Roar, est-ce que tu peux emmener le chien au jardin, jouer avec lui ? »

Roar hocha la tête. Il me regarda.

« Tu ne pars pas encore, Varg ? demanda-t-il.

— Mais non, Roar. Je ne vais pas partir aussi vite. » Et à nouveau : cette voix inconnue. Celle d'un autre.

Dès qu'il fut sorti, elle dit :

« La police a dit... ils nous ont fait comprendre... Est-ce que c'est vrai que Wenche est soupçonnée d'avoir... qu'elle... »

Elle n'arrivait pas à le dire. Ses yeux me regardaient avec incrédulité.

« Oui, dis-je. C'est-à-dire : si. » Je me penchai en avant. « Mais je ne crois pas. Pas une seconde. Je ne connais pas votre sœur particulièrement bien ; en fait, il y a moins d'une semaine que je l'ai vue... pour la première fois. Mais je ne pense pas qu'elle ait pu tuer... son mari. »

J'avalai.

« Je ne sais pas si la police vous a dit qui j'étais... »

Elle acquiesça faiblement.

« Je suis détective privé. C'est mon travail de découvrir des choses. Pas dans des affaires sérieuses comme des meurtres, mais ce n'est de toute façon pas une "affaire" pour moi. Il s'agit d'une tragédie qui touche des personnes que j'ai... appréciées, et je vous promets, madame Baugnes, je vous promets que s'il y a quelque chose à découvrir, quelque chose qui puisse contrer ce que la police... a pris comme point de départ — s'il y a effectivement quelque chose, j'arriverai à le découvrir. Je vous le promets, je vous le jure... »

Elle me regardait distraitement.

« Non, parce que nous n'arrivions pas à le croire. Elle... elle tenait tellement à — à Jonas, et elle a été si malheureuse... Je n'ai jamais vu quelqu'un d'aussi malheureux, que quand ça s'est effondré, lorsqu'ils se sont séparés... à cause de, à cause de... »

Nous entendîmes la porte s'ouvrir et se refermer, et des pas lourds vinrent vers nous. Un homme entra dans le salon, et nous nous levâmes.

« Veum, dit-elle, voici Reidar, mon mari. »

Reidar Baugnes me serra la main.

« Enchanté. »

Son visage était marqué, plein de rides. Je lui donnai un peu moins de cinquante ans : un homme au profil bien dessiné, aux yeux d'un beau bleu foncé, à la bouche fine et au menton qui n'avait jamais pu se décider pour savoir s'il serait menton ou gorge. Il portait un tablier gris, et trois stylos et un crayon jaune sortaient de sa poche de poitrine. Sa voix était sourde, comme s'il était enrhumé.

« Nous étions justement en train de parler de... commença Sissel Baugnes.

— C'est affreux », me dit-il en s'asseyant.

Elle alla dans la cuisine et en revint avec une tasse pour lui servir du café. Ils avaient l'air heureux ensemble, de façon désinvolte. Ils étaient au milieu de leur vie, et chacun avait dépassé les carrefours. Il ne leur restait plus qu'une direction dans laquelle aller, et ils n'avaient pas besoin de boussole. Personne ne les arrêtait pour leur poser des questions délicates, aucun inconnu ne traversait devant eux et ne les obligeait à détourner le regard.

« Vous... votre enfance ; j'ai compris que ç'avait été assez... strict ? » demandai-je à Sissel Baugnes.

Ce fut son mari qui répondit.

« Qui a dit ça ? Jonas ?

— Je sais que Jonas avait l'habitude de le dépeindre comme cela, dit-elle d'une voix pincée. Il... il ne s'est jamais senti à l'aise, ici, à la maison. Il était trop différent de nous. C'était un gosse de la ville, tandis que nous... nous étions de la campagne. Il aimait bien nous représenter comme... des piétistes, des bigots, ou ce genre de choses. Mais c'est... faux. »

Et elle dit « faux » comme si c'était l'expression la plus forte qu'elle eût dans son vocabulaire.

« C'était un fieffé goujat, dit son mari. Et nous avons tous vu le résultat.

— Nous, continua-t-elle, nous n'étions tout simplement pas comme cela. Nous venons d'une maison pieuse, mais c'était une chrétienté saine et lumineuse, pas quelque chose de louche. Mon père — qui est mort, à présent, que Dieu ait son âme — mais je n'ai jamais entendu quelqu'un *rire* comme lui ! C'était quelqu'un de foncièrement bon, et même pendant ses longues dernières années, quand il était malade, il a gardé cette bonne humeur, dans la foi dans son... rédempteur. Quand il est mort, nous n'avons pas porté le deuil — pourquoi l'aurions-nous fait ? Il était revenu *à la maison* — il ne craignait rien. C'était plus triste pour nous, qui restions — et qui devions vivre son absence... Ma mère, comment vais-je lui raconter *ça* — je n'en ai pas la moindre idée. Si quelque chose devait la tuer... Elle n'a jamais compris Jonas — et papa non plus. Tout comme il ne les a jamais compris. Je ne dis pas que c'était de sa faute — ni de la leur. C'est tout simplement qu'ils venaient de deux mondes différents — et maintenant...

— Maintenant, nous voyons le résultat, répéta Reidar Baugnes.

— Je n'arrive pas à comprendre, dit-elle, avec plus de frénésie, quand deux personnes se sont mariées, et se sont promis... Qu'une des deux puisse aller voir ailleurs, quelqu'un d'extérieur ! Je peux pardonner qu'il soit issu d'un autre monde, mais ça... ça, je ne peux pas le pardonner. Je ne peux même pas le *comprendre*. »

Son mari hocha la tête en guise d'assentiment.

« Êtes-vous marié, Veum ? me demanda-t-il.

— Non. » Et je ne désirais pas leur en dire davantage.

« Non, et donc vous ne pouvez pas comprendre. Mais un mariage — une union — entre deux êtres qui s'aiment — c'est... ce devrait être... quelque chose de tellement sacré et de pur... que rien — rien ! — ne devrait pouvoir s'interposer entre... les deux. Et tout détruire. »

Je me servis en tartines pour ne pas avoir à répondre. Puis je vidai ma tasse et me levai.

« Il faut que je pense à y aller. Bergen n'est pas à côté. »

Ils se levèrent.

« Ce que vous avez dit tout à l'heure nous a fait très plaisir, dit Sissel Baugnes. S'il y a quelque chose que nous pouvons faire, n'hésitez pas à appeler. Nous n'avons pas beaucoup d'argent, mais... un peu. »

Elle laissa sa phrase en suspens, comme la plupart des phrases où il est question d'argent, avant qu'elle ne s'évapore par magie et qu'il n'en reste rien.

« Promettez-moi seulement une chose : prenez bien soin de Roar, si jamais... » dis-je.

Ils acquiescèrent tous les deux.

« Nous nous en occuperons comme de notre propre... fils. »

Dans une certaine mesure, je me sentis rassuré. Je pensais qu'il aurait été mieux avec sa mère, mais si tout devait se dégrader... ce n'était pas le pire foyer qu'on pouvait lui proposer.

Reidar Baugnes m'accompagna jusqu'au perron. Quand sa femme fut rentrée, il dit à voix basse, sur le ton de la confidence :

« Je ne voulais pas le dire à l'intérieur... mais ici, dehors, d'homme à homme, Veum. Je suis un homme, et j'ai des envies d'homme. Le monde actuel est plein de... tentations. Au travail : les jeunes filles affriolantes ne manquent pas, et elles sont loin d'être timides, pour certaines d'entre elles. Si je voulais... »

Il regarda intensément devant lui, tout en pensant à tout ce qu'il pourrait faire, s'il voulait, s'il avait suffisamment de courage.

« Mais j'ai appris à mettre mes envies en veilleuse, Veum. Il ne me viendrait jamais à l'idée, même dans mes moments les plus noirs, de tromper... Sissel.

— Non, certainement pas. Je comprends.

— Oui, vous voyez ? » dit-il avec une pointe de gratitude dans la voix.

Je lui fis mes adieux et descendis dans le jardin. Roar jouait avec le petit chien. Au moment où je descendais l'allée, il s'arracha au jeu, vint en courant jusqu'à moi et m'entoura la taille de ses bras.

« Tu t'en vas ? dit-il en me regardant. Il faut ? »

Je baissai les yeux sur son visage jeune, inachevé.

« Oui, malheureusement. Il faut. Il faut que je rentre en ville, tu sais. Tu seras bien, ici, Roar... les jours que tu vas devoir passer ici.

— Est-ce que tu vas voir... maman ?

— Probablement.

— Dis-lui... dis-lui que je l'aime et que je l'attends... quoi qu'elle... »

Il n'en dit pas plus, et j'allais me demander pendant tout le trajet du retour comment il aurait terminé cette phrase : quoi qu'elle... ait pu faire ?

On ne peut en fait rien dissimuler aux enfants. De toute façon, ils savent tout bien avant vous. Ils le savent depuis le jour de leur naissance, quelque part en eux, dans leur sang ou dans leur cœur.

Je me baissai et le pris dans mes bras, le serrai fort

contre moi. Je sentis son corps mince, son dos étroit, sa colonne vertébrale comme un collier de perles le long de son dos, ses omoplates comme des ailes déformées, sa nuque comme un maigre tronc d'arbre.

Puis je le lâchai et m'éloignai rapidement, et partis sans me retourner. Il vaut mieux ne jamais se retourner. Cela ne peut que vous faire regretter les gens, avant même de les avoir quittés.

En quittant Øystese, je pensais au dernier message que Reidar Baugnes m'avait livré, et à ce que m'avait dit Jonas Andresen deux jours plus tôt. Je pensai que Reidar Baugnes avait parlé d'*envies*, et que Jonas Andresen parlait d'*amour*. Et j'en vins à me demander s'ils avaient réellement parlé de la même chose.

Et les gens avaient quand même déjà commencé à me manquer. Il commençait déjà à me manquer.

29

En descendant de Kvamskogen, je quittai la route principale et pris une petite route de graviers qui montait vers une cluse qui commençait en U et se terminait en V. La route grimpait au milieu, et seul le manque de neige, cet hiver-là, rendait la route accessible aux voitures si tôt dans l'année. Je n'allai malgré tout pas très loin cette fois-ci.

Quand la route devint trop glissante, j'écartai un peu la voiture du chemin, me garai et quittai la voiture. Je montai rapidement : en inspirant l'air vif de la montagne, dans ma gorge, puis dans mes poumons.

C'était une belle vallée sauvage, et elle me conduirait jusqu'en haut, si j'avais assez de temps et de forces, jusqu'à la roche nue, en passant par une poignée de fermes d'alpage en ruine. La vallée elle-même aurait été verte et pleine de bouleaux de plus en plus petits au fur et à mesure de mon ascension, si l'on avait été plus tard dans l'année. Elle était pour l'instant marron ocre, clairsemée et tachetée de neige blanche.

Un petit torrent s'ouvrait un passage tout au fond de la vallée, et plus tard dans la saison, les truites s'agglutineraient pour monter jusqu'aux profonds lacs de montagne dont le ruisseau était issu. J'avais passé quelques heures vespérales — pas tant que cela, peut-être, mais ç'avait été des heures agréables — là-bas, près de ce torrent. Tandis que le soleil montait de plus en plus haut sur le versant de la montagne et que l'air était de plus en plus vif et de plus en plus froid à chaque seconde qui s'écoulait, j'avais attendu la secousse bénie : le poisson qui s'agite furieusement — la récompense du temps passé à attendre.

Avec un père qui détestait la vie en plein air et qui passait la majeure partie de ses loisirs dans les musées ou penché sur des livres de mythologie des anciens Scandinaves, j'étais devenu adulte avant d'attraper ma première truite. Plus tard, j'avais appris à apprécier les rares escapades de la vie urbaine. Mon côté Gavroche m'empêchait de rester trop longtemps loin de la mélodie de la circulation, du mauvais tableau que composaient les vapeurs de la ville au-dessus des toits, et la caresse sale des gaz d'échappement contre la peau — mais il était parfois agréable de s'extraire, de secouer la poussière urbaine de sa fourrure et de passer quelques heures dans l'air pur, près d'un torrent limpide, dans l'attente d'une truite bien lunée.

Et c'était alors pratique d'avoir cette vallée à portée de main, à une heure de route de la ville.

J'avais quelquefois attendu que la nuit tombe autour de moi avant de prendre le chemin du retour. J'avais fait un feu près du ruisseau et préparé du café dans une cafetière noire de suie, et bu dans une vieille tasse de camping en étain. J'étais resté assis dans le noir, la lueur du feu de camp et le crépitement des branches sèches comme seules traces de vie dans l'obscurité. J'avais cherché d'autres sons, mais les oiseaux étaient partis se coucher. Un hérisson solitaire trifouillait dans les buissons alentour, et une grenouille coassait de temps à autre. Hormis cela, tout était aussi silencieux que les étoiles au-dessus de ma tête et que les montagnes qui m'entouraient.

Cette fois-ci, je n'avais pas mon matériel de pêche avec moi, j'avais juste fait un détour pour m'éloigner quelques heures, pour prendre du recul, classer mes idées dans les sacs appropriés, et ranger mes impressions dans les tiroirs adéquats.

L'air était froid, et je n'étais pas habillé en conséquence. Je n'avais que de bêtes chaussures aux pieds, et la neige allait bientôt mettre un terme à ma progression. Il me fallut donc revenir sur mes pas, jusqu'à la voiture.

Ce n'était pas le genre de vallée où il fallait venir avec les pensées qui m'occupaient l'esprit : elle était trop étroite. Elle ne libérait pas la vue, ni le cerveau, ni le cœur. On ne s'échappait pas, mais on restait replié sur soi-même, dans le chaos des pensées, dans le tourbillon des impressions.

Un processus de purification plus puissant s'imposait.

De retour en ville, je rentrai directement, me douchai et me changeai pour une chemise et une cravate. Je me rendis ensuite dans l'hôtel le plus chic de la ville. Parce que dans cet hôtel, si vous ne portez pas de cravate, on ne vous sert pas au bar. Vous pouvez néanmoins accéder au restaurant et demander au serveur d'aller vous chercher quelque chose au bar. Mais j'aimais bien aller me chercher mes boissons moi-même.

Il était tôt dans la soirée, et le bar était à moitié plein, ou à moitié vide, selon sa façon de voir. J'escaladai un tabouret et me cramponnai à un whisky double. Quand je vais boire au bar, je bois du whisky. C'est une boisson qui correspond mieux au décor que l'aquavit. Vous pouvez boire de l'aquavit chez vous, ou à la montagne, ou à la mer, où vous voulez. Mais pas dans les bars. Dans un bar, vous pouvez boire du whisky, ou de la vodka, ou des boissons raffinées que vous ne pouvez commander qu'avec l'aide d'un dictionnaire des emprunts. Mais j'étais quelqu'un de simple, avec des habitudes éthyliques simples, et j'avais laissé ledit dictionnaire à la maison. Je commandai donc un whisky.

Il y avait une femme dans la pièce. Car dans cet hôtel, il y a toujours une femme au bar. C'est pratiquement l'endroit où vous êtes le plus sûr de rencontrer une femme, et vous pouvez choisir entre la plupart des tranches d'âge et des fourchettes de prix.

Quand vous voyiez cette femme de dos, vous lui donniez la vingtaine. Elle portait un chemisier de soie noire et une longue jupe noire. Sa ceinture était large et serrée, ses jambes effilées, et ses cheveux détachés avaient une teinte dorée qui trahissait que ce n'était pas leur couleur naturelle.

Quand elle se retournait, vous découvriez qu'elle était plus proche de la cinquantaine que de la vingtaine. Son visage avait été nettoyé de toute illusion, et c'était exactement le genre de femme dont j'avais besoin ce soir-là.

Nos regards se croisèrent, et je fis un signe de tête en direction de mon verre, en lui jetant un coup d'œil interrogateur. Elle se leva et vint vers moi, les hanches lestes et les lèvres assoiffées. Mais ce n'était pas après moi qu'elle en avait, puisqu'elle se commanda un gin-martini qu'elle fit porter sur ma note.

« Tu peux m'appeler Soleil », dit-elle d'une voix éraillée qui semblait sortir d'un poste de radio mal réglé.

« Appelle-moi Lune. »

Son visage était ridé, mais pas par les intempéries. Il était plus habitué aux intérieurs qu'aux extérieurs, et je doutais qu'elle fût à même de distinguer l'avant d'une truite de l'arrière. Elle n'avait probablement jamais bu de café fait dans une cafetière noire de suie, ou alors longtemps auparavant. Ses yeux étaient clairs et délavés par trop de gin, mais ses lèvres étaient larges et charnues, et avaient l'habitude de boire à même la bouteille. Je la surnommai Soleil.

« Je mangerais bien quelque chose, dis-je.

— Je peux te tenir compagnie, dit-elle. Mais moi, je ne mange jamais après quatre heures, je ne le supporte pas. »

Nous allâmes nous installer à une table de la mezzanine, d'où nous pûmes regarder les quelques rares clients de l'hôtel qui passaient à la réception. Les seuls touristes étaient quelques inévitables Anglais au visage écarlate, vêtus de knickers vert olive. En dehors de cela, la clientèle se composait de voyageurs de commerce, d'hommes d'affaire et de participants à des séminaires plus ou moins professionnels.

« Je suis seulement de passage, dit-elle.

— Chaque soir ?

— Je viens de Laksevåg, et je vais à Sandviken. Je viens juste d'emménager dans un nouvel appartement. » Elle suivait du regard la fumée de sa cigarette, qui montait lentement vers le plafond, loin au-dessus de nos têtes.

Après quelques heures d'attente, un serveur goguenard m'apporta un steak au poivre cramé, accompagné de légumes qu'une trop longue cuisson avait réduits en miettes. Mais les pommes de terre étaient relativement bonnes.

« Si tu en as envie... je peux t'inviter à la maison... dans mon nouvel appartement.

— Ah oui ? J'ai toujours été intéressé par... les appartements. »

Elle avait des sillons profonds autour de la bouche, et des pores dilatés sur le visage.

« Le seul problème de cet appartement, c'est que... son loyer est atrocement élevé.

— C'est vrai ? Eh bien, j'ai un portefeuille bavard, et mon compte en banque est de toute façon sur son lit de mort, alors... »

Nous partîmes. Son appartement ne se trouvait pourtant pas exactement sur Sandviken, sauf si elle avait l'habitude de dire « Sandviken » pour « Øvregaten », et il n'avait pas l'air spécialement récent. Mais elle avait une bouteille pleine de whisky du meilleur calibre. « C'est quelqu'un qui l'a oubliée là », dit-elle en s'appuyant d'une main, d'une jambe et d'une hanche contre le mur.

Je ne me sentais pas très bien, et elle n'avait pas

très bonne mine non plus. Son visage avait été nettoyé de toute illusion, et quand elle se déshabilla, je pus voir que son corps aussi avait laissé tomber les siennes depuis belle lurette. Mais c'était exactement ce genre de corps dont j'avais besoin par une nuit comme celle-ci.

Ce ne fut pas une surprise quand elle me mit dehors, car je l'aimai comme un marathonien entre deux âges ayant fait une dernière course désastreuse, sous la pluie, en arrivant classé entre les quatre-vingtième et quatre-vingt-dixième places ; je l'aimai comme un messager de l'Antiquité trouvant à peine les forces pour ramper jusqu'à ses pieds pour lui délivrer le message avant de trépasser ; je l'aimai comme un vieil éléphant de cirque, après trop de saisons de représentations et trop de tours de manège ; je l'aimai avec la flamme d'un vieux poêle en faïence, dans une maison vide depuis des années. Et j'enfonçai mon visage entre ses cuisses, pour qu'elle ne vît pas que je pleurais.

Je roulai ensuite hors du lit, sur le sol et jusqu'à la bouteille de whisky, qui était sous la table, m'allongeai sur le dos et me sifflai le reste de son contenu. Le plafond se mit alors à me tomber sur la tête, et quelque chose de gros et de blanc se pencha sur moi et tenta de me hisser tout en m'entourant de jurons.

Ce ne fut donc pas une surprise quand elle me mit dehors, avant même que j'aie pu remettre mon pantalon. Je passai un bon moment au pied de l'escalier, à lutter pour essayer de mettre la bonne jambe dans la bonne jambe de pantalon.

Une fois dans la rue, je fus intercepté par quelques jeunes qui me plaquèrent au mur, retournèrent mes poches et se tirèrent après m'avoir soulagé du reste de mon argent. Je les regardai partir, appuyé contre le mur, sans rien pouvoir faire d'autre.

Mais je réussis à rentrer, et me réveillai de bonne heure le lendemain matin. Je me dis : « Il n'y a vraiment qu'un processus de purification qui aide : la vérité. »

Je pris une douche et me rasai, enfilai des vêtements propres, et j'étais dans le bureau du commissaire principal Jakob E. Hamre que neuf heures n'avaient pas encore sonné. Je n'étais pas étanche, loin s'en fallait. Mais au moins, j'étais là.

30

Hamre me regardait avec un regard dissimulant mal le sarcasme.

« Tu n'as pas l'air dans ton assiette.

— Moi ? Je ne me suis pas senti aussi bien depuis longtemps. »

Mais ça en disait plus long sur ma forme de ces derniers temps que sur ma forme actuelle. Et en plus, c'était un mensonge. Le lendemain, le whisky a souvent le goût des cendres de vieux journaux, et il est impossible à faire passer. Je n'essayais plus depuis longtemps.

Juridiquement parlant, Hamre était assis du bon côté de ce bureau qu'ils ont tous, dans l'un de ces bureaux qui n'ont pas plus de personnalité qu'un déodorant. Les murs en ont la même couleur blanc sale, les livres sont les mêmes, la vue ne change pas. C'était une vue magnifique, édifiante : en plein sur l'étage intermédiaire d'une banque sise dans un immeuble intensément quelconque.

J'étais assis du côté clientèle, en compagnie des ombres de tous les suspects, témoins, et tous ceux qui pensaient avoir des informations importantes pour telle ou telle enquête. Ce n'était pas une bonne chaise, mais il ne fallait pas qu'elle le fût. C'était une chaise qui devait donner envie de s'en lever le plus vite possible, pour que les gens en viennent directement à l'essentiel et ne perdent pas leur temps en circonlocutions.

Il me tendit une feuille où était tapé à la machine tout ce que j'avais dit sur le lieu du crime, le soir même.

« Il faut que tu remplisses la partie "renseignements personnels", en haut. En dehors de ça, j'espère que tout est en ordre. »

Je parcourus la feuille des yeux. Ce n'était pas une déposition spontanée, et les lettres s'éparpillaient devant mes yeux fatigués. Mais ce que je lisais correspondait, dans les grandes lignes.

Pendant que je remplissais les rubriques du haut de la feuille et que je signai en bas, Hamre dit :

« On a découvert qu'il avait une maîtresse. Tu le savais ?

— Euh... qui ?

— Le Pape ; de qui crois-tu que l'on parle ?

— Ah, bon, le Pape... Tu tiens un scoop sur lui ? »

Hamre déplaça une règle en plastique vert transparent. Il la déplaça soigneusement, de la gauche vers la droite. Puis il la laissa et la regarda pendant quelques secondes. Il la remit ensuite à l'endroit où il l'avait trouvée. C'était vraisemblablement sa façon de retrouver sa sérénité.

« Jonas Andresen avait une maîtresse, dit-il ; est-ce que tu étais au courant ? »

Je le regardai avec une mine coupable, et il dit :

« Tu le savais. Pourquoi tu ne nous l'as pas dit tout de suite ?

— Je n'avais pas... de nom à vous donner. Je ne savais pas comment elle s'appelait. En plus, c'était difficile, avec Wenche — Mme Andresen — à côté.

— À quel point êtes-vous amis, en réalité ?

— Qui ?

— Wenche Andresen et toi.

— Nous ? Cela fait à peine une semaine que je la connais. Nous n'avons même pas eu le temps de devenir amis.

— Mais ça ne veut pas forcément dire que tu n'as pas couché avec elle.

— Non, pas forcément. Mais c'est ce que cela veut dire. Dans ce cas précis.

— Ça... que tu l'as vue arriver en courant, que tu as vu Jonas Andresen aller vers la porte, etc... comme tu dis là, dit-il en désignant la feuille que je venais de signer, ce n'était pas une sorte de... service rendu à une amie ? » Il laissa flotter la question dans l'air pendant un moment. « Tu l'as vraiment vu ? »

Je n'étais pas en forme pour ce genre de questions.

« Oui, dis-je, je l'ai vu, et ce n'était pas un service rendu à une amie. Si j'avais voulu lui rendre service, je m'y serais un peu mieux pris que ça. Par exemple, je n'en aurais pas profité pour donner un alibi à Joker — Johan Pedersen. Et je lui aurais conseillé de ne pas avoir le couteau à la main au moment de mon arrivée.

— Oui, mais tu es le seul à le dire. Autant que nous sachions, ses empreintes à elle se trouvaient déjà sur le couteau quand il l'avait planté dans le ventre.

En tout cas, tes empreintes et les siennes étaient les seules.

— Ah bon ? » Je pris un moment pour digérer l'info. Elle tomba longtemps, et je ne l'entendis pas toucher le fond. « Bon.

— Par ailleurs, nous avons auditionné sa maîtresse, et le mari de cette dernière.

— Ah oui ? fis-je en levant brusquement les yeux.

— Ah oui ? fit-il avec un regard facétieux.

— Et ?

— Ça s'est passé quand, d'après toi ? Est-ce que tu peux situer cet instant à dix minutes près ?

— Non. Vers quatre heures, selon moi. En tout cas, pas après.

— D'accord. Et cette femme — sa maîtresse — elle était au boulot jusqu'à... disons quatre heures moins cinq. Elle avait dans ce cas cinq minutes pour faire toute la route du centre-ville jusque là-bas, et d'après nos sources, elle ne disposait pas d'un hélicoptère. Autrement dit : impossible. »

Pour une raison indéterminée, je me sentis soulagé... pour Solveig Manger.

« Et... son mari ?

— Encore plus sûr. De trois à cinq heures cet après-midi-là, il animait un séminaire pour huit étudiants spécialisés en littérature, à l'université. Huit témoins. Et de surcroît, il ignorait tout de la relation entre... avant qu'on le lui dise. C'est ce qu'il a dit, en tout cas. »

Je respirai à nouveau avec davantage de difficulté — toujours pour Solveig Manger. C'était le genre d'information qu'on ne souhaitait en principe pas que son conjoint apprenne, et encore moins de quelqu'un d'autre.

« Nous n'avons pas réussi à lui trouver d'autres ennemis potentiels. À part cette histoire de fesses et un certain manque de sens pratique — ce qui a engendré quelques problèmes économiques de faible importance — Jonas Andresen semble avoir vécu une petite vie bien ordonnée. Les gens l'aimaient bien, à son boulot, et il y était estimé par ses collègues et — tiens-toi bien — par ses relations de travail. Il n'avait pas de famille proche à part une sœur qui vit à Stavanger avec son mari, et qu'il a vue ces dix derniers Noëls. Elle revient au bercail chaque Noël pour déposer une couronne mortuaire sur la tombe de leurs parents, et repart aussi sec — pour ne pas manquer le réveillon. Alors, comme tu vois, on ne peut pas dire que la relation ait jamais été spécialement forte. Comme tant de relations de ce genre. »

Il fit une pause, dénicha une feuille et la lut lentement — comme s'il avait tout à coup oublié ma présence. Puis il me jeta un coup d'œil par-dessus la feuille :

« On n'a donc pas d'autre suspect que... Wenche Andresen. Et elle est — pour ne pas exagérer — très impliquée dans l'affaire.

— Et l'autopsie ? Où en est-elle ? demandai-je faiblement.

— L'autopsie provisoire... » Il attrapa un formulaire dans une autre pile de papiers.

« Tu veux en avoir les détails ?

— Je n'ai pas de connaissances très poussées en latin, répondis-je en secouant la tête. Je me contenterai de la conclusion. »

Son regard glissa vers le bas de la feuille.

« Eh bien... Des coups de couteaux dans l'abdomen sont à l'origine du décès. L'un des poumons est per-

220

foré, l'estomac déchiré, d'autres organes internes... Il n'avait aucune chance de s'en tirer. Et il avait la trace d'un beau caramel à la tête, ici, à la tempe droite. » Il me désigna l'endroit, et je cherchai involontairement une zone bleue et une bosse, mais sans succès.

« Un coup ? »

Il hocha la tête de manière éloquente, et je vis qu'il attendait de pouvoir raconter la suite.

« On a jeté un coup d'œil à ce pot de confiture, et on l'a étudié au microscope. En fait, nous avons trouvé... quelques fragments de peau sur l'un des bord inférieurs du pot. Nous n'avons pas encore fait le rapprochement définitif avec la peau du défunt... mais... »

Il n'avait pas besoin d'en dire plus. Ça suffisait, largement. Il tenait pratiquement un cas d'école.

« Encore une chose, à propos, dit-il. Tu as dit qu'il venait probablement avec de l'argent. La valeur de rachat d'un contrat d'assurance-vie, c'est bien ça ?

— Oui ?

— Il n'avait pas un fifrelin sur lui quand il... enfin, pas tant que ça. Nous avons d'ailleurs contacté la compagnie d'assurance. Ils n'avaient absolument pas entendu parler de lui récemment. Donc, ce qu'il venait réellement faire... On ne le saura vraisemblablement pas avant...

— Avant quoi ?

— Avant qu'elle ne parle.

— Et elle s'en tient toujours... à sa première version ?

— Elle nie tout, acquiesça-t-il avec gravité. Mais ça ne tient pas debout. On a déjà réussi à reconstituer tout le déroulement des faits. »

Il leva ses mains en l'air devant moi et s'en servit pour compter les étapes :

« Premièrement : Jonas Andresen arrive. Ou bien il sonne, ou bien il utilise sa clé. Parce que sa clé, il l'avait. Deuxièmement : Wenche Andresen ouvre, le pot de confiture à la main. Ou : elle remonte du sous-sol, avec un pot de confiture, juste après qu'il a sonné ou est entré avec sa clé. Quand tu as vu Wenche Andresen courir, c'est peut-être parce qu'elle avait vu que la porte était ouverte, comme elle nous l'a expliqué, en somme. Mais elle n'a pas trouvé de cadavre, parce que — troisièmement : elle le frappe avec le pot de confiture, ou le lui lance à la tête. Pourquoi, ça, on ne le sait pas encore. Quatrièmement : il essaie de se défendre, ou peut-être qu'il rend les coups — quoi qu'il en soit : elle attrape le couteau et le poignarde. Elle le frappe plusieurs fois avec le couteau. Cinquièmement : elle cède à la panique et tente de s'enfuir, mais elle se calme en cours de route et retourne en courant dans l'appartement. Et toi, tu la vois, Veum. Sixièmement : elle appelle au secours... Tu connais la suite des événements.

— Mais... Elle n'avait pas de cran d'arrêt. Une femme comme Wenche Andresen ne se trimballe pas avec un cran d'arrêt.

— Non, non. Il reste encore quelques points... nébuleux. Mais la structure est claire, et ce que nous disent les indices ne fait pas de doute. Pour moi, il n'y a aucun doute, Veum. Wenche Andresen a tué son mari, il y a deux jours, vers quatre heures de l'après-midi.

— Est-ce qu'il me serait possible de lui parler ? »

Il me regarda attentivement.

« Elle ne peut recevoir ni courrier ni visites. Ta

seule chance, c'est de négocier un accord avec Smith. Mais il te faudra de toute façon l'aval du parquet.

— D'un autre côté : je vais proposer qu'elle soit présentée à nouveau devant le juge d'instruction, peut-être dès demain matin. Et parce que les indices sont à ce stade de l'enquête suffisamment révélateurs, je n'insisterai pas pour que soient maintenues les interdictions de visite et de courrier.

— Demain, il sera peut-être trop tard, dis-je.

— Trop tard pour quoi ? »

Je haussai les épaules et écartai les bras. Je n'avais pas de réponse à lui donner. Je n'avais pas d'objection pertinente, aucun contre-argument sensé. Tout ce que j'avais, c'était un point de vue tout à fait subjectif, qui pouvait même se révéler totalement faux : je ne croyais pas à l'hypothèse que Wenche Andresen eût tué son mari.

Je me levai. Le téléphone sonna à cet instant précis. Hamre décrocha et dit : « Un instant. » Puis il me fit un sourire d'excuse et me raccompagna à la porte d'un signe de tête.

« À plus tard... au tribunal », dit-il.

Je m'arrêtai sur le seuil. Je restai un instant immobile. Mais je n'arrivais toujours pas à trouver une réponse judicieuse, et je me remis donc en route, en fermant la porte derrière moi.

31

Les bureaux de l'avocat à la Cour Suprême Paulus Smith donnaient sur les Communaux du Marché. Ils ne semblaient pas avoir beaucoup changé depuis les années 1920. Les murs étaient brun sombre, les rideaux vert émeraude et le parquet en deux teintes de brun faisait penser à un échiquier peu contrasté. Et Paulus Smith était le roi de cet échiquier, tandis que je me sentais... pas comme un pion, mais comme un cavalier : un pas en avant et deux sur le côté. La seule chose qui devait avoir changé depuis les années 1920, c'étaient les secrétaires (ou en tous les cas l'une d'entre elles) et les machines à écrire. Les machines étaient électriques ; les secrétaires avaient l'air de fonctionner à la main.

Elles étaient deux : une d'âge moyen aux cheveux gris, portant un chemisier clair sur une poitrine haute, et une longue jupe grise qui était très moulante à l'une de ses extrémités : juste en dessous des genoux, une jupe qu'elle ne pouvait pas avoir renouvelée après la fin des années 1940 ; et une femme plus jeune, vers la fin de la vingtaine, aux cheveux bruns partagés au milieu du crâne, et portant des lunettes à monture sombre. Les deux femmes me regardèrent comme autant de chouettes en cage au moment où j'entrai. La plus âgée avait les deux mains dans une armoire à archives grise, comme si on l'avait prise en flagrant délit. La plus jeune, dont le visage exprimait l'expectative, avait les doigts levés au-dessus de son clavier, prêts à frapper, mais elle n'écrivait pas.

Ce fut la plus âgée qui prit la parole. Elle retira les mains de l'intérieur de l'armoire et les regarda comme si elle les avait trempées dans de l'eau sale.

« Que puis-je faire pour vous, jeune homme ? » demanda-t-elle.

J'ai toujours eu un faible pour les femmes qui m'appellent « jeune homme ». Ça me donne toujours envie de les appeler « vieille femme ». Mais je ne le fais jamais. Ce n'est pas correct, et ça ne l'est même pas dans mon milieu (il faut bien que j'en aie un).

« J'aimerais m'entretenir avec Paulus Smith. » Dans son vocabulaire, « s'entretenir » devait être le mot adéquat.

Elle ferma un œil et m'observa de l'autre, par-dessus le bord de ses lunettes en demi-lune sans monture.

« Avez-vous rendez-vous ?

— Non, mais...

— Alors c'est hors de question. L'avocat à la Cour Suprême est un homme très occupé. Mais vous pouvez éventuellement voir l'un de ses... »

Un homme relativement jeune entra par une porte, au fond de la pièce. Il avait l'âge indéterminable des gens qui travaillent dans certains bureaux, depuis leurs débuts en tant que responsable de bureau jusqu'à leur retraite, toujours en tant que responsable de bureau. Environ quarante ans, qu'ils en aient vingt-et-quelques ou qu'ils s'approchent des soixante.

Il était voûté, vêtu d'un costume gris qui n'allait pas avec ce qu'il portait en dessous : chemise blanche et cravate que j'aurais personnellement refusée au moment de porter ma première cravate. Il alla jusqu'à la plus jeune des deux secrétaires, posa une feuille sur la table, à côté d'elle, dit quelques mots, me regarda distraitement et disparut à nouveau dans son bureau. Je l'écoutai partir. Ils ont généralement cette démarche traînante. Mais pas celui-ci. Il était cent pour cent silencieux. Peut-être n'existait-il tout bonnement pas. Peut-être étais-je le seul à le voir.

« Je peux voir si Smith Fils a éventuellement quelques minutes à vous consacrer, dit la plus âgée des secrétaires.

— J'aurai besoin de davantage que "quelques minutes », et Smith Fils ne fera malheureusement pas l'affaire. Dites à Paulus Smith qu'il s'agit de cette affaire dont il a hérité hier... ou avant-hier. »

Elle eut tout à coup l'air de bien vouloir envisager de me prendre au sérieux.

« Eh bien, je vais me renseigner... » dit-elle avec un petit mouvement de tête.

Elle entra par une lourde porte de chêne qui se trouvait au fond de la pièce, et la plus jeune des secrétaires se retourna timidement vers sa machine, comme si elle avait peur que je lui parle.

Une demi-minute plus tard, l'autre secrétaire revint et annonça :

« Maître Smith peut vous accorder cinq minutes.

— Disons dix », fis-je en entrant.

Paulus Smith avait un peu moins de soixante ans. C'était une petite souche de bonhomme, d'environ un mètre soixante, mais pourtant bien bâti. Sa poitrine était large et ses petites jambes solides semblaient pouvoir marcher vite et longtemps sans se fatiguer. Ses cheveux étaient tout blancs, coiffés vers l'arrière, et son visage rayonnait de bonne santé, impression renforcée par le hâle qui révélait de longues heures passées à l'extérieur : exactement comme s'il était récemment revenu d'un congé de quinze jours dans le Hardangervidda.

Il était l'un des meilleurs avocats, et l'avait toujours été. Ce n'était pas gratuitement que les gars de l'hôtel de Police l'avaient surnommé « la Moindre Miette », car s'il se trouvait un article quelque part dont personne d'autre n'avait entendu parler (que ce fût avant ou après), mais qu'il pouvait utiliser à l'avantage d'un de ses clients, Smith le dégainait, comme un lapin bien vivant d'un haut-de-forme. Le moindre article de loi était répertorié dans une cartothèque interne qui surpassait tous les systèmes informatiques, et qui fonctionnait toujours sans un grincement.

Il fit le tour de son bureau et vint vers moi. Il me serra la main et leva les yeux sur mon visage. Il avait des yeux bleus et jeunes, qui se détachaient sur sa peau ridée et hâlée.

« Veum. Varg Veum. Je...

— Oui, j'ai entendu parler de vous, m'interrompit-il d'une voix profonde qui avait l'habitude d'interrompre et d'être écoutée. Bonjour. Je suis Paulus Smith. Wenche Andresen m'a déjà raconté certaines choses, et j'avais en plus déjà entendu parler de vous. Asseyez-vous, je vous prie. Je suis bien curieux de vous entendre. C'est une affaire intéressante, à bien des points de vue. »

Il désigna une chaise de cuir noir, et retourna s'installer derrière son bureau. Il devait avoir une chaise haute, puisqu'il était nettement plus grand assis que debout. Il appuya ses deux avant-bras sur le plateau d'acajou marron foncé de son bureau et joignit des mains puissantes. C'étaient des mains aux veines apparentes, presque noires, couvertes de poils clairs, de la même couleur hâlée que le visage. Mais il les joignit avec facilité, comme celles, blanches et soignées, d'une femme-vicaire.

« Venons-en tout de suite à l'essentiel. Croyez-vous que Wenche Andresen a tué son mari ? demanda-t-il.

— Non », répondis-je.

Il me regarda pensivement, avec intérêt, et j'ajoutai :

« Je ne crois pas.

— Pourquoi ? »

J'ouvris la bouche mais fus interrompu avant d'avoir pu prononcer un seul mot.

« Si je vous pose la question comme ça, c'est parce qu'il m'est complètement indifférent qu'un client soit coupable ou non coupable. Un client coupable peut être aussi intéressant à défendre — sinon plus — qu'un innocent ; c'est en tout cas plus astreignant. C'est en fait une bagatelle de défendre un innocent. En tout cas pour moi. » Il ne prononça pas les derniers mots sur le ton de la vantardise. Il le posait comme un fait, et c'*était* un fait. Je sentis que je commençai à respirer plus facilement. Je sentais que si Wenche Andresen était réellement innocente, et que le légendaire Paulus Smith et le légèrement moins légendaire Varg Veum faisaient cause commune pour prouver son innocence, les choses iraient toutes seules, et il n'y aurait au monde aucun Jakob E. Hamre capable de nous arrêter.

« Comme je le vois, dit Paulus Smith, ça ne s'annonce pas bien. Pour elle, et pour l'instant. Elle a dû le faire, ce n'est pas possible autrement. Il n'y a aucune autre explication plausible. Le résultat de l'autopsie, les témoignages — dont le vôtre —, son mariage, son vécu : tout tend à indiquer que nous avons mis la main sur une meurtrière. L'essentiel, pour moi, va plutôt être de mettre en valeur pourquoi elle l'a fait, pourquoi elle a été contrainte de le faire. Si je devais me prononcer dès aujourd'hui, en me contentant d'une connaissance superficielle des faits, je mettrais en place une défense du type "inconsciente au moment du meurtre ». Ces maris infidèles : ils n'ont jamais vraiment la cote, que ce soit dans l'opinion publique ou devant la justice. Elle va faire pencher la balance en sa faveur, d'un côté comme de l'autre. Sans que les faits en soient altérés, bien entendu. Mais je peux vous garantir dès aujourd'hui, la main sur le cœur, que même si elle est coupable, elle sera condamnée à une peine relativement légère, et elle pourra sortir — au moins temporairement — au bout d'un an ou deux.

— C'est une durée qui peut sembler plutôt longue. Et elle ne l'a pas fait.

— Oui, je vous entends bien, Veum, dit-il en se penchant vers le bord de son bureau. Mais maintenant, j'aimerais bien savoir ce qui vous fait dire ça.

— Parce que je le sens, et parce que...

— Vous le sentez ! pouffa-t-il avec un sourire indulgent. Les sensations ne seront jamais suffisantes, Veum, pas dans une salle d'audience. Là, il nous faudra des faits. Mais je vous comprends. Vous êtes un homme relativement jeune, et Wenche Andresen — eh bien... une jolie fille.

— Oui. Mais ce n'est pas pour *ça*. C'est juste que j'ai l'impression qu'il y a certaines choses que nous n'avons pas encore réussi à mettre en lumière. Il s'est passé beaucoup de choses curieuses, là-bas, et il y a d'autres personnes avec qui nous devons parler — oui, la police aussi, bien entendu.

— Nous ?

— Il faut que je puisse parler à Wenche Andresen. Si vous m'engagez pour essayer d'y voir clair dans cette affaire, vérifier les faits, comme vous dites, pour que je me renseigne auprès de la moindre personne, y aura-t-il moyen pour moi de pouvoir parler à Wenche... Andresen ? »

Il éloigna ses mains l'une de l'autre et les joignit à

nouveau par le bout des doigts. Il hocha lentement la tête.

« Oui. En tant que collaborateur... vous échapperez à l'interdiction de courrier et de visite. Est-ce cela que vous voulez ?

— La seule chose que je veux, c'est pouvoir prouver qu'elle est innocente !

— C'est mon devoir de faire tout ce qui est en mon pouvoir pour arriver au même résultat, fit-il avec un mouvement sec de la tête. Et pour une raison ou pour une autre, Veum, j'ai confiance en vous. Ne me demandez pas pourquoi. Je commence certainement à vieillir. Le noyau tendre commence à s'infiltrer dans les fissures. Des fissures apparaissent, quand on atteint l'âge que j'ai, dans cette profession. J'ai vu beaucoup de misère, beaucoup de destinées. Et à quoi le dois-je ? Je ne suis vraiment pas un typhon en matière sociale : je suis juste assis au bord du verre d'eau, et j'observe le typhon. Pourtant, à peu près la moitié des affaires qui m'ont impliqué avaient les dysfonctionnements sociaux pour origine, ou ce système de classes sociales qui, même dans notre État-Providence actuel, crée ses vainqueurs et ses perdants — et ce sont toujours les perdants qui atterrissent devant la justice. Les vainqueurs ont suffisamment d'argent pour pouvoir dissimuler leurs crimes. Parce qu'en réalité, que sont trois bouteilles de bière volées par un pauvre clochard assoiffé, face au million qu'un armateur fait passer à l'as chaque année ? Pouvez-vous répondre à ça, Veum ? Je suis sûr que oui, mais ne le faites pas, je connais la réponse. Et l'autre moitié ? Ce pour quoi les Français ont trouvé une dénomination, comme ils en ont trouvé une pour la plupart des choses qui ont trait à la vie sentimentale :

230

crimes passionnels[1]. Meurtres motivés par la jalousie. Le mari qui rentre et trouve sa femme au lit avec un autre homme va chercher le fusil de chasse qu'il a dans un placard, ou le fusil d'armée territoriale qu'il garde au grenier, et l'amant se retrouve étendu, privé de toutes ses chances, avant même d'avoir eu le temps de remettre son pantalon. Toutes ses chances, pour toujours ! »

Son visage s'était assombri :

« Deux sortes d'affaires, Veum : les fraudes et les escroqueries d'une part, et les crimes passionnels de l'autre. »

Il se leva et vint jusqu'à moi. Debout à côté de ma chaise, il était plus grand que moi. Je me levai à mon tour, et il dut à nouveau lever les yeux, comme un nain surexcité.

« Pour ma part, je m'en suis tenu à la même Dame pendant quarante ans. On ne peut pas dire que ç'ait été du gâteau de bout en bout, c'est certain. Mais au moins, c'était le même gâteau, servi par la même pâtissière.

— Et l'amour ?

— L'amour ? L'amour, c'est pour les jeunes gens qui pensent avoir la vie devant eux. L'amour est pour les rêveurs, quelque chose qu'on caresse à la lueur de la lune. L'amour... c'est ce en quoi les filles croient jusqu'à l'âge de treize ans, et que les garçon confondent avec la sexualité. L'amour ? je ne parle pas d'amour, je parle de mariages.

— D'accord. »

Nous nous observâmes pendant quelques secondes. Puis il posa sa main autour de mon bras et serra légèrement.

---

1. En français dans le texte.

« D'accord, Veum. Vous êtes encore assez jeune pour caresser des choses sous la lune. Au travail. Prouvez que Wenche Andresen est innocente. Donnez-moi... » Il regarda l'heure. « Donnez-moi une demi-heure et rejoignez-moi devant l'hôtel de police, pour qu'on passe la voir. Marché conclu ?

— Marché conclu. Et... merci.

— De rien. C'est mon boulot, c'est tout. »

Je l'abandonnai là, à son travail. Je croisai devant la porte de son bureau une version jeune de l'homme que je venais de quitter : pas si large de poitrine, cheveux châtain clair, bien moins bonne mine. Il était plutôt rougeaud, et ça ne semblait pas naturel. Il avait le visage un peu bouffi, comme s'il n'avait pas vraiment la force d'ouvrir les yeux avant midi sonné. Il me regarda d'un air blasé par-dessous ses paupières lourdes, comprit vite que je n'avais aucun intérêt pour lui, et se mit donc à m'ignorer complètement. Je préférais de loin le père au fils.

La plus âgée des secrétaires était à nouveau debout devant l'armoire à archives.

Je lui fis un clin d'œil et lui dis : « Au revoir... » Et je ne dis pas « vieille femme » cette fois-là non plus, mais ce fut tout juste.

C'était un objet précieux. Elle avait été là pendant cinquante ans, et elle serait toujours là si vous repassiez par hasard cinquante ans plus tard. Elle faisait partie des immortels pour toujours, des éternels inchangés. En mon for intérieur, je lui souhaitai une bonne éternité, mais je n'aurais pas voulu être à sa place. Je ne serais jamais assez calme pour supporter d'être exhibé dans un musée, au département des antiquités, tout au fond du couloir, à gauche.

Rappelle-le-moi, me dis-je. Que je passe vérifier. Dans cinquante ans, ou quelque chose comme ça.

32

Il s'était mis à pleuvoir : une pluie froide de fin d'hiver qui annonçait la neige. J'achetai les trois quotidiens de Bergen et m'abritai auprès d'un expresso, dans un café au premier étage, dont les fenêtres donnaient sur les Communaux du Marché. Je trouvai les journaux de la veille sur un rayonnage, et je me livrai à une activité depuis longtemps oubliée : je les lus. Ou plutôt, je les feuilletai.

Les journaux de la veille ne parlaient guère plus que d'un « décès suspect » dans l'un, d'un « homme victime d'un meurtre » dans l'autre, et d'un « drame à coups de couteau » dans le dernier. Les articles sous les manchettes contenaient en gros la même chose. La police avait déjà mis quelqu'un en garde à vue pour pouvoir l'interroger.

Je passai donc rapidement aux journaux du jour. L'affaire y avait pris plus d'ampleur : les journalistes avaient rassemblé plus d'informations sur le meurtre, ils s'étaient rendus sur place avec les photographes, ils avaient interrogé les autres habitants, les gens qui avaient « entendu » quelque chose. Un homme, dont la photo et le nom complet apparaissaient, racontait que six mois auparavant, alors qu'il regardait le journal télévisé, il avait été surpris par un homme venant de l'immeuble voisin, qui était entré dans le salon un fusil à la main, en passant à travers la fenêtre. Quel rapport y avait-il avec les événements actuels, l'article ne le disait pas. Mais l'homme avait au moins sa photo dans le journal. Il était certainement le héros du jour, dans son petit monde fait d'un trois-pièces-cuisine.

Il ressortait clairement des articles que la presse ne trouvait pas ce meurtre passionnant, puisque le meurtrier présumé était déjà derrière les barreaux. Il est vrai que la police recherchait des témoins oculaires et que l'enquête suivait son cours, comme le disaient les journaux, mais le commissaire principal Hamre, de la brigade criminelle, comptait clore l'enquête dans les plus brefs délais.

Je finis de lire et posai les journaux sur la table. Je regardai autour de moi. Quatre étrangers buvaient du thé, mangeaient des gâteaux à la crème et jouaient aux cartes à une table dans un coin de la pièce. Ils avaient l'air d'habiter là. Une femme bien bâtie, au visage écarlate sous un chapeau bleu, était assise à la table voisine de la mienne, tenant un journal déplié devant elle. Mais elle ne lisait pas. Elle m'observait par-dessus le bord de son journal, d'un regard perçant et suspicieux, qu'elle ne détourna même pas quand je la regardai. Un gamin ivre, de dix-huit ou dix-neuf ans, était penché sur le bord d'une autre table, et essayait d'engager la conversation avec deux adolescentes qui, à en croire leur façon de parler, venaient de quelque part dans le Sogn. Elles pouffèrent, tête contre tête, tout en jetant des coups d'œil rapides autour d'elles.

La constante musique atone qui flotte dans tous les cafés de ce genre couvrait l'ensemble : le bruit des caisses enregistreuses, le gargouillis des percolateurs, des voix de tous timbres, le cliquetis de tasses sur des soucoupes, de couteaux, de cuillers et de fourchettes contre les assiettes. L'air était embrumé de fumée de cigarette, et épicé d'odeurs de cuisine.

Puis. je l'aperçus.

Il était assis à cinq à six tables de la mienne, mais ne me voyait pas. Il regardait fixement devant lui, sans rien voir, comme le font les gens qui ont aperçu quelqu'un qu'ils ne voulaient pas voir. Il tenait sa tasse de café devant son visage, comme pour tenter de se cacher derrière : un grand type dégingandé aux airs de gamin. Je constatai à mon soulagement que ses cheveux avaient commencé à grisonner, et qu'il était toujours aussi pâle qu'à l'époque où je l'avais connu — ou croisé. Pour une raison ou une autre, je l'avais toujours considéré comme mon beau-frère. Mais ce n'était pas mon beau-frère. Il s'appelait Lars Wiik, il était professeur, et marié à une femme qui s'appelait Beate, avec qui j'avais un jour été marié. C'était le nouveau père de Thomas.

Je restai un moment à l'observer, et il ne put éviter de regarder dans ma direction avant de partir. Étrangement, il m'aperçut alors tout à coup, sourit comme un poisson que l'on vient de pêcher, se leva et vint vers moi.

« Bonjour, dit-il.

— Bonjour.

— J'avais une heure de libre, je n'avais pas le courage de faire des corrections, alors je suis juste passé prendre un café, et lire le journal.

— Comment va... Thomas ?

— Ça va. Il est... à la maternelle. Il rentre à l'école primaire à l'automne.

— Oui, je sais. Je suis encore un peu les événements.

— Oui, fichtre, je ne voulais pas... Mais... Il n'y a

en fait aucune raison d'être... Nous n'avons plus besoin de nous en vouloir l'un l'autre ? C'était il y a tellement longtemps... tout ça.

— Au bout d'un moment, tout finit par faire longtemps. » C'était une façon de se rassurer : l'instant présent aussi serait « il y a longtemps » dans quelques années, l'image de Jonas Andresen aussi pâlirait, comme pâlissent toutes les images — après un moment.

« Mais il faut que j'y aille. Les élèves m'attendent.

— Vu. Passe le bonjour... aux deux.

— Compte sur moi. Salut. » Il sourit, soulagé, et s'éloigna d'une démarche désarticulée : un grand type dégingandé qui s'était révélé meilleur mari et meilleur père que moi. Je levai ma tasse de café comme un salut muet à son égard. Quelques minutes plus tard, je suivis, dans la même direction.

Les femmes placées en garde à vue ne sont pas incarcérées à la prison départementale de Bergen, mais dans les sous-sols de l'hôtel de police. Au même étage que les pochards. Je rencontrai Paulus Smith devant le bâtiment. Il était ponctuel, habitué aux exigences de la justice. Nous entrâmes dans le poste de garde, et attendîmes qu'une surveillante nous conduise jusqu'aux cellules. Smith était connu comme le loup blanc et n'avait pas besoin de décliner son identité. Je l'accompagnai, et ça suffisait à m'en donner une. De plus, ils connaissaient déjà ma tête. Ce n'était pas la première fois que j'entrais ici, et il y avait peu de chances que ce fût la dernière.

Elle ne se trouvait pas dans les quartiers réservés aux pochards, mais la différence n'était pas sensible. La pièce était étroite et allongée, et il n'y avait qu'une petite fenêtre en haut d'un des murs. La fenêtre était en verre dépoli armé. On trouvait dans la pièce une paillasse, un seau douteux dans un coin, un lavabo mural avec une petite serviette et un petit savon emballé dans un papier rose, comme le charmant cadeau de noces laissé par un amant reconnaissant. Une chaise était placée à côté du lavabo, et il y avait une petite table rabattable le long du mur sur laquelle on pouvait écrire, appuyer ses bras ou se taper la tête, selon l'humeur du moment.

À notre arrivée, Wenche Andresen se tenait au fond de la pièce, dans un coin, juste sous la petite fenêtre. Ses cheveux étaient en bataille, son visage était aussi gris que les murs qui nous entouraient, et je fus surpris de voir que ses yeux et ses lèvres avaient la même couleur bleu foncé, la couleur du désespoir. Elle s'était changée, pour un pantalon en tergal noir et un pull à col roulé blanc, sous un cardigan classique gris. Elle avait vieilli d'au moins deux ans en l'espace des quarante heures qui s'étaient écoulées depuis notre dernière rencontre.

Son regard allait de moi à Smith, de Smith à la surveillante, et elle ne prononça pas un mot avant que la surveillante n'ait quitté la pièce et refermé derrière elle, après nous avoir adressé un regard qui en disait long : elle attendrait de l'autre côté de la porte. À ce moment-là, Wenche Andresen ouvrit la bouche et son regard se fixa sur moi.

« Varg...

— Salut, Wenche », répondis-je en hochant la tête.

J'étais juste derrière la porte d'acier massif, et je ne pouvais pas ignorer la présence du petit bonhomme chenu à côté de moi. Je lui faisais confiance pour ne pas laisser échapper le moindre petit détail.

« Comment ça s'est passé avec... ? demanda-t-elle du coin opposé de la pièce.

— Roar va bien. Il m'a demandé de te dire que... qu'il tient à toi, que tu ne dois pas t'en faire, et qu'il a hâte de te revoir.

— Mais... tu ne lui as pas dit ce que j'ai... ce qu'ils disent que j'ai...

— Non, non. Je l'ai emmené chez ta sœur, et ils te disent aussi bien des choses. Ils... ils te croient, eux aussi. Personne ne croit que tu...

— Personne ! s'exclama-t-elle en jetant un regard plein de reproche à Paulus Smith. Tu n'as pas entendu ce qu'ils disent ici ! J'ai l'impression... Oh, bon Dieu, Varg... J'ai l'impression qu'il y a une conspiration contre moi, qu'ils ont décidé que... que c'est moi qui ai tué... Jonas. Comme si j'avais pu... Moi qui... l'aimais. » Elle secoua la tête, mais il ne lui restait plus de larmes, elle avait déjà tout pleuré. « C'est désespérant ! »

J'acquiesçai.

« Je... *nous* ne croyons pas non plus que tu... nous sommes venus pour t'aider, Wenche. Nous...

— Essayons de voir les choses en face, madame Andresen, m'interrompit Paulus Smith. Sur le papier, ça ne s'annonce pas spécialement bien, je ne peux pas vous le cacher. Mais Veum pense pouvoir... pense pouvoir réussir à découvrir des faits qui nous feront voir l'affaire différemment, et qui ne nous diront peut-être pas qui a tué votre mari, mais en tout cas que ce n'était pas vous. C'est la tâche que nous nous sommes confiée. C'est à la police de trouver le coupable. Ou la coupable. Nous — Veum et moi-même — nous ne pouvons que nous occuper de vous. Vous comprenez ? »

Elle hocha la tête.

« Mais il va falloir que vous y mettiez du vôtre, continua-t-il. Il faut que vous soyez parfaitement honnête, que vous jouiez cartes sur table vis-à-vis de nous deux... et que vous nous disiez absolument toute la vérité sur ce qui s'est passé avant-hier.

Mais j'ai déjà tout dit ! » s'exclama-t-elle.

Il la regarda sans rien dire, étudia son visage en détail sans que ses yeux ne dévient d'un iota. Elle ne baissa pas les yeux, mais les déplaça vers moi.

« J'ai déjà tout dit, Varg.

— Oui, bien sûr, dis-je. Nous le savons. Mais la dernière fois que je t'ai entendue le raconter... c'était tout de suite après. Je veux que tu racontes tout encore une fois, maintenant, comme tu te le rappelles maintenant.

— Est-ce qu'il le faut... encore une fois ? Est-ce que je n'en aurai jamais terminé ?

— J'ai peur que, quelle que soit l'issue, il se passe pas mal de temps que tu n'en aies fini avec cette histoire, Wenche. Probablement jamais. Mais elle va s'effacer petit à petit, le recul aidant. Mais si nous — je... veux pouvoir t'aider, il faut que tu me le répètes, encore une fois, calmement... »

Elle s'appuya au mur.

« Est-ce que je peux m'asseoir ? »

Je lui portai la chaise.

« Est-ce que l'un de vous deux aurait une cigarette ? » dit-elle en levant les yeux vers nous.

J'interrogeai Smith du regard, et il sortit un paquet de sa poche intérieure.

« Paquet du client, fit-il comme pour s'excuser. Moi, je ne fume pas. Ce sont les jeunes, qui fument, ou ceux qui vont bientôt mourir. »

Il lui donna du feu.

« Comme je l'ai déjà dit : je venais de rentrer, j'allais préparer le dîner.

— Excuse-moi de t'interrompre, dis-je ; il faut juste que tout soit bien clair dans ma tête. Est-ce que quelqu'un t'a vue rentrer ? Est-ce que tu as rencontré quelqu'un que tu connais ? Tu as dis bonjour à quelqu'un ?

— Non. Noon, fit-elle en secouant la tête.

— Pas une seule personne ?

— Non.

— Même quelqu'un que tu ne connaissais pas ?

— Non, Varg. Je ne peux vraiment pas me rappeler avoir vu qui que ce soit. C'est-à-dire : j'ai bien vu des gens, on croise toujours quelqu'un, sur le trottoir. Mais en fait... je ne connais même pas les gens qui habitent au même étage que moi, alors comment connaîtrais-je tous les autres ?

— Bon. Alors...

— Je continue ?

— Oui, essaie...

— Bon. Donc, j'ai eu l'idée de faire cette purée de fruit, et j'ai dû descendre à la cave chercher le pot de confiture. Et quand je suis revenue...

— Attends une minute. Tu as pris les escaliers, tu as dit ? »

Elle hocha la tête.

« Et tu n'as rencontré personne ?

— Non, à ce moment-là non plus.

— Et il faut bien quelques minutes pour descendre, et au moins autant pour remonter.

— Oui ! fit-elle en hochant énergiquement la tête. C'est exactement ça. Je me suis absentée... je suis sûre que ça m'a pris presque dix minutes.

240

— Vous avez contrôlé l'heure ? demanda Paulus Smith.

— Non, répondit-elle, légèrement déboussolée, mais j'imagine que... parce que... J'ai dû chercher un peu avant de trouver le pot de confiture. Il ne restait que ce pot de confiture de fraise. Le reste, c'était de la framboise et... des airelles.

— Dix minutes ? demandai-je.

— Oui. Et ça a dû se passer à ce moment-là.

— Obligatoirement. Dix minutes... » Je répétai cette durée, comme si elle contenait un message codé que je n'avais pas encore réussi à déchiffrer.

« Et quand je suis revenue, poursuivit-elle, j'ai tout de suite vu que la porte était entrebâillée, et j'ai pensé... Roar ! Jok... Cette bande. Et je me suis mise à courir.

— Tu n'as pas regardé devant l'immeuble ? Tu ne m'as pas vu ?

Toi ? Non, tu étais là... à ce moment-là ?

— Oui, je pensais que tu l'avais remarqué. Que j'étais en bas, en train de discuter avec Joker, quand... quand tout ça s'est passé. En fait, la police m'a mis sur la liste des témoins.

— Oui, c'est vrai, dit-elle d'une voix monocorde. Tu l'avais déjà dit sur place. Mais il s'est passé... tellement de choses. Et Jonas, allongé par terre, quand je suis entrée, et qui saignait, qui saignait...

— Il... » Je la regardai intensément. « Est-ce qu'il était... déjà mort... quand tu... »

Elle hocha violemment la tête.

« En tout cas, inconscient. Oui, il devait être mort. Il ne m'a pas vue, en tout cas, il ne faisait que fixer le mur. Et il n'a rien dit. De la salive... coulait du coin de sa bouche, et le couteau était là, planté dans son ventre, comme... comme... je ne sais pas quoi. »

Elle avait l'air prise de spasmes.

« Et alors, qu'est-ce que tu as fait ?

— Je... Si, ça a dû être à ce moment-là que je suis sortie en courant sur la galerie, que j'ai crié au secours... et je suis rentrée.

— Et le couteau ?

— Oui, le couteau. Je l'ai retiré — je voulais... faire quelque chose... c'était... »

J'entendis Paulus Smith soupirer derrière moi, mais il ne dit rien.

« Et le pot de confiture ? demandai-je.

— Le pot de confiture ? J'ai dû le lâcher... dans la panique. Je ne me souviens pas exactement. Le choc...

— Tu ne te souviens pas où tu l'as lâché ? Par terre ?

— Ouiiii, répondit-elle en hochant lentement la tête. Je pense. Et puis, il s'est brisé.

— Essaie de te souvenir. Tu ne l'as pas lâché sur... Il ne l'a pas reçu sur la tête, quand tu l'as lâché ?

— Sur la tête ? Pendant qu'il était par terre, tu veux dire ? » Elle avait l'air complètement perdue.

« Je suppose que vous savez que vous posez des questions qui orientent passablement les réponses, Veum, dit Paulus Smith. Ça ne passerait jamais devant un tribunal.

— D'accord, répondis-je en le regardant. Mais je dois juste savoir. Je dois essayer de la faire se rappeler.

— Mais je n'y arrive pas, Varg ! dit-elle. Tout est noir. C'est comme si... Oh, Seigneur ! Peut-être que c'est vrai, ce qu'ils disent, tous les autres. Peut-être que c'est moi qui l'ai tué, après tout... et que... que je ne m'en souviens tout simplement pas ? »

242

Elle avait l'air tellement désemparée et perdue que j'avais envie de m'approcher d'elle, de la prendre dans mes bras et de lui chuchoter à l'oreille : « Non, toute belle, non. Tu ne l'as pas fait. Ne pense pas des choses comme ça. Et si tu les penses, garde-les pour toi. » Mais je n'en fis rien, et je fis ma réponse en fonction de Paulus Smith.

« Ne raconte pas de conneries, Wenche. Tu sais aussi bien que moi que tu ne l'as pas tué. »

Elle était assise, les épaules voûtées, le visage rivé au sol. Elle leva lentement les yeux sans bouger la tête et finit par me fixer par en dessous, comme un enfant qui s'est fait gronder.

« Oui... Je sais, Varg », dit-elle d'une voix presque éteinte.

Nous restâmes silencieux un moment. La femme qui était entre nous attirait nos regards, et je remarquai que Smith ne la lâchai pas une seule seconde des yeux. Il secouait parfois imperceptiblement la tête, comme s'il ne voyait aucun espoir, à la manière d'un chirurgien qui ne trouve pas le courage de dire à un jeune cancéreux qu'il n'y a plus rien à faire, que le soleil va se coucher beaucoup, beaucoup trop tôt.

« Richard Ljosne... dis-je.

— Oui ?! Qu'est-ce qu'il y a ? dit-elle en me regardant bien en face.

— Je t'ai bien rencontrée avec lui... mardi matin. Quels sont... tes rapports avec lui ?

— Mes rapports ? répéta-t-elle en rougissant. Qu'est-ce que tu veux dire ? C'est mon patron. Ni plus, ni moins. »

Je la regardai attentivement, ainsi que son regard. Elle fixait ma poitrine, le bouton de col ouvert, la fossette sus-sternale dénudée. Mais ses yeux étaient comme des ballons trop lestés : ils n'arrivèrent jamais jusqu'à mon visage, jusqu'à mes yeux.

« Il faut que tu gardes à l'esprit que nous sommes là pour t'aider, dis-je. Il ne faut pas que tu t'énerves, même si on te pose des questions stupides. Si elles ne viennent pas de nous, elles viendront probablement de la police, plus tard. Et il y a peu de chances pour qu'ils s'excusent de te les poser. »

Elle avala et hocha la tête.

« Excusez-moi... » Sa voix était à nouveau presque inaudible, et son visage avait repris la même expression enfantine.

« Pourquoi est-il venu chez toi... ce matin-là ? demandai-je.

— Il... il est dans la marine, tu sais, commença-t-elle tandis qu'elle me quittait des yeux. Et il... De temps en temps, il me rend quelques services.

— Des services ?

— Oui. » Elle me regarda d'un air suppliant, comme si elle s'attendait à ce que je comprenne. Et je commençais à entrevoir de quoi il s'agissait lorsqu'elle ajouta : « Ce n'est pas que... Tu sais que je ne suis pas... portée sur la bouteille, mais j'apprécie un petit cocktail, ou un verre de vin, le soir, quand je suis seule... Tu vois ?

— D'accord, acquiesçai-je. Et le capitaine de frégate Richard Ljosne a accès à des marchandises détaxées ?

— Oui. Je n'achète pas beaucoup, mais... et il veut bien me les apporter directement à la maison, quand je...

— Alors c'est ça qu'il était venu faire, ce jour-là ? Te livrer de nouvelles marchandises, en clair ?

— Oui, c'est ça. Rien d'autre. Et puis il m'a

conduite au travail. Je... En fait, je ne me sentais pas très bien. Tu sais bien... ça...

— Et quels services lui rends-tu en échange ? »

Elle me regarda, scandalisée.

« Aucun, Varg. Pas ce que tu... crois, en tout cas. C'est mon patron, nous travaillons au même endroit... et ensemble. Nous sommes bons amis, en quelque sorte. Il... Nous passons pas mal de temps ensemble, au travail... tu vois ? Il est sympathique, et nous avons l'habitude d'aller boire un café ensemble, de discuter. Je... en fait, je n'ai aucune amie... et Richard est... le seul ami que j'ai.

— Mais donc, il n'est rien d'autre qu'un... ami ?

— Non, je viens de te dire ! Je n'ai jamais... Nous n'avons jamais... » Elle cherchait ses mots.

Je l'interrompis :

« C'est bon. Je te crois. Nous te croyons. Est-ce qu'il est marié ?

— Richard ? Oui. Mais ce n'est pas un mariage très réussi, il me semble. Je crois qu'ils restent ensemble... pour les enfants.

— Alors il a des enfants ?

— Trois. Deux garçons et une fille. Entre... douze et huit ans, je crois.

— Mardi, continuai-je, quand tu m'as appelé au bureau pour me demander d'aller voir Jonas...

— Oui ? Tu as pu lui parler ?

— Oui. Je lui ai parlé. Mais à ce moment-là, quand tu as téléphoné, je t'ai demandé si je ne pouvais pas passer te voir, dans la soirée. Mais tu m'as dit que ce n'était pas possible, que tu étais occupée. »

Elle ne regardait même plus ma poitrine. Elle regarda Smith, elle regarda son avocat de la défense, comme pour lui demander de m'arrêter. D'une certaine façon, j'avais le brusque sentiment d'être passé à l'ennemi, comme si je cherchais juste à la piéger, avec toutes mes questions pénibles.

« Que devais-tu faire, ce soir-là ? »

Son regard revint sur moi si subitement que je sursautai presque. Elle me regarda avec une expression de défi et dit :

« Je sortais ! »

— Toute seule ? Ou alors, avec qui ?

— Avec Richard. Il m'avait... invitée. Il m'avait promis le meilleur repas depuis longtemps, et ce soir-là, ça ne posait pas de problème... Alors il m'a invitée au restaurant. »

Comme pour s'excuser, elle ajouta :

« Si tu savais depuis combien de temps... je n'étais pas allée au restaurant. Pour manger. Pour danser...

— Vous avez dansé...

— Oui. Y a-t-il quelque chose de mal à ça ? Nous avons dansé, et quand le restaurant a fermé, il m'a raccompagnée, jusqu'à la porte... et puis il est parti, Varg. Il ne s'est rien passé d'autre — rien d'autre !

— Et Roar ? Qui...

— Une fille de l'immeuble s'en est occupée. Il dormait. »

Je la regardai. Mardi soir : une éternité semblait s'être écoulée, depuis. Mais il n'y avait pas davantage que deux jours et demi. Et pendant que j'étais à Bryggestuen, à écouter Jonas Andresen, elle était de sortie avec Richard Ljosne. Et elle mangeait ; et elle dansait...

« Il ne t'a jamais rien proposé de plus sérieux ?

— Qui ? Richard ? Non, certainement pas ! Et on ne peut pas parler d'autre chose ? Je ne vois pas ce que ça a à voir... Ce n'est pas Richard, qui est mort, n'est-ce pas ?

— Non, ce n'est pas Richard, qui est mort », répétai-je calmement.

Je restai un instant à regarder par terre. Le sol était fait de béton gris, et parce que nous n'étions pas dans les cellules réservées aux ivrognes, mais seulement dans quelque chose qui y ressemblait, il y avait sur le sol une carpette allongée rassemblant toutes les couleurs de l'arc-en-ciel, un arc-en-ciel sale, mais un arc-en-ciel.

Je la regardai de nouveau. Elle avait l'air vidée. Elle se tenait les épaules haussées et crispées, et on eût dit qu'elle était prête à bondir de sa chaise. Mais il ne lui servirait à rien de bondir, attendu qu'elle n'avait aucun endroit où bondir.

« Juste une dernière chose, Wenche. Cette... Solveig Manger... Est-ce que tu l'as déjà rencontrée ?

— Oui, dit-elle d'une voix froide. Je l'ai déjà rencontrée. Pourquoi ?

— Elle était... »

Elle m'interrompit d'une voix qui n'était plus froide, mais qui explosa sous nos yeux comme de la porcelaine légère.

« Oui, je sais qui c'est, ce que c'était ! C'était une pute ! C'était la petite pute de Jonas !

— Eh bien...

— Oui, c'était une pute, répéta-t-elle avec un regard plein de défi. Les femmes qui volent les maris d'autres femmes sont des putes, quelles que soient les excuses qu'elles trouvent.

— Je crois que tu vas un peu loin, Wenche. Mais O.K., je comprends, tu souffres, tu...

— Mais quand je l'ai rencontrée, elle était douce

comme un agneau, toujours souriante et agréable. Je vais te dire : elle pensait que je n'étais pas au courant, elle ne savait pas que j'avais compris — dès la première fois que je l'ai vue — quel genre de fille elle était. Une de ces...

— Et Richard Ljosne est marié, mais tu es sortie avec lui, c'est ça ?

— Oui, et alors ? Sortie avec, oui, mais je n'ai pas couché avec lui. Toute la différence est là, tu ne savais pas Varg, toi qui sais tout ?

— Ah bon, c'est ça, la différence ? Non, je ne le savais pas. Alors, comme tu peux le voir, je ne sais pas tout.

— Non, loin s'en faut. Tu comprends en fait très peu de choses à tout ça. Très peu... à... tout ça... »

Elle avait à nouveau des larmes, tout au fond d'elle. Il leur fallait juste beaucoup plus de temps pour arriver jusqu'aux yeux. Elle put donc pleurer, et son visage rougit et se désagrégea devant nos yeux comme une vieille pomme ; elle se cacha le visage dans les mains, sanglota contre ses paumes et ses poignets, sanglota avec ses épaules, son dos, ses cuisses, pleura de tout son corps, de tout son être.

« Je pense que nous avons suffisamment parlé, Veum, dit Paulus Smith. Je crois qu'il est temps de laisser Mme Andresen tranquille. »

Il me saisit au bras et me jeta un regard dur.

« Si vous continuez comme ça encore un peu, elle ne sera pas en état de se défendre devant les juges. » Après un court instant de réflexion, il ajouta :

« Mais ce serait peut-être le mieux... »

J'acquiesçai.

« Excuse-moi, dis-je à l'attention de Wenche Andresen. Je suis désolé. Je n'aurais pas du te dire...

ça. Tu as raison : Je ne comprends pas grand-chose...
à quoi que ce soit. »

Elle leva le visage de ses mains, leva vers nous de
grands yeux rouges et hocha la tête, compatissante,
ou pour indiquer qu'elle acceptait mes excuses.

« Il faut que nous partions, à présent, madame
Andresen, dit Smith. Mais nous nous reverrons.
Essayez de vous détendre. Tout se terminera bien,
vous verrez. Ça finit toujours par s'arranger.

— Avant de partir, puis-je parler en tête-à-tête
avec Wenche... avec Mme Andresen ? » demandai-je.

Il me regarda attentivement.

« Pas de boulette, Veum. Rappelez-vous ce que j'ai
dit.

— Je me le rappelle, acquiesçai-je.

— Bon. Je vous attends de l'autre côté de la
porte. »

Il frappa à la porte de la cellule, et la surveillante
lui ouvrit. Il lui demanda de fermer la porte, mais
sans la verrouiller. Elle me lança un regard méfiant.
Elle avait un « non » sur le bout de la langue, mais
le respect qu'elle avait pour Smith l'emporta. Elle
referma la porte avec un air de reproche.

Je me tournai vers Wenche Andresen et allai jusqu'à elle. Elle se leva, je sentis son visage mouillé de
larmes contre mon cou, et je pensai : Ma chemise va
être trempée. Et Smith à qui rien n'échappe...

« Oh Varg, Varg, Varg », soupira-t-elle contre moi.

Je la tins à bout de bras et regardai son visage rouge
et gonflé devant moi, ses yeux brillants qui n'avaient
pas réussi à se calmer, qui allaient dans tous les sens
sur mon visage, de ma bouche à mes yeux, et de mes
yeux à ma bouche.

« Dis-moi juste une chose, Wenche.

— Oui ?

— Je ne voulais pas te le demander pendant que Smith était là, mais si tu veux que je t'aide, il ne faut pas que tu t'énerves, et il faut que tu répondes honnêtement à deux ou trois questions.

— Oui...

— Tu n'as aucune idée de quelqu'un d'autre qui pourrait... tu ne connais personne dont on pourrait penser qu'il voulait... tuer Jonas ?

— Non, je... non, Varg, personne. »

Ce n'était qu'une question préliminaire. Il ne me restait plus qu'à passer à la deuxième. Je la tins fermement et lui demandai :

« Dis-moi... tu ne l'as pas tué, n'est-ce pas ? »

Elle me regarda, et ses yeux devinrent noirs, puis de nouveau bleus, plusieurs fois, comme si quelqu'un avait fixé une pompe à vélo à ses pupilles, et les gonflait et dégonflait en douce.

« Non, Varg, c'est la vérité : je ne l'ai pas tué, je ne l'ai pas tué !

— Bien. »

Je lui passai la main sur la joue.

« Ce sera tout. Salut. À bientôt. »

Puis je la lâchai tout à coup et frappai à la porte de la cellule. Je me retournai pour la regarder une dernière fois, et essayai de lui sourire pour lui remonter le moral, mais je ne sais pas à quoi ressembla mon sourire. De toute façon, il ne devait pas beaucoup remonter le moral.

Évidemment, j'aurais pu l'embrasser. Mais je ne voulais pas l'embrasser — pas là, et pas maintenant. Je voulais garder mes baisers pour le jour où elle ressortirait peut-être de cette petite pièce carrée, le jour où je pourrais la prendre dans mes bras et lui dire : « Tu es libre Wenche, libre ! » — et puis l'embrasser. Mais pas avant.

Paulus Smith m'attendait.

« Alors ? Qu'est-ce que vous vouliez lui demander... sans que je sois là ? »

Je n'avais aucune raison de lui mentir.

« Je lui ai demandé — tout bêtement — si elle avait tué Jonas Andresen.

— Ah oui ? Et qu'est-ce qu'elle a répondu ?

Elle a répondu non. Elle m'a dit qu'elle ne l'avait pas tué. »

Il expira lentement entre ses dents serrées.

« Dieu sait, Veum, Dieu seul le sait, finit-il par dire.

— Dieu seul le sait... s'il le sait. »

Nous retournâmes à pas lourds jusqu'à l'entrée principale. J'avais l'impression de remonter du Royaume des morts.

Sur le perron, devant l'hôtel de police, il me dit, à nouveau formel : « Tenez-moi au courant de vos progrès, Veum.

— Comptez sur moi. »

Nous nous séparâmes. L'avocat retourna avec entrain à ses bureaux et ses articles, tandis que le détective entamait la plus longue des routes. La route de la vérité.

33

J'allai téléphoner du bureau de poste. Je fis le numéro de l'agence de publicité Pallas. Je reconnus la voix qui répondit, mais ne fis pas allusion à notre dernière conversation.

« Bonjour, est-ce que Solveig Manger est là ? demandai-je.

— Non, répondit-elle après une très courte pause, Mme Manger est souffrante aujourd'hui. Voulez-vous parler à quelqu'un d'autre ?

— Vous, peut-être ? »

Nouvelle pause, un peu plus longue. Puis vint la réponse, fraîche : « Y avait-il quelque chose que je puisse faire pour vous ?

— Non merci. Pas aujourd'hui. Réessayez demain. » Et je raccrochai. Ce n'était pas spécialement drôle, mais je n'avais pas envie d'être drôle. Ce n'était pas le jour.

J'avais garé la voiture sur Tårnplass. Il pleuvait toujours, mais un peu moins fort, et les gouttes étaient plus espacées. Un slalomeur doué aurait pu traverser les Communaux du Marché sans se mouiller, s'il avançait suffisamment vite. Les nappes de brouillard descendaient bas sur les montagnes, et on ne voyait pas le mont Fløien plus haut que la ceinture, au niveau de Fjellveien.

Au moment où j'ouvrais la porte, un bruyant cortège nuptial descendit les marches de l'hôtel de ville : la mariée vêtue d'une robe bleu foncé à petites fleurs, le marié en costume gris, et le reste du cortège en tenues variées, depuis les costumes sombres jusqu'aux blousons de cuir et jeans. Un homme vêtu d'un pantalon sombre et d'une veste grise avançait à reculons, mettant les pieds dans deux flaques d'eau, et immortalisa les heureux élus à l'aide d'un Instamatic. Le couple se tenait par la main en souriant frénétiquement à l'autre et au monde, les joues roses et les cheveux traversés par la pluie et le vent. Un autre couple sur le billot.

Sur le chemin, je pensai aux mariages auxquels j'avais assisté, à toutes les noces. Je pensai à tous les discours que j'avais entendus, à tous les invités remplis de bonne humeur avec qui j'avais partagé une table l'espace de quelques heures et à tous les nouveaux couples heureux que j'avais vus. On pense rarement, au cours d'une noce, au quotidien qui va suivre ; on rit, on trinque et on ne pense ni aux pleurs, ni à la solitude, ni à la jalousie ; on s'imagine les nouveaux mariés dansant avec insouciance à travers la vie conjugale tout comme durant la toute première danse ; on ne les imagine pas chez l'avocat, assis chacun sur sa chaise, aussi loin de l'autre que possible, regardant droit devant soi, mais surtout pas l'autre. Ou dans le même lit, quarante ans plus tard se tournant le dos et toujours aussi loin que possible de l'autre, sans plus rien à se dire, sans plus rien avoir à faire ensemble : après quarante ans de long quotidien gris, sans rayons de soleil, et sans dimanches. De nouveaux couples sur le billot, de nouveaux couples...

Il fallait d'abord que j'élabore un plan d'attaque, mais avant toute chose, il fallait que j'éclaircisse le déroulement des événements autour de l'instant du meurtre lui-même. Il fallait en premier lieu que je parle avec Solfrid Brede, que j'avais vue sortir de l'ascenseur au moment où je montais les escaliers en courant, juste pour découvrir... Jonas Andresen, et Wenche Andresen, penchée au-dessus de lui, un couteau à la main.

Je garai la voiture devant l'immeuble et sortis. Je levai les yeux à la manière d'un alpiniste qui étudie une montagne qu'il a déjà gravie cent fois et qu'il va à nouveau gravir. Gunnar Våge passait au loin, devant l'immeuble, courbé contre les intempéries, vêtu d'un coupe-vent vert dont le col était remonté dans son cou, et un bonnet enfoncé sur le front. Je crois qu'il me vit car il ralentit l'allure un instant avant de repartir comme s'il n'avait pas envie de me parler... Non, pas encore, pensai-je, mais ton tour viendra, patience. J'entrai dans l'immeuble et allai aux ascenseurs. Il me restait trop d'immeubles et trop d'escaliers à visiter : autant prendre l'ascenseur quand je pouvais. Je pris l'ascenseur et montai directement au sixième étage. Je sortis sur l'une des galeries et lus les noms sur toutes les portes, mais c'était la mauvaise galerie. Je repartis en arrière, passai près des ascenseurs et ressortis sur l'autre galerie. La deuxième porte annonçait : *S. Brede.*

Je jetai un coup d'œil par la fenêtre de sa cuisine. Je ne savais pas du tout si elle était chez elle. Vraisemblablement, elle était au travail. Mais d'un autre côté, elle ne m'avait pas donné l'impression d'être quelqu'un qui travaillait. La fenêtre de la cuisine ne m'apprit rien. Il y faisait sombre et c'était bien rangé. Les rideaux à petites fleurs étaient tirés.

Je sonnai.

Des pas rapides sur des talons hauts me parvinrent de l'intérieur. Puis la porte s'ouvrit, et le visage de Solfrid Brede apparut.

Elle avait quitté son manteau de fourrure, et son corps avait toujours l'air d'avoir quelques décennies de moins que son visage. Sa silhouette était dense et ferme, son buste court et large et sa poitrine généreuse. Elle portait un pull-over de mohair beige et une jupe brune en tweed.

Ses yeux marron aussi avaient une nuance de beige, à la lumière du jour, et les sillons de son visage et les poches sous ses yeux étaient encore plus visibles. On avait l'impression qu'il y avait eu plus d'hivers que d'étés dans sa vie : elle me faisait penser à la femme que j'avais rencontrée la veille au soir. La seule différence, c'était que Solfrid Brede avait l'air un peu plus sympathique.

« Bonjour, je m'appelle Veum, je ne sais pas si vous vous souvenez de moi... »

Elle hocha lentement la tête et me regarda d'un air interrogateur, mais pas inamical.

« J'aide l'avocat de la défense dans le cadre du crime qui a été commis ici mardi dernier. Je me demandais si je pouvais vous poser quelques questions.

— J'ai déjà raconté tout ce que je sais à la police, mais... bien sûr. »

Pour appuyer ses dires, elle fit un pas sur le côté, et me tint la porte ouverte. Où elle était, il m'était impossible de passer sans effleurer sa poitrine. Elle sentait légèrement le muguet, comme une jeune adolescente.

Je connaissais à présent ces appartements par cœur, et j'entrai donc directement dans le salon. C'était un salon chaud et étouffant, qui lui convenait bien. C'était un cocon sur-meublé qui contenait deux canapés et une pléthore de vieux fauteuils larges sur lesquels on pouvait poser les pieds pour somnoler. Un fauteuil à bascule occupait l'un des coins et de petites carpettes étaient jetées çà et là comme les cartes d'un paquet tombé sur le sol. Il y en avait trop et elles se chevauchaient les unes les autres. Le papier peint était brun avec un motif de lys verts, et une grande quantité de plantes vertes nous entouraient, sur les appuis de fenêtre, sur les placards, sur les étagères et pendant le long des murs. Il y en avait assez pour remplir un jardin botanique. J'aurais dû prendre ma machette. Je me frayai un passage jusqu'au fauteuil le plus proche, où j'attendis d'autres instructions.

« Est-ce que je peux vous offrir quelque chose ? demanda Solfrid Brede. Une liqueur, une bière ou un pjolter[1] ? »

Je faillis refuser, mais d'un autre côté, cette journée allait être longue, et il se pouvait que j'eusse besoin d'un fortifiant.

« Un léger, alors...

— Enfin un homme selon mes goûts ! sourit-elle. Enfin. Ça devient rare. Un pjolter léger, donc. Whisky ? Cognac ? »

Je pensai aux cendres de vieux journaux que j'avais encore en bouche. « Le cognac fera l'affaire. Avec un peu de tonic. »

Elle alla jusqu'à une étagère et ouvrit un bar bien garni. Elle me servit un pjolter léger et s'en servit un nettement moins léger. Puis elle revint, s'installa dans le canapé en face de moi, croisa les jambes pour souligner une fois pour toutes qu'il n'aurait pas fallu que sa jupe fût beaucoup plus courte, et nous trinquâmes.

« On se dit "tu" ?

— Après avoir pris l'ascenseur ensemble — comment pourrait-il en être autrement ?

— Ohh oui ! c'était affreux. Mais... bon. Je vous écoute.

— D'accord. Je *vous* écoute. Qu'est-ce que la police vous a demandé ? »

Elle me regarda un petit peu de travers.

« Qu'est-ce qu'ils m'ont demandé ? »

---

1. Mélange d'un alcool fort et d'eau gazeuse.

Son sourire se figea, et resta figé longtemps, aussi longtemps qu'elle put.

« Ils m'ont demandé d'où je venais ce jour-là... avant d'arriver aux ascenseurs, quand le meurtre a eu lieu. D'ici, j'ai répondu. Ils m'ont alors demandé si j'avais été seule dans l'ascenseur. J'ai répondu que oui. D'ailleurs, il était très mignon, ce policier. Hamre, il me semble bien. Poli. Mais je n'avais en fait pas grand-chose d'autre à leur raconter. »

J'étais déçu. Donc, pas davantage que ce que nous savions déjà.

« Est-ce que vous avez entendu quelque chose ? Vous n'avez pas vu arriver Andresen ? »

Elle secoua la tête.

« Est-ce que vous les connaissez un tant soit peu, les Andresen ?

— Dans cet immeuble ? demanda-t-elle en secouant à nouveau la tête. Ce serait comme habiter Laksevåg et connaître deux ou trois personnes de Landås. Aussi probable, je veux dire. Non, je les avais vus, bien sûr, mais... ils ne faisaient pas partie de mon entourage.

— Est-ce que tu as un quelconque entourage dans cet immeuble ?

— Bof, dit-elle, en hésitant. Pourquoi tu me demandes ça ?

— Comme ça, par curiosité. Plutôt pour me faire une idée de ce que c'est que d'habiter dans ce genre d'immeuble.

— Ce que c'est que d'habiter dans ce genre d'immeuble ? C'est comme dans un frigo, j'imagine. Le lait qui est en bas ne discute pas avec les glaçons qui sont en haut, et le fromage n'échange pas un seul mot avec les restes qui sont sur la grille du dessus.

C'est juste un endroit où l'on vit. C'est un endroit où l'on invite ses amis ou d'où l'on vire son mari... mais ce n'est pas un endroit où l'on rencontre de nouveaux amis — ou un nouveau mari, d'ailleurs. J'en sais quelque chose : j'en ai eu quelques-uns. Des maris, j'entends, dit-elle avec un sourire sarcastique.

— Est-ce que tu en as eu tant que ça ?

— Ça dépend de ce que tu entends par "tant que ça". »

Elle déplia un doigt pour chaque mari.

« Un, deux, trois, quatre. Et j'ai divorcé de chacun d'eux. Je n'en ai pas tué un seul. L'essentiel, c'est bien sûr qu'ils soient de plus en plus riches, ceux que tu épouses. Comme ça, ton niveau de vie ne baisse pas. Le dernier m'a tellement aimée que je n'ai même plus besoin de travailler pour vivre. »

C'est ce qu'expliquait son visage. On peut dire ce que l'on veut des divorces, mais ce ne sont certainement pas des cures de jouvence. Chaque divorce laisse ses traces sur votre visage. Et à d'autres endroits aussi, mais que vous ne pouvez pas voir.

« Est-ce que c'est si difficile que ça d'être marié avec toi ? demandai-je en souriant.

— Pas plus qu'avec quelqu'un d'autre, d'après moi. »

Elle fit rouler son verre entre ses doigts : des doigts longs et blancs, aux ongles rouges.

« C'est juste que je ne crois pas au mariage en tant que merveille éternelle. Si tu vois ce que je veux dire. À mon avis — je ne crois pas à ces nouveaux phénomènes de mode, habiter en collectivité ou ce genre de truc. C'est déjà suffisamment compliqué de vivre avec *une* personne, pour ne pas en plus s'encombrer avec d'autres personnes ayant chacune ses caractéristiques et ses envies : des qualités qui ne sont séduisantes qu'au début, mais qui déclenchent de véritables guerres des nerfs après quelques années de vie commune... quand les petits détails ne pimentent plus l'existence, mais la pourrissent. Je veux dire : un type distrait, c'est bien tant que vous êtes amoureuse. Mais un type distrait avec qui vous avez été mariée quelques années... c'est un enfer. — Non, j'ai confiance en notre monogamie occidentale, mais je n'arrive tout simplement pas à me faire à l'idée que ça doive durer toute la vie. Dix ans, pour moi, c'est un maximum pour une vie commune relativement heureuse. Si on fait abstraction des quelques rares exceptions. Mais à part ça ? Plus tard, tout devient routine et agacement. Ou bien ça pète, ou bien on erre dans le brouillard, dans une torpeur qui dure toute la vie. Au bas mot. Même dans ta tombe, on ne te fiche pas la paix. On vous enterre ensemble. »

Elle reposa son verre et tint ses mains devant son visage, déplia complètement ses doigts et se mit à étudier ses ongles. « Je pense pouvoir dire que j'ai vécu une vie honnête, quoi qu'il en soit. Quand nos relations se sont terminées, j'y ai mis fin. Quand les mariages n'ont plus été viables, j'ai quitté la table. Je pense que c'est comme ça que nous devrions vivre, chacun de nous. Ça peut être dur à avaler sur le moment, mais on en sort grandi... plus en accord avec soi-même. »

Elle but une gorgée.

« Il peut y avoir des moments de solitude, bien sûr. En particulier quand on ne fait plus partie des plus jeunes. Mais d'un autre côté... »

Son regard chercha le mien au-dessus du bord de son verre.

« Une femme mûre peut faire beaucoup pour un homme, avec un homme, alors qu'une femme plus jeune n'y pensera même pas. Une adolescente a peut-être un corps plus attirant, mais elle est comme un nourrisson devant un train électrique : elle n'a aucune idée de ce qu'elle doit faire avec. Une femme mûre *sait*... N'est-ce pas, Veum ?

— Oui, sans doute.

— Quel âge as-tu ? demanda-t-elle d'un air curieux.

— Combien tu me donnes ? »

Elle me toisa, en s'attardant sur ma poitrine (qui n'est ni plus large, ni moins large que chez la plupart des hommes) et sur mon ventre (qui, en tout cas, n'est pas plus large) et remonta sur mon visage.

« Je dirais... » Elle se passa rapidement la langue sur les lèvres. « Au milieu de la trentaine, ou une petite quarantaine bien entretenue.

— Trente-six.

— C'est le meilleur âge... pour un homme, dit-elle avec un sourire, en levant son verre en mon honneur. Assez vieux pour connaître le chemin, mais pas suffisamment pour s'y perdre, et pas jeune au point de tomber en morceaux et de perdre ses moyens en arrivant au portail. »

Elle parlait par images, comme un nouveau testament ambulant.

« Je ne sais pas précisément où tu veux en venir, mais... actuellement, je suis avec quelqu'un. J'ai... un travail à faire ; et il se trouve que... je suis amoureux. Il me semble.

— Je ne sous-entendais rien de particulier. Mais tu as l'air d'un type sympa, Veum. S'il arrive un jour que tu te sentes seul... Alors viens voir cette bonne vieille Solfrid Brede. Ce n'est pas sûr, mais il se peut qu'elle soit chez elle. Je te raconterai... »

Elle allait me raconter. Il lui fallait d'abord juste un autre pjolter. Et il devait être encore plus violent que le précédent. C'était une longue journée grise, et elle n'avait pas de projet particulier. Elle me demanda si je voulais un autre verre, mais je n'étais même pas à la moitié du premier.

Elle s'assit et poursuivit :

« J'ai un ami. Un amant, comme diraient certains. Ça fait presque dix ans, au total. Il m'a accompagnée à travers deux mariages, et il a survécu aux deux... aux deux maris. C'est... c'est un type sympa, lui aussi. C'est quelqu'un avec qui on est bien : tendre et atten- tionné au lit, un type avec qui tu peux parler sans masque — mais il est hors de question que je l'épouse. Hors de question !

— Pourquoi ? »

Elle regarda droit devant elle, puis dans son verre, et elle but une gorgée.

« Je ne sais pas vraiment. Peut-être... Peut-être est-il trop bien, peut-être ai-je peur que ce mariage-là dure toute la vie. » Ses yeux s'assombrirent. « Et je ne sais pas si je tiendrai le coup pour ça. Ce doit être... ce doit être comme de partir en croisière sans jamais savoir si tu rentreras un jour au port. Et en plus, lui, il est marié. »

Je hochai la tête. Puis je finis mon verre.

« Encore ? demanda-t-elle.

— Non, merci. Il faut que je pense à... à y aller.

— Veum, fit-elle d'une voix éraillée.

— Oui ?

— Toi qui as l'air si sympa... Est-ce que tu aurais

envie — avant de partir — de venir ici et... de m'embrasser ? »

Je restai assis et la regardai. Même si elle n'était assise qu'à un mètre et demi de moi, il me semblait que ce serait infiniment pénible de me lever et que le chemin jusqu'à elle s'apparenterait à une traversée du désert.

« Même si tu es amoureux... d'une autre, continuat-elle. Un baiser, ça n'engage à rien. Un baiser n'est qu'un baiser. »

Malgré ses quatre maris et son amant merveilleux, elle avait l'air étonnamment perdue au milieu de son canapé, tandis qu'elle me demandait un baiser. Oubliée.

Je me levai et la rejoignis. Je m'appuyai d'une main sur la table basse en me penchant vers elle. L'odeur du muguet se fit plus forte. Ses gros seins ondulèrent comme une houle paisible le long d'une plage en été. Je passai ma main libre sous son menton et levai son visage vers la lumière. J'y plongeai mon regard. Des maris avaient parcouru ce visage avec des chaussures à crampons. Des amants y avaient gravé leurs marques, de leurs ongles tranchants et soignés. Des fils l'avaient laissé tranquille pendant des années, l'avaient oublié dans l'armoire de leur chambre, avec leurs jouets abandonnés. Des hommes avaient laissé des traces sur ce visage, et ce visage avait encaissé. Elle l'avait levé face à l'orage et répondu en crachant. Et elle se retrouvait finalement seule dans un salon trop grand pour une personne, avec un visage trop lourd à porter pour une personne, tenant un verre qu'il fallait être deux pour vider.

J'avais pensé tourner son visage et l'embrasser sur la joue, comme un fils embrasserait sa mère. Mais je l'embrassai sur la bouche, longtemps, lentement, comme le font deux personnes qui s'aiment depuis des années ; d'abord la bouche presque fermée, à petits coups ; ensuite les lèvres un peu plus écartées, la pointe de la langue s'avançant ; puis la bouche grande ouverte, si violemment que nos mâchoires grincèrent l'une contre l'autre, comme celles de deux squelettes cramponnés l'un à l'autre dans une tombe, en une dernière étreinte désespérée. Et finalement la bouche à nouveau fermée, lèvres tendues vers l'avant, en tendres petits bisous d'adieu de deux adolescents énamourés se disant au revoir sur un escalier, dans le crépuscule bleu d'une rue, un soir passé ou futur, plus ou moins loin dans l'éternité de chacun, dans les souvenirs que nous charrions tous, quelque part dans nos bagages.

Elle s'agrippa à moi, les bras autour de mon cou, et son souffle se fit plus rapide. Je mis un terme au baiser et me libérai doucement. Le conducteur avait donné son dernier coup de sifflet, le train allait partir. Au revoir, chérie, au revoir... J'entendis ma voix — et c'était une voix rauque — dire :

« Une autre fois, Solfrid... Une autre fois...

— Pourquoi remettre à plus tard... ce que tu peux faire aujourd'hui ? En tout cas pour... ce genre de choses.

— Mais j'ai un boulot qui m'attend. J'ai un meurtrier à trouver. »

Elle me tendit la main. Puis elle la laissa retomber. Son regard chercha à nouveau du côté du verre : sa main le suivit.

« D'accord. Je ne voulais pas... C'est vrai que tu es... Mais ne m'oublie pas, Veum. Une autre fois... »

J'acquiesçai, sans bouger du milieu du salon, avec une expression bête sur le visage.

« Une autre fois. À bientôt.

— À bientôt », me dit-elle en me raccompagnant à la porte.

Elle me tint la porte et je passai près d'elle comme un esprit, sans la toucher. Ensuite, quand elle eut fermé la porte, et tandis que j'avançais sur la galerie, je me dis qu'elle avait effectivement raison. On ne devrait jamais remettre à plus tard ce que l'on peut faire le jour même. Parce qu'on ne sait jamais où l'on est le lendemain. Avant d'en être conscient, on peut se retrouver dans l'entrée de quelqu'un, à se vider de son sang.

34

Je regardai l'heure. Presque une heure et demie. Je me demandai jusqu'à quelle heure Richard Ljosne était à son bureau. De tout le monde, c'était avec lui que j'avais le plus envie de parler à cet instant précis.

Je pouvais toujours lui téléphoner et lui poser la question. Je descendis dans une cabine, devant l'un des immeubles, et appelai le Haakonsvern. Après un court instant, j'eus le capitaine de frégate Richard Ljosne à l'appareil.

« Bonjour, Ljosne. Je m'appelle Veum ; on s'est croisés rapidement l'autre jour, devant chez...

— Exact. Que voulez-vous ?

— Ce qui s'est passé... avec Wenche. Nous savons aussi bien l'un que l'autre qu'elle est innocente... » Je fis une petite pause, et retins ma respiration.

« Bien sûr, qu'elle est innocente. Ce serait une idiotie de croire le contraire. Wenche ne pourrait même pas tuer une mouche... Et ce type... elle l'adorait purement et simplement. Si les flics pensent différemment, c'est qu'ils ont perdu le sens des réalités.

— C'est le cas. Mais je travaille pour son avocat, et nous sommes persuadés de son innocence. Et j'ai besoin de vous parler, Ljosne. Le plus tôt sera le mieux.

— Écoutez, Veum... Quand nous nous sommes vus, vous aviez l'air de quelqu'un qui peut courir quelques mètres. Vous vous entraînez ?

— Je cours un peu, une fois par semaine, environ. Deux fois quand j'ai le temps. Quand je travaillais comme assistant social, je courais dans l'équipe du comité d'entreprise. À un moment donné, j'ai été un coureur de fond assez performant. Mais ça fait quelques années. Qu'est-ce...

Écoutez. Chaque vendredi, je termine ma semaine de travail vers quatorze heures, et je vais faire un grand tour en footing, avant d'aller au sauna, et de faire de temps en temps quelques longueurs à la piscine, pour finir. Nous avons ici un complexe sportif bien équipé. Vous pourriez m'accompagner... et comme ça, nous pourrions discuter en même temps ? Je peux vous assurer que ça vous fera du bien... et je vous promets de ne pas vous laisser en carafe.

— Mais je n'ai pas...

— Je vais demander au dépôt de faire monter un short et un survêtement. Vous chaussez du combien ?

— 42.

— Alors je vous prêterai une paire de chaussures de course. Vous me trouverez dans les locaux administratifs. Je vais prévenir le vigile que vous arrivez. Quand pouvez-vous venir... Vers deux heures ?

— Ça doit... pouvoir se faire.

— Bon. Au revoir.

— Au revoir. »

Je raccrochai et vérifiai si mes muscles s'étaient remis après le processus de purification de la veille. Ce serait évidemment la meilleure façon de se purifier, et je l'avais oublié. Courir pour évacuer toutes les saloperies. Et peut-être apprendre quelque chose, par la même occasion.

Je commençais presque à me réjouir de mon rendez-vous avec Richard Ljosne. J'avais toujours aimé courir, mais surtout seul. J'étais un loup solitaire dans l'âme, et par conséquent : coureur de fond.

Le sprint... c'était comme un rapport sexuel interrompu, beaucoup trop court et beaucoup trop peu satisfaisant. Le demi-fond exigeait trop de force d'âme et ne donnait pas suffisamment en échange au corps. Une longue course difficile, dans les bois ou le long d'une route hors de la ville, tout seul avec vous-même, votre corps et vos pensées, une course qui détendait tous les muscles contractés et qui vous baignait de transpiration doucereuse — suivie d'une douche rapide, d'un passage au sauna d'une dizaine de minutes avant de retourner prendre une douche : ça, c'était une véritable cure de jouvence, ni plus, ni moins.

Je m'installai au volant et parcourus dans une expectative tendue la courte distance qui me séparait du Haakonsvern. Je me garai hors de la zone, me fis enregistrer au poste de garde, où l'on m'indiqua où se trouvaient les bâtiments administratifs. Il était deux heures moins dix.

En tant que base principale de la Marine norvégienne, le Haakonsvern se trouvait tout naturellement au bord de la mer, dans un cadre idyllique, où l'océan s'agrippe de ses longs doigts fins à la terre ferme. La zone militaire à proprement parler est une sorte de mélange de camp militaire et de zone de plein air. Les baraquements sont bien espacés les uns des autres, et il y a suffisamment d'arbres pour dissimuler une armée entière d'espions étrangers, à condition que ces derniers arrivent à passer les limites du camp, et qu'ils soient assez minces. Parce que la plupart des arbres sont de grands bouleaux maigres au tronc blanc bien élevé et à la cime soignée qui se décorent de vert pendant la belle saison.

Je parvins aux bâtiments administratifs et suivis les directives que j'avais reçues jusqu'au premier étage. Je traversai un long couloir à l'aspect résolument martial avec son sol gris-brun fraîchement ciré et ses murs gris pâle percés de portes fermées. Je m'arrêtai devant celle qui portait la mention : *Richard Ljosne, Capitaine de frégate. Wenche Andresen, Assistante de direction.*

Je frappai, et Richard Ljosne m'ouvrit.

Il me serra la main :

« On se dit "tu" tout de suite, hein ?

— Oui, pourquoi pas. »

Il me tendit le survêtement et m'accompagna à son bureau, en traversant celui de Wenche Andresen. Ce dernier était équipé de façon spartiate, contenant un bureau et une chaise derrière un comptoir, et des boîtes à archives sur des étagères. Celui de Richard Ljosne n'était pas moins ascétique, mais le bureau y était plus grand, et les étagères ne portaient pas seulement des boîtes à archives, mais aussi des livres. Un mur portait une grande carte de l'ensemble de la base. Un portrait du roi Olav était suspendu sur un autre mur.

Richard Ljosne était déjà en tenue : survêtement rouge sous un mince coupe-vent, et un bonnet blanc tricoté maison dont la bordure rouge était tirée le plus bas possible sur ses cheveux gris loup. Il trottinait sur place en m'attendant.

J'allai dans son bureau et laissai la porte entrebâillée pendant que je me changeais. Je ne voulais pas que l'on puisse me rendre responsable de la disparition de secrets militaires. Le survêtement était trop petit d'une taille, et le short aurait pu contenir toute une colonie de vacances, mais les chaussures m'allaient à la perfection, et c'était en somme tout ce qui comptait.

« Alors ? » fit un Richard Ljosne impatient lorsque je sortis du bureau. « C'est chouette d'avoir de la compagnie quand on va courir. On va y aller tranquillement, pour pouvoir continuer à parler en même temps. Parce que c'est bien pour cela que tu es venu. N'est-ce pas ?

— En effet, c'était l'idée... »

Nous quittâmes en petite foulée le bâtiment et rejoignîmes le poste de garde.

« Nous avons une piste de course dans les bois, juste de l'autre côté de la route, m'expliqua-t-il. Elle conviendra parfaitement pour une balade tranquille comme celle-ci. Tu vois, là-bas ? demanda-t-il en désignant le Lyderhorn. Le Lyderhorn, continua-t-il. C'est là que je vais, jusqu'au sommet, quand il s'agit de bien me crever. J'y vais tranquillement, en petite foulée, puis vient la difficile ascension jusqu'en haut, le long de la crête, avant de descendre sur Kjøkkelvik et de revenir en suivant la route. Si tu y arrives sans faire de pause... alors tu pourras dire que tu es en forme, Veum. » Il me fit un sourire encourageant, comme un entraîneur sourirait à une nouvelle recrue prometteuse.

Mais je ne me sentais pas comme tel. Je me sentais plutôt comme un vieux canasson qui avait repris l'entraînement pour tenir l'infarctus à distance. Je cherchais déjà mon souffle.

La montée jusqu'à la grille était raide. Après avoir passé le poste de garde, nous traversâmes la route pour gravir une nouvelle pente, sur une route de campagne depuis laquelle nous voyions des bâtiments isolés sur notre droite, et des bois touffus sur notre gauche. Une voiture nous dépassa en chemin. Nous vîmes au loin une jeune fille s'approchant de nous en oscillant sur un cheval brun. Il ne pleuvait plus, et le brouillard s'éclaircissait. Mais l'air était encore humide, et la vue n'était pas tout à fait claire. La fille et son cheval ressemblaient à un mirage, une vision onirique, comme un dieu-cheval dans une forêt inconnue, comme une déesse grecque n'ayant pas achevé sa mue venant à notre rencontre.

La route se fit plus plate, et je demandai :

« Quel est ton point de vue sur... Wenche... et sur ce qui s'est passé ? »

Il me répondit sur un ton égal, comme si l'exercice ne lui faisait rien du tout.

« Elle ne l'a pas fait. Elle adorait ce type. Beaucoup trop, si tu veux mon avis. Même après leur séparation... il a été pratiquement impossible pour elle de s'arracher à lui, de commencer à vivre pour elle, si tu vois ce que je veux dire. »

Nous croisâmes la cavalière. Elle nous regarda avec condescendance, comme il est naturel de le faire pour une jeune femme sur un cheval lorsqu'elle croise deux hommes d'âge mur en survêtement rouge s'éreintant à travers les bois.

« Quelle, hoquetai-je, quelle était ta relation... avec Wenche ? Vous... vous connaissiez... bien ? »

Il jeta un coup d'œil sur le côté, de ses yeux sombres sous des sourcils gris foncé.

« Nous étions bons amis. C'était une collègue compétente. Nous nous connaissions... bien, oui. »

Tout à coup, la route plongea dans le paysage avant de tourner sur la gauche. Nous passâmes un enclos qui contenait plusieurs chevaux. Deux adolescents, un garçon et une fille, discutaient assis sur la clôture. Ils portaient de gros pulls en laine et des jeans usés. La route prit fin, et nous entrâmes dans un bois de pins clairsemés, sur un sentier caillouteux. Un peu plus loin, nous prîmes à gauche pour traverser une zone marécageuse qui nous conduisit sur un long sentier boueux. Et il courait, il courait. Je sentis que mes jambes s'alourdissaient, et que le suivre réclamait de plus en plus de forces. Je transpirais à grosses gouttes, mais je sentais que ça me faisait du bien. Je sentais que le long voyage en voiture et les tentatives échouées de purification de la veille commençaient à s'échapper de mes pores dilatés et gémissants, que le corps se séparait des déchets de la veille et de tous les jours qui avaient précédé, pour se préparer à d'autres jours, aux journées à venir.

« J'ai été attiré par Wenche dès le premier instant où je l'ai vue, dit-il. Il y a quelque chose d'innocent et de pur en elle, tu ne trouves pas ? Vierge, adolescent... ce sont des trucs comme ça qui font fondre les cœurs, même ceux de vieux cochons comme nous deux, hein ? »

Je n'étais pas vraiment ravi du panier dans lequel il me mettait, et je ne répondis donc pas, me contentant de régler ma respiration en accélérant un poil.

Il me regarda avec surprise.

« Tu veux forcer un peu, Veum ? demanda-t-il avec un sourire en coin. Bien, bien... Si c'est ce que tu veux... »

Ce fut comme s'il se penchait vers l'avant, en l'air, comme si son corps tombait en avant. Il augmenta sa vitesse ainsi que la longueur de sa foulée, et me distança. Nous étions toujours en montée, à nouveau hors des bois. La bruyère s'étendait de part et d'autre du sentier : de la bruyère gris-noir de mars entourée de plantes de marais jaune pâle, en mauvais état, et de cailloux. J'accélérai davantage, pour ne pas me faire distancer.

Il est mieux entraîné que toi, me dis-je, mais bordel, il doit aussi avoir quinze ans de plus que toi... Je me jurai qu'il ne réussirait pas à me semer. Je m'accrochai, à cinq ou six mètres de son large dos de sportif. Il n'accélérait plus, mais je ne recollai pas non plus.

Nous arrivâmes tout à coup sur une route de campagne : une route de terre qui plongea subitement et se couvrit d'asphalte. Nous retrouvâmes la route principale après une descente rapide, d'où nous pûmes voir l'ensemble de la base militaire. Il restait quelques centaines de mètres avant l'entrée, et il se remit à accélérer. Il jeta un coup d'œil gris loup derrière lui, comme pour provoquer en duel.

J'acceptai le défi et entamai un sprint final. J'accélérai lentement, et son avance diminua lentement.

J'entendais ma propre respiration sifflante — et à ma grande satisfaction, lorsque je fus assez proche, j'entendis également la sienne. À cinquante mètres de l'entrée, nous étions au coude à coude, comme deux trotteurs dans la ligne des tribunes.

« Tu cours bien, Veum, jeta-t-il à mon intention.

— Toi aussi », soufflai-je en retour, tandis que des taches noires dansaient devant mes yeux.

Nous étions toujours au coude à coude, avançant encore un peu plus vite, mais aucun de nous n'arrivait à faire la différence. En passant le poste de garde, je fis un brusque mouvement en sautant sur le trottoir et en passant à la corde, ce qui me donna un mètre ou deux d'avance à l'entrée de la zone militaire.

C'était alors moi qui menais, et comme toujours quand vous êtes en tête : j'étais brusquement tout seul. Vous avez laissé tout le monde derrière, tous vos adversaires, toutes les courses que vous avez courues, toutes les vies que vous avez vécues, et vous êtes seul dans l'univers, au-dessus des nuages. Vous avez les pieds dans les nuages et la tête dans les étoiles, et vous courez. Vous courez, et vos pieds se déplacent automatiquement, votre corps part légèrement en avant, votre souffle se fait de plus en plus fort, vous êtes un ange dans un blindé céleste, vous triomphez de tout, vous êtes le vainqueur, vous gagnez...

Et ce fut comme si tout se fermait en moi, et en un éclair, je le vis me doubler par l'extérieur, et il ne fit qu'accélérer encore et encore sur les cent derniers mètres qui nous séparaient des bâtiments administratifs. Au moment où j'arrivai, il était cassé en avant, et respirait à fond, bruyamment, mais pas incapable de lever les yeux pour me souhaiter la bienvenue en souriant : le sourire du vainqueur.

Je me dis toujours par la suite que je l'avais en fait laissé gagner, parce que je voulais le faire parler, et les vainqueurs sont toujours plus loquaces que les perdants. Mais la vérité était beaucoup plus simple : il lui restait tout bonnement plus de forces. Il était mieux entraîné, et il m'avait battu.

Après avoir dompté nos respirations, je l'entendis dire :

« Chouette balade, Veum. Allons chercher nos vêtements avant d'aller au sauna et à la piscine, hein ? Tout en continuant à discuter ? »

Je me contentai d'acquiescer. J'étais trop fatigué pour répondre.

Nous nous installâmes au dernier rang du sauna, juste sous le plafond. C'était un bon sauna, qui chauffait correctement, parfait pour des hommes jeunes en bonne forme physique. L'humidité de la douche fut rapidement remplacée par notre propre transpiration.

Bien qu'il eût autour de la cinquantaine, Ljosne n'en avait pas moins un corps étonnamment ferme. Il avait un hâle sain, qui ne pouvait provenir en cette saison que de fréquentes expositions aux lampes UV. Ses poils pubiens, qui montaient en ligne mince le long de son ventre avant de s'élargir en moquette sur sa poitrine, avaient la même teinte grise que ses cheveux.

Il me toisa d'un air critique :

« Tu es trop maigre, Veum. En dehors de ça, tu as l'air plutôt en forme. Mange un peu plus de trucs nourrissants. Des steaks saignants, du pain complet, et du fromage de chèvre. Ce n'est pas grave si tu bois un peu de bière, du moment que tu cours pour l'éliminer. Il faut avoir juste ce qu'il faut de chair pour avoir l'air d'être fait de muscle, et pas d'os, comme toi. En fait... En fait, aucune femme n'aime les hommes maigres comme toi... tout comme très peu d'hommes préfèrent les femmes sur lesquelles ils pourraient se couper. Il faut quelque chose sur quoi on puisse rouler, n'est-ce pas ? »

Je chassai la transpiration de mes yeux et ne répondis pas.

« Est-ce que tu as parlé avec Wenche ? demanda-t-il. Après que...

— Vaguement.

— A-t-elle dit quelque chose sur moi ?

— Sans plus, répondis-je en attendant la suite.

— Non. C'est la discrétion même. C'est aussi l'une des choses que j'ai appréciées chez elle, depuis le tout début. Elle ne fait pas partie de ces bonnes femmes qui se mettent à jacasser dès qu'elles s'approchent d'une tasse de café. Tu sais, celles qu'on trouve — tu les vois dans les salons de thé et ce genre d'endroits — penchées sur leur tasse, et bla-bla-bla... Elles n'arrêtent pas une seule seconde, et on peut se demander s'il leur est déjà arrivé de terminer leurs putains de tasses... ou si c'est juste un élément de leur attirail. Le seul moment où elles la ferment, c'est quand elles absorbent des informations, les yeux et les oreilles en éveil. Tu vois le genre... Mais pas Wenche. »

Il se pencha en avant, les coudes sur les genoux, et je vis qu'il était aussi velu dans le dos : la même couleur gris acier. On l'appelait le Loup. À une époque de la vie de Richard Ljosne, il y aurait des gens dont on pourrait dire : ils l'appelaient le Loup.

« Ça fait... Ça fait... combien de temps qu'elle travaille ici, déjà ? Ça fait deux ou trois ans que je suis
en chasse après elle, Veum. Oui, pas comme on peut
courir après d'autres bonnes femmes, ça n'aurait
jamais pris, pas avec Wenche. C'est vrai qu'elle était
paisible, et qu'elle pouvait paraître timide et réservée,
mais elle n'était pas un roseau qu'on casse en deux :
elle n'était pas le genre que tu achètes avec une demi-
bouteille de vin et une bonne histoire, et qui se découvre nue dans ton lit, les jambes écartées, alors qu'elle
n'a même pas fini de rire. Pas Wenche. »

La transpiration coulait sans s'arrêter. Je sentais
mes yeux picoter. Mon corps devenait chaud et lourd.
C'était comme avoir de la fièvre, mais sans en avoir.
C'était une fièvre positive, une fièvre guérisseuse.

« Ah non ? Mais tu lui courais après ? demandai-je.

— Oui. Mon Dieu, je ne pouvais pas m'en empêcher. Tous ceux qui s'en approchaient ne pouvaient
pas s'en empêcher. Elle t'ensorcelait. Tu ne l'as pas
senti toi-même ? » Pour une raison quelconque, ce
disant, il regarda mon sexe, pas mon visage.

« Non, répondis-je sèchement. Non.

— Je savais, instinctivement — et j'ai connu beaucoup de femmes, Veum — que c'était une plante dont
il fallait bien s'occuper, à qui il fallait consacrer du
temps, qu'il fallait choyer... Et quand enfin le moment
serait venu, elle fleurirait, elle ouvrirait ses pétales...
des fleurs que personne n'avait jamais vues, et que
personne ne verrait jamais... et j'avais raison. »

Une pointe froide dans le cœur, comme si quelqu'un y faisait brusquement tourner un stalactite de
gel.

« Ah bon ?

« — Oui. Pas plus tard que... mardi. De cette semaine. »

Sa tête pendait à présent presque entre ses cuisses. Son cou noueux était écarlate, et il portait brusquement tout son âge. Des gouttes de sueur brillaient dans ses cheveux qui semblaient plus ternes et moins denses. Une calvitie était bien visible au milieu du crâne, et ses veines battaient sur son front.

« Mardi... de cette semaine ? »

Il tourna la tête et leva les yeux vers moi, comme un bœuf blessé. Ses yeux étaient cernés de rouge.

« Pendant deux ou trois ans, Veum, je l'avais suivie... comme un chien. Heure après heure, j'avais discuté avec elle, café après café, j'avais partagé... Je lui avais rendu... des services. Les services que je pouvais lui rendre. Lui fournir certaines choses. Lui donner quelques journées de congé supplémentaires, si elle en avait besoin... pour le gamin. Et puis... ils se sont séparés, et j'ai pensé : maintenant, maintenant ! Mais elle était toujours aussi foutrement tenace, toujours aussi guindée et... fière. Et je me suis juré : Tu ne te foutras pas de ma gueule longtemps, Wenche. S'il y a une femme sur cette planète dont j'ai envie, c'est toi, et qu'on me les coupe si tu réussis à me rouler dans la farine. — On disait souvent ça — dans le temps, au mess — qu'il n'y a pas sur terre une femme que tu ne puisses te faire... à partir du moment où tu joues fin. Chaque femme impose une approche différente, mais il s'en trouve toujours une. Il y a toujours une entrée ; c'est juste que parfois, elle est foutrement difficile à trouver. Mais, donc... mardi...

— Oui, mardi ?

— Je l'avais invitée au restaurant, il y a longtemps, mais... oui, je suis marié, c'est vrai... et il valait mieux que ça tombe un jour où ma femme serait... en voyage, ou quelque chose d'approchant. Et mardi, elle était à Trondheim, pour un truc de famille. Alors, j'ai dit à Wenche : "Écoute, ce repas... » et tout à coup, elle a dit oui.

— Vous n'aviez jamais fait de sortie ensemble, avant ça ?

— Non. En fait, non. Alors tu peux imaginer comment je me sentais. Qu'est-ce que tu as, Wenche, que je me disais ; qu'est-ce qui s'est passé ? Est-ce que tu as enfin tiré un trait sur lui ? — Et puis... »

Il haussa ostensiblement les épaules.

« Pour faire court : nous sommes sortis manger, je l'ai raccompagnée chez elle, jusqu'à son appartement — c'est-à-dire... J'ai attendu dans l'escalier jusqu'à ce qu'elle ait renvoyé la baby-sitter — et là-haut, j'ai couché avec elle, comme je n'avais jamais couché avec aucune femme, Veum ! »

Il frappa sa paume ouverte de son poing.

« Putain ! ajouta-t-il. Et à présent, trois jours après... »

Mardi... Pendant que je discutais avec Jonas Andresen. Mais *elle* m'avait dit...

« Ce n'était pas une partie de jambes en l'air ordinaire, Veum. C'était foutrement... énorme... quelque chose qu'un vieux brigand comme moi ne peut plus espérer pour le restant de ses jours. Je veux dire : si tu as déjà regardé entre les cuisses d'une femme, tu les as toutes vues. C'est comme partir attraper la chtouille à Marseille, avant de revenir. Il n'y a rien de nouveau là-dedans. Mais, tout à coup... tout à coup, tu couches avec une fille qui a vingt ans de moins que toi, et c'est elle qui t'apprend quelque chose... De quoi te donner envie de pleurer, hein, Veum ? »

Je grognai.

« Et elle... est-ce qu'elle t'a dit ce qui pouvait la conduire à se... se donner ? » demandai-je d'une voix rauque.

Il me regarda. Un sourire sarcastique apparut sous son nez.

« Se donner ? Tu causes comme une vieille fille, Veum ! » Il approcha son visage du mien.

« Elle ne s'est pas donnée ! Elle a baisé, elle a baisé comme une folle. Et elle a dit... » Il montra les dents.

« Après, elle m'a dit que ça n'avait jamais été aussi bien pour elle. Moi aussi, donc, je lui avais apporté quelque chose.

— Est-ce que tu prévois de me bouffer le nez ? »

Il recula légèrement son visage.

« Arrête de faire la gueule, Veum. Tu es jaloux ? Tu avais des projets, toi-même, peut-être ?

— Ma relation avec Mme Andresen est... strictement professionnelle.

— Ah, ah ! Ne me prends pas pour un con. Comme si qui que ce soit pouvait avoir une relation... strictement professionnelle, comme tu le dis, avec... Wenche. Crois-moi : s'il existe quelqu'un qui pourrait me mener au divorce, c'est quelqu'un comme elle.

— Elle n'était pas une farouche partisane... du divorce, dis-je sèchement.

— Non ? Non. Mais peut-être qu'elle voulait prendre sa revanche. Se venger... en quelque sorte. Je vais te dire, Veum : j'ai eu des centaines de gonzesses, mais il n'y en a qu'une qui soit ma femme. Si tu vois ce que je veux dire. J'aurais pu divorcer et me remarier cent fois... Mais où est l'intérêt ? Entre les draps, il n'y a plus de différence. Et puis il y a les mômes — et des devoirs. Et les mômes : eux, il faut s'en soucier. Une fois que tu es mort, les mômes te sur-vivent... comme autant de traces vivantes de ce que tu as été, de ce que tu as accompli. » Il se leva à demi du banc et se laissa retomber.

« Les mômes, je m'en occupe — mes mômes ! J'en ai eu un hors mariage, une fois : j'étais déjà marié, je ne pouvais pas... Mais j'ai suivi le devenir de cet enfant, de ce gamin, à travers sa vie, je lui ai donné tout ce que je pouvais... Tout ce qu'on... m'a permis de faire. Je veux dire : lui aussi est mon enfant, il est aussi mon fils — même s'il ne porte pas mon nom.

« Donc, par égard pour les enfants, je n'ai jamais... accepté le divorce. Où est l'intérêt ? J'ai eu autant de chattes en tant qu'homme marié que j'aurais pu en avoir comme célibataire... et peut-être plus. Il y a moins de contraintes pour une fille de coucher avec un homme marié : comme ça, elle n'a pas besoin de s'inquiéter pour savoir si elle va devoir se marier avec. »

Deux jeunes hommes entrèrent dans le sauna. Ils jetèrent un coup d'œil à Ljosne et s'assirent sur le banc du bas, dans le coin opposé à celui où nous étions. Ljosne les suivit d'un regard lourd... mais ce n'était pas comme s'il les regardait, eux, en particu-lier, c'était seulement quelque chose qui bougeait, car son regard était lointain, lointain.

« Et ta femme ? Où intervient-elle dans l'histoire ?

— Ma femme ? fit-il sans comprendre. Il faut qu'elle m'accepte comme je suis. Je la nourris, et je la saute quand elle en a besoin... et Dieu sait que ce n'est pas souvent. Je veux dire : ça, c'est une bonne raison pour un mec d'aller voir ailleurs comme je le fais, pas vrai ?

— Tu dois avoir raison pour l'essentiel, dis-je en hochant lentement la tête.

— Mais pour en revenir à Wenche, dit-il en baissant le ton : elle était divine. Si un jour elle ressort... je vais te dire... » Il me regarda tout à coup droit dans les yeux. « Fais-la sortir pour moi, Veum. Fais-la sortir pour moi.

— Tu n'avais pas parlé d'aller nager un peu ? demandai-je en me levant.

— Oui ? Oui, allons-y, dit-il en se levant à son tour. Nous avons transpiré suffisamment longtemps. »

Nous enfilâmes des maillots de bain devant le sauna.

« Jonas Andresen... est-ce que tu l'as déjà rencontré ? demandai-je.

— Oui, deux ou trois fois. Il est passé la chercher au bureau, et on a passé un accord. Je lui ai procuré... quelques bouteilles, dit-il avec un clin d'œil. Mais c'était purement commercial, Veum, rien d'autre. Je n'avais rien contre ce type. Mais c'était un mollasson. Je ne crois pas qu'il aurait pu courir vingt mètres sans mourir.

— Mort, ça, il l'est, dis-je.

— Oui, mais pas d'avoir trop couru, que je sache ? »

Nous nageâmes le long du bord du bassin, dans les deux sens, en silence les premières fois. Après le sauna, le premier contact avec l'eau était comme une plongée dans de l'air tiède. Vous n'aviez presque pas l'impression d'être dans l'eau. Après quelques mouvements, le dessus de la peau commençait à picoter, et la perception de la température revenait d'un coup, ce qui vous donnait un véritable coup de fouet.

L'eau était verte, l'air plein de chlore.

Il me rejoignit, me dépassa, puis ralentit et attendit que j'arrive à sa hauteur.

« Ce dont on vient de parler, Veum, dit-il. De divorcer ou de ne pas divorcer. J'ai eu une amie, une très bonne amie... pendant six ans. Six longues bonnes années. Elle était mariée, j'étais marié, et aucun de nous deux ne parlait de divorcer pour pouvoir nous marier. Alors, je le répète : où est l'intérêt ? À partir du moment où nous avons eu autant de plaisir ? Si tu te maries, il faut que tu supportes toutes les tracasseries quotidiennes, tous les problèmes au jour le jour... Tu dois voir la même tronche usée toute la journée, matin, midi et soir... tandis que nous... on s'est vus toutes les deux semaines ou à peu près, de temps en temps plus souvent, de temps en temps plus rarement, et c'était sympa. Tel quel. Jusqu'à ce qu'elle divorce, se remarie et parte vivre dans une autre ville.

— Mais vous en avez bien profité ? De la vie. Vous avez trié les jours, et gardé les meilleurs pour vous ?

— Ouais...

— Ces services, que tu rends aux gens, dis-je tout en continuant à nager, ces bouteilles... tu gagnes beaucoup, dessus ? »

Il secoua la tête.

« Non, pas moi. Pour moi, il s'agit vraiment de service d'ami à ami : des bouteilles que je procure aux gens que j'apprécie. Des gens comme... oui, Wenche... moi-même, bien sûr.

— Alors, tu t'apprécies ?

— Oui ? » Il eut l'air d'y réfléchir un instant, mais exhiba bientôt ses dents en un sourire fier. Il avait trouvé la réponse.

« Oui ! dit-il.

— Mais tu leur fais bien payer ?

— Pas plus que cela ne me coûte. Je ne le fais pas pour l'argent. Il y a d'autres personnes qui en gagnent pas mal comme ça, mais pas moi. En fait, l'argent n'est pas ce qui m'intéresse le plus dans la vie.

— Non, ça, j'ai bien pigé ce qui t'intéresse le plus. »

Il sourit, comme si j'avais sorti une remarque salace.

« Les bonnes femmes, c'est ça ?

— Non, pas exactement », dis-je. Je fis quelques brasses puissantes et vins me mettre devant lui. Il me rattrapa rapidement. « C'est toi-même, continuai-je. Les femmes, c'est juste quelque chose dont tu te sers : un miroir que tu tiens devant toi pour que s'y reflète ton beau corps bien entretenu. Les femmes te servent à te confirmer que tu es toujours un homme, viril, capable de... C'est ce bon vieux schéma "utilisez — jetez". Les femmes ne valent pas davantage qu'une brique de lait à tes yeux, Ljosne. Tu bois le lait, et tu bazardes la brique. Et tu ne t'occupes pas de savoir où elle atterrit. Il se pourrait bien qu'elle soit fichue. Il se pourrait bien qu'elle se retrouve tout à coup à côté d'un cadavre. Un couteau à la main.

— Tu veux dire que... je...

— Je ne veux rien dire du tout. Rien de plus que ce que je dis. Que tu t'intéresses à ta personne, point. Dans quelques années, il faudra sans doute que tu te contentes de tes recrues pour te prouver que tu fais toujours de l'effet. Regarde autour de toi, tu as l'embarras du choix ! »

Il regarda bien sagement autour de lui, une expression de stupeur sur le visage.

« Est-ce que tu veux dire... que je... »

282

Il regarda d'un air inquiet les jeunes gens qui four-millaient autour du bassin : de jeunes hommes aux corps jeunes, emballages neufs, de toutes tailles, dans des maillots de bain moulants.

« Que je puisse... »

Nous étions au bout du bassin, et je sortis de l'eau. Il restait près de l'échelle.

« C'est ridicule, Veum. »

Il sortit à son tour de l'eau. Ses poings étaient serrés.

« Je pourrais... J'ai bien envie de... S'il n'y avait pas tant de monde...

— Essaie, gros lard ! » dis-je en le regardant droit dans les yeux.

Son regard — et ses mains — tombèrent instanta-nément au niveau de sa ceinture.

« Tu veux dire... Est-ce que j'ai... grossi ?

Je n'en sais rien, répondis je sèchement. C'est la première fois que je te vois. Et merci de l'aperçu. Je vais bien réfléchir à tous les bons conseils que tu m'as donnés. Au cas où je me remarierais... un jour. » Je prononçai les derniers mots si bas que je les enten-dis à peine moi-même.

Puis, je lui tournai le dos et retournai aux vestiaires. Il ne me suivit pas, et je me rhabillai en silence. Je laissai les vêtements qu'il m'avait prêtés à côté des siens et quittai le complexe sportif. Le chemin qui serpentait jusqu'à la sortie était long et raide, et je marchai vite. Pas parce que j'avais besoin de davan-tage d'exercice, mais pour me débarrasser de certai-nes choses.

Je pensai : il y a infidélité et infidélité. Il y a celle à la Jonas Andresen, et il y a celle à la Richard Ljosne. Et certainement beaucoup d'autres encore. Mais de ces deux-là, l'une était à la rigueur acceptable, tandis que la seconde : elle ne méritait pas plus qu'un haussement d'épaules, qu'un crachat dans le vent. Elle n'avait rien à voir avec l'amour, mais tenait plutôt de la gymnastique. C'était comme un jeu de dés : il fallait arriver le premier à dix mille. Votre partenaire n'avait aucune espèce d'importance, et l'état dans lequel vous les laissiez ne vous concernait pas. Des cadavres pouvaient en résulter. Des personnes décédées dans des entrées pouvaient en résulter. Des personnes gisant sur le côté, de profondes plaies sanglantes au ventre, pouvaient en résulter. Mais ce n'était pas vos affaires. D'autres s'en occuperaient.

Je franchis le poste de garde et m'installai dans ma voiture. J'enfonçai la pédale au maximum et démarrai en trombe, nerveusement, repris la route et laissai l'asphalte être aspirée sous la voiture : dessous, et derrière. Appropriez-vous la corde, et c'en est fini de vos adversaires...

Et je me dis : Il faudra que nous reparlions, Wenche Andresen. De mardi dernier. De ce qui s'était *réellement* passé mardi dernier.

Mais pas tout de suite. J'avais d'autres détails à régler entre-temps.

J'avais faim, mais comme je ne savais pas dans combien de temps je serais sûr de pouvoir trouver Gunnar Våge, je repris la direction des quatre immeubles et me garai où j'en avais l'habitude. Je commençais à avoir mes habitudes dans ce secteur. Bientôt, il me faudrait songer à demander une place de stationnement réservée.

35

Je trouvai Gunnar Våge au même endroit que précédemment, à peu de choses près. Il n'y avait personne d'autre dans les locaux du club de jeunes.
Debout sur un tabouret, il était en train d'afficher
des informations inscrites au feutre rouge sur de
grandes feuilles de papier kraft. On y découvrait un
certain nombre d'ébouriffantes activités de loisir
pour le mois de mars. Il ne fallait pas hésiter à s'inscrire. Si vous aviez les moyens de partir pour les
vacances de Pâques, vous pouviez suivre un stage
vous informant sur les dangers de la montagne. Un
autre stage apprenait « comment construire votre
propre dispositif radio » à ceux que dire « Allô, Allô,
Goodbye, Goodbye » à des radioamateurs japonais
intéressait. Et, bien sûr, « notre fameux cours de gui-
tare » continuait : ce n'était que la cinquième année
consécutive, et la plupart avaient surmonté les trois
premiers accords.

Gunnar Våge affichait les informations sur un panneau de liège, au moyen de grosses punaises vertes.
Il se trouvait juste en dessous d'un projecteur puissant, et son crâne chauve flirtait paresseusement avec
la lumière du spot.

Il me jeta un coup d'œil rapide au moment où
j'entrai, mais continua à afficher ses informations. Il
eut fini en peu de temps, et dut se résigner à cesser
de m'ignorer. J'attendis sans rien dire, sans rien vouloir dire.

Il se tourna lentement vers moi. Il portait un pantalon de velours bleu-vert passé qui avait rétréci au
lavage et lui découvrait les chevilles, un pull à col
roulé en laine bleu foncé renforcé aux coudes par des

pièces de cuir brun, et des chaussures marron. Cela faisait plusieurs jours qu'il ne s'était pas rasé (ou alors il était paresseux avec le gant de toilette), et son visage avait une teinte gris pâle, qui pouvait être due à une ou deux nuits blanches, aussi bien qu'à la saison ou à la lumière trop vive. Ou peut-être son inimitié à mon égard le faisait-elle changer de couleur, comme un caméléon s'adapte à son environnement. Ses yeux étaient toujours aussi tristes, et ne semblaient pas attendre quelque gaieté que ce fût de ma part. Ses paupières étaient lourdes, et il donnait l'impression de constamment avoir envie de bâiller.

« Bonjour, Gunnar Våge.

— Bonjour, Varg Veum. Quelque chose de précis vous amène ? J'organise la soirée pour le club, et je suis donc un peu occupé. »

Nous nous trouvions à peu près au milieu de la pièce cimentée. Elle pouvait être (et c'était en effet le cas) un refuge. J'avais l'impression que nous étions les derniers survivants de la toute dernière guerre, et que je lui avais proposé de jouer aux cartes ou aux petits chevaux... et qu'il m'avait répondu non, qu'il était un peu occupé.

« Il s'agit d'un couteau.

— Un couteau ?

— Un couteau... et un défunt. »

Il pinça la bouche et me jeta un regard plein d'agressivité.

« Oh, oh, l'inspecteur Gadget frappe à nouveau. Oui, oui. Tu veux un bouc émissaire, c'est ça ? Toi et les flics ? Tu comptes résoudre l'affaire pour eux, peut-être ? Extraire le Joker du paquet de cartes... si j'ose dire ? »

Il se retint, mais je ne fis que le regarder, sur la

réserve. Il avait l'air d'être dans de bonnes dispositions pour un nouveau monologue.

« Mais c'est trop du travail d'amateur, Veum, poursuivit-il. Et ça ne suffit pas. Il y a des tas de gens qui se promènent avec des crans d'arrêt. Johan est loin d'être le seul. Et si tu penses que les broutilles qui se sont passées ici ces derniers temps pourraient avoir des conséquences aussi graves... qu'un meurtre, alors tu te trompes, tu te fous le doigt dans l'œil jusqu'à... Mais à ta guise... C'est toi qui vas passer pour un con... »

Il avait l'air de vouloir se retourner.

« Est-ce que tu sais réellement quelque chose sur ce qui s'est passé mardi soir, Våge ? » dis-je.

Il ne me tourna pas le dos. Il haussa les épaules.

« Pas plus que ce que j'ai lu dans les journaux. Mais je comprends parfaitement que vous cherchiez un bouc émissaire commode, et qui fait mieux l'affaire que Johan ? Un délinquant juvénile notoire, dit-il d'une voix vibrante. Le criminel bien connu, le kidnappeur légendaire, le violeur redouté : Johan Pedersen, ils l'appelaient Joker. Tu n'entends pas... Ça sonne comme un mauvais film de gangsters américain, Veum.

— C'est toi, qui me fais penser à un mauvais film de gangsters américain, Våge. Et pas question pour toi de compter sur le charme de Bogie. Tu m'extirpes les mots de la bouche, avant que je les aie dits... des mots que je n'ai jamais eu l'intention de prononcer. »

Je me rapprochai de deux pas.

« Si... commença-t-il.

— Si tu voulais bien fermer ta gueule deux minutes et t'occuper un peu moins d'écouter ta propre éloquence, ça laisserait peut-être une ou deux secondes à un pauvre type ? Qu'est-ce que tu en penses ?

— Un pauvre type... C'est une espèce d'autoportrait condensé, ou quoi ?

— Appelle ça comme tu veux. Un roman en cinq volumes, si ça te fait plaisir. Je sais pertinemment que Joker n'a pas tué Jonas Andresen, et je n'ai jamais eu l'intention de lui faire porter le chapeau. La police non plus, en réalité. »

Ah oui ? dit-il muettement. Ses lèvres bougèrent, mais je n'entendis rien.

« Il se trouve que j'étais avec lui sur le parking, continuai-je ; nous discutions devant l'immeuble au moment où le meurtre a été commis. Bizarre, ne trouves-tu pas ? »

Bizarre, prononça-t-il sans plus de bruit, mais avec une expression sarcastique sur le visage. Il faisait penser à un satyre, un satyre déçu, un survivant des radicaux de salon des années 1960, un optimiste déchu.

« Mais Jonas Andresen s'est fait tuer. Avec un cran d'arrêt. Et c'est pour ça que je suis venu. Parce que la dernière fois que je suis venu, tu m'as dit... oui, tu m'as raconté pas mal de choses, sur la vie en général... Mais tu m'as aussi dit que tu avais une jolie collection de crans d'arrêt confisqués... ici. Et j'ai pensé — oui, il arrive que je pense, Våge — j'ai pensé : un cran d'arrêt n'est pas quelque chose qu'on achète un jour pour le flanquer dans le ventre d'un gonze le lendemain. Un cran d'arrêt, c'est quelque chose que l'on a, une chose avec laquelle on est né, et qu'on n'a pas quittée depuis, en quelque sorte... Ou bien, c'est quelque chose qu'on se procure. Mais on ne l'achète pas, comme j'ai dit... Pas si on a prévu de le flanquer dans le ventre de quelqu'un. Mais il est concevable que quelqu'un puisse imaginer en voler un. Et regarde : j'en viens à ce qui m'amène, Våge. Une question très simple... ou plutôt, deux : comment conserves-tu ta collection ? Bien à l'abri ? Se pourrait-il qu'un intrus ait pu en subtiliser un ? Et si c'est le cas : est-ce que tu as constaté la disparition récente d'un de ces crans d'arrêt ? »

Je fis un large geste des bras.

« C'est aussi simple que ça, Ginger. Tu veux danser ? » Je fis quelques rapides pas de claquettes devant lui. Je ne suis pas la moitié d'un comique, quand je trouve un public dont la tronche ne me revient pas, ou vice versa.

Il me jeta un regard désapprobateur.

« Non. Je n'ai rien constaté de tel ces derniers temps, Veum, dit-il entre ses lèvres sèches et pincées. Et oui, je les conserve bien à l'abri. En tout cas, aucun n'a jamais disparu.

— Où les conserves-tu ? Ici ?

— Non, Veum, répondit-il avec un regard amer. Pas ici, mais à la maison, dans un tiroir fermé à clef.

— Et où habites-tu ?

— J'habite ici. Tu ne savais pas ? Ça va avec le travail. »

Je jetai un coup d'œil ironique tout autour de moi. En tout cas, j'espérais qu'il paraissait ironique.

« Et où ranges-tu ton linge sale ?

— Au douzième étage, dans ce bâtiment, Veum. Dans un deux-pièces tout à fait charmant, avec vue sur l'ensemble de ce paradis en plus de quelques autres choses sublimes qui vont avec.

— Lesquelles ? Le soi-disant marché ? Il ne s'est pas encore envolé, celui-là ?

— Alors, comme je te l'ai déjà dit : tu es venu pour rien, Veum. Et il me faut te dire au revoir. »

Je n'avais rien d'autre d'amusant à raconter. Mais je pouvais toujours continuer à lui en mettre plein la... Mais il y avait quelque chose qui m'inquiétait. Simplement, je ne savais pas ce que c'était.

« Bien sûr, les flics ont relevé les empreintes qui se trouvaient sur le couteau, dis-je. J'imagine que tu ne t'opposeras pas à ce qu'ils te prennent les tiennes... Si je leur glisse l'idée ? »

Mais je n'arrivais plus à le provoquer. Il était trop au-dessus de ça.

« Bien sûr que non. Avec le plus grand plaisir. Je n'ai jamais aimé ces porcs, c'est vrai, mais... Que ne ferait-on pas pour de vieux amis ? Oui, je veux bien danser, Fred, avec plaisir. Mais pas avec toi. »

Je le regardai pendant un moment. Son crâne chauve, ses fines boucles blondes autour des oreilles, sa barbe naissante sombre...

« Eh bien, dis-je avant de me retourner pour gagner la sortie, merci de ton aide. » Puis, je sortis, parcourus le long couloir humide en suivant les flèches rouges, et m'arrêtai tout à coup.

Je restai immobile. Il se pouvait qu'il ait été plus jeune, jadis, bien sûr. Pas forcément chauve, mais avec des boucles blondes serrées sur toute la tête. Et il avait été trop jeune pour avoir cette zone sombre autour de la bouche : c'était alors seulement du duvet, ou alors il se rasait plus souvent...

Je fis demi-tour. J'entrai dans le club. Il se trouvait à l'autre bout de la pièce, dans l'ouverture de la porte menant à son petit bureau. Il s'immobilisa quand il me vit revenir, et resta coi. Il avait presque l'air d'attendre.

Je fis deux pas vers l'intérieur et m'arrêtai.

« Toi, tu as connu Wenche Andresen, à une époque, Vâge. Dans le passé d'un album photo. »

Je vis à son visage que j'avais mis dans le mille.

36

Il avait l'air d'avoir été pris sur le fait, les deux mains plongées dans un pot de confiture. Je le regardai plus attentivement, où il était, et je savais que j'avais raison, un peu plus à chaque seconde qui passait. Il était naguère passé dans la vie de Wenche Andresen, il était toujours dans son album photo, et il était maintenant là, à quelques centaines de mètres de l'endroit où le mari de Wenche, ou plutôt son ex-mari, avait soudain connu une mort relativement violente. Non pas qu'il y eût un rapport quelconque ou que ça eût une signification particulière. C'était juste un peu surprenant qu'il ne l'ait pas mentionné lui-même.

« Et alors ? dit-il d'une voix affaiblie, une voix faible et dénuée de sarcasme. Quel intérêt cela peut-il bien avoir... qui j'ai connu il y a longtemps ?

— Tout prend de l'intérêt, quand des gens meurent. De cette façon-là. Tu l'aimais, n'est-ce pas ? Tu l'as suivie, partout ? Quand elle déménageait, tu déménageais aussi ? J'ai entendu parler d'amants éconduits qui se sont installés dans des zones bien pires que celle-ci, rien que pour continuer à être près de la personne qu'ils aimaient.

— Va te faire foutre, Veum, s'emporta-t-il. Je... Je te hais si intensément que... que... » Il fit quelques pas hésitants dans ma direction.

« ... que tu pourrais bien t'imaginer me planter un cran d'arrêt dans le ventre ? C'est ce que tu fais avec tous ceux que tu n'aimes pas, Våge ? »

Son visage rougit, et se fit plus dur.

« Estime-toi heureux qu'il n'y ait pas de témoins à ce que tu viens de dire, Veum, parce que je te l'aurais fait ravaler dans n'importe quelle putain de salle d'audience. Je te déteste parce que tu tires toujours des conclusions hâtives, parce que tu prêtes aux gens des idées qu'ils n'ont pas, ou qu'ils n'ont jamais eues...

— Ça me rappelle quelqu'un que je connais... Quelqu'un que je viens de rencontrer.

— C'est juste que ça ne s'est pas passé comme ça, Veum. Oui, j'ai connu Wenche... à une époque. On est sorti ensemble à la fin d'un été, août, septembre, et ç'a été fini. Je... »

Il haussa les épaules.

« J'avais peut-être pensé que ça déboucherait sur autre chose. Elle... elle n'était pas pareille que la plupart des femmes que je... que je fréquentais. Peut-être pas très intellectuelle. Mais plus ouverte. Réceptive à de nouvelles idées. Une femme chaleureuse... une femme qu'on était obligé d'apprécier, davantage qu'on appréciait d'autres femmes. Mais elle... Pour elle, ce n'était pas aussi fort... je ne représentais pas autant, je veux dire. Alors, nous... nous nous sommes quittés, dès... Oui, ça s'est arrêté là. On n'est pas allés plus loin. Chacun est reparti de son côté, et quand je l'ai revue ici par hasard, et que j'ai su qu'elle aussi habitait dans le coin... Ç'a été une coïncidence pure et simple...

— Et quand est-ce arrivé ? Ces mois de fin d'été ? »

Il me regarda, le visage étrangement vide de sentiments, comme une vieille éponge séchée près du tableau d'une salle de cours abandonnée, à la fin d'un long et triste congé estival.

« C'était... Ce devait être.... Il y a onze ans. Ça fait une éternité, maintenant, Veum. »

Onze ans. Il avait raison : c'était une éternité. J'étais à l'École des Hautes Études Sociales de Stavanger. Je venais juste de rencontrer Beate, et nous faisions d'interminables balades le long de la plage de Sola, et nous avions l'impression de pouvoir marcher, encore et encore... tout autour de Jæren, si nécessaire, la main dans la main, dans le vent froid du large et un soleil rouge sang dans le dos. Une éternité en arrière, *tant* d'éternités en arrière...

« Alors ce n'est pas vrai que tu ne l'avais jamais oubliée ? Elle était si particulière, as-tu dit. Pour nous, les hommes, c'est comme ça. Il y en a toujours une que nous avons un jour aimée, et dont on rêve pour le restant de nos jours. Mais il vaut mieux ne pas la revoir. Parce qu'on s'aperçoit qu'elle se teint les cheveux, que sa poitrine s'affaisse, et qu'elle a pris de la brioche. En tout état de cause, elle a vieilli, tout comme nous, et aucun rêve n'est éternel, tous les rêves sont en vérité des illusions. Il y a juste que certains d'entre nous ont plus de difficultés que d'autres à accepter ce fait précis.

— Eh bien, moi, je l'ai accepté, Veum. Ou plus exactement... Je n'ai jamais eu ce rêve-là. Pas longtemps, en tout cas. Quand j'ai revu Wenche dans le coin, ça n'avait rien... d'exceptionnel. C'était comme rencontrer un vieux camarade de classe, quelqu'un que tu avais connu il y a longtemps, que tu avais apprécié à l'époque où vous aviez des intérêts communs. Mais vous n'avez à présent plus rien en commun. Cette époque est derrière. J'ai donc discuté avec Wenche, comme on parle avec de vieilles connaissances. Et ce n'est pas allé plus loin.

— Ah oui ? Ce n'est pas allé plus loin ? Tu l'as revue souvent ?

— Je ne l'ai pas revue, Veum ! Je l'ai croisée, à de rares occasions.

— Et son mari ?

— Je ne l'ai jamais rencontré. Je ne sais même pas à quoi il ressemble — ressemblait.

— Tu es conscient que je peux poser à Wenche elle-même les questions que je viens de te poser ?

— Je t'en prie ! Demande-lui à t'en faire péter les poumons, Veum. Elle ne peut de toute façon dire que... la vérité. »

Mais il est dangereux de parler de vérité. On ne sait jamais quand ce mot va commencer à vous donner des haut-le-cœur, avant de devenir ingérable. Et Gunnar Våge avait l'air d'être tout à fait au courant, car son visage prit une expression hésitante, comme s'il goûtait quelque chose.

« Et où étais-tu mardi soir, Våge ?

— Je crois qu'il vaudrait mieux que tu demandes à la police de me poser la question, Veum. De toute façon, ça ne te regarde pas.

— Non, peut-être pas. Ils viendront te voir, Våge. Bon courage. » Je fis volte-face et partis vers la porte.

Mais je savais qu'il allait m'arrêter avant que j'y arrive. Je l'avais vu à son visage, et je savais que c'était un type qui avait besoin de dire tout ce qu'il avait à dire. Je l'entendis crier derrière moi :

« Mais si tu veux absolument le savoir... J'étais à la maison, Veum. Seul. Tout seul au douzième étage. Mais pas dans le même immeuble, dans l'immeuble voisin. Je sais bien que ce n'est pas un alibi béton, mais je voudrais bien rencontrer celui ou celle qui peut dire m'avoir vu dehors l'après-midi en question.

— Pourquoi ? demandai-je.

— Pourquoi quoi ?

— Pourquoi voudrais-tu le rencontrer ? Pour lui flanquer quelque chose entre les deux yeux ? Ou dans le ventre ? »

À mon avis, il le méritait, parce qu'il m'avait déclaré ne pas m'aimer. Et je suis quelqu'un qui veut qu'on l'aime. Je suis quelqu'un qui supplie chacune des personnes qu'il rencontre de l'aimer.

Je le laissai à la porte de son bureau, d'où il devait préparer la soirée du club. Et je parcourus rapidement le couloir avant de ressortir à la lumière grise de la fin de journée. La guerre nucléaire n'avait pas encore eu lieu. Les voitures étaient à leurs places habituelles, et les gens passaient en hâte. Des lumières s'allumaient dans les immeubles, comme les marches clignotantes d'un escalier montant vers un ciel que nous n'atteindrions jamais.

Je regardai le Lyderhorn, comme à mon habitude. Le vieux diable était à l'affût. Toujours en éveil, toujours prêt. Je devais peut-être faire ce que Ljosne m'avait conseillé ? Monter en courant au sommet pour lui donner un coup de pied dans le cairn, et voir s'il criait « aïe » ?

Il y avait tant à faire, à condition d'avoir le temps. Il y avait tant de montagnes à gravir... et autant de montagnes à dévaler. Car c'était une certitude que la vie m'avait apportée : on ne peut pas s'arrêter au sommet. On redescend toujours. On doit redescendre. Dieu sait pourquoi, et Dieu sait ce qu'on s'attend à trouver, là où la montagne s'arrête. Parce qu'on ne le trouve jamais.

37

Il fallait que je mange quelque chose, mais je ne me sentais pas d'attaque pour un repas complet, et je n'avais pas le courage de redescendre en ville. Je m'arrêtai donc au snack-bar le plus proche — ou au fast-food, suivant la tendance des années soixante-dix à embellir les concepts. Le fast-food est un endroit où l'on sert beaucoup d'autres choses immangeables en plus des hot-dogs, c'est-à-dire la nourriture la plus malsaine qui se puisse imaginer : des restes de viande et de boyaux mélangés à de l'air et à rien du tout, épicés de budgets serrés au maximum, et servis avec de la moutarde, du ketchup et des oignons, pour conférer à l'ensemble le goût de *quelque chose*. Et si vous avez soif, vous pouvez vous payer un soda coloré ou un café au distributeur, café qui a un goût d'eau de vaisselle et dont l'aspect ne vaut pas mieux.

Le fast-food se trouvait dans un des vides d'Inferno, le long d'une contre-allée et jouxtant un parking, et à cinquante mètres d'une station-service vivement illuminée, sur un bout de route si large et si désert que vraiment personne n'avait eu l'idée de s'y installer.

Je me garai sur l'aire de stationnement, en compagnie de dix ou douze motos toutes neuves aux couleurs branchées : rouges, jaunes et bleu-vert foncé. Les anciennes, noires, n'étaient plus au goût du jour, et les récentes étaient plus petites. Elles faisaient plutôt penser à des mobylettes qui auraient grandi trop vite, et semblaient un moyen de locomotion plus approprié pour la jeunesse de la décennie en cours. Un échantillon fourni de cette jeunesse occupait le devant du fast-food, et les deux sexes y étaient représentés à parts égales. Ils avaient des bouteilles de coca dans les mains et de l'incertitude dans les yeux, au moment où je m'extirpai de la voiture avant de me diriger vers le fast-food.

Quelqu'un dit quelque chose que je ne parvins pas à comprendre.

Rires à l'unisson.

« Où as-tu chopé cette bagnole ? Au muséum d'histoire naturelle ? »

Autres rires. Des rires caquetants, comme venus d'un lointain groupe de sorcières.

Je souris. Ils étaient d'une autre trempe que les copains de Joker. Ceux-ci ne faisaient que parler. On voit ce genre de choses sur les visages. Ils étaient tout simplement à l'âge où quiconque de plus de vingt ans est ridicule, et à partir du moment où ils étaient en groupe, il fallait que quelqu'un fût drôle. J'avais naguère été à leur place, l'un d'entre eux. Sans moto, c'est vrai, mais néanmoins. Et je savais ce qui les attendait quand ils rentraient chez eux. Quand ils rentraient, ils se retrouvaient seuls devant leur miroir et étudiaient leurs furoncles avec autant d'intensité que s'il s'agissait des problèmes liés à la surexploitation des ressources naturelles dans le monde, ou regardaient avec perplexité entre leurs jambes en se demandant ce qu'ils étaient censés faire de ces trucs-là, et s'ils ne trouveraient pas bientôt preneur. C'était un âge impitoyable et malheureux, une période de confusion dont personne ne se remet jamais totalement — car on porte les traces de ces années comme des cicatrices dans l'âme, pendant des années et des années. C'étaient des années dont je n'avais jamais aucune nostalgie. À certains moments, j'aurais voulu avoir de nouveau sept ans, et à certains autres, j'aurais voulu revenir à vingt-sept. Mais je n'ai jamais souhaité avoir de nouveau dix-sept ans.

J'allai jusqu'au comptoir. Deux vestiges se trouvaient derrière : deux filles d'une vingtaine d'années. Je commandai quatre hot-dogs épicés seulement de ketchup, et j'eus assez d'optimisme pour demander si elles avaient des bouteilles de jus d'orange. Mais ce n'était pas le cas, et je dus me contenter d'une bouteille de limonade.

« Tu fais la bringue, tonton ? » suggéra quelqu'un dans l'assistance qui m'entourait.

Je souris et plantai les dents dans mon premier hot-dog.

« Je suis venu raccourcir ma vie de quelques heures, répondis-je. Tu as une idée de la quantité de graisse que contient une saucisse comme celle-là ? » demandai-je à un jeune homme qui ne semblait même pas conscient de son propre contenu lipidique. Il sourit stupidement.

Les autres ignorèrent ma question. Il était impensable pour eux de communiquer avec quelqu'un de plus de trente ans, et ils se retirèrent donc assez vite en me laissant avec les hot-dogs et les deux filles dans leur cage.

Ces dernières faisaient penser à deux sœurs siamoises, tellement elles se tenaient près l'une de l'autre. Mais ce n'était pas parce qu'elles s'aimaient, mais plutôt parce qu'elles n'avaient vraiment pas beaucoup de place. Elles portaient des blouses dans une teinte vaguement indigo, décorées d'un riche assortiment de taches de graisses, de ketchup et de moutarde sur le devant. Elles avaient l'air assez massives, aussi bien en haut qu'en bas, sans oublier ce qu'elles avaient de part et d'autre du nez. La blondeur de leur chevelure venait d'un petit flacon, et n'avait pas dû coûter bien cher. Encore quelques années, et elles ressembleraient à Hildur Pedersen.

Je n'avais pas l'impression que nous eussions beaucoup d'intérêts communs, et je terminai donc de manger, bus mon soda avant de m'en retourner aux colosses de béton.

Je restai un moment à côté de ma voiture, à les regarder, avant d'entrer. Quatre colosses de béton — et combien de personnes ? Deux ou trois cents, tout compris, dans chacune des tours. Environ mille dans les quatre réunies. Mille personnes empilées dans des tiroirs portant leurs noms, et dont ils sortaient et dans lesquels ils entraient comme des automates. Des automates qui dorment, se lèvent, mangent, descendent et s'installent dans leurs petites voitures, qui s'en vont et reviennent à quatre heures. Qui mangent, dorment, lisent les journaux, regardent la télé, et qui dorment, de nouveau. D'autres automates qui dorment, se lèvent, mangent, s'occupent des enfants, lavent leur linge, s'occupent des enfants des autres, font à manger, mangent ce qu'ils ont fait, dorment, font la vaisselle, lisent les journaux, regardent la télé, dorment. Encore d'autres qui sont trop jeunes pour avoir appris tout ce qu'ils ont à faire, et qui font tout ce qu'il ne faut pas faire : jouer, pleurer, étudier les organes génitaux les uns des autres, dans des cages d'escaliers sombres, au sous-sol. Jouer au foot, et se battre. Et dormir et manger. Certains automates couchent ensemble, pour la plupart une fois par semaine, et de préférence le samedi, après une bouteille de vin et après avoir éteint la lumière. Certains couchent ensemble une fois par mois en trouvant que c'est toujours trop. Rares sont ceux qui couchent ensemble chaque jour sans exception. Mais alors... Alors, soudain, l'un des automates sort du rang, fait quelque chose de mal, couche avec le mauvais automate. Et si vous lui mettez un coup de couteau, vous vous apercevez qu'il saigne. Et à ce moment-là, vous vous demandez : est-ce que ce ne sont pas des automates, en réalité ? Ils portent peut-être tous leurs secrets, comme Jonas Andresen, leurs rêves, comme Jonas Andresen. Mais ces rêves et ces secrets ne voient le jour que pour une infime partie d'entre eux, comme Jonas Andresen. Par conséquent, il n'y en a que peu qui en meurent.

Quatre immeubles. Gunnar Våge habitait dans l'un d'eux. Solfrid Brede habitait dans celui du milieu, ainsi que — bien qu'absente pour l'instant — Wenche Andresen. Joker habitait dans le troisième, avec sa mère, Hildur Pedersen. Et c'est là que j'allais.

La nuit tombait à nouveau : une obscurité gris-bleu de fin d'après-midi qui tournait rapidement au bleu nuit pour finalement n'être plus que noir. Une nuit noire, sans étoiles, avec quelques fines gouttes de pluie dans le vent.

La porte de l'appartement s'ouvrit avant même que j'aie sonné, mais Joker eut l'air aussi surpris que moi lorsque nous nous trouvâmes tout à coup nez à nez.

Je me rappelais sa voix faible, depuis ce mardi-là : « Qu'est-ce qui se passe ? » Mais sa voix n'était pas faible lorsqu'il dit :

« Je t'ai prévenu, Harry. Tu te rappelles ce que je t'ai dit !

— J'ai une si mauvaise mémoire. Ce doit être l'âge.

— Laisse ma mère tranquille, j'ai dit ! dit-il en plissant les yeux. Fous-lui la paix !

— Calme-toi, Johan. Je ne suis pas venu pour faire du mal à...

— Je ne suis pas Johan, s'exclama-t-il. Pas pour toi, Harry. Tu es avec... les autres.

— Tu en es sûr ? demandai-je sans obtenir de réponse. Et Gunnar Våge... Il est avec *vous*, il est du bon côté, c'est ça ?

— En tout cas, il est juste.

— Mais c'est quoi, le bon côté, et quel est le mauvais ?

— Il y a ceux qui sont avec nous, dit-il d'un ton presque solennel, et il y a ceux — vous — qui sont contre nous.

— Tu me fais penser à quelqu'un. Dans un livre que j'ai dû lire à une époque. »

Il m'indiqua qu'il voulait passer.

« Écoute une minute. J'ai... De beaucoup de façons, j'ai le même bagage que Gunnar Våge. Et je crois pouvoir te comprendre. Je peux comprendre que tu... cherches quelque chose à quoi te raccrocher. Mais un cran d'arrêt ne suffit pas. Tout ce que tu vas réussir à faire avec, c'est te couper. Et un régime de terreur pour gamins n'est rien, lorsqu'il s'agit de se construire un avenir, Johan.

— Je t'ai dit de ne pas m'appeler...

— O.K. Comment tu veux que je t'appelle, alors ? Billy the Kid ?

— Je te dis juste... Je te préviens, point. Ne va pas voir ma mère. Tu en subiras les conséquences. »

J'entendis la grosse voix de Hildur Pedersen, depuis l'intérieur de l'appartement.

« À qui parles-tu, Johan ? »

Il me jeta un regard dur, et cria : « Personne, maman.

— Si tu m'appelles Personne, je vais t'appeler Polyphème, comme le Cyclope. Comme ça, on pourra présenter un numéro de duettistes qui s'appellera Polyphème et Personne. Ça ne te rappelle rien ? »

Non, ça ne lui rappelait rien.

« Fous le camp, Veum.

— Relax, Johan. J'ai juste une question à poser à ta mère. C'est tout. Et personne ne m'en empêchera. »

Il leva un index fin et pâle, me faisant du même coup de plus en plus penser à un prédicateur.

« Dernier avertissement, Veum. »

Je repoussai l'index et son propriétaire sur le côté, entrai dans l'appartement et claquai la porte derrière moi. Il donna un grand coup de pied dedans, de l'extérieur, puis je l'entendis s'éloigner à pas rapides, le long de la galerie.

« Johan ? fit la voix rauque de sa mère, depuis le salon.

— Veum », dis-je doucement en entrant.

Elle était allongée sur le canapé, avec tous ses kilos. Ses cheveux multicolores partaient dans tous les sens, et ses yeux avaient du mal à me trouver dans le crépuscule. Aucune lampe n'était allumée, mais elle avait beaucoup de bouteilles que l'on pouvait faire monter en lampes, si le talent y était. Et comme les bouteilles étaient vides, il n'y avait plus qu'à s'y mettre.

Elle était allongée sur le côté, la tête sur l'un des accoudoirs, appuyée sur l'un de ses gros bras blancs adipeux. Lorsque j'entrai, elle essaya de s'appuyer sur un coude en soutenant sa tête de la main, mais elle n'arrivait pas à coordonner ses mouvements. Elle s'excusa d'un sourire.

« Saluut, Veum ! Ça boume, depuis la dernière fois ? » Son élocution n'était pas irréprochable, et ses *s* étaient bien imbibés.

« Ça flotte ? »

Son regard joua des coudes à travers la forêt de bouteilles.

« F-f-flotte ? »

Je m'assis dans un fauteuil, de l'autre côté de la table. Elle fit un geste du bras en direction de la table :

« Sers-toi. *Help yourself*, comme on dit. » Elle éclata d'un rire tonitruant.

« Elles sont vides.

— Toutes ? demanda-t-elle, le regard soudain mélancolique.

— Toutes. »

Elle sourit, d'un sourire libérateur. Elle enfonça sa main libre derrière elle, et fouilla entre les coussins. La pêche fut bonne, et elle retira la main qui tenait une bouteille de vodka non entamée, de la même marque que la dernière fois.

« Cherche, et tu trouveras », dit-elle. Elle dépucela la bouteille de ses doigts experts, et la porta à sa bouche pour y goûter rapidement, avant de me la tendre par-dessus la table.

Je l'attrapai et la posai sur la table. Elle pouvait constituer un otage de valeur, si elle n'avait pas envie de parler.

« Tu n'as pas soif ? » me demanda-t-elle avec incrédulité, comme s'il était aberrant qu'on puisse ne pas avoir constamment soif.

« Pas en ce moment. Et je conduis, encore.

— Mais alors qu'est-ce que tu veux, bordel ? demanda-t-elle avec un de ses sourires pleins de dents. Ouais, parce que j'imagine que t'es pas venu tirer ton coup ? » Elle balaya l'air de ses deux mains, comme un phoque obèse aurait agité ses pattes avant. Elle s'arrêta les bras ouverts, comme une invitation toujours valable.

« Je me posais juste une question.

— Et c'est ?

— Quand tu m'as parlé de... du père de Johan, l'autre jour... Je crois que tu n'étais pas tout à fait honnête. »

Ses yeux se croisèrent.

« Ah non ? dit-elle, comme si elle n'avait aucun souvenir d'avoir parlé de quelque chose de tel.

— Non, pas tout à fait. Par exemple, tu m'as dit qu'il t'avait envoyé de l'argent tous les mois, et c'est peut-être ce qu'il fait, mais tu ne m'as pas dit qu'il venait régulièrement vous voir.

— Ouais, je... » Ce n'est pas facile de mentir quand on est affalé sur un canapé et qu'on a plein de vodka qui clapote dans l'estomac.

« Je... C'est... Je voulais... ça ne te regarde pas.

— Non, peut-être pas. Mais peut-être bien que si. Donc, il vient ici... souvent ? Une fois par mois ? »

Elle haussa les épaules et acquiesça en même temps.

« Tous les deux mois ? »

Elle hocha la tête, un peu de travers cette fois-ci.

« Et il doit bien arriver que Johan le voie ? Parce

que c'est bien lui qu'il vient voir, n'est-ce pas ? Pour voir comment il va, comment il grandit ? »

Elle hocha à nouveau la tête.

« Mais Johan pense que c'est juste l'un de tes... rencards habituels ? Tu l'as laissé voir son père, visite après visite, pendant toutes ces années... Mais tu n'as jamais eu le courage de lui dire que c'était *lui*, son père ?

— Non, chuchota-t-elle d'une voix rauque. Ça ne le...

— Ça ne le regardait pas ? Son propre père ?

— Ce n'était pas son père à lui... pas lorsqu'il m'a laissé tomber comme ça. Il... Il aurait pu quitter sa femme, ne pas me laisser seule avec... ma honte. Ce n'est pas comme ça que je te l'ai raconté la dernière fois, Veum. Ce n'est pas comme ça que je l'ai raconté à tous ceux qui m'ont posé la question. »

D'un geste qui prenait l'allure d'un exploit sportif, elle s'assit dans le canapé. Elle se retrouva assise bien droite, une main sur chaque genou, sa grosse tête oscillant sur ses épaules comme celle d'un jouet.

« Je vais te raconter ça, poursuivit-elle. Tu es un... un type bien... Je vais te raconter la vérité sur... Parce que ce n'était pas juste un mec que j'ai ramassé à la salle de bal. C'était... Ç'a été la seule vraie relation amoureuse que j'ai eue dans toute ma vie... la seule dont le souvenir me... bouleverse, la seule qui me réveille en pleine nuit — parce que j'ai rêvé de lui. Mais je l'ai aimé, Veum, et il... il ne m'a pas dit qu'il était marié. Il quittait son alliance avant de venir me voir, et nous... j'ai cru tout ce qu'il m'a dit, jusqu'à ce que je, que je tombe enceinte de Johan... Et à ce moment-là, il m'a tout raconté : qu'il était marié, que sa femme était enceinte, elle aussi... Et que nous... Il a promis de m'aider, mais il ne pouvait pas m'épouser. Et moi — je l'aimais. Je l'aimais si fort que je ne pouvais pas lui dire non, à rien. Je l'ai donc laissé acheter sa liberté... Si on peut appeler ça comme ça. Je l'ai laissé me payer cet appartement... Et celui dans lequel j'habitais avant. Je l'ai laissé payer les frais relatifs à Johan, son éducation, je l'ai même laissé venir nous voir — voir son fils. Il est venu régulièrement... Pendant toutes ces années, dès que Johan a eu... six mois, et jusqu'à ce jour.

— Et vous avez laissé Johan grandir comme ça... sans répondre à la plus importante question de sa vie, sans lui donner le... le point de repère qu'un père représente. Ou peut représenter.

— C'était... en fait, lui... qui voulait que ça soit comme ça. Il ne voulait pas courir le risque, quand Johan serait assez vieux, de le voir tout à coup à sa porte pour faire... des histoires.

— Et tu as accepté ça ? »

Sa voix était tout à coup pleine de sauvagerie quand elle s'exclama :

« Mais c'est ce que je t'ai dit : je l'aimais ! » Une sauvagerie qui mourut en un gémissement mélancolique.

« Je l'aime, aujourd'hui encore. »

Je ne dis rien. C'était étrange, d'être assis dans ce grand salon dépouillé, tandis que le crépuscule se faisait de plus en plus sombre. La lumière jouait sur les bouteilles vides, et une femme de cent vingt kilos, assise de l'autre côté de la table, me confiait le secret le mieux gardé de sa vie.

Elle continua d'une voix plus faible :

« Mais pour lui... Pour lui, ce n'était qu'une passade. Il... les premières fois, les premières années, quand il venait... nous voir, il arrivait encore que nous... qu'il veuille... J'étais plus jeune, à ce moment-là, et plus belle, et pas si... grosse. Mais maintenant... ça fait des années qu'il ne... qu'il ne m'embrasse plus ; même pas. C'est presque comme... un mariage normal. Pour lui, ça s'est terminé il y a des années. S'il y a jamais eu quelque chose. Pour moi, ça vivra aussi longtemps que je vivrai. Aussi longtemps. »

Elle me chercha maladroitement des yeux dans la pénombre.

« C'est bizarre, l'amour, pour ça, hein, Veum ? Que ce soit si rare qu'il nous touche... tous les deux en même temps ? »

J'acquiesçai. Elle avait raison. Si j'avais appris quelque chose au cours de ces derniers jours, c'était bien ça. Que l'amour était un archer déplorable, qui mettait rarement deux fois de suite dans le mille.

« Beaucoup trop de mariages... et que de la merde, au final. Et en fin de compte, je suis contente d'y avoir échappé. Je n'ai pas eu à vivre ma vie dans le demi-mensonge, le demi-amour, et le demi... le demi-tout. »

Autre vérité que m'avaient apprise ces derniers jours : ceux qui doivent vivre seul ont toujours une bonne excuse ; ou une bonne consolation. Il n'y a que cela qui leur permet de survivre.

J'en revins à mes moutons :

« Et tu n'étais pas non plus cent pour cent honnête quand tu m'as dit qu'il était marin, n'est-ce pas ? Pas tout à fait.

— N-non. Tu as raison.

— Il était officier de marine. »

Elle hocha péniblement la tête.

« Et il s'appelait Richard Ljosne. »

Elle me fixa d'un regard sombre.

« Comment... comment en es-tu arrivé là, Veum ?

— C'est ce qu'il m'a dit lui-même... indirectement. Ou alors, j'ai tiré des conclusions hâtives, qui finalement n'étaient pas si hâtives que ça. »

Je me levai. Maintenant, j'en étais sûr. Sans que je sache exactement ce que ça m'apportait, ou si ça m'apporterait quoi que ce soit. C'était peut-être seulement une coïncidence. C'était peut-être toujours ainsi : quand vous commencez à fouiner dans le vécu des gens, ou dans leur passé, vous finissez toujours par dégoter un squelette dans un placard. Car tout le monde en a un, quelque part.

Je lui tendis la bouteille par-dessus la table.

« Tenez, madame Pedersen. La nuit va être longue.

— Trop de nuits, Veum. Trop de bouteilles », dit-elle en prenant la bouteille qu'elle regarda tristement.

Je hochai la tête. C'était une épitaphe, que je pourrais à la rigueur utiliser un jour pour mon propre compte.

« À bientôt, dis-je.

— Salut, Veum. Merci d'être venu. Ça fait toujours plaisir. Tu retrouveras ton chemin ?

— Hmm. »

Elle était assise avec la bouteille étendue entre ses cuisses, comme un amant passif. Je la laissai ainsi. Je n'avais plus rien à lui donner, et je ne lui avais rien donné. J'étais le vent : je posais mes questions, et je collectai les réponses, avant d'aller voir plus loin. J'étais le nuage de sauterelles : je mangeais tout ce qui me tombait sous la dent et ne laissais derrière moi que des vies entièrement dévorées, une nuit sans secret. J'étais le soleil : je laissais des champs brûlés derrière moi, des forêts moribondes, des vies mourantes. Mais le soleil est particulier : il tue d'abord pour régénérer la vie ensuite. Après la sécheresse vient toujours une journée de pluie.

Il y a un printemps après chaque hiver. Mais la sécheresse et l'hiver viennent toujours en premier : la vérité passe toujours avant.

Je m'extirpai doucement de la vie de Hildur Pedersen.

Je n'avais plus rien à faire. J'étais moi-même consumé et consommé. Je traversai le parking en biais, jusqu'à ma voiture. Je m'installai dedans, introduisis la clé de contact, enfonçai la pédale d'embrayage et tournai la clé.

Aucune réaction, rien qu'un grognement réticent.

Je répétai la procédure avec plus d'énervement. « Allez ! » grognai-je.

Il ne se passa rien. Elle était kapout.

J'appuyai le visage contre le pare-brise. J'aurais dû m'en douter. Elle n'était pas juste kapout, on l'avait assassinée.

Les ombres environnantes avaient pris vie. Et ils étaient davantage que cinq, cette fois-ci. Ils étaient nombreux.

38

Ils étaient trop.

J'hésitai une seconde à verrouiller la porte, mais ça aurait certainement conduit à ce qu'ils cassent les carreaux, crèvent les pneus, arrachent le capot : transformer la voiture en épave, plus qu'elle ne l'était déjà.

Ils s'approchèrent et encerclèrent la voiture. Des ombres sombres, allongées, aux visages pâles et fixes. Plusieurs d'entre eux avaient quelque chose à la main. Ce n'était pas des couteaux, mais des tubes d'acier, des chaînes de vélo et autres articles sympathiques du même genre.

Je ne suis pas quelqu'un de courageux, juste un peu tête brûlée de temps en temps. Je sentis la transpiration jaillir, sur mon front et dans mon dos. J'éprouvais une sensation désagréable dans le ventre, et je sentis que mes jambes se liquéfiaient.

Ils ne bougeaient plus, formant un cercle serré autour de la voiture, et ils attendaient. J'avais l'impression qu'une distance infiniment plus grande que le désert du Sahara me séparait de l'immeuble le plus proche, dont les lumières scintillantes paraissaient aussi lointaines et inaccessibles que le sommet de l'Everest. Exception faite du cercle de sorcières que j'avais autour de la voiture, le parking était aussi désert que la Mer de la Tranquillité. C'était comme si je sentais le Lyderhorn lui-même se pencher en avant, ne faisant lui aussi qu'attendre.

Je sortis prestement de la voiture. Ils étaient douze ou treize, et ma seule chance était de les tenir à distance respectable grâce à ma grande gueule, trouver l'ouverture et déguerpir aussi vite que je pouvais, en priant tous les dieux que ce serait suffisant.

Mais Joker avait tiré les leçons de ses erreurs. Avant que j'aie eu le temps d'ouvrir la bouche, je l'entendis dire :

« Chopez-le ! »

Et ils me chopèrent.

Ils se jetèrent sur moi, de tous les côtés, si rapidement et si brutalement que je pus à peine lever les poings. Je sentis des doigts, des poings, des pieds, des bottes et des tubes d'acier trouver le chemin de points sensibles. Une chaîne de vélo me bloqua l'avant-bras, mordit à travers le tissu et m'érafla la peau. Je fus jeté à terre, rencontrai l'aile de la voiture en tombant et reçus une botte sous le menton avant d'avoir touché le sol. Un genou vicieux me toucha au ventre, et des poings martelèrent ma poitrine. Je frappai dans la masse, vers le haut, touchai quelque chose de dur, puis quelque chose de mou, articulai un juron et reçus un coup de botte à l'entrejambes qui me fit chanter : une chanson déchirante, inharmonieuse. J'entendais gémir, rire et jurer au-dessus de moi.

Je me recroquevillai, levai les coudes de part et d'autre de la tête, rentrai la tête et serrai les cuisses autour des parties les plus sensibles. Sans y pouvoir quoi que ce fût, je sentis de chaudes larmes couler de mes yeux — autant de fureur et d'humiliation que de douleur et de peur — et je pensai : Est-ce la fin ? D'une façon si pathétique, si injuste ?

Et je sombrai dans une obscurité sans fond. Le goudron se déroula sous moi, devint tendre comme une couette, et s'ouvrit comme un lit douillet. Une chaleur étrange envahit mon corps, une chaleur qui consumait toutes les douleurs, une chaleur intense et diffuse. Je notai dans ma torpeur que les coups se calmaient. Une dernière botte dans les reins, un coup de pied dédaigneux dans une jambe inerte, un crachat au visage. Je sentais que les larmes n'étaient plus les seules à me couler sur le visage : ceci était plus visqueux, plus épais.

Tout à coup, quelqu'un vint près, tout près. Je sentis des mains fines me ramasser sans ménagement, et je vis un visage s'approcher du mien, à travers un voile dansant orange, un visage livide et froid, celui d'un prêtre : « Je t'avais prévenu, Veum. Tu fous la paix à ma mère, maintenant. Pour de bon. »

Il me lâcha, et je retombai sur le sol. Cette fois-ci aussi, ce fut sans douleur. C'était seulement chaud et douillet, et je n'avais qu'une envie : dormir, dormir...

J'entendis des pas s'éloigner. Ils résonnèrent de façon assourdissante dans mes oreilles, comme un troupeau de buffles qui passait au galop. Puis ce fut le silence. Puis à nouveau cette voix, au bout d'une botte pointue qui me fouillait le flanc, et la voix disait :

« Et si tu crois que tu es le seul à avoir fait la cour à ta pute, alors tu te plantes. Il y en a pas mal qui se sont fait la totale là-haut bien avant que toi, tu ne te pointes ! »

Un dernier coup de pied, et des pas qui s'éloignaient : un ange du tonnerre s'élevant au-dessus d'un champ de flammes.

J'essayai de lever la tête, pour pouvoir le voir. Le suivre du regard, vérifier s'il portait une épée de feu au côté, si sa tête était entourée d'une auréole de flammes.

Mais à quoi bon lever la tête ? Quel intérêt ?

Je gisais sur le sol. Je sentais faiblement l'odeur de ma voiture, l'essence et l'huile. J'avais la tête en partie sous le pare-chocs arrière, et un paysage lunaire irrégulier, fait de taches de rouille brune et de boue séchée, s'offrait à mes yeux. C'était comme être dans un lit à baldaquin, dont la voûte était grise, marron et noire, une voûte de soie pourrie, bordée de toiles d'araignées et de crottes de souris. Et il régnait une odeur forte, l'odeur de... la mort.

Je vomis, lentement et sans mouvement brusque.

J'étais tout à fait immobile, sur le dos, et je me sentis me remplir d'en bas, je sentis ma bouche se remplir, mes lèvres gercées s'écarter. Ma bouche déborda et je vomis, si infiniment lentement et si infiniment doucement... comme le plus doux et le plus attentionné des baisers...

Puis, je m'endormis.

39

« Ohé ? »

Je dormais. J'étais au paradis. Une femme dont les cheveux n'étaient ni blonds, ni bruns, ni roux se pencha doucement sur moi, et je sentis son souffle sur mon visage. Le sien était beau et pur, et elle était suffisamment âgée pour qu'un éventail de fines ridules soit apparu au coin de ses yeux. Ses lèvres...

« Ohé ? »

Ses lèvres : j'essayai de me concentrer sur ses lèvres, je me cramponnai à l'image de ses lèvres, comme... comme...

« Ohé, vous ! Vous êtes mort ? »

J'ouvris les yeux. Ça faisait mal. C'était comme ouvrir une boîte de gâteaux fermée depuis deux ans. Mon champ de vision était bordé de rouille, et l'homme qui se pencha sur moi eut un jumeau, puis deux, puis un à nouveau.

Je fermai les yeux et serrai fort les paupières.

« Ohé ? »

Quelqu'un criait dans le noir, mais celui qui crie dans le désert... Qu'est-ce que c'était, déjà ? Quand on crie dans le désert...

« Ohé. » C'était ma propre voix, et elle me fit tellement peur que je rouvris les yeux. L'homme était fils unique, mais ma voix avait résonné comme un chœur à deux voix, avec les castrats à gauche.

Le visage que j'avais au-dessus de moi était vieux, proche des soixante-dix. De nos jours, il n'y a plus que les gens de soixante-dix ans qui parlent à ceux qui meurent lentement sous des vieilles voitures.

« Il vous est arrivé quelque chose ? demanda-t-il.

— Ohé, dis-je.

— Il vous est arrivé quelque chose ? » répéta-t-il, plus fort cette fois-ci.

Il avait des moustaches comme en ont les hommes de son âge : des poils courts et blancs, mélangés à du brun. L'intérieur de sa bouche était sombre, et ses dents marron. Ses yeux semblaient noirs sur son visage blanc. Les cheveux sous son chapeau étaient gris blanc. Il avait une écharpe autour du cou et un gros manteau sombre l'enveloppait. Il avait une canne à la main. L'autre pendait le long de son corps, comme si elle ne lui appartenait pas. Je le voyais à présent distinctement.

J'essayai de me lever. Je dus me contenter de m'asseoir. Le parking tout entier tanguait autour de moi. J'appuyai lourdement mon dos contre la voiture : j'attendis patiemment que l'univers se stabilise à nouveau.

« Vous saignez », dit-il.

Je portai une main à mon visage. J'avais l'impression de porter des gants de boxe. Je la laissai effleurer mon visage. Il était humide. Et il était sensible.

« Vous avez une tête à faire peur, continua-t-il.

— Ce n'est pas nouveau, murmurai-je.

— Plaît-il ? »

Je secouai la tête.

« Je n'ai pas entendu. »

Le parking se stabilisa. Je tentai de me relever en laissant glisser mon dos contre la portière. J'y arrivai, lentement. Mais je fus pris de nausée, d'une nausée violente. Je devais avoir un bon traumatisme crânien. S'il me restait encore quelque chose dans le crâne. J'avais l'impression que mon cerveau gouttait lentement à travers mon nez, sur mon visage, mes mains et finissait sur le goudron. Tu es né asphalte, tu redeviendras asphalte.

« Est-ce que c'était ces jeunes ?

— Oh, non. Il se trouve que j'aime bien venir m'allonger sur ce parking pour regarder le dessous de ma voiture. La plus belle vue qui soit. »

Il hocha la tête, compatissant.

« Je vois que vous avez pris un méchant coup. C'est une honte. Voulez-vous que je prévienne la police ? Ou un médecin ?

— Un médecin ? À cette heure ? » J'essayai de rire.

« Ça fait mal ? demanda-t-il, inquiet.

— Seulement quand je ris. »

Mais ça continuait à faire mal quand je cessai de rire aussi.

« Vous vous y connaissez, en voitures ? » demandai-je.

Son visage s'éclaira.

« J'avais une Graham, à l'époque. Une vraie voiture, de l'époque où ils construisaient des voitures.

— Eh bien. Celle-ci n'est pas à proprement parler une voiture. C'est plutôt un tas de ferraille sur quatre roues, mais si vous pouviez m'aider à ouvrir le capot... »

Je me retournai. Je n'aurais pas dû. Une jambe

céda sous moi, et la voiture avait changé de place. Je m'aperçus que je m'appuyais un instant sur le goudron ; puis ce dernier tourna autour de moi et me fit le coup du lapin.

« Ohé ! Ohé ! » firent plusieurs voix autour de moi.

J'avais l'estomac au bord des lèvres, et il se tordait. Je vomis à nouveau.

« Je vais chercher de l'aide, fit une voix. Restez ici. Ne bougez pas.

— Je vais essayer », murmurai-je.

Elle était à nouveau là, la femme aux cheveux inoubliables. Mais elle s'était levée, et son visage était déformé, ovale d'un côté et écrasé de l'autre. Sa vue était douloureuse. J'ouvris les yeux pour y échapper.

Je gisais tout à fait immobile, les yeux ouverts, et je respirais lentement, par le nez et la bouche. Du calme, me dis-je, du calme.

Puis, je recommençai à me lever, plus lentement et plus précautionneusement que jamais. Je m'appuyai sur ma voiture et me redressai totalement. J'avais l'impression de dresser un mât, tout seul et une main attachée dans le dos.

Mais ce fut un succès. Le goudron se calma sous moi, et la voiture ne tomba pas en miettes dans mon dos.

Je me dirigeai peu à peu vers l'avant de la voiture. Je cherchai sous l'avant le levier qui ouvrait le capot, le trouvai et tirai. Mes dernières forces y passèrent. Le capot s'ouvrit avec un déclic récalcitrant. Mais la transpiration me jaillissait de tous les pores, et des taches sombres fusèrent devant mes yeux comme autant de faisans effarouchés.

Je fis une pause. Puis, je levai complètement le capot et plongeai la tête dans l'ouverture béante. Je laissai mes yeux douloureux et fatigués parcourir le moteur Leyland tarabiscoté.

Ils ne s'étaient pas vraiment foulés. Je revissai les bougies et connectai à nouveau l'arrivée d'essence.

Sans refermer le capot, je retournai à grand-peine à la portière, l'ouvris et m'assis au volant. J'introduisis la clé de contact et la tournai. Elle démarra comme un vieillard à nouveau amoureux. Un vieillard, mais malgré tout amoureux de nouveau. Le démarrage fut un peu poussif, mais une fois lancé, plus moyen de l'arrêter.

Je laissai tourner le moteur, descendis de voiture et refis le long périple jusqu'à l'avant de la voiture, fermai le capot et revins derrière le volant. Ce fut une longue balade, et je dus souffler un moment. Je me cramponnai au volant en regardant dans le vide devant moi : un petit garçon qui joue à conduire.

Je respirai à fond, laissai revenir la pédale d'embrayage, virai sur le parking et pris la sortie vers la route dans ma ligne de mire. Une paire de roues resta sur le bord du trottoir, tandis que l'autre était sur la chaussée, bien qu'à contre-sens. Je repris la route, trouvai le caniveau de droite et le suivis.

Je m'en sortais en fait mieux en fermant l'œil gauche ; et en conservant une vitesse de vingt ou trente kilomètres heures. Et quand je ne croisais pas d'autres voitures. Les lumières qui venaient en face me perturbaient, car elles se répandaient en formations ouvertes, et sautaient et dansaient comme une escadrille d'OVNI perdus. Et elles étaient plus vives que dans mon souvenir.

Je m'arrêtai cinq ou six fois en cours de route. J'ouvris la porte, me penchai au-dehors et vomis. Je n'avais pas la force de sortir de la voiture pour aller jusqu'au fossé : je restai où j'étais. Mais je tentai de rester discret : quand des voitures passaient, je faisais semblant de me pencher au-dehors pour observer ma roue arrière. Mais il n'y avait aucun problème de ce côté-là. Tout allait bien.

À l'heure de pointe, je ne serais sûrement pas allé jusqu'à Bjørndalsvingen. Je pus finalement faire toute la route. Je retrouvai même le pont sur le Puddefjord, et je n'oubliai pas de me mettre sur la file de droite au moment de passer devant les bains municipaux.

Je ne sus jamais ce qu'était devenu le vieil homme qui avait jadis eu une Graham. Peut-être tourne-t-il toujours en cherchant de l'aide. De nos jours, ce n'est pas une chose facile à trouver.

On a dit du service des urgences de Bergen qu'il devrait porter la traditionnelle devise suivante en lettres d'or, au-dessus de l'entrée : *Vous qui entrez ici, abandonnez tout espoir...*

C'est très exagéré. La plupart des gens survivent. Qu'ils puissent en garder des séquelles tout le restant de leur vie, peu importe. Et il ne faut pas qu'ils se plaignent s'ils ne se sentent pas spécialement mieux en sortant qu'en entrant.

On a raconté l'histoire d'un type de l'est du pays qui s'était fait soigner au service des urgences de Bergen pour une fêlure de la cheville. Lorsqu'il était revenu à Oslo, au cours d'une visite de contrôle, le médecin avait jeté un coup d'œil à la cheville, avant de regarder son patient d'un air inquiet : « Les médecins de garde de Bergen ? » Le patient avait hoché la tête, effrayé, et le médecin avait fait venir toute une troupe d'internes qui se trouvaient non loin. Ils s'étaient agglutinés autour du blessé en le regardant comme un cas médical extrêmement rare. Le médecin se frottait les mains, tout content, et avait dit : voici ce qu'il *ne* faut *pas* faire...

On ne devrait naturellement jamais prêter attention à ce genre d'histoires. Elles sont rarement vraies. On ne devrait pas non plus lire d'encyclopédies médicales. Et dans la mesure où on peut l'éviter, on devrait de préférence se tenir loin d'endroits comme le service des urgences de Bergen.

Je me garai le long du trottoir. Il était plus de dix heures, et l'entrée principale était fermée. Un panneau et une flèche me renvoyèrent à l'entrée véhicules. Je suivis la flèche, gravis un large escalier de béton et arrivai à une porte fermée agrémentée d'une sonnette. Après quelques essais infructueux, mon doigt trouva le bouton.

Une fille vêtue de blanc ouvrit. Elle était à la fin de la trentaine, garantie non mariée (ça ne l'avait même jamais effleurée) et semblait prête à dire qu'ils n'achetaient rien aux vendeurs qui faisaient du porte-à-porte dans cet escalier. Mais elle tint la porte ouverte, et j'entrai.

« Qu'est-ce qui ne va pas ? » demanda-t-elle.

Je fis un geste en direction de mon visage que je supposais être une démonstration suffisamment efficace.

« Je suis tout enflé, dis-je. Est-ce que ça pourrait être... les oreillons ? »

Elle me regarda sévèrement. Elle fit un signe de tête vers quelques chaises. « Asseyez-vous. » Puis elle partit en trottinant dans le couloir et tourna au coin.

Je regardai autour de moi. Il n'y avait aucun médecin en vue. Un étranger à la peau basanée était assis sur l'une des chaises, à moitié penché en avant. Ses cheveux sombres lui tombaient sur le front. Il saignait d'une vilaine coupure au-dessus de l'un des sourcils, son oreille gauche semblait susceptible de se détacher d'une seconde à l'autre, et il tenait la moitié de ses dents dans ses mains. Le sang gouttait en trois flaques distinctes devant lui : lentement et en rythme, comme venant tout droit du cœur.

Plus à l'intérieur, derrière une tenture verte, j'entendais un enfant pleurer.

Un homme en uniforme de chauffeur de taxi faisait impatiemment les cent pas tout en regardant à la dérobée un panneau qui notifiait qu'il était interdit de fumer. Il avait l'air de pouvoir s'imaginer le démonter pour se curer les dents avec. C'était quelqu'un de ce tonneau-là.

Il flottait l'odeur désagréable de l'éther ou de ce que cela peut bien sentir dans des endroits pareils.

Un lavabo surmonté d'un miroir occupait l'un des coins de la pièce. Je m'y rendis et m'aperçus qu'il ne s'agissait pas d'un miroir. C'était un tableau, le portrait d'un individu d'une laideur peu commune. Ce ne fut que lorsque je levai la main à mon visage pour la passer sur ce qui avait un jour été ma bouche que je compris que c'était effectivement moi que j'étais en train de contempler.

Le spectacle fut au-dessus de mes forces, et je me jetai rapidement hors du champ de vision. J'emplis le lavabo d'eau et tentai de me débarbouiller. Quand je remis la tête devant la glace, ça me ressemblait un peu plus, toutes proportions gardées. Même ma mère aurait eu des difficultés à me reconnaître. Des vieilles connaissances m'auraient croisé dans la rue sans broncher.

Mes yeux étaient deux étroites fentes collées. Ma

bouche avait gagné deux tailles et tirait vilainement vers l'un de mes yeux. Mon menton faisait penser à ces pommes de terre avec lesquelles les gens passent dans les journaux pour leur aspect si étrange. Et ma belle peau délicate de la matinée avait été transformée en paysage qui aurait fait sensation lors d'un séminaire d'agriculture.

Je retournai lourdement jusqu'à l'étranger et m'assis sur une chaise libre, à côté de lui.

Il leva les yeux vers moi, des yeux noirs et tristes, qui trahissaient de l'incompréhension.

« Je ne leur avais rien fait ! s'exclama-t-il. Alors, pourquoi qu'ils tapent moi, tous les gens ? Parce que j'ai ne pas le même couleur de la peau ? Parce que je ne venis pas du même pays ? Je pas comprendre. Je pas comprendre ! »

J'essayai de dire quelque chose, mais les mots trébuchèrent dans ma bouche. Il me regarda, parcourut des yeux les restes de mon visage. Il avait l'air de ne plus rien comprendre.

« Mais toi... t'être de Norvage ? Et eux t'a frappé aussi ? Mais pourquoi ?

— Je n'étais pas du même quartier. »

Il hocha la tête avec incrédulité, baissa les yeux vers ses grandes dents blanches qui luisaient comme des diamants fraîchement lavés dans ses paumes claires.

« Je pas comprendre, pourquoi les gens doivent se frapper... partout ! »

Un médecin arriva. C'était l'un de ces jeunes médecins qu'ils utilisent ici aux urgences, toujours une remarque amusante sur le bout de la langue, toujours un faux diagnostic satisfaisant en poche. Il se planta devant nous, et son regard alla de l'un à l'autre.

« Lequel de vous deux a encore le plus de temps à vivre ? demanda-t-il.

— Il est arrivé avant, dis-je.

— Pas au bon endroit, dit le médecin. C'est chez le dentiste de garde, qu'il faut qu'il aille. Pour se les faire remplacer. »

Il fit signe à l'immigré de le suivre. « Viens avec moi, l'ami. On va déjà jeter un œil à tes coupures. »

Il partit avec lui, derrière une tenture verte.

Le chauffeur de taxi suspendit ses allers-retours. Il regardait le rideau.

« Ces foutus Paki ! s'exclama-t-il. De quoi ils se plaignent, putain ? S'ils viennent ici pour piquer le boulot des gens, ils doivent accepter qu'on leur casse la gueule. »

Je levai la tête pour savoir si c'était à moi qu'il parlait. Il avait un visage de tailleur de pierre, mais la masse lui avait une fois rendu des coups. Son visage était large et plat, ses yeux à vingt centimètres l'un de l'autre. Son nez était aussi large qu'un fer à repasser, et il avait tellement l'habitude de parler avec un mégot de cigarette au coin de la bouche que cette dernière s'était déformée : elle partait en s'élargissant sur la droite, comme chez un personnage de bande dessinée.

Je commençais à me demander s'il ne valait pas mieux que je rentre me coucher. Je pouvais me procurer mes cauchemars tout seul.

« Il faut les entendre quand ils sont assis à l'arrière à jacasser dans leur jargon, continua-t-il. Sur les bonnes femmes. Je ne comprends pas un seul mot, mais je l'entends au ton qu'ils ont, tu vois ? Une fois, je me suis arrêté, je me suis retourné et je leur ai dit : "N'approchez pas vos pistils dégueulasses des cramouilles norvégiennes, j'ai dit ! On est suffisamment nombreux comme ça sur le coup. » Crois-moi, après, ils se sont tenus tranquilles. Ils n'ont pas dit un mot pendant la fin du trajet. J'ai même chopé dix couronnes de pourboire ! Qu'est-ce que tu dis de ça ? »

Je ne dis rien. Je soupirai.

« Et dans cette turne, c'est devenu tellement classe que tu n'as même plus le droit de t'en griller une !

— Tu ne peux pas sortir, pour ça ? suggérai-je prudemment.

— Tu as vu la tronche de celle qui t'a ouvert ? dit-il en me regardant. Si tu sonnes une fois de trop à cette sonnette-là, elle t'arrache tout le matériel et rentre chez elle le planter dans un pot de fleurs. Fini. Elle est complètement siphonnée, celle-là ! »

Le médecin et l'immigré ressortirent de derrière le rideau. L'immigré fut envoyé dans un bureau pour y donner d'autres précisions le concernant.

Le médecin concentra son attention sur moi.

« De quel tramway es-tu tombé ?

— Celui de Sandviken. Il y a vingt ans. Tu ne peux pas savoir ce que c'est long, pour être pris en charge, ici.

— Alors tu fais partie de ceux qui ont eu de la chance. »

Vingt minutes plus tard, il dit :

« O.K. Voici une ordonnance. Va acheter ces trucs-là et rentre chez toi te coucher. Tiens-toi tranquille deux ou trois jours et détends-toi pendant au moins une semaine. Pas de mouvements brusques, pas d'excitation. Pigé ? »

Pas de mouvements brusques, pas d'excitation ? Je n'avais pas choisi le bon métier. Il aurait fallu que je me fasse embaucher chez un fleuriste.

« Encore une chose : alcool ? Niet ! » ajouta-t-il.

Je passai faire un tour devant le miroir avant de repartir, pour voir si c'était toujours la même image qu'on pouvait voir. Et c'était le cas. Ils avaient juste changé un peu le style. Que du sparadrap et de l'iode abreuvent nos sillons !

J'abandonnai le lieu du crime, ma vie entre les mains. La vie est une ordonnance établie par un médecin de garde sans expérience, en cryptogrammes qu'aucun vivant n'est censé comprendre. Le pharmacien prend des risques, tout comme chacun de nous. Ainsi est la vie : si l'ordonnance est à peu près compréhensible, vous survivrez. Si vous prenez le mauvais médicament, vous aurez peut-être de la chance et mourrez.

40

Je fis un rêve.

Une jeune fille polonaise était pour une raison ou une autre dans mon bureau. Son visage était tailladé jusqu'à l'os, elle avait de courts cheveux bruns, et des yeux anormalement grands et noirs. Il ne lui restait plus qu'une heure avant d'être obligée de partir, mais nous savions tous deux, d'une façon ou d'une autre, que nous nous aimions. Sans en être conscients, nous étions deux âmes sœurs qui avaient soudain été rassemblées pour être immédiatement séparées. Et je ne comprenais pas un mot de ce qu'elle disait.

« *Do you speak English ?* » tentai-je ; mais elle secoua la tête en souriant. « *Parlez-vous français ?* » Mais non, elle se contentait de rire gaiement. « *Sprechen Sie Deutsch ?* » Non, non, non. Elle souriait encore et encore, et parlait polonais avec de belles diphtongues claires et des sons qui semblaient faire des galipettes dans sa gorge.

Puis, je l'accompagnai jusqu'au car. C'était un grand car de touristes vert, garé juste devant l'hôtel Bristol. Dieu sait comment, j'avais réussi à lui écrire une lettre, en norvégien, que je lui donnai. Je compris qu'elle voulait mon adresse, et sortis un bout de papier chiffonné. Elle avait un crayon, mais il n'écrivait presque pas. La pointe en était complètement aplatie, et ce fut à grand-peine que je parvins à graver mes nom et adresse sur le petit bout de papier. C'était une lutte désespérée contre la montre. Puis vint le moment de partir. Nous nous embrassâmes. Sa langue était preste comme un chaton dans ma bouche ; elle jeta un rapide coup d'œil avant de disparaître. Ses lèvres étaient comme une feuille humide tombant des arbres à l'automne, qui effleure ton visage... et disparaît.

Et au moment de m'éveiller, je me demandais comment je pourrais faire traduire ses lettres en polonais. Si je connaissais quelqu'un qui maîtrisait cette langue, ou bien si je pouvais me procurer un dictionnaire pour m'aventurer seul dedans.

J'étais allongé sur le lit, par-dessus la couette. J'avais réussi à quitter mes chaussures et ma veste. Je portais toujours ma chemise et mon pantalon. Il faisait clair au-dehors, et je n'avais pas la moindre idée de l'heure. Je ne me rappelais pas comment j'avais réussi à rentrer chez moi. Et il me fallut faire un effort de réflexion pour me souvenir de mon nom. Si quelqu'un m'avait demandé mon âge, j'aurais répondu : dix-sept ans.

Je restais tout à fait immobile. J'entendais des voix

assourdies, à l'étage au-dessus. Des voix d'enfants montaient de la ruelle, ainsi que le sempiternel bruit de la circulation du centre-ville. Un bateau hulula depuis le fjord, et un jet traversa le ciel en laissant sur la ville un voile de bruit lointain.

Je tournai prudemment la tête pour regarder par la fenêtre, par-dessus les toits et vers le ciel. Ce dernier était gris pâle, avec une touche de marron clair : comme du papier crépon. Ma tête me donnait l'impression d'être une orange pourrie sur laquelle quelqu'un aurait marché.

Je levai le bras gauche et le pliai devant mes yeux. Il était de plomb, et ma montre ne fonctionnait plus. Le verre était cassé.

Je levai la tête et cherchai le réveil. Mon champ de vision était kaléidoscopique, et la chambre tanguait. Je sombrai à nouveau dans le lit. Quand j'ouvris à nouveau les yeux, il faisait déjà nuit.

La pièce sentait le renfermé. Des pas feutrés se firent entendre à l'étage du dessus, quelqu'un éteignit une télévision et continua sa vie sur la pointe des pieds. C'était la nuit dans le monde, et les petits garçons dormaient.

Les grands garçons étaient allongés sur leur lit, en pantalon et chemise, la tête comme une tomate éclatée et un ventre atrocement vide.

Je m'assis avec précaution. La chambre ondula un moment autour de moi, mais je tins bon. Je posai les pieds au sol devant le lit et me levai doucement. Je parvins à conserver la station debout.

J'allai à la fenêtre, défis les crochets et l'ouvris. Elle claqua contre le mur, et je me penchai largement au-dehors. L'air frais et clair du soir fondit sur moi :

un mélange de fumée, de vieux gaz d'échappement et de voitures froides.

Je restai les coudes sur l'appui de la fenêtre et respirai, encore, encore. Je respirais, donc j'étais. Mais quelle heure était-il ? Et quel jour étions-nous ?

Je laissai la fenêtre ouverte et retournai dans la pièce. Le réveil gardait l'énigme du temps pour lui. Personne ne l'avait remonté, les aiguilles étaient au garde-à-vous sur trois heures et quart. J'allai jusqu'au téléphone. Le seul numéro qui me vint à l'esprit fut celui de Beate. Et du nouveau mari de Beate. Je fis le numéro et entendis siffler la sonnerie dans le lointain. Il y eut cinq sonneries avant qu'une voix de femme ne réponde. Elle sonnait si différemment, ce ne pouvait pas être...

« Allô ? Beate ?

— Allô ? Mme Wiik est malheureusement absente. Je suis la baby-sitter.

Oh, bonsoir. Je suis le... mari de Mme Wiik. »

Silence interrogateur, à l'autre bout du fil.

« Je veux dire... l'ex-mari de Mme Wiik.

— Ah, d'accord, fit-on d'une voix lointaine et inhumaine, comme celle d'un robot.

— Est-ce que Thomas... Est-ce que mon fils est là ?

— Il dort.

— Ah bon. Excusez-moi de vous poser la question, mais pourriez vous... me dire l'heure qu'il est ?

— L'heure ? Il est dix heures et demie. »

Je pouvais à présent entendre le froid à travers les lignes téléphoniques.

« Et quel jour ?

— Que *jour* ? » Longue pause. « Samedi. »

Nouvelle pause.

« Samedi ? Bon. Je vous remercie.

— Oh, de rien. Bonsoir.

— Bonsoir. »

Je raccrochai.

« Bon samedi, Varg, fis-je à haute voix. Bon week-end. »

J'allai à la cuisine, coupai trois tranches sèches dans un pain vieux de trois jours, étalai une double couche de beurre dessus, versai de la confiture aussi bien sur les tranches de pain que sur le plan de travail et une partie du sol. Je bus du lait qui avait le goût de vieux carton, et avalai une double dose des cachets que j'étais allé chercher chez le pharmacien la veille au soir.

Conserver hors de portée des enfants, indiquait le flacon.

Puis je retournai me coucher. Je dormis d'un sommeil lourd et sans rêve jusque tard dans la journée de dimanche.

Ce fut un long dimanche. Mon corps entier me faisait souffrir, mon visage ressemblait à un accessoire d'un vieux film d'épouvante, et j'étais incapable de faire quoi que ce fût de sensé. J'essayai de me maintenir en mouvement. Je faisais des allers-retours dans le salon. Pendant un moment, je le fis avec une bouteille d'aquavit dans la main, rien que pour avoir de la compagnie. Mais je n'osai pas l'ouvrir. Le lundi s'annonçait chargé.

Vers une heure, le téléphone sonna. C'était Beate, et elle était remontée comme une pendule.

« Varg ? C'est Beate. Il est hors de question que tu appelles la baby-sitter quand tu es pété.

— Mais je...

— Tu me fais honte au dernier degré. Ce n'était

328

déjà pas marrant d'être marié avec toi, il faut en plus que ce soit dur d'habiter dans la même ville que toi. Qu'est-ce que tu crois que Thomas pense, avec un père qui exerce le métier ridicule de détective privé, quand en plus ce père harcèle au téléphone la baby-sitter avec ses élucubrations de pochard ? Si ça se reproduit ne serait-ce qu'une seule fois, Varg, ce n'est pas de moi que tu entendras parler, mais de mon avocat. » Puis elle raccrocha sèchement.

« Allô ? Allô ? » dis-je à la tonalité, rien que pour pouvoir dire *quelque chose*.

Bien sûr, j'aurais pu rappeler — essayer de lui expliquer la situation. Mais je la connaissais, quand elle était dans cet état : cela exigerait trop d'énergie. Et j'étais trop fatigué pour ce genre de choses.

Je dénichai dans le placard de la cuisine une boîte de boulettes de viande en sauce, sortis du frigo un poivron vert qui avait commencé à se racornir. Je hachai le poivron et en fis une sorte de ragoût. Je n'avais pas le courage de faire cuire des pommes de terre, et les remplaçai par des tranches de pain sec. Je me versai un verre de vin rouge, d'une bouteille à moitié pleine, mais je n'en bus pas plus d'une gorgée. Ce fut suffisant pour me filer une migraine qui dura jusque tard dans la soirée.

Les heures mouraient lentement autour de moi. Une nouvelle nuit rattrapait la ville, une nouvelle journée était effacée. J'étais assis seul devant la télé qui émettait des images carrées bleues de patineurs qui battaient des records du monde sur une piste haut dans les montagnes de Russie. Je pensai à Joker. Je pensai à Joker, plus intensément qu'à aucun autre individu depuis très longtemps. Et je me dis : la prochaine fois, Joker... La prochaine fois... Ce sera mon tour de battre les cartes. Et après. Joker, *après*, ce ne sera pas facile de te mélanger aux autres cartes.

Je me couchai vers dix heures, ce dimanche soir, et dormis comme une souche jusqu'au lundi matin, onze heures.

Et c'est toujours bizarre de se réveiller un lundi. Le lundi est un bon jour pour mourir, selon certains. Et ce lundi en particulier portait une curieuse ambiance de mort, comme si un ange sombre avait étendu ses ailes noires sur la ville au cours de la nuit, et s'était choisi une victime...

41

J'essayai de joindre Paulus Smith au téléphone, mais je ne dépassai pas le stade de sa secrétaire. Smith était occupé à l'instruction, me dit-elle.

« Dites à Smith que j'ai téléphoné. Dites-lui que je n'ai rien trouvé qui puisse nous aider à avancer. Pas encore. Dites-lui que je suis retourné voir Wenche Andresen pour lui poser d'autres questions auxquelles j'ai pensé. C'est noté ? »

C'était noté. Je remerciai pour le brin de causette, raccrochai et sortis dans le lundi.

C'était encore l'une de ces journées grises. Il y avait de la pluie dans l'air, comme si l'orage avait retenu son souffle, comme si l'ensemble ne faisait qu'attendre le moment où les nuages s'ouvriraient au-dessus de nos têtes pour tout laisser tomber : de la pluie dont on savait qu'elle viendrait, à un moment ou à un autre de la journée.

Il était midi passé, et c'était sans aucun doute le

mois de mars. La lumière était plus claire, le soleil était plus haut derrière les nuages. Même s'il faisait gris, il y avait sur la ville une lueur différente de celle du mois de février.

Février est un homme aux jambes trop courtes, quelque part dans les bois, du givre dans la barbe, un bonnet bien enfoncé sur le front et des yeux pâles comme l'hiver enchâssés dans un visage large et fort.

Mars est une femme. Mars est une femme qui vient de s'éveiller, au matin, qui se retourne dans son lit au moment où le soleil donne sur son visage, et qui vous demande d'une voix encore ensommeillée : c'est déjà le matin ?

Oui, c'était le matin. Non seulement la lumière était différente, mais également la température, les reflets sur les toits, le vent froid qui soufflait du nord-ouest en portant en lui la semence d'un temps plus clément, une femme que vous croisiez sur un trottoir et qui portait les mains à son cou pour desserrer un rien son foulard, l'ombre de sa fossette sus-sternale...

Oui, c'était le matin, et nous étions en mars.

Cette fois-ci on ne me laissa pas voir Wenche Andresen dans sa cellule. On me conduisit dans un petit parloir, meublé d'une table en bois, de quelques chaises et d'une surveillante. Cette dernière était assise sur une petite chaise, contre la porte, et donnait l'impression de ne rien voir et de ne rien entendre.

Wenche Andresen marchait à petits pas, comme si elle avait déjà adapté sa façon de marcher à la zone bien délimitée dont elle disposait, et il y avait quelque chose de passif dans sa façon de bouger, une soudaine apathie.

Elle me fit un sourire désabusé au moment où elle entra, et s'assit sur la chaise qui se trouvait le plus près de la porte. Elle avait changé. Cela faisait trois jours que je ne l'avais pas vue. Trois jours et trois nuits supplémentaires qu'elle avait passés entre quatre murs de béton, derrière une lourde porte d'acier, à la lumière d'une fenêtre carrée à la vitre dépolie.

Les jours et les nuits dans une cellule sont plus longs qu'à l'extérieur. Ils peuvent s'apparenter à des années, et ils peuvent laisser sur votre âme l'impression d'avoir duré des années. Wenche Andresen donnait l'impression d'avoir passé six ans derrière les barreaux, et pas trois jours. Sa peau avait déjà pris une nouvelle teinte plus pâle, plus maladive et plus humide qu'auparavant. Les ombres grises sous ses yeux ne provenaient plus d'un manque de sommeil, mais d'une fièvre invisible : la même fièvre qui donnait à ses yeux fatigués un éclat de glaçage gris.

Pour elle, la partie était déjà perdue. Depuis six ans.

Ses mains reposaient mollement, inutiles, sur la table. Je me penchai en avant et les pris dans les miennes, les serrai en une tentative pour les ramener à la vie. Mais elles ne réagirent pas. Elle ne serra pas de son côté, n'essaya pas de s'y cramponner. Ses mains étaient comme deux pains au lait à moitié grignotés entre mes doigts.

« Comment ça va, Wenche ? » demandai-je.

Elle ne répondit pas à ma question. Elle regardait mon visage, et quelque chose brilla enfin au fond de ses yeux.

« Qu'est-ce que... qu'est-ce qui s'est passé ? » demanda-t-elle.

Je lâchai prise et me passai la main rapidement sur le visage en lui jetant un regard interrogateur.

« Ça ? »

Elle acquiesça lentement.

« Une petite... altercation. Avec Joker et sa bande. J'ai rendez-vous avec lui un peu plus tard dans la journée, qu'il le veuille ou non.

— Tu... feras attention ? » dit-elle en regardant autour d'elle. Comme pour me dire que si je n'étais pas prudent, je terminerai au même endroit qu'elle. Du mauvais côté de la table, du mauvais côté des murs.

« J'ai quelques... questions à te poser, Wenche. »

Elle me regarda. Elle attendait que je continue, mais sans aucune curiosité dans le regard. Ce que j'avais à lui demander ne l'intéressait pas le moins du monde.

Ce qui me fit tout à coup me demander à quoi ressemblaient ses nuits, de quoi elle rêvait. Ce devait être des rêves fatigants, pour l'avoir changée à ce point depuis vendredi dernier.

« Richard Ljosne. J'ai discuté avec Richard Ljosne. Et entre autres, de mardi dernier. Ce mardi soir dont tu m'as parlé... »

Je la tenais à l'œil. Je ne la quittais pas des yeux. Mais il n'y avait pour l'instant aucune réaction à déchiffrer : absolument aucune.

« Sa version n'était pas exactement la même que la tienne, continuai-je. Sa description de cette soirée était... légèrement différente. »

Son regard était celui d'un animal empaillé, celui d'une poupée. Elle avait sombré dans un sommeil éveillé de Belle au Bois Dormant, une somnolence ambulatoire. Peut-être que si je me penchais en avant pour l'embrasser...

« Qu'est-ce qui s'est réellement passé, quand vous êtes rentrés, Wenche ?

— Passé ? dit-elle d'une voix sans timbre, après une pause. Il s'est passé quelque chose ? Je t'ai déjà raconté ce qui s'est passé.

— Oui ? Oui, mais lui, il a une autre version. Il dit que... il dit que... que vous avez couché ensemble, Wenche. Toi et lui : vous avez couché ensemble ! Alors ? »

Ses mains ne revenaient toujours pas à la vie. Elle se contenta de les retirer, hors de portée des miennes, en sécurité sous la table.

« Dans ce cas, il ment, Varg. Et si tu le crois, si tu crois à ses mensonges, alors tu n'es plus un ami. »

C'était une déclaration qu'elle aurait pu crier, mais qui sonnait comme si nous avions été mariés pendant vingt ans, et qu'elle me confiait que nous mangerions des boulettes de poisson à midi.

« Je *suis* ton ami, Wenche ! Et tu le sais. Et je ne le *crois* pas... à partir du moment où tu me dis le contraire. Mais pourquoi ? Pourquoi mentirait-il ?

— Les hommes », dit-elle en haussant légèrement les épaules.

Elle n'eut pas besoin d'en dire davantage. La concision se suffisait à elle-même. C'était un jugement sans appel : un jugement qui s'appliquait à une gent entière, qui devait être exécutée dès l'aube. Nous devrions être tous alignés là, les yeux bandés et la bite à la main, nous tous qui portions la mort, la trahison et le mensonge comme un héritage transmis de père en fils, de génération en génération, nous qui étions... des « hommes ».

Je ne voulais pas lui poser la question plusieurs fois. *Elle* n'avait de toute façon aucune raison de mentir. Alors je poursuivis ma liste.

« Gunnar Våge », dis-je.

Il se passa quelque chose en elle. Elle ferma les yeux et secoua la tête, violemment. Lorsqu'elle rouvrit les yeux, son regard était plus clair, et elle était davantage présente.

« Oui ? Quoi ?

— Pourquoi ne m'as-tu pas dit que tu le connaissais ?

— Je ne comprends pas... dit-elle d'une voix hésitante. Je ne vois pas ce que ça a à voir... quel rapport ça a avec... tout ça. Je n'avais plus du tout pensé à lui jusqu'à maintenant, jusqu'à ce que tu...

— Vous avez été ensemble, à une époque...

— Oui, mais, Seigneur, Varg... c'était il y a si longtemps. Je ne passe pas mon temps à penser, année après année, à quelqu'un avec qui je suis sortie pendant quelques mois, il y a longtemps.

— Mais il t'aimait ?

— Ça... Je n'en sais rien, dit-elle laconiquement.

— Non, dis-je. Non, peut-être pas. Mais ça ne t'a pas paru bizarre... qu'il réapparaisse subitement, dans le même quartier que toi, je veux dire, dans l'immeuble voisin ?

— Non, pourquoi ? Il y a tant de gens qu'on retrouve... de cette façon. Tu vas à une soirée, et tu retombes sur une personne que tu n'avais pas vue depuis dix ans. Tu te paies un billet de cinéma, et dans le fauteuil devant toi, tu as une fille qui était dans ta classe vingt ans auparavant.

— Mais tu as revu Gunnar Våge, et tu as discuté avec lui.

— Revu ? Je l'ai croisé à deux ou trois reprises, dans la rue, et on s'est dit quelques mots. Nous n'avions plus grand-chose... en commun.

— Mais à une époque...

— Gunnar et moi... Ouais. On ne s'entendait pas trop mal, pendant deux mois d'été, il y a longtemps. C'était avant que je ne rencontre Jonas : oui, c'est en fait à l'automne qui a suivi que j'ai rencontré Jonas. Si je ne l'avais pas rencontré... qui sait ? Mais j'ai rencontré Jonas, et il n'y a plus eu que lui. À la suite de ça, je n'ai pas pu regarder deux fois un homme. Il n'y avait que lui. C'est ça, l'amour, non ?

— C'est ce qu'on dit, répondis-je. En fait, c'est Jonas qui a... c'est ta rencontre avec Jonas qui a fait que tu as cassé avec Gunnar Våge... à l'époque ?

— Oui. Oui, peut-être. Mais... Ça ne veut pas dire...

— Qu'est-ce que ça ne veut pas dire ?

— Tu ne crois quand même pas... Tu ne sous-entends tout de même pas que...

— Qu'est-ce que je suis censé ne pas croire ? Qu'est-ce que je ne sous-entends pas ?

— Non. C'est trop ridicule, Varg. C'est vieux d'un siècle, et ça n'a rien à voir avec... Il ne peut pas y avoir un quelconque rapport avec tout ça.

— Tu n'es pas obligée de... » J'eus conscience d'avoir démarré trop sèchement. Je parlais trop fort, et j'y mis un bémol. Je continuai d'une voix plus mesurée. « Tu n'es pas obligée de défendre les autres, Wenche. Laisse Gunnar Våge se défendre seul, s'il vient à en avoir besoin. Il a suffisamment d'éloquence. C'est toi que nous devons faire acquitter, n'est-ce pas ?

— Oui, mais... » Le voile retomba sur ses yeux. Sa voix perdit sa chaleur, et redevint neutre.

« C'est sans espoir, Varg. Ils vont me condamner. Je le sais. Ils vont me mettre à l'ombre pour le restant de mes jours, et je ne reverrai plus jamais Roar. C'est peut-être aussi bien. Ça n'a aucune importance pour moi. Jonas est mort, et il m'avait déjà trahie. Qu'est-ce que j'ai à faire... à faire dehors ? »

Je me penchai à nouveau par-dessus la table.

« Tout. Tu as tout à faire, dehors, Wenche ! Tu es jeune, bon Dieu ! Tu peux recommencer à zéro. Tu rencontreras d'autres hommes... un autre homme ! On n'aime pas une seule et unique personne au cours d'une vie. On en aime plusieurs... des mères et des filles, des pères et des fils, des maris et des femmes, des amants et des maîtresses. Tu rencontreras quel-qu'un d'autre... Si ce n'est pas cette année, ce sera l'année prochaine, si ce n'est pas aujourd'hui, alors ce sera demain. Il ne faut pas abandonner, pas main-tenant. Tu comprends ? »

Elle se taisait.

« Après que... après que Jonas t'a quittée, alors que tu savais que Gunnar Våge était dans le coin : tu n'as jamais pensé à... renouer le contact ? Tu ne pouvais... Tu n'as jamais pensé que tu pouvais... redémarrer une relation avec lui ? Mine de rien, c'était quelqu'un que tu connaissais, quelqu'un avec qui tu avais été bien... à une époque.

— Non, Varg. Non, jamais. »

Elle avala avec difficulté, et ses yeux s'emplirent soudain de larmes. Elle en avait également dans la voix lorsqu'elle dit :

« Il n'y a que... » Ses lèvres articulèrent son nom sans un bruit — le nom d'un défunt.

Je la laissai pleurer. Aucun bruit ne s'échappait de sa bouche, et elle était assise le dos droit, sans lever les mains à son visage. Les larmes coulaient de ses yeux, encore et encore, en traînées brillantes sur ses joues, effleuraient les ailes de son nez, se rassem-blaient dessous et poursuivaient vers la bouche, dans les coins et jusqu'à son menton. Je les suivais du regard, comme si c'était le premier ruisseau que je voyais, au printemps, comme le premier jour de dégel du mois de mars, quand les glaciers semblent fondre sous le jeune soleil et que la nuit fait tout son possible pour contrecarrer la fête à venir.

Il ne resta bientôt plus de larmes. Quand elle eut fini de pleurer, je sortis un mouchoir propre de ma poche et me penchai vers elle. J'essuyai les traces de larmes de son visage, pour qu'il ne reste qu'un demi-cercle rouge sous ses yeux.

« Je reviendrai, Wenche. Ne te fais pas de bile. Tout ira bien. J'en suis convaincu. »

Elle hocha la tête, les lèvres gonflées.

Je sentis un vide désagréable dans le ventre. Je levai lentement les yeux, de ses lèvres vers ses yeux. J'essayai de faire en sorte que mes yeux consument le voile qui recouvrait les siens, tentai de couper la torpeur et la distance en elle comme la corde d'un arc, de l'arracher à son sommeil maléfique.

Sans pouvoir m'en empêcher, je me penchai par-dessus la table. Mon ventre en toucha le bord, et je vis son visage grandir.

Si elle s'était elle aussi penchée en avant, je l'aurais embrassée.

Mais elle ne se pencha pas. Elle restait assise, bien droite, de l'autre côté de la table : distante de vingt mille kilomètres et de l'amour pour un autre.

« Eh bien, ce sera tout », dis-je en me rejetant en arrière.

Nous nous levâmes presque en même temps, n'ayant plus rien à nous dire.

« Sois prudent, Varg, dit-elle simplement.

— Oui », répondis-je.

La surveillante s'était elle aussi levée. Je la regardai reconduire Wenche Andresen jusqu'à sa cellule. Wenche Andresen bougeait comme un patient ayant tout juste recommencé à marcher après une longue convalescence. La surveillante était une infirmière inflexible qui la reconduisait avec fermeté dans son lit.

Et moi ? J'étais le vent. Je passais en glissant, en laissant à peine les gens remarquer mon passage. Je posais mes questions et recevais de nouvelles réponses. « C'est ça, l'amour, n'est-ce pas ? » m'avait-elle demandé.

Oui, c'était bien mon impression. L'amour est une chose isolée, une pierre que vous avez trouvée jadis sur une plage, et que vous conservez dans la poche d'un pantalon que vous ne mettez que rarement. Mais elle est là, quelque part dans le placard, et vous en avez conscience. Elle vous suivra toute votre vie, de votre naissance à votre mort, et vous le savez. L'amour est aveugle comme une pierre et isolé comme une plage abandonnée, et vous le savez.

Je quittai l'hôtel de police, léger comme une locomotive et gai comme un pilleur de cadavres.

42

Un couvercle de ciment s'était vissé sur la ville, et une obscurité peu commune s'était installée. Il n'allait pas tarder à pleuvoir.

Je descendis rapidement jusqu'à Strandkaien et entrai dans le bâtiment où mon bureau se trouve, même quand je n'y suis pas moi-même. Une forte odeur de café venant de la cafétéria du premier effleura mes narines lorsque je passai. Mais je ne me laissai pas tenter. Je poursuivis mon ascension.

J'ouvris le bureau. L'air y sentait la chaleur sèche des radiateurs et la vieille poussière. Ça sentait l'oubli et le renfermé, comme dans un caveau.

« Salut caveau ! Voici le cadavre », dis-je à haute voix.

Mais personne ne répondit. Je n'entendis même pas l'écho de ma propre voix.

Je quittai mon pardessus et m'installai derrière mon bureau. Un calendrier était suspendu sur le mur, juste en face de moi. Il était toujours à la page de février, et j'avais la sensation que je n'aurais pas la force de me lever pour arracher la page et avancer le temps jusqu'en mars. Et puis je préférais l'image du mois de février. C'était une photo du port, les toits et les montagnes étaient saupoudrés de neige, et le ciel était comme celui que dessinerait un enfant de six ans : bleu et pur.

Je fis pivoter ma chaise et regardai par la fenêtre. Une main céleste avait aspergé un peu d'eau sur la vitre. Il faisait un noir d'encre, au-dehors. Les voitures qui passaient sur Bryggen avaient leurs feux allumés, comme si les conducteurs avaient oublié de les éteindre à la sortie du tunnel d'Eidsvåg.

En bas, sur la place du marché, je voyais les vendeurs tendre les bâches au-dessus de leurs étals, et les gens se dépêchaient d'aller vers les hautes façades de maisons, les parapluies en position de défense.

Puis le ciel s'ouvrit en deux. Un éclair trancha l'obscurité en deux grandes plaques, et fut accompagné d'un coup de tonnerre aussi puissant que si les monts Fløien et Ulriken s'étaient percutés avant d'éclater en mille morceaux. Le tonnerre débaroula comme des meules entre les montagnes. Un nuage de mouettes blanc neige furent rejetées vers Askøy par une main invisible, tout en criant leur douleur au destin et en battant désespérément des ailes. Un pigeon atterrit sur la corniche, et se hâta de se mettre à l'abri dans le coin, et y resta, la tête penchée et les yeux exorbités en attendant que la voix du jugement dernier s'apaise et que les coupables soient séparés des innocents.

Puis la pluie arriva.

C'était comme si la mer elle-même s'était dressée comme un mur sur la ville. Les gouttes étaient grosses, lourdes et grises, et ne venaient pas l'une après l'autre, mais en cascade. Elles explosaient sur les trottoirs et les chaussées, emplissaient les bâches de la place du marché en quelques secondes, les transformant en hamacs, et donnaient aux caniveaux des allures de ruisseaux rendus fous par l'arrivée du printemps. De l'eau boueuse ruisselait à toute vitesse vers les bouches d'égouts.

Les rues se vidèrent de monde en l'espace de quelques minutes. Les gens s'amassaient le long des maisons, sous les portes cochères, dans les ouvertures de portes et aux entrées des toilettes publiques, bien à l'abri sous le niveau de la rue. Les magasins se remplirent de gens qui ne venaient que pour regarder, et qui étaient assis quatre par quatre à la cafétéria, sans se connaître.

J'étais seul dans mon bureau, et suivais de là le violent spectacle. D'autres éclairs frappèrent la ville comme des pointes de feu. D'autres coups de tonnerre déferlèrent sur nous comme des tourbillons d'eau dans les bouches d'égouts. Un déluge nettoya la ville pour la semaine à venir, effaça toutes les traces fraîches du week-end.

Ce ne fut fini qu'au bout d'environ une demi-heure. Les éclairs s'estompèrent quelque part du côté de Fana, comme de lointains signaux de secours émis par une lampe de poche aux piles usées. Le tonnerre se fit de plus en plus faible, et il ne resta plus que le bourdonnement d'un ventre, dans une pièce au fond du couloir. La pluie se calma et s'étala comme de la soie brillante sur les toits, les arbres des coteaux, sur le bout de Strandkaien et sur les parapluies colorés des gens qui se risquaient tout à coup à quitter leur abri, leurs visages blancs tournés vers le ciel et les yeux comme de jeunes soleils. C'était fini, et la vie pouvait reprendre.

Je parcourus rapidement l'annuaire, trouvai le numéro que je cherchais et appelai Richard Ljosne.

« Ljosne ? Ici Veum, dis-je quand on me le passa.

— Ah bon ? Re-bonjour. Quoi de neuf, depuis la dernière fois ? » En écoutant sa voix, je me le représentais : le loup. Les cheveux gris loup, à l'affût derrière son bureau, de l'acier dans les jambes et dans les bras.

« Je viens juste d'échanger quelques mots avec Wenche. Je n'ai pas de bonjour à te transmettre.

— Hein ? Quoi ? Qu'est-ce que ça veut dire ?

— Elle m'a demandé de ne pas te passer le bonjour.

— Ah oui ?

— Oui. Ce que tu m'avais raconté ne l'a pas vraiment enchantée.

— Ce que je... Mais tu lui as dit...

— Tu as menti, n'est-ce pas... Ljosne ? Tu n'as pas couché avec elle, mardi dernier... tout compte fait ?

Tu n'es pas allé si loin ? Pour une fois, tu as dû passer la main ? »

J'écoutais son silence. Le ciel se tachait déjà de lumière. Il avait cessé de pleuvoir.

« Hein, Ljosne ? »

Sa voix me parvint finalement.

« Eh bien. Peut-être, dit-il.

— Mais pourquoi as-tu menti, Ljosne ? »

J'aurais préféré le voir, mais je n'avais pas le temps d'aller jusque là-bas seulement pour voir l'expression débile de son visage lorsqu'il dit :

« Tu sais... tu sais ce que c'est, Veum. Entre mecs.

— Ah oui ? Non. Non, je ne sais pas. Mais dis-le-moi, toi qui as vu le monde, et qui connais les femmes.

— Écoute, Veum. Je... N'essaie pas d'être drôle. Je sais que je... Je me connais, quand j'ai fait une connerie. Alors, des fois, il vaut mieux fermer sa gueule.

— Pas seulement "des fois », mais quasiment tout le temps, en fait. Mais tu ne m'as toujours pas dit ce que c'est. Entre mecs.

— Bon. Bon, bon, bon. C'est vrai, je n'ai pas couché avec elle. Mais nos grandes gueules s'emballent, tu vois... Et on a des fois du mal à la maîtriser. Je t'en avais déjà dit pas mal. Je t'avais parlé... de toutes les autres femmes. Et je t'avais dit à quel point j'étais obnubilé... à quel point j'étais attiré... par Wenche. Et j'étais censé me mettre tout à coup à te parler de ma plus grosse déconvenue ? C'était tout à coup au-dessus de mes forces, Veum. Je n'ai pas pu... Je suis trop mec pour rester assis là à me lamenter sur un... non.

— Alors, comme ça, elle t'a dit non ?

— Oui, elle a dit non. Purement et simplement : non. Je lui ai demandé si je pouvais entrer. Et elle a répondu : non. C'est hors de question, Richard. Pas question. Ç'a été tout. Elle a dit non, et je suis rentré chez moi, et je me suis couché en compagnie de moi-même, à la place.

— Et ça, c'était si dur, de me le dire ?

— Oui. Ça l'était vraiment, Veum.

— Tout comme l'autre truc que tu ne m'as pas dit.

— L'autre... truc ? » Longue pause entre les mots.

« Oui. Sur ton fils. Ton unique fils. Johan Sans Terre, peut-on dire. Johan Pedersen, que quelques-uns appellent Joker. Le fils que tu as eu d'une femme qui s'appelle Hildur Pedersen, le fils que tu as vu grandir de loin et que tu as aidé depuis sa naissance... mais de loin, toujours de loin. Pourquoi tu ne m'en as pas parlé, Ljosne ?

— Je... Je... Je ne comprends pas le rapport que ça peut avoir avec... quoi que ce soit. Je... Un homme a bien le droit d'avoir quelques secrets, non ?

— Tant qu'on ne protège pas un meurtrier, pour-quoi pas.

— Un meurtrier ? Mais c'est ridicule, Veum. Tu ne veux quand même pas dire que... que Johan pourrait avoir... quelque chose à voir avec...

— Non, Ljosne. Ce n'est pas ce que je veux dire. Je sais que ce n'est pas le cas. Mais il s'agit d'un meurtre, et plus il y aura de choses qui resteront dans l'ombre, plus il sera difficile de parvenir... à la vérité. S'il y a une vérité. Si ce n'est que...

— Veum... » Sa voix était devenue rauque. « J'ai... de l'argent, Veum. Je peux payer. À condition que... si tu laisses mon nom en dehors de tout ça, pour que les gens ne sachent pas... pour Johan. Je peux...

— Où est le problème avec les enfants hors mariage, de nos jours, Ljosne ?

344

— Le problème n'est pas là. Mais les gens vont savoir, les gens vont dire... que c'était... que je l'ai laissé tomber. Que c'est de ma faute s'il est ce qu'il est... aujourd'hui.

— Les gens vont dire. Et ils n'auront peut-être pas tort.

— Mais, écoute... Je ne sais pas qui te paie des honoraires pour ce sur quoi tu enquêtes en ce moment. Mais moi non plus, je ne pense pas que ce soit Wenche qui l'a fait. Je suis tout à fait disposé à... à payer ma part des honoraires, Veum. Parce que tu l'aides, elle. Si seulement tu pouvais... »

Je levai les yeux au plafond. Il s'en fallait de peu que quelqu'un ne fasse un trou au travers pour m'arroser de pièces d'or. Les gens me promettaient de l'argent tous azimuts, mais ça n'arrivait jamais jusqu'à ma boîte aux lettres. Pour une raison indéterminée. C'était peut-être avec l'acheminement du courrier qu'il y avait un problème.

« On me paie mes honoraires, Ljosne. Tu n'as pas d'autre secret à me confier, avant que nous raccrochions ?

— Je... non. Non, mais...

— Alors, à un de ces jours. Je te verrai à un match de foot pour vétérans, ou bien un jour où ils braderont des coquilles de protection. Entraîne-toi aujourd'hui, Ljosne, mais bien en dehors de mon chemin, O.K. ?

— Je... »

Mais je n'entendis pas la suite. Je raccrochai. Puis, j'en vins à penser qu'il aurait sans doute pu me procurer quelques bouteilles d'aquavit pour pas cher. Mais je me dis aussi que je n'en apprécierais pas le goût. Pas une seule seconde.

J'avais un autre coup de téléphone à passer. Un coup de téléphone très important.

Les taches blanches, dans le ciel, s'étaient élargies. On verrait peut-être une fente de ciel bleu, avant que l'ensemble ne soit trempé dans de l'encre et que la nuit ne tombe.

J'appelai l'agence de publicité Pallas et demandai à parler à Solveig Manger. « Ne quittez pas », annonça-t-on d'une voix qui trahissait une routine fatiguée.

J'attendis. Je regardai l'heure. Les aiguilles continuaient leur course, sous le verre brisé. Elles avaient déjà dépassé deux heures. Le soleil s'était rapproché de deux crans de l'horizon, quelque part là-haut, derrière le plaid de laine gris pâle. Il se glissait rapidement sur le ciel, la conscience lourde, comme le fantôme d'un été lointain, sans même se montrer.

Puis j'entendis sa voix au téléphone. Elle trahissait de l'inquiétude, comme si les mauvaises nouvelles lui tombaient dessus depuis peu.

« Allô ? Ici Solveig Manger.

— Bonjour. Je m'appelle Veum. Varg Veum. Je suis détective privé, et je...

— Si c'est une plaisanterie, alors... m'interrompit-elle.

— Non, non, madame Manger. Ce n'est pas une plaisanterie. J'en suis désolé, si ça en a l'air, mais...

— Excusez-moi, mais je suis un peu... à cran... en ce moment. Je... En fait, je n'ai jamais parlé avec un véritable détective privé... jusqu'à ce jour.

— Non, je comprends, dis-je d'un ton badin. C'est le cas de la plupart des gens. Avant que je les appelle. Mais je... ce serait exagéré de dire que je connaissais Jonas, mais nous... nous étions devenus relativement

346

proches, pas plus tard que la veille de... Et il m'a parlé de vous — d'une manière qui... En fait, je pensais que vous aimeriez peut-être entendre certaines choses qu'il avait pu me dire. Et peut-être pourriez-vous me parler un peu de lui en contrepartie. En fait, j'essaie de découvrir... ce qui s'est passé. Ce qui s'est réellement passé.

— Réellement ? Mais je croyais que... La police... Je — Oh, un instant. » Elle fut interrompue. Je l'entendis dire, à distance du combiné : « Non. Pas maintenant. Juste un instant. Tu peux me donner cinq minutes ? O.K. Ferme la porte, s'il te plaît. » Puis elle fut de nouveau à moi.

« Oui ? Allô ?

— Allô ?

— Où en étions-nous ? Je... vous voulez me *parler* ?

— En effet. Si ce n'est pas trop vous demander. Je... En fait, j'appréciais beaucoup Jonas, même si je le connaissais mal. Je...

Pour que ce soit clair entre nous... Veum ? m'interrompit-elle. C'est comme ça, que vous vous appelez ?

— Oui.

— Mon mari est au courant, pour Jonas et moi, bien entendu. Maintenant. La police a eu l'obligeance de lui parler de ça. Mais j'imagine qu'on ne pouvait pas faire autrement... pour ça aussi. »

Elle reprit son souffle si intensément qu'on l'entendit de l'autre côté de Vågen.

« Alors il n'y a pas un rond à se faire, si c'était cela que vous aviez à l'esprit. Loin de moi l'idée de vous vexer, mais... »

Ce fut mon tour de l'interrompre.

« Les gens ont une opinion faussée des détectives

privés, madame, lui dis-je de ma voix la plus douce. Les gens regardent trop de polars américains. Ou bien ils pensent que nous sommes des mâles ténébreux aux épaules carrées, avec une bouteille de whisky dans une poche intérieure et une blonde dans l'autre. Ou alors, ils se figurent que nous sommes de petits bonshommes grossiers qui rabattent leurs cheveux en travers de leur crâne chauve, qui portent des cravates tachées de jaune d'œuf et qui font chanter les épouses dévoyées. En réalité... » Mon regard fit le tour de mon bureau.

« En réalité, nous sommes de petits hommes gris assis dans de petits bureaux défraîchis, en face d'une pile de factures impayées qui ne donne même plus mauvaise conscience, et d'un calendrier qu'on n'a même pas le cœur de faire passer de février à mars. On ressemble à des garçons de bureau. » Je repris mon souffle. « Quand peut-on se voir ?

— Dites-moi, vous parlez toujours comme ça ? demanda-t-elle pensivement.

— Seulement quand je n'ai pas bu.

— Je ne sais pas si nous avons tant de choses que ça à nous...

— Ne vous laissez pas effrayer par ma jactance, madame. Elle s'emballe, de temps à autre. Je n'y peux rien. Quand je suis seul en tête-à-tête avec une femme de moins de soixante ans, je suis comme un adolescent de treize ans qui flirte : inoffensif comme une mouche sans pattes.

— Il y a un petit salon de thé... ici, dans Øvregaten, derrière l'église Sainte-Marie.

— Oui, d'accord, je sais où c'est.

— Nous pourrions nous y retrouver... vers trois heures et demie ?

348

— Parfait. J'y serai.

— Mais je dois être rentrée à quatre heures et demie. Mon mari... » Elle n'en dit pas plus, mais je pouvais comprendre que les limites de ce que pouvait tolérer son mari soient difficiles à repousser en ce moment.

« Ça devrait aller. Au revoir.

— Au revoir. »

Je raccrochai et soupirai. J'avais réussi.

Je me levai, allai résolument de l'autre côté du bureau, jusqu'au calendrier. Je levai la main, avant de changer d'avis. Non, pas encore, me dis-je. Pas encore. Je fermai donc le bureau et descendis les deux étages pour rejoindre l'agence de pompes funèbres de tous les bons repas. J'y ingurgitai le plat du jour, lentement et consciencieusement, comme l'aurait fait un condamné à mort. Mais même un condamné à mort n'aurait pas apprécié ce plat-là.

43

La Bergen Elektriske Færgeselskap est le nom de la compagnie de transport maritime qui gère le petit ferry qui traverse Vågen entre Nykirken et Bradben-ken — avec il est vrai un apport communal de plus en plus important. BEF peut-on lire dessus, et nous l'appelions le Bef quand nous étions gamins et que nous faisions l'interminable voyage maritime sur Vågshavet pour aller à l'entraînement de gymnasti-que au Vikinghall.

Nous prenions aussi le Bef les fois où, quelques années plus tard, nous traversions le même bout de mer pour aller au bal au même endroit. Quand le bal était fini, les ferries avaient cessé de circuler. Et ceux d'entre nous qui n'avions pas rencontré de filles à suivre — « quelque part à Sandviken », parce que les filles que certains devaient raccompagner habitaient toujours « quelque part à Sandviken », en tout cas, ils partaient toujours dans la direction opposée à celle où nous allions — nous qui n'avions pas de filles à raccompagner, il nous fallait faire à pied le tour de Vågen pour rentrer chez nous.

Depuis cette époque, ils avaient remplacé le Bef. Le vieux modèle de bois blanc, marron et noir avait été remplacé par un modèle en plastique vert et orange, qui dansait plus haut sur les vagues que le vieux, et dont le moteur faisait un autre bruit.

J'allai jusqu'au bout de Gågaten, presque uniquement pour la promenade, achetai un journal au kiosque et descendis prendre le Bef en direction de Dreggen, de l'autre côté de Vågen.

Les années passées à Nordnes resurgissaient toujours plus nettement lors de promenades comme celles-ci, au moment où toutes les saisons se confondaient, et j'avais le temps d'y penser. Je ne me souvenais pas que le tramway allait jusqu'au bout, mais je me souvenais que mon père, le conducteur de tramway, descendait du bus plus haut dans Haugeveien, sa veste d'uniforme sur l'épaule, et sa casquette soigneusement ajustée sur la tête. Sa figure était rouge pendant l'été, rouge un peu plus terne pendant l'hiver. Il avait un visage massif, rond et des bajoues prononcées de part et d'autre de la bouche. Cette dernière était toujours pincée, déterminée, comme s'il montait ou descendait d'un tramway qui n'était pas encore arrêté ou qui venait juste de redémarrer. Il descendait les marches le long de Haugeveien, et j'allais en courant et en criant vers lui. Et il me passait la main dans les cheveux tout en me regardant de ses yeux délavés et transparents, et me demandait si j'avais été sage ce jour-là.

Puis il rentrait à la maison — retrouver ses livres. Et ses journaux. Et un quart d'heure plus tard, ma mère arrivait dans la ruelle et criait : « Va-arg ! À taaable ! » Et je peux encore à ce jour voir son visage en fermant les yeux, ce visage toujours pâle, mais aux lignes douces, comme toutes les lignes dont elle était faite : sa bouche qui appartenait à un visage plus beau — et peut-être plus jeune — que le sien, ses yeux, qui étaient plus sombres et plus chauds que ceux de mon père, et sa voix comme un signal impérieux venant d'en bas.

La table au moment des repas : toile cirée à carreaux, miettes de morue un jour et poisson à la béchamel le lendemain, boulettes de poisson un jour et gratin de poisson le lendemain, boulettes de pomme de terre aux lardons un jour et lapskaus le lendemain. Dessert une fois par semaine, le dimanche. Gelée au goût synthétique, crème anglaise encore tiède. Mon père d'un côté de la table, ma mère de l'autre, et moi au milieu, face à la fenêtre. Cette fenêtre qui était le quatrième convive, parce c'était derrière elle que se trouvaient l'avenir proche et le temps : un soleil débordant, de la pluie torrentielle, la chute des flocons de neige et le gel crissant. Jadis, il y avait une éternité.

Ils étaient morts tous les deux, et ça faisait longtemps que j'avais été assis à une table comptant plus de deux personnes. Et de ce que Nordnes avait naguère été, il ne restait pour ainsi dire rien.

J'embarquai sur le Bef et restai à la porte arrière

pour regarder s'éloigner Nordnes, les grands bâtiments moches qui bordaient maintenant Vågen, la variété infinie d'architecture ratée qui s'étendait comme la Muraille de Chine entre la place du marché et Nordnes-bakken. C'était soudain si douloureux : comme quitter à bord du Bef votre propre terre promise, votre propre enfance. Et je ne pouvais m'empêcher de penser à ceux que j'avais laissés derrière moi, les défunts que j'avais accompagnés à la tombe, les visages que je ne devais jamais revoir, les maisons entre lesquelles je ne courrais plus jamais, ni comme petit garçon, ni comme adulte — parce que les maisons n'existaient même plus. Même pas elles.

Nous nous dirigions vers Fløien, Dreggen et les quartiers qui étaient toujours relativement épargnés le long du coteau, de petites maisons de bois se disputaient toujours la place, et une rangée dentelée de bâtiments bordait toujours Bryggen. Et Fløien au-dessus de l'ensemble : les contours de Fløien étaient tels qu'ils avaient toujours été, ils étaient immuables. Encore que...

Je traversai le Bef et descendis à terre, de l'autre côté.

44

C'était un modèle réduit de salon de thé, et c'était autant une boutique qu'un salon de thé. Quoi qu'il en soit, il n'y avait pas beaucoup de place. Il n'y avait pas la place d'y chanter un opéra, et il serait difficile d'y parler de choses confidentielles. J'aurais choisi un autre endroit.

Un comptoir vitré garni de gâteaux et de pains

partageait la pièce en deux. Tout au fond à droite, un comptoir réfrigéré contenait quelques rangées de bouteilles de limonade. Deux petites tables et quatre chaises occupaient l'espace entre ce comptoir et la porte. Une autre table se trouvait à gauche de la porte, juste sous la fenêtre. Il n'y avait pas d'autres tables. Je choisis celle qui se trouvait près du comptoir. Elle semblait plus discrète, si l'on pouvait parler de discrétion quand on se trouvait à un mètre et demi du comptoir et à trois mètres de la porte.

Une femme âgée, aux cheveux gris et au visage plein à ras bord de rides amicales se trouvait derrière le comptoir. Elle portait une tenue jaune composée d'un chemisier, d'une jupe et d'un tablier, comme une serveuse.

Je commandai deux pâtisseries au rhum et une tasse de chocolat chaud. Il était trois heures vingt-cinq. C'est une mauvaise habitude que j'ai : je suis toujours cinq minutes en avance.

Elle avait dans le dos la lumière rasante de la fin de l'après-midi lorsqu'elle passa la porte, et n'eut pas besoin de me chercher. Il n'y avait personne d'autre.

Quand elle arriva près de ma table, je m'aperçus qu'elle était relativement petite. Elle me tendit une main fine et pâle en disant : « Bonjour. Solveig Manger. »

Je me levai et pris sa main. « Varg Veum. Bonjour. »

Elle me serra rapidement et fermement la main. Elle s'excusa d'être en retard de cinq minutes. Je lui dis que ça ne faisait rien, et elle eut un sourire vague, comme si elle avait l'habitude que les hommes lui disent exactement ça. Elle alla au comptoir commander une tasse de café et une tartine.

En revenant, elle ouvrit son manteau et s'assit. C'était un manteau qu'elle traînait depuis plusieurs années : un manteau vert en velours que les intempéries avaient partiellement décoloré, avec un revers ample et une ceinture large à boucle brune. Elle portait en dessous un chemisier beige orné d'un motif de petites fleurs marron et orange. L'ensemble lui donnait une touche automnale. Son chemisier l'enveloppait joliment sans particulièrement dévoiler ses formes. Il y avait quelque chose de romantique et de secret en elle. On ne pouvait qu'imaginer son corps sous le chemisier : les douces pointes de ses seins, son abdomen ferme et — un peu plus bas — son tendre bas-ventre. Ses épaules étaient fines, mais pas maigres. Elle se tenait bien droite, dans une bonne position, naturelle chez elle.

Elle portait une jupe de velours vert. Elle avait les hanches larges, ce qui, associé au haut du corps étroit et presque fragile, donnait une première impression assez curieuse. C'était une silhouette hors des normes classiques, elle n'était en rien une plantureuse Vénus, ni une Diane épanouie. Mais c'était une silhouette dont il devait être terriblement facile de s'amouracher, parce qu'elle appelait instantanément une quelconque forme de protection et de tendresse.

En sa présence, mon visage dévasté m'apparut déplacé, incongru, laid et vilain. Je me passai longuement la main sur ma barbe naissante, comme pour cacher coûte que coûte le bas de mon visage.

« Je vous ai... déjà vu quelque part », dit-elle en regardant mon visage avec attention.

Je reposai la main sur la table. « Écoutez, on ne peut pas se tutoyer ? C'est tellement contraignant de devoir penser "vous » sans arrêt.

— D'accord, fit-elle avec un petit sourire. Mais alors, il faut que tu m'appelles Solveig. Et moi, je t'appellerai... Attends — comment était-ce ? Vidar ?

— J'aurais presque préféré.

— Ah oui ? » Ses yeux étaient bleu sombre, si sombres qu'ils avaient presque l'air noirs. Ses cheveux raides tombaient de façon juvénile autour de son visage : ni blonds, ni bruns, ni roux, mais tout à la fois. J'étais d'accord avec Jonas : même de loin, c'était la première chose que l'on remarquait chez elle.

« C'est Varg », dis-je.

Elle ne rit pas.

« Écoute, je crois que ça va être difficile de faire connaissance. Je ne crois jamais tout à fait ce que tu me dis. Je n'arrivais déjà pas à croire que tu étais détective privé, et maintenant... Est-ce que tu t'appelles réellement...

— Oui, acquiesçai-je. Je m'appelle vraiment Varg. Et je suis vraiment détective privé... »

Elle hocha lentement la tête et son sourire revint. « Oui... Je te crois. Je te crois, maintenant que je te vois. »

Son visage était délicieux, mais lui non plus ne correspondait pas à un canon de la beauté. Il était trop personnel. Sa bouche était relativement petite, et ses lèvres n'étaient ni trop pulpeuses, ni trop minces. Lorsqu'elle souriait, ses joues s'arrondissaient joliment et les coins de sa bouche disparaissaient chacun dans une fossette. Son nez était fin et droit, et son menton ferme et déterminé. À l'exception des yeux et des cheveux, elle passait pour une femme douce et jolie comme tant d'autres. Mais ses yeux étaient ceux d'une femme très chaleureuse, et ses cheveux...

Je regardai ses cheveux et elle me dit : « Tu es à deux doigts de me demander : quelle est réellement la couleur de tes cheveux ?

— Ah oui ? fis-je en souriant.

— Ils font tous ça, tôt ou tard. Généralement tôt.

— Et qu'est-ce que tu réponds ?

— Quelque chose entre toutes les couleurs. Ou blond vénitien. Parce que comme ça, ils ne savent jamais complètement ce qu'ils vont pouvoir dire. »

Je l'aimais bien. Elle était assise bien droite, de l'autre côté de la petite table, et gardait les yeux braqués sur le fond de sa tasse tout en parlant. De temps en temps, elle me jetait de rapides coups d'œil appuyés, mais ses yeux ne s'attardaient pas, ils se retiraient rapidement vers l'obscurité sécurisante de sa tasse de café. Ce n'était plus une jeune fille. Les fines pattes d'oie indiquaient qu'elle avait la trentaine passée. Et ces derniers jours n'étaient pas passés inaperçus chez elle non plus. Je supposais que les zones sombres, gris-bleu, sous ses yeux, n'étaient pas si visibles une semaine auparavant, et que les deux sillons tendus qu'elle avait à l'extrémité de chaque sourcil n'y étaient alors peut-être même pas. C'étaient des rides qui faisaient penser à des antennes : celles qui ou bien disparaissent lorsque le chagrin s'efface, ou bien se cramponnent et vous suivent jusqu'à la fin de votre vie, jusqu'au jour où vous laissez derrière vous un petit groupe d'endeuillés — si vous avez de la chance.

« Solveig... » dis-je.

Elle leva brusquement les yeux, et sa voix trahissait une soudaine angoisse lorsqu'elle répondit :

« Oui ?

— Je... Il y a une semaine — mardi dernier — j'étais au Bryggestuen... avec Jonas, et il... »

Ses yeux se mirent à briller. Un frémissement rapide passa sur ses douces lèvres, comme si toute sa bouche tremblait soudain. Puis elle pinça les lèvres et s'essuya brièvement les yeux de sa main droite.

« Je... Excuse-moi... »

La dame derrière le comptoir se retira pudiquement dans la pièce du fond, et nous entendîmes des pieds de chaise racler le sol. Elle commença à feuilleter bruyamment un journal.

« Je ne voudrais pas... t'importuner. Il ne faut pas que tu penses cela. Je vais être honnête. Je t'ai demandé si je pouvais te voir parce que j'aimerais bien en savoir plus sur toi... et Jonas. Parce que je dois découvrir qui l'a réellement tué. Et parce que je ne le connaissais pas très bien moi-même. Je... En fait, je ne l'ai rencontré que ce jour-là.

— Que... Seulement mardi dernier ? » fit-elle en me regardant avec étonnement.

J'acquiesçai.

« Oui, répondis-je d'une voix rauque.

— Ç'a été... son dernier jour. J'y ai pensé, par la suite. J'ai essayé de me souvenir de tout ce que nous avons fait ce jour-là, tout ce que nous nous sommes dit. Mais en fait, il n'y avait rien de particulier, parce que c'était une journée comme tant d'autres. Un jour de semaine tout à fait banal. Et je ne savais pas... Nous ne savions pas. Que c'était le dernier. Parce que comment vivrions-nous, Varg, si nous savions... ou bien devrions-nous vivre chaque jour comme s'il *devait* être le dernier ? » Elle me regarda droit dans les yeux. « Est-ce que toi aussi, tu ne ferais pas beaucoup de choses autrement, si c'était le cas ?

— Si. Si, effectivement. Je crois.

— Tu vois ! Tout le monde ferait pareil. Mais simplement, on ne le sait pas avant... qu'il soit trop tard. »
Elle se mordit les lèvres de ses petites dents carrées.
« Je... Je l'aimais ! »

Je me sentais exceptionnellement perturbé.

« Écoute, Solveig ; je... avant que tu ne dises quoi que ce soit... je voudrais que tu saches que je... que tu peux me faire confiance... pour que je... »

Elle posa doucement sa main sur la mienne, pendant quelques secondes. Elle me serra brièvement le poignet, et retira sa main. Sa voix était chaude et tendre.

« Je le sais, Varg. Je sais que tu t'appelles Varg, que tu es détective privé, et que je peux te faire confiance pour ne pas répéter ce que je pourrai te dire. Je le vois simplement en te regardant. À tes yeux. En fait, je pense que... dans d'autres circonstances, je pense que nous aurions pu devenir amis...

— Jonas m'a dit...

— Excuse-moi. Je t'ai interrompu. Jonas t'a dit...

— Il m'a parlé... de toi. Il m'a dit qu'il n'avait jamais parlé de toi... à personne d'autre. Je ne sais pas pourquoi il m'a choisi moi plutôt qu'un autre. Il était un peu gris, mais...

— Un jour, un jour viendra, Varg, où tous les secrets devront tout bonnement apparaître au grand jour. Tu portes quelque chose que tu es seul à savoir, sans avoir personne à qui le raconter. Tu as envie, tu éprouves le besoin... de le raconter, mais ça ne ferait qu'effrayer ta mère, et même ta meilleure amie ne te comprendrait sans doute pas. Tu sais — au fond de toi-même — que tu ne peux le dire à personne ; à part à lui, lui qui *est* le secret. Et puis, un jour, tu rencontres une personne — et il vaudrait mieux que ce soit une rencontre spontanée — pas pour t'insulter, mais : quelqu'un que tu ne risques pas de recroiser de sitôt, ou trop souvent. Et dans ce cas-là... À ce moment-là, ça fait du bien de pouvoir enfin en parler. Parce qu'en réalité, c'est un amour que tu portes en toi, et tu as bien envie... d'une certaine façon, tu as bien envie de partager cet amour avec quelqu'un d'autre, partager la joie que cet amour te donne, même si cet amour, donc, est... interdit. »

Elle prononça les derniers mots comme s'il s'agissait d'un épilogue, et une ride verticale apparut entre ses sourcils. Ils étaient fins et relativement sombres, au naturel. Ses cils étaient discrètement soulignés au mascara. Elle portait une fine couche de rouge à lèvre rose. En dehors de cela, à ce que je pouvais voir, elle ne portait pas de maquillage.

« Jonas m'a parlé de toi d'une manière qui... comme aucun homme ne m'avait jamais parlé d'une femme. Il... c'était presque comme s'il s'agissait de quelque chose de... contagieux. » Les derniers mots n'étaient même pas un épilogue. C'était plutôt quelque chose qui m'avait échappé avant que j'y réfléchisse.

« Je veux dire, je... »

Elle me regarda pensivement.

« J'ai pensé... Je peux t'assurer que j'ai beaucoup réfléchi, ces derniers jours, depuis... depuis le matin où la police m'a téléphoné et m'a dit... qu'il était mort. » Elle chuchota les derniers mots.

Elle se racla légèrement la gorge et poursuivit, la voix à nouveau claire :

« J'ai pensé au temps que nous avions passé ensemble, au temps qui nous avait été donné. Je n'ai jamais... c'étaient les années les plus heureuses de ma vie, Varg. Tu peux me croire. Adultère, ou je ne sais quel nom les autres peuvent donner à cela : je n'avais jamais auparavant été aussi heureuse. Dès l'incertitude du premier coup de foudre, jusqu'à la... la chaleur que nous partagions, ces derniers temps, vers la fin. Je me souviens quand je suis tombée amoureuse de lui, au début. Il n'y avait que des signes bizarres, pour commencer, et j'ai essayé de ne pas en tenir compte, de me ressaisir. Et je me disais : tu es heureuse dans ton couple, Solveig, heureuse ! Mais, mon Dieu, ça revenait à arrêter une locomotive. Et je me suis naturellement tout de suite demandé : étais-je réellement si heureuse, si je pouvais tomber si amoureuse d'un autre ? dit-elle en me regardant comme si elle attendait que je lui réponde.

— Vraisemblablement pas, dis-je. Mais j'imagine qu'on peut... qu'on peut peut-être aimer plusieurs personnes... à la fois ?

— Oui, fit-elle en hochant lentement la tête. Peut-être. Mais pas avec la même intensité. Et après, longtemps après, en fait, parce que ça a évolué lentement — en tout cas au début — entre Jonas et moi. Mais plus tard, quand on a commencé pour de bon à... sortir ensemble... À ce moment-là, nous nous aimions si fort, de plus en plus fort qu'il n'y avait plus la place pour quelqu'un d'autre. Pour Jonas et moi, il n'y avait plus que — nous deux. Il... Il était le seul de nous deux à en assumer les conséquences. Tandis que moi... moi, j'hésitais. Et c'est à cela que j'ai repensé... c'est-à-dire, c'est l'une des choses auxquelles j'ai repensé. Peut-être ai-je hésité trop longtemps. C'est peut-être parce que j'ai hésité... si longtemps... que c'est arrivé. Si je... Si nous avions fait comme convenu... rompu tous les liens, coupé tous les ponts, si nous étions partis vivre dans une autre ville... alors, il serait peut-être encore vivant aujourd'hui, mon... mon amour. »

Elle prononça la fin à voix basse, presque inaudible, le nez dans sa tasse.

« Jonas disait toujours, continua-t-elle, je pense qu'il était relativement satisfait — sexuellement, en tout cas — avec sa femme. Il me disait toujours que ce qu'il ressentait pour moi n'était pas en premier lieu quelque chose de sexuel, pas avant que nous nous connaissions... de cette façon ; c'était quelque chose... de romantique, comme il disait. Mais pour moi... Je veux dire, mes sentiments romantiques — pour Jonas — à moi aussi étaient forts, ce n'est pas ça. Mais sur le plan sexuel aussi, pour moi, il était... je n'avais rien connu de tel. Il était... »

Elle baissa le ton. Elle joignit les mains et croisa les doigts. Son alliance scintillait. Au-dehors, la lumière avait baissé, et le crépuscule était gris plomb. On entendait le ronronnement régulier de la circulation. Un bus jaune s'arrêta de l'autre côté de la rue, devant Schøttstuene. « Il a été le premier — le seul — à réussir à faire que je me sente réellement... femme. Complètement. » Elle continua encore un cran moins fort.

« Nous — Reidar, mon mari, et moi — ce n'est pas terrible, quand nous sommes ensemble, pas pour ça... »

Elle rougit tout à coup, de façon presque insensible, comme si elle venait de se rendre compte qu'elle était en train d'exposer ses secrets les plus intimes à une personne — un homme — qu'elle n'avait rencontré qu'une demi-heure plus tôt.

Nous restâmes un moment sans rien dire. Un client entra. C'était un homme d'âge moyen qui acheta un demi-pain de seigle avant de s'en aller. La vieille dame le servit et retourna derrière. Elle regarda l'heure sur le chemin.

« Est-ce que tu connais Reidar... mon mari ? demanda-t-elle.

— Non », répondis-je en secouant le tête.

Elle sortit son portefeuille de son sac et l'ouvrit. Elle en tira une photographie qu'elle me tendit pardessus la table. C'était une photo amateur d'un homme qui portait de hautes bottes vertes de marin, un jean délavé, un anorak bleu et une chemise de flanelle à carreaux ouverte. Il était assis sur un rocher, quelque part près d'une rivière. Il avait des cheveux blonds coupés relativement courts, en pétard, et une barbe rousse. Il souriait sous sa barbe, d'une bouche pincée de demoiselle, une bouche d'institutrice.

« Reidar », dit-elle.

Je hochai la tête.

« Jonas m'a dit... qu'il l'aimait bien. Il m'a dit qu'il était je-ne-sais-quoi en littérature américaine à l'université, que sa spécialité, c'était Hemingway, et qu'il s'évanouirait en voyant une truite vivante.

— Le défaut de Jonas — de temps à autre — c'est qu'il était un peu trop péremptoire dans sa façon d'exprimer les choses, dit-elle avec un léger sourire. Il était du genre à vendre sa grand-mère pour un bon mot. Reidar est tout sauf un Hemingway, je peux te l'assurer. Si ç'avait été le cas, je ne l'aurais jamais épousé. Mais je parierais qu'il a vu plus de truites vivantes que Jonas en a — avait — vu. Et c'est réellement un homme d'extérieur. En fait, c'est comme ça qu'on s'est rencontrés — pendant une randonnée à la montagne. Dans le Jotunheim. Il... Nous sommes de bons amis. Nous vivons ensemble, je l'ai aimé très fort, à une époque... je l'aimais plus avant... avant de rencontrer Jonas, en fait... Maintenant... maintenant, je ne sais pas. Maintenant que Jonas n'est plus, peut-être que je peux à nouveau l'aimer davantage. S'il veut bien de moi. Ç'a été un choc... pour lui aussi. En réalité, il ne se doutait de rien...

— Sur toi et...

— Oui. Rien. Après que la police lui a parlé, il est rentré tout pâle, l'air fatigué, les traits tendus. Mais il n'a rien dit. Il ne m'a pas accusée de quoi que ce soit. Il ne faisait que me regarder. Je... c'était presque pire que tout, si tu vois ce que je veux dire. Mais... C'est quelqu'un de bien, et jamais il... ça ne lui viendrait par exemple jamais à l'idée de... lever la main sur moi. Mais je ne sais pas ce qui va se passer... entre nous... »

Elle regarda droit devant elle, comme si ça n'avait pas vraiment d'importance, comme si le reste de sa vie s'annonçait comme un interminable trajet en bus, un trajet entre son lieu de travail et chez elle, dans un crépuscule gris plomb, qui ne deviendrait jamais ni nuit, ni jour, et qui ne prendrait jamais, jamais fin.

« Reidar... n'arriverait jamais à comprendre. Ce... ce que Jonas et moi avons partagé, c'était quelque chose que personne ne pourrait comprendre... en dehors de lui et moi.

— Le privilège de tous ceux qui aiment ? demandai-je à mi-voix.

— Oui... Peut-être bien. Peut-être que ce n'est qu'une illusion, que ce n'était pas si unique que cela. Que c'est quelque chose que tout le monde vit, à un moment ou à un autre — s'ils ont de la chance. »

Elle vida sa tasse de café. « C'est bizarre, continua-t-elle. C'est bizarre, de voir comment la vie joue avec nous... de temps en temps. Dix ans trop tard. Parce que nous aurions dû nous rencontrer il y a dix ans, Jonas et moi. À l'époque où nous étions tous les deux jeunes et libres comme l'air. Nous étions réellement faits l'un pour l'autre, dès le début. Ça ne pouvait être personne d'autre. Après un moment, je ne pouvais plus envisager l'existence sans Jonas... tout simplement. Et c'était aussi son cas, disait-il. C'est vrai, ce qu'on faisait pouvait déplaire à certaines personnes, mais... mais c'était plus fort que nous. Nous nous aimions. C'était... l'amour. »

Je finis à mon tour ma tasse. Il n'y resta qu'une mousse crémeuse blanche, au fond.

« Bien sûr, nous avons parlé de divorcer, dit-elle. Et il... il ne tenait pas le coup. Il m'a dit : quoi que tu décides, Solveig, moi, j'ai décidé. — Et il l'a fait. Mais moi... moi, j'hésitais. Je pensais aux enfants, bien sûr. Qu'est-ce qu'ils deviendraient ? Et je dois l'avouer : je pensais au qu'en-dira-t-on. Je pensais aux amis et aux gens que je connaissais, à mes proches et aux collègues, à la famille... ma famille, et la sienne. Je pensais à tous ceux qui m'appréciaient, mais qui se mettraient tout à coup à ne plus m'apprécier. Tous ceux qui me tourneraient le dos — qui nous tourneraient le dos. Et je pensais qu'il faudrait avoir les reins solides pour pouvoir l'encaisser. Et je n'étais vraiment pas sûre de... de pouvoir le supporter. Ce n'est que maintenant... Oh, c'est tellement désespérant, Varg... Ce n'est qu'au cours de ce dernier mois que j'en étais arrivée à une décision. Ça a été un long et douloureux cheminement, mais j'avais finalement commencé à me préparer mentalement pour... pour choisir entre — le devoir et l'amour. Nous sommes tous des égoïstes, dans le fond, pas vrai ? On veut tous être bien... chacun dans son coin. Vivre une bonne petite vie... pour soi. Alors qu'est-ce que nous sommes censés faire, pauvres petits individus ? »

Ses yeux s'étaient tout à fait assombris.

« J'étais mentalement préparée pour... le divorce, et ensuite : Jonas. Mais alors... Alors, c'est arrivé... cette catastrophe ! »

Elle inspira profondément.

« Et tout a été fait en vain. Ça n'a servi à rien. Jonas n'est plus, et Reidar l'a appris malgré tout, et il me quittera peut-être. Alors tant pis pour moi, je resterai sans aucun des deux, seule avec mes souvenirs — de quelques années heureuses, dans l'adultère.

— Je...

— Mais qu'est-ce que l'adultère ? Ce que tu fais quand tu es avec la seule personne que tu aimes ? Ou ce que tu fais quand tu es avec celui qui est ton mari, et que tu n'aimes plus ? Quand Reidar et moi couchions ensemble, je ne pouvais pas m'en empêcher — j'étais vraiment en colère contre moi-même — mais je ne pouvais pas m'empêcher de penser à Jonas. À quel point nous étions bien ensemble, quand nous... À la fin, j'en étais venue à avoir mauvaise conscience quand j'étais avec Reidar... parce que je me sentais infidèle envers Jonas ! Est-ce que tu... est-ce que tu peux imaginer ça ?

— Oui. En fait, Jonas m'a dit à peu près la même chose. Quand il m'a parlé de toi. »

Elle haussa ses fines épaules d'un air désabusé et plongea son regard dans le mien. Elle me fit un sourire extraordinairement mélancolique. C'était le sourire le plus triste que j'avais vu. C'était le sourire d'une femme qui se tient auprès d'une tombe et qui demande : c'était ça, la vie ? Si brève, si rapide ? Le sourire d'un enfant tourné vers le large, sur une plage, qui dit : c'est ça, la mer ? Tout ce vide ? Et c'était un sourire exceptionnellement beau.

Elle regarda l'heure, puis moi.

« Je crois qu'il faut que... j'y aille. Est-ce qu'il y a... autre chose que tu voulais me demander ? »

J'essayai de réfléchir, mais sans y parvenir.

« Mais il est vrai que je ne t'ai pas laissé beaucoup la parole, continua-t-elle. J'ai dû te vriller la cervelle, avec mes bavardages. Est-ce que je... Est-ce que je t'ai aidé ?

— Je ne sais pas. En fait, je ne crois pas. Pas dans ma recherche de qui a pu... Mais toi et Jonas m'avez au moins appris quelque chose dont je n'avais jamais été entièrement conscient auparavant, quelque chose que je n'aurais jamais compris autrement. Quelque chose sur l'amour. »

Elle hocha tristement la tête et me donna une ombre de son sourire nostalgique.

« Bien. Alors ça a peut-être servi à quelque chose... dans le fond. »

Elle se ressaisit et essaya d'avoir l'air gaie. « Une autre fois — une autre fois, il faudra que tu me parles de toi. On y va ? »

J'acquiesçai et me levai. Elle reboutonna son manteau, et nous sortîmes. Je fermai doucement la porte derrière nous et fis un signe de tête à la vieille dame qui réapparut derrière le comptoir et vint jusqu'à notre table pour débarrasser.

Nous restâmes un instant devant le salon de thé. Le vent avait commencé à souffler, un vent froid de printemps qui chassa les cheveux de son visage, me le dévoilant du même coup : nu et ouvert.

« Tu as oublié de me dire... Est-ce que je ne t'avais pas déjà vu quelque part ?

— Mardi dernier. Je suis passé à l'agence pour parler à Jonas. J'étais debout près de l'accueil, et tu es passée juste à côté de moi.

— Ah oui, maintenant, je me rappelle. D'accord. »

Elle me tendit à nouveau la main. « Bon, je dois y aller. Je suis contente d'avoir pu te parler. Ça... je pense que ça m'a aidée. Merci de m'avoir... écoutée. »

Je pris sa main entre les deux miennes et la tins un moment.

« Merci, Solveig. » Ma voix était rocailleuse. Mes yeux glissèrent sur son visage. C'était comme si je voulais graver chacun de ses traits dans ma mémoire, au cas où je devrais ne jamais la revoir, au cas où ce jour dût être le dernier — pour l'un ou l'autre.

Puis tout fut fini. Je lâchai sa main, et elle se tourna pour partir vers Skuteviken. Elle tourna la tête et me fit un sourire, la tête légèrement penchée par-dessus son épaule. Son manteau de velours vert flottait dans le vent agité.

Je la regardai partir jusqu'à ce qu'elle fût hors de vue. Elle ne se retourna plus.

J'avais une drôle d'impression, tandis que je la regardais s'éloigner. Je ne pouvais pas m'y arracher. C'était comme si une partie de moi était en train de m'abandonner sur le trottoir, comme si je devais ne plus jamais être tout à fait le même homme. Comme si ma vie — et tout le reste — avait subitement pris une nouvelle et inquiétante signification.

Une corneille passa en rase-mottes en direction des deux clochers médiévaux de Sainte-Marie. Elle était

comme un morceau du crépuscule gris plomb lui-
même, qui s'était détaché et se mettait à voler :
comme une feuille quelconque d'un vieux journal, un
jour quelconque d'une vieille vie.

45

Je traversai en voiture ce qui avait un jour été la
commune de Laksevåg, en direction du quartier qui
se trouvait derrière le Lydehorn.

Il faisait tout à fait nuit, et il était impossible de
dire si on était en hiver, au printemps ou à l'automne.
Mais Laksevåg était un quartier que j'associais au
printemps. Quand nous étions jeunes, nous avions
traversé Laksevåg à vélo, et c'était toujours au printemps. Ç'avait été les premières grandes promenades
sur des bicyclettes nouvellement graissées, les premières excursions palpitantes avant que l'été ne s'ins-
talle pour de bon et que nous ayons d'autres préoc-
cupations. Le printemps avait pris possession de
Laksevåg, et nous parcourions l'asphalte encore
humide après des mois de neige et de pluie, fendant
l'air qu'un gel retardataire rendait froid et vif, sous
un soleil qui n'arrivait pas suffisamment haut dans le
ciel pour jeter autre chose qu'une lueur dorée sur les
cous nus de petits garçons et leurs mèches courtes.
Nous avions les doigts gelés.

Plus tard, j'avais toujours l'impression d'être au
printemps lorsque je passais à Laksevåg, ou d'être en
vacances. Le bureau de poste me faisait penser à des
livrets d'épargne portant le cumul de l'argent écono-
misé pour les vacances, un café me faisait penser à
ces bistrots qu'on trouve à certains endroits du Sør-

land, au cours d'une de ces promenades juvéniles en vélo, avec ses boulettes de viande insipides, sa limonade bien comme il faut et ses mouches sur le bord de la table et le long des fenêtres.

Mon visage me faisait mal, de plus en plus mal à mesure que je me rapprochais de ma destination finale. C'était comme si les écorchures redoublaient de vigueur, comme si mon corps était réticent à y retourner, se refusait à une nouvelle rencontre brutale avec le goudron, de jeunes poings et des bottes lestes.

Le gros centre commercial était toujours là, à attendre le décollage, et je tournai dans la rue qui montait vers les quatre immeubles, pour aller me garer devant le deuxième d'entre eux. Je restai dans la voiture et regardai autour de moi. Mais je ne vis rien. Les ombres n'avaient pas de visage, l'obscurité n'avait pas de doigts. Pour autant que je puisse voir.

Je descendis de voiture. L'air était vif et froid, et j'avais le sentiment qu'il allait geler cette nuit aussi. Les petites flaques d'eau se changeraient en glace, et des vieux se casseraient le col du fémur le lendemain matin.

Je levai automatiquement les yeux vers l'appartement de Wenche Andresen. Aucune lumière n'y brillait. Il y faisait déjà nuit.

Mais ce n'était pas dans cet immeuble que je me rendais. J'entrai dans celui qui abritait le club de jeunes, mais ne suivis pas les flèches qui conduisaient au sous-sol. J'allai vers les boîtes aux lettres. J'y appris que Gunnar Våge habitait au douzième étage.

Je tournai au coin et allai jusqu'à l'ascenseur. Il m'attendait. J'entrai, refermai les portes derrière moi et appuyai sur le bouton du douzième étage.

Quelque part dans l'espace, un géant inspira profondément, et l'ascenseur fut tiré onze étages plus haut. La porte s'ouvrit, et je sortis.

L'appartement de Gunnar Våge se trouvait dans l'aile nord, collé contre la cage d'ascenseur. Personne n'ouvrit lorsque je sonnai.

Je restai un moment près de la balustrade, et regardai à l'extérieur. Si l'on faisait exception du toit, j'étais monté le plus haut possible. L'étape significative suivante dans mon ascension était le Lyderhorn lui-même. Les gens qui passaient devant l'immeuble étaient encore plus petits. Je vis ma voiture. Elle avait l'air étrangement abandonnée, comme un jouet oublié. Personne ne se trouvait à proximité. Personne pour ouvrir le capot et arracher les câbles, personne pour trouver sa place dans l'obscurité environnante.

Je sonnai encore une fois, sans succès.

Puis je repris l'ascenseur pour redescendre. Je sortis devant l'immeuble, passai devant le suivant et entrai dans celui où habitait Joker. Je pris là aussi l'ascenseur, cette fois-ci en compagnie d'un asocial en parka, lunettes de corne et dont le visage aurait pu être celui d'un jouisseur, à l'époque où il s'en trouvait et où les parkas étaient liés aux aventures polaires.

Je sonnai à la porte d'Hildur Pedersen, et Hildur Pedersen ouvrit au terme du délai habituel. Elle n'avait pas l'air d'être véritablement enchantée de me revoir.

« Je n'ai rien d'autre à raconter, dit-elle avant que j'aie ouvert la bouche. Va-t'en. Tu as provoqué...

— Je ne suis pas venu pour te parler. Je veux parler à Jo... à Johan.

— Pourquoi ça ? demanda-t-elle d'un air soupçonneux.

— Disons qu'on a quelques... coups à échanger.

— Des coups ? » Elle scruta mon visage, et quelque chose qui pouvait passer pour un sourire apparut en filigrane. « Quelqu'un t'a utilisé comme piste de danse, Veum ?

— Et ils n'avaient même pas appris le b.a.-ba. En tout cas, ils ne m'ont pas proposé de danser. Je n'ai jamais été le genre potiche, mais eux, ils m'ont utilisé pour décorer le goudron.

— C'est furieusement plaisant de t'entendre parler, Veum, mais pas dans une ouverture de porte, quand on a cent vingt kilos à porter. Et je n'ai pas le courage de te laisser entrer.

— Comme je disais... C'est Johan que je...

— Il n'est pas là.

— Ah non ?

— Non. Il est sorti... il y a pas mal de temps.

— Et tu n'as aucune idée de l'endroit... où il pourrait être ? »

Elle haussa les épaules, ce qui fit se gondoler la galerie sous mes pieds. « Non. » Elle commença à refermer la porte. Son visage ne fut bientôt plus qu'une bande pâle dans l'entrebâillement. « Au revoir », dit-elle. Puis elle disparut complètement, et il ne me resta que la vue, dans cet immeuble aussi.

Mais je me trouvais moins haut, et la vue n'avait pas grand-chose à m'offrir. Je redescendis à pied, en prenant tout mon temps.

Je pensais à ma conversation avec Solveig Manger. Je cherchai l'écho de sa voix, qui sonnait toujours en moi. Je repensai à ses cheveux, essayai d'imaginer ce que ça devait faire de se pencher pour sentir l'odeur de cette chevelure, la chaleur de sa peau, ce que ça devait faire d'être assis avec elle, quelque part dans la pénombre, à pêcher l'argent dans ses yeux profonds et sombres, se contenter de regarder...

J'essayai d'imaginer Jonas Andresen... avec elle. J'essayai de me les représenter, ensemble, au lit. Elle, nue, allongée sur le dos, les jambes écartées et les cheveux étalés sur l'oreiller. Lui, sur le ventre, sa moustache hérissée, les cheveux en bataille et un bras posé sur sa poitrine.

Mais je n'y parvins pas. Tout ce que j'arrivais à voir, c'était deux personnes, la main dans la main, un nuage de vapeur devant la bouche, quelque part dans le silence d'un parc, en hiver, sous des arbres ressemblant à des mains noires et avides, des mains qui se cramponnaient au ciel gris pâle qui promettait de la neige.

Tout ce que j'arrivais à voir, c'était deux personnes enlacées, deux corps collés l'un contre l'autre, en chemin entre nulle part et nulle part, tout simplement en chemin. Et puis, tout à coup, il a disparu. Et elle continue seule.

Mais Wenche Andresen... J'essayai de me représenter Wenche Andresen. Je n'y arrivai pas non plus. Je vis Roar. J'arrivais à voir Roar, et je pensai soudain avec inquiétude, comme un père en déplacement : comment ça se passe pour lui, à Øystese ? Est-ce qu'il va bien ?

Mais Wenche Andresen...

Solveig Manger était peut-être le genre de femmes rares que vous rencontrez et qui effacent toutes celles que vous avez rencontrées, connues et aimées auparavant. C'était peut-être exactement cela qui était arrivé à Jonas Andresen aussi.

Aussi ?

J'étais arrivé en bas. Je sortis devant l'immeuble.

Je sentis que je m'approchais de quelque chose : un aveu, une certitude. Comme si la conversation avec Solveig Manger avait déclenché quelque chose en moi : comme si c'était seulement maintenant que je connaissais bien tous les personnages impliqués dans le drame. Jonas et Solveig, qui s'étaient rencontrés dix ans trop tard. Wenche, qui avait tout bonnement disparu, écrasée entre eux deux, Roar, qui n'était pas en mesure de décider de quoi que ce soit, qui subissait les choses, un enfant, et comme tous les enfants : innocent. Les autres, dont je n'étais pas sûr qu'ils évoluaient dans la lumière de ces trois adultes et de cet enfant : Reidar Manger, Richard Ljosne, Gunnar Våge, Solfrid Brede, Hildur Pedersen — et Joker.

Joker, avec qui j'avais un compte à régler. Joker, avec qui j'avais l'impression de devoir parler avant qui que ce soit d'autre.

Je retournai à ma voiture chercher ma lampe de poche. Puis je passai devant l'immeuble du bout et coupai vers le petit bois dans lequel Joker et sa bande avaient leur cabane. Peut-être y étaient-ils, tous. Ils m'y attendaient peut-être, impatients de rosser à nouveau ce bon Veum, le punching-ball de tous les joyeux garçons.

Encore une fois, je montai en trébuchant à travers les ténèbres, vers la cabane délabrée. Les arbres bruissaient doucement. Près des bâtiments, j'entendis démarrer puis disparaître une moto. Un chat cria, accordant son violon à ses conquêtes nocturnes.

La cabane était silencieuse et semblait abandonnée entre les arbres. Ç'avait également été le cas la dernière fois que j'y étais venu. Mais il y avait alors quelqu'un dedans : Roar. Et au moment de ressortir, les bois avaient été pleins de vie.

Je m'approchai en spirale large de la cabane, en faisant quelques crochets rapides derrière les arbres. Je ne voyais personne. J'allumai alors ma lampe de poche et laissai le rayon de lumière passer rapidement en revue les arbres, les troncs et les buissons. Il y avait des traces de pas dans la boue autour de la cabane, mais je ne voyais pas âme qui vive.

J'allai jusqu'à la cloison. Je sentis à nouveau la surface irrégulière des panneaux de coffrage de récupération. Des restes de béton et de ciment ornaient l'extérieur comme des verrues et des protubérances ; un ruban métallique pointait droit en l'air d'un endroit de la cabane.

Je me postai à côté de la porte pour écouter. Tout ce que j'entendais, c'était mon sang qui battait dans mes veines : dans mes tempes, contre mes tympans.

Je tendis doucement la main gauche et écartai la tenture qui masquait l'ouverture. La toile à sac ne rendit aucun son. Tout était silencieux.

Je regardai encore une fois autour de moi. Puis je fis lentement entrer le rayon de lumière dans la cabane, sur le sol de terre battue couvert de journaux boueux.

La lueur de ma lampe rencontra quelque chose. Une paire de bottes, avec quelque chose dedans. Je remontai rapidement le faisceau de ma lampe.

Joker m'attendait. Il était assis le dos au mur, les jambes étendues. Ses yeux étaient braqués sur l'ouverture, comme s'il m'avait attendu, longtemps.

Il exhibait un ricanement vicieux. Ce qui était bizarre, c'est qu'il souriait de deux bouches. Et celle du bas n'était en fait pas une bouche, mais une fente large et béante qui lui barrait la gorge. C'était le rictus le plus froid que j'aie jamais vu.

46

Il avait saigné. Le sang avait coulé de l'ouverture qu'il avait au cou, à une extrémité. Il avait coulé bien droit le long du cou, avant de disparaître sous la chemise qui en était tachée. C'était comme du sang coulant de la bouche d'un Dracula après la morsure fatale. Mais il manquait deux grandes canines à son sourire. Il était édenté, et ses lèvres étaient si fines qu'elles semblaient avoir été sculptées au canif. Ç'avait été un coup de couteau rapide, mortel, et un seul avait suffi. Il était parti à la renverse vers le mur et avait glissé le long. Un des vieux journaux s'était froissé sous le talon de sa botte, trahissant la glissade.

La bouche du haut souriait, aucun doute n'était possible. Un rictus large, qui exhibait ses petites dents de souris et lui conférait le rang d'évangéliste. Mais c'était la dernière fois que Dieu l'avait touché de sa grâce, et il allait à la rencontre de ses tout derniers paroissiens. Aucun bateau n'était prévu pour le retour, il n'y aurait pas d'autre passerelle de débarquement à traverser.

Je m'immobilisai, et la présence des bois derrière moi me frappa. C'était comme si les arbres s'approchaient sans bruit, comme les Indiens dans le *Peter Pan* de Walt Disney. Je me retournai vivement, balayai l'obscurité du faisceau de ma lampe de poche, comme avec une lance. Il ne rencontra rien de mobile. Les bois se trouvaient toujours au même endroit.

Cela ne voulait pas dire qu'il ne pouvait pas y avoir

quelqu'un quelque part. Une personne pouvait se tenir dans l'ombre, quelqu'un qui venait de tuer. Il pouvait encore avoir un couteau à la main, un couteau sur lequel le sang n'avait pas fini de sécher. Et il n'en faut pas beaucoup à une personne qui s'est déjà servi d'un couteau pour qu'elle s'en serve à nouveau. En particulier si ça ne doit pas être la deuxième fois, mais la troisième. Parce que la personne qui me regardait peut-être depuis sa cachette, dans le noir, était probablement celle qui avait tué Jonas Andresen.

Mais Joker... Pourquoi Joker avait-il été tué ? Joker, qui était à côté de moi devant l'immeuble au moment où Jonas Andresen se faisait tuer ? Avait-il vu quelque chose, d'en bas — après que je l'avais quitté ? Tandis que je montais les escaliers — avait-il vu une autre personne descendre en courant les escaliers qui se trouvent à l'autre bout de l'immeuble ? Avait-il vu quelque chose, et essayait-il d'en tirer de l'argent ? Avait-il prévu de rencontrer la personne qu'il avait vue — et cette rencontre avait-elle été catastrophique pour lui ?

Les questions se bousculaient dans ma tête tandis que je fouillais l'obscurité des yeux, entre les arbres, et vers le bas en direction des lumières étincelantes des immeubles.

Mais alors : qui ?

Le dos contre un chambranle qui n'était qu'une plaque mince contre ma colonne vertébrale, je déplaçai à nouveau le faisceau de ma lampe vers l'intérieur et passai le sol en revue. Il n'y avait pas de couteau. Il n'y avait en fait absolument rien, à part un petit cadavre. Un jeune homme qui ne vieillirait jamais, un corps qui ne serait plus que cendres d'ici une semaine ou deux, une âme qui s'en était retournée où s'en retournent les âmes.

Je n'avais plus rien à faire là-haut. Je n'étais ni médecin, ni prêtre. Je quittai la cabane, tous les sens en éveil. L'obscurité s'étira vers moi, les étoiles clignotèrent au-dessus de moi comme des signaux de détresse sur une mer sombre.

J'avançai rapidement, et m'arrêtai tout à coup. Je tendis l'oreille. Je n'entendis rien : pas de pas qui mouraient derrière moi, aucun son qui n'y était soudain plus.

Je continuai mon chemin, tout en regardant à intervalles réguliers derrière moi, sur les côtés et devant. Je restai le plus possible au milieu du chemin, le plus loin que je pouvais des arbres.

Revenir sur le goudron fut comme un retour à la civilisation. Je sentis que mes doigts tenaient convulsivement la torche, que ma nuque était en train de se raidir.

La cabine téléphonique se trouvait sur le trottoir, près de quelques petits buissons déplumés. Même un nain aurait eu des difficultés à se cacher au milieu.

J'entrai dans la cabine et composai le numéro de l'hôtel de police sans regarder le cadran, sans tourner le dos à la porte. Après avoir transmis mon agréable message vespéral, je raccrochai sans attendre et sortis de la cabine. Je restai juste devant, dans la lumière qu'elle diffusait, jusqu'à ce que la première voiture arrive. Je ne crois pas avoir fait le moindre mouvement avant de voir Jakob E. Hamre descendre de voiture et venir vers moi, une expression âpre sur le visage.

47

Sur le chemin obscur, à la tête de la petite procession, Hamre me dit :

« J'ai un collègue, Veum. Au poste. Il s'appelle Muus. Tu le connais, je crois... »

J'acquiesçai.

« J'en suis venu à lui dire que tu étais impliqué dans cette affaire : dans l'autre affaire, devrais-je dire. Il n'a pas été spécialement élogieux à ton égard. "Veum ? a-t-il dit. Je t'en prie, Jakob, tiens ce gonze à autant de kilomètres que tu peux de tout ce qui touche de près ou de loin à cette affaire. Ce mec est une espèce de papier tue-mouche. Laisse-le seul dans le noir, et il te dégote un cadavre, à coup sûr. Les cadavres en sont fous », a-t-il dit. » Il ménagea son auditoire. « Je commence à voir ce qu'il entendait par là.

— Il ne m'aime pas. On s'est rencontré une fois au-dessus d'un cadavre, et je suis tombé par hasard sur un meurtrier qu'il cherchait à alpaguer. Ça ne l'a pas aidé à m'apprécier davantage. »

Hamre s'arrêta, et les gens qui nous suivaient manquèrent de nous rentrer dedans. L'un d'entre eux jura. « Continuez », fit Hamre.

« La cabane se trouve juste là-haut », dis-je.

Hamre et moi laissâmes les autres nous dépasser.

« Je suis policier, Veum, dit-il d'une voix à l'intensité corrosive. Enquêteur à la police criminelle. Ma vie n'est faite que de merde et de misère. De gens qui s'entretuent pour une bouteille de bière, ou pour un coffre-fort renfermant cinquante couronnes et un carnet de chèques inutilisable. Qui s'entretuent parce que certains couchent avec d'autres avec qui ils ne devraient pas coucher. Ou pour une foule d'autres choses triviales. Trois cents jours par an, j'enquête sur des vols ou des délits plus ou moins violents. Le trois cent unième jour, quelqu'un me trouve un cadavre, et j'essaie de découvrir qui en est responsable, en compagnie d'une cinquantaine de personnes qui ont choisi de faire du revers de la médaille leur gagne-pain. Et je ne m'attends pas à recevoir une récompense pour cela. Ce sont les préfets, les ministres de la justice et les juges, qui en reçoivent. Les policiers, eux, se font des ulcères. Je n'attends ni récompense, ni cocarde, ni quoi que ce soit. Même pas de message de félicitations. Mais pour moi, un cadavre est une chose grave. Ce n'est pas quelque chose avec quoi on joue, une chose dont on attend qu'elle tombe du ciel quand on est assis dans son bureau qui donne sur Vågen.

— Écoute...

— Ta gueule, Veum. Je ne te ferai ce laïus qu'une fois, et je ne distribue pas le manuscrit quand j'ai fini. Je me contrefous de savoir comment tu gagnes ton fric pour payer ton loyer, les traites pour ta voiture, ta gnôle et ton pain. Je n'en ai strictement rien à foutre que tu rôdes pour filer des époux infidèles jusqu'à ce que les yeux t'en tombent. Je me contente de te dire *une* chose. Tu as plus qu'intérêt à te tenir à des milliers de kilomètres de tout cadavre. J'ai bien envie de te coffrer dès maintenant, jusqu'à ce que cette affaire soit réglée une fois pour toutes.

— Tu ne peux pas mettre tous ceux que tu soupçonnes à l'ombre, Hamre.

— Toi, je peux, et ça me suffit. » Il eut tout à coup l'air fatigué. « Écoute, Veum. Ce n'est pas contre toi. Tu es plutôt un type sympa. Dans d'autres circons-

379

tances, j'aurais pu prendre un pot quelque part, avec toi — si ce n'est que ça me donnerait une fichue réputation dans la maison. Rends-moi juste un service : ne reviens pas fouiller dans le coin. Ne me déniche pas d'autre cadavre. D'accord ?

— Ouais... fis-je en haussant les épaules. Je vais essayer.

— S'il te plaît », dit-il entre ses dents serrées. Puis il passa devant moi et parcourut rapidement les derniers mètres qui nous séparaient de la cabane. Je le suivis, à un rythme plus modéré.

J'attendis à l'extérieur de la cabane, en compagnie d'un jeune policier qui avait un visage comme si quelqu'un avait marché dessus. Son visage était plat, carré, presque comme un timbre-poste. Sa bouche était pincée, les muscles de sa mâchoire roulaient comme des vagues sur le bas de son visage. Nous n'avions rien à nous dire.

J'essayai de penser à quelque chose d'agréable. Je pensai à Solveig Manger. Que faisait-elle ? Se trouvait-elle dans un salon bien éclairé, un bouquin sur les genoux, les pieds sur une chaise, devant elle, le regard perdu dans le vague ? Son mari occupait-il un autre fauteuil, une nouvelle biographie d'Hemingway dans les mains ? Un poste de télévision se trouvait peut-être contre le mur devant eux : l'écran les éclairait-il tandis qu'ils regardaient défiler une autre vie, une vie différente ? Ils n'étaient plus seuls. Ils ne seraient plus jamais seuls. Il y aurait toujours une autre personne dans la même pièce qu'eux, et cette personne était décédée.

Ce n'était pas spécialement agréable.

Hamre ressortit voûté de la cabane. Il me jeta un œil sombre, mais peut-être ne me voyait-il pas.

« Ils ne sont jamais particulièrement beaux », dit-il.

Personne ne répondit.

Les autres policiers sortirent à leur tour. Nous restâmes là, perplexes et silencieux. Sur l'instant, c'est toujours comme ça. Personne ne sait vraiment ce qu'il faut dire, et personne n'a envie de commencer à faire le nécessaire.

Hamre me regarda.

« Tu n'as rien touché ? demanda-t-il d'une voix morne. Tout est en l'état, comme quand tu l'as trouvé ?

— Oui, acquiesçai-je. Il n'y avait pas de... d'arme.

— D'accord. Et tu n'as vu personne, en montant ?

— Je n'ai pas vu âme qui vive.

— Épargne-nous tes plaisanteries, Veum.

— Ce n'était pas...

— Oui, oui, oui ! me balaya-t-il. Et d'abord, qu'est-ce que tu venais foutre ici ?

— J'aurais aimé parler un peu avec... lui, dis-je avec un signe de tête en direction de la cabane.

— Lui parler de quoi ? »

Je fis un pas en avant.

« Tu vois mon visage ? Il n'a jamais été spécialement beau, mais tu ne remarques aucun changement depuis la dernière fois qu'on s'est vus ?

— C'était inévitable. De le remarquer, je veux dire...

— C'était inévitable... pour Joker et sa bande aussi. De taper dessus, je veux dire. »

Pause. Deux voitures s'arrêtèrent sur la route, en contrebas, et d'autres personnes encore commencèrent à tâtonner pour traverser le bois.

Les quatre policiers me regardèrent.

« Autrement dit, lui et toi, vous aviez quelque chose... sur le feu ?

— Oui, mais moi, je...

— Ne nous prends pas pour des cons, Veum, m'interrompit-il. Nous savons bien que tu ne l'as pas tué. Nous, en tout cas, nous ne te prenons pas pour un con.

— Tu as en fait la réputation de ne jamais tuer, Veum. Tu passes juste les gens à tabac », dit un autre policier. Je tournai la tête dans sa direction, et l'observai. C'était un type que je n'avais jamais vu. Apparemment, il serait bon que j'enregistre son visage. Ce dernier était souillé de taches de rousseur couleur moutarde, et les cheveux qui dépassaient de sous sa casquette avaient cette pâle couleur jaune rougeâtre qui fait toujours penser à de l'herbe fichue.

« Il ne me semble pas avoir bien retenu ton nom...

— Isaksen, répondit-il. Peder. » Il avait une voix qui s'oublierait facilement, comme la dernière phrase d'un mauvais livre.

« Ça suffit, dit Hamre sur un ton irrité, Largement. »

Puis il nous abandonna pour se tourner vers les nouveaux venus.

Je restai un moment à regarder Peder Isaksen. Il me fixa à son tour. Son regard était dur. Encore un qui ne m'aimait pas. Bienvenue au club. Tu ne vas pas t'y sentir seul.

Je me tournai vers le dos de Hamre.

« Est-ce que quelqu'un a encore besoin de moi, Hamre ? »

Il se retourna, la bouche à moitié ouverte, et commença à lever un index vers mon visage.

« Toi, tu restes ici, Veum. Tu ne t'éloignes pas d'un seul mètre. Et tu ne dis pas un mot. »

Puis il me tourna à nouveau le dos.

Je ne dis pas un mot. Je m'éloignai jusqu'à un arbre, m'adossai le long, pris une pastille pour la gorge et tentai d'avoir l'air de m'ennuyer à mourir.

48

Je tins un moment. D'autres policiers arrivèrent, et il n'y avait rien à dire quant à l'activité autour de la cabane. Des gens arrivaient, s'arrêtaient à la porte et regardaient à l'intérieur avant de se redresser, le visage impassible. Certains y disparaissaient et ne ressortaient qu'un moment plus tard. Je ne pouvais qu'imaginer ce qu'ils y faisaient. Et quand je m'ennuie, mon imagination est malheureusement plutôt salingue.

Personne ne me parlait. J'aurais aussi bien pu être un bout de l'arbre auquel j'étais adossé. Hamre apparut à une reprise, jeta un regard soucieux à travers moi, en direction des immeubles en contrebas, en disant à un de ses collègues : « Ça va faire un putain de paquet de monde à interroger. »

En attendant, j'essayai de me représenter ce qui avait bien pu se passer.

Joker avait pu prévoir de rencontrer quelqu'un là-haut, près de la cabane. Ils étaient entrés, vraisemblablement pour discuter. Ils n'avaient pas été d'accord sur quelque chose, et l'un d'entre eux avait sorti un couteau. Ce pouvait être Joker comme l'autre. Ils s'étaient battus pour le couteau, et Joker avait perdu.

On pouvait le résumer aussi brièvement.

Mais ce n'était qu'une supposition, et elle ne m'apprenait rien sur l'identité de l'autre personne. Et elle ne me disait absolument rien non plus sur les rapports possibles entre ce décès et celui de Jonas Andresen.

Mais il y avait une personne en particulier à qui j'aurais aimé poser quelques questions, et je voulais passer avant Jakob E. Hamre.

Mais Jakob E. Hamre m'avait dit d'attendre, et de ne pas m'éloigner d'un seul mètre. Mais il m'avait aussi dit de ne pas dire un mot, et il ne remarquerait donc peut-être pas ma disparition. En tout cas, pas tout de suite.

Qu'il le remarquerait, je n'en doutais pas une seconde. Et mon seul argument valable, à ce moment-là, ce serait de lui remettre un meurtrier.

Je continuai à suivre les policiers d'un regard attentif. Il ne se passerait pas beaucoup de temps que Hamre n'abandonne le lieu du crime aux techniciens — pour dès lors commencer à organiser l'enquête proprement dite : la minutieuse routine, les interrogatoires sans fin.

Les policiers avaient déjà laissé un schéma embrouillé de pas dans la boue autour de la cabane. Certains d'entre eux avaient formé de petits groupes et papotaient. Aucun ne me regardait.

Je commençai à bouger, m'écartai un peu de l'arbre, y revins, et restai debout à côté. Quelques taillis se trouvaient derrière l'arbre, distants d'une dizaine de centimètres les uns des autres. Si seulement je pouvais me glisser au milieu, je serais bientôt avalé par les ténèbres.

J'appuyai mon épaule le long de l'arbre, et commençai lentement à battre en retraite.

Hamre sortit de la cabane. Il se tint un instant devant l'ouverture, et je le vis jeter un rapide coup d'œil dans ma direction. Je fis mine de ne pas le voir. Du coin de l'œil, je le vis faire signe à un technicien de s'approcher. Il lui dit quelques mots, et ils rentrèrent ensemble. Je me glissai juste derrière l'arbre, partis à petits pas, en crabe, entre les buissons. Je descendis à pas feutrés sur dix ou quinze mètres la pente clairsemée, avant de forcer l'allure.

Je m'attendais à tout moment à ce que quelqu'un crie, et je retins mon souffle.

Mais personne ne cria. J'accélérai encore un peu. Les branches me fouettaient le visage, les rameaux craquaient sous mes pas. Il n'y avait toujours personne qui criait.

Quand je fus arrivé sur le goudron, je ralentis et fis mine de n'être qu'un passant ordinaire. Mais j'avais conscience d'être ankylosé et tendu, ce qui ne m'autorisait pas à ressembler à un promeneur nocturne solitaire.

J'allai rapidement jusqu'à l'immeuble voulu. J'entrai dans l'ascenseur sans avoir croisé qui que ce fût. J'appuyai sur le bouton du douzième étage.

L'ascenseur se mit en mouvement. Comme une mouette indolente, il monta lentement les étages : premier, deuxième, troisième. Je pensai à Wenche Andresen : elle aussi s'était trouvée dans un ascenseur similaire. Quatrième, cinquième, sixième. Jonas Andresen avait pris un ascenseur semblable, le temps qu'il habitait dans les environs, avant que toutes les portes d'ascenseur ne se ferment devant lui. Septième, huitième, neuvième. Je commençais à penser à Solveig Manger. Je commençais à me demander si elle avait jamais pris un ascenseur comme celui-ci. Mais je ne pus poursuivre le cours de mes pensées. Parce que l'ascenseur s'arrêta entre les neuvième et dixième étages. Et au même instant, la lumière s'éteignit. Tout à fait.

Mais le plus effrayant, ce n'était ni l'arrêt de l'ascenseur, ni l'obscurité. Le plus effrayant, ce fut qu'il se passa environ une minute avant que l'ascenseur ne reprenne son ascension : pas régulièrement, comme précédemment, mais par à-coups. Comme s'il y avait quelqu'un dans le local technique. Quelqu'un qui, à l'aide de la manivelle qu'on utilise en cas de coupure d'électricité, me hissait lentement mais sûrement vers lui. Quelqu'un qui avait déjà tué.

49

Quand vous êtes coincé dans un ascenseur, et que la lumière s'éteint, l'obscurité est vraiment totale. Vous n'avez pas de ciel au-dessus de vous, pas d'étoiles pâles, pas de lune, quelque part derrière l'horizon, qui projette une illusion de lueur sur la voûte céleste. Il n'y a aucune lointaine lumière électrique, pas de fenêtre carrée qui attire le regard et vers laquelle vous pouvez vous diriger, pas de feu de camp plus bas dans la vallée. Il n'y a rien. Vous vous trouvez au cœur des ténèbres, et si vous tendez la main, vous sentez que l'obscurité est dure et métallique, et qu'elle vous serre très fort.

Si vous êtes coincé dans un ascenseur dans lequel la lumière brille toujours, vous gardez une sorte de confiance, la lumière vous protège dans le creux de sa main, et vous réconforte. Mais quand vous êtes coincé dans un ascenseur totalement obscur, vous n'avez aucune sécurité ; c'est comme si l'ascenseur se rétrécissait lentement autour de vous, comme si ce n'était qu'une question de temps que vous ne soyez aplati entre les lourdes parois d'acier.

La première minute qui suivit l'arrêt de l'ascenseur, il n'y eut que l'angoisse : une angoisse pure et non dissimulée. C'était le genre d'angoisse qui vous attrape tout bonnement et vous secoue : sans aucune raison, sans source ni origine. Elle s'installa dans mon ventre, dans le bas de mon ventre, autour du cœur et dans la gorge. Il devint difficile de respirer, ma bouche se vida de salive en l'espace de quelques secondes, et mes oreilles se mirent à bourdonner. Je dus m'appuyer le long du mur, à travers l'obscurité, et si j'avais vu quoi que ce soit, j'aurais été pris de vertige. Mais l'obscurité était si compacte qu'il n'y avait même plus la place pour des vertiges. Parce que pour être pris de vertige, il faut au moins un point de repère précis — et qui cesse alors de l'être.

Quand l'ascenseur recommença à monter, mon angoisse se transforma, et se focalisa. Et c'était une angoisse plus sécurisante, car rien n'est pire qu'une angoisse sans fondement, sans nom. Quand on sait de quoi on a peur, on peut s'en protéger et réagir.

Et je savais de quoi il fallait que j'aie peur. Je savais qu'une personne était en train de hisser l'ascenseur jusqu'à elle. Je savais que cette personne avait déjà tué : une fois, vraisemblablement deux. Je savais qu'il fallait que j'essaie de sortir de l'ascenseur avant que celui-ci n'arrive tout en haut ; dans le cas contraire, ce serait cette personne qui m'accueillerait. Et ce ne serait pas pour me récompenser d'avoir participé.

Tout à coup, une lueur brisa l'obscurité. C'était la fenêtre allongée de la porte du dixième qui passait. Elle passa si vite que je n'eus pas le temps de réagir avant qu'il soit trop tard. L'ascenseur continua à tressauter vers le haut.

Mon unique chance était de me préparer pour le passage de la porte suivante. Le seul moment où je pourrais quitter l'ascenseur était la seconde où il serait exactement au même niveau que la porte, pour pouvoir s'ouvrir. Quelques centimètres en plus ou en moins, la porte resterait fermée.

Je me mis du côté où la porte suivante allait passer, et posai les mains contre la paroi que je sentis défiler vers le bas, devant moi. J'attendis de sentir la frontière entre la paroi et la porte.

Là !

Le bas de la porte me tomba dessus, mais la personne qui se trouvait là-haut s'y était aussi préparée, et accéléra le mouvement sur la manivelle à l'approche du point critique. La fenêtre allongée apparut, et je cherchai désespérément le mécanisme d'ouverture de la porte, la poignée. Je la trouvai. Je la saisis, et à l'instant où l'ascenseur me parut de niveau, je me jetai sur la gauche et essayai d'entraîner la porte avec moi.

Elle bougea un tantinet avant de revenir à sa place. Ce fut tout. L'ascenseur continua imperturbablement vers le haut. C'était loupé.

Puis j'eus une idée. Il y avait douze étages, mais l'ascenseur monterait sûrement un étage plus haut, jusqu'au local technique, ce qui me donnait encore une chance : le douzième étage.

Je me replaçai comme précédemment, en ne gardant qu'une main contre le mur. L'autre était déjà à l'endroit où la poignée se présenterait.

Là !

Une nouvelle porte descendit doucement le long du mur, et je bandai mes muscles, me campai fermement sur mes pieds, fixai un regard aveugle sur l'endroit où je savais que la fenêtre allait apparaître.

Elle descendit progressivement. Puis l'ascenseur s'arrêta, dix centimètres trop bas. Je fus pris au dépourvu. J'essayai de me hisser le plus possible pour pouvoir voir par la fenêtre, mais elle était trop haut. Puis je fus pratiquement renversé. L'ascenseur subit une secousse brusque, passa rapidement le niveau de la porte et poursuivit sa route. Il m'avait berné.

Une certitude se fit jour en moi. Je savais à présent qu'il n'y avait qu'une issue, qu'une sortie. Il *fallait* que je le rencontre, que je le veuille ou non.

Après avoir complètement dépassé la porte, l'ascenseur s'arrêta à nouveau. Je me tins immobile dans le noir, dans un cercueil de béton garni de métal.

Je n'avais même plus besoin de me demander pourquoi il s'arrêtait. Il rassemblait ses forces. Ç'avait été usant de hisser l'ascenseur sur cette hauteur, à la main.

Mais il ne t'en reste pas beaucoup, assassin. Ne te décourage pas. Une nouvelle victime arrive : c'est le moment d'affûter ton couteau, assassin...

Pendant ce temps, je me fouillai, à la recherche de ce que je pourrais utiliser comme arme. Tout ce que je trouvai fut la petite lampe de poche, et elle ne me servirait pas à grand-chose. Mais elle serait peut-être malgré tout utile. Je pourrais peut-être réussir à l'aveugler.

J'étais persuadé que c'était un homme. Une femme

n'aurait jamais pu manipuler l'ascenseur de façon aussi professionnelle. Une femme m'aurait invité à prendre un café ou un verre en toute intimité chez elle, et pour cause : ce devait être le dernier. Une femme m'aurait servi une boisson pleine de pas-bon. Une femme aurait passé ses bras autour de mon cou pour me planter une dague dans la nuque, ou pour en appeler en vain à ma sympathie et ma compassion. Elle ne m'aurait pas invité pour un numéro de tango fatal dans le noir, entrée par l'ascenseur...

Et je n'avais que peu de doutes sur l'identité de l'homme qui m'attendait.

Ça me faisait deux levées gagnantes. Mais c'étaient les seules. Les autres — si j'allais m'en sortir, si j'allais pouvoir poser mes questions et si je pouvais envisager l'avenir au-delà d'une heure — restaient à assurer. Et il n'y avait maintenant plus de joker dans le paquet. Il n'y avait plus que moi... et mon adversaire.

L'ascenseur se remit en mouvement.

« Déroulez le tapis rouge, dis-je à mi-voix. Voilà le clown. »

Personne ne répondit, et l'obscurité était toujours aussi compacte. Mes yeux ne s'y étaient toujours pas habitués : je distinguai à grand-peine les coins de l'ascenseur.

L'ascenseur fit quelques bonds désordonnés, comme s'il se contentait de donner des coups de pieds dans la manivelle.

Avec quoi avait-il prévu de m'accueillir ?

S'il avait une arme à feu, j'étais fini. Il pouvait transformer l'ascenseur en passoire à l'aide d'un fusil à canons sciés en l'espace de quelques secondes, auquel cas je ne vaudrais au final guère plus que quelques kilos de viande hachée — dont j'aurais aussi l'aspect. Exit Varg Veum : tu es né poussière, tu retourneras viande hachée...

L'ascenseur s'immobilisa avec un petit déclic devant la treizième porte. La treizième porte, au treizième étage : l'issue fatale.

Aucune lumière ne filtrait par cette fenêtre. Je ne voyais rien.

J'écoutai ma respiration tendue, mon souffle saccadé.

Je n'avais pas trente-six solutions. Je pouvais ouvrir la porte moi-même en espérant pouvoir me jeter dans le noir, puis de côté avant que quelque chose n'arrive. Mais l'instant où j'ouvrirais la porte serait le plus dangereux : je serais totalement exposé, et l'une de mes mains serait occupée. Je pouvais ne pas l'ouvrir, et attendre qu'on l'ouvre de l'extérieur. Mais je serais de toute façon pris au piège, sans grande marge de manœuvre.

J'attendis pendant quelques longues secondes, qui firent irrémédiablement une minute, puis deux...

Je n'eus pas les nerfs assez solides pour attendre davantage.

Je posai la main sur la poignée et la tirai légèrement vers moi. Puis je secouai la porte et l'accompagnai vers la gauche de sorte qu'elle fasse comme un bouclier devant moi. Quand elle fut grande ouverte, je rentrai la tête dans les épaules et me jetai dans le noir.

50

L'obscurité était faite d'une forte odeur d'huile, d'angles acérés et d'une autre personne. L'odeur de graisse me frappa, et je trébuchai sur ce qui devait être la manivelle, quelque chose de dur et de contondant qui me frappa juste au-dessus du genou. Une partie de l'obscurité s'abattit sur moi. On aurait dit une barre de fer, et elle m'atteignit avec une énergie dévastatrice à l'épaule droite. Si elle avait tapé un peu plus loin, elle m'aurait ouvert le crâne en deux, et c'en aurait été fini de moi.

L'autre personne exprima son exaspération par un gémissement en entendant que je continuais à me déplacer dans l'obscurité, jusqu'à ce que je rencontre un mur qui me force à m'arrêter. J'aurais pu hurler de douleur, mais je gardai les dents serrées. J'avais l'impression que mon épaule était en deux morceaux, et mon bras était insensible et engourdi. Mes yeux fatigués scrutaient les ténèbres. Je ne voyais rien.

J'entendis un bruit sourd et haletant, et quelques pas rapides et légers. Puis quelque chose entama l'enduit du mur, juste à côté de ma tête. Le béton résonna derrière moi.

Ça faisait deux échecs. Mais je ne pouvais pas partir du principe qu'il allait continuer à rater ses coups, et je n'avais aucune envie de finir sous la forme d'un pamplemousse coupé en deux. Je donnai à l'aveuglette des coups de pieds dans le noir. Je touchai quelque chose, mais pas correctement. Je fis des moulinets de mon bras gauche, le seul valide, mais il s'était déjà traîné hors de portée dans le noir.

Je tentai de me glisser sur le côté, mais le revêtement crissa sous mes pieds. Je m'immobilisai.

Nous nous tenions tous les deux absolument immobiles dans le noir, nous épiant l'un l'autre, essayant d'apercevoir les contours de l'autre. Mes yeux avaient commencé à pleurer. Ils me faisaient mal. Mon bras droit revenait lentement à la vie, mais c'était une renaissance douloureuse. Les sensations revenant dans mes doigts, je constatai que je tenais toujours ma lampe de poche.

Je cherchai l'interrupteur tout en tenant la lampe devant moi.

Je ne voulais pas l'allumer avant d'être sûr de l'endroit où il se trouvait. Je tendais au maximum l'oreille. Je devinais plus que j'entendais sa respiration, à l'autre bout de la pièce. Mais je ne connaissais pas cette pièce, et je ne savais pas ce qui se trouvait entre nous. Lui, par contre, devait la connaître comme sa poche. Il était de toute façon déjà venu ici, et il savait où se trouvait la mécanique de l'ascenseur, où la manivelle pointait dans le noir, comme un dangereux piège.

Il m'aurait fallu une arme. Mais je n'avais rien en dehors de ma lampe de poche et de moi-même, et l'un de mes bras était loin de ses performances normales, même s'il avait recommencé à fonctionner. Mon épaule me faisait mal, et je commençais à craindre une fracture de la clavicule.

Je l'entendais !

Je l'entendis nettement changer de jambe d'appui dans le noir, et j'en déduisis qu'il préparait un nouvel assaut.

Tout se passa simultanément. Je braquai la lampe dans sa direction et l'allumai. Il passa à l'attaque.

Le pinceau de lumière tomba en plein sur son visage, le rendant pâle, déformé et fantomatique. Il approcha en faisant tournoyer sa barre de fer au-dessus de sa tête, comme un manège mortel. Je me baissai et chargeai. Je le touchai à sa boucle de ceinture qui m'emporta un bout du front. Il se cassa en deux au-dessus de moi, mais ne lâcha pas sa barre de fer. Il me frappa à l'intérieur du mollet, ce qui m'arracha un cri de douleur. Pris de fureur aveugle, ou de panique, je me redressai complètement, en serrant une de ses jambes entre mes bras, et le rejetai en arrière, contre le mur. Je l'entendis heurter le mur sur l'épaule ; il perdit sa barre de fer, tomba par terre et j'entendis quelques secondes plus tard qu'il se traînait le long du mur, comme un rat effrayé.

Puis le silence s'abattit à nouveau. Presque. J'entendais son souffle haletant, et mes propres gémissements étouffés. J'avais la nausée.

Mais il avait perdu sa barre de fer, et j'étais peut-être en meilleure forme que lui. Il fallait que je le retrouve.

Mais il faisait noir, et j'avais perdu ma lampe de poche. Je fis quelques pas en avant, trouvai le mur et le longeai vers mon adversaire.

Je marchai sur un de ses pieds. Il se dégagea et me lança des coups de pied. Il m'atteignit au genou, et je manquai de tomber. Je perdis l'équilibre tandis qu'il se redressait complètement. Quelque chose de dur et d'osseux m'atteignit en plein visage. Il avait fait mouche, et l'obscurité s'emplit enfin de feux de détresse, d'étoiles filantes et de feux d'artifice, de modules lunaires, de satellites et de pigeons éclatés en petits morceaux...

J'étais étendu par terre et je dormais. Je dus dormir pendant plusieurs secondes, et je rêvai qu'il marchait dans le noir à la recherche de sa barre de fer, je me souviens avoir pensé : il faut te réveiller, pamplemousse, il faut te réveiller !

Et je me réveillai à temps. Je roulai inconsciemment sur le côté. Il poussa un épouvantable juron lorsqu'il frappa le sol de béton à l'endroit que j'avais occupé. Puis il fut sur moi. La barre de fer me toucha à la poitrine, et je me recroquevillai, pris d'une angoisse implacable. Je me repliai sur moi-même pour me protéger. Il frappa à nouveau, sur un bras, puis le dos, se rapprochant de ma tête. Je me dépliai et me jetai plus loin dans l'obscurité. Je rencontrai quelque chose de dur et de métallique, qui pouvait être la mécanique de l'ascenseur — ou bien une porte. Je l'entendis respirer difficilement derrière moi, tout en faisant tournoyer sa barre de fer. Je cherchai fébrilement la poignée, si c'était bien une porte. C'était le cas. Je trouvai la poignée et la tirai vers moi. Je partis en trébuchant vers l'extérieur, m'apprêtant à dévaler la tête la première une raide volée de marches. Mais il n'y avait pas d'escalier. C'était une grande ouverture noire, au-dessus de laquelle je vis des étoiles, et un voile humide de bruine mêlé à de l'air frais me fouetta le visage. Je passai la porte en trébuchant.

J'étais sur le toit. Il était plat, couvert d'une toile goudronnée que la bruine avait rendue glissante. Je fis deux pas en avant, et mes jambes se dérobèrent sous moi. Je vis Gunnar Våge arriver sur le toit à ma suite, la barre de fer à la main. Son crâne était brillant, les boucles sur ses tempes étaient en bataille, son visage était comme un poing qui ne s'ouvrirait plus jamais, et il n'avait plus grand-chose de l'animateur idéaliste du club de jeunes que j'avais vu auparavant. Il ne me faisait penser qu'à une chose : la mort. La pire de toutes : la mienne.

L'espace de quelques secondes, tout se figea. Je regardai autour de moi. Le toit était plat. Seuls le local technique et une série de bouches d'aération s'en détachaient. Une bordure de béton haute de cinquante centimètres courait tout autour : assez haute pour vous empêcher de rouler par-dessus bord avant le long voyage jusqu'à l'asphalte, en bas, mais pas assez pour que vous ne puissiez pas trébucher dessus, et vraiment pas assez pour empêcher quelqu'un de vous pousser par-dessus. Je vis que Gunnar Våge était relativement marqué à la suite de la lutte. Il vint vers moi les jambes raides, en titubant, tout en se cramponnant solidement à sa barre de fer, comme si c'était la seule chose qu'il possédait sur cette Terre. Et c'était le cas, en quelque sorte, en tout cas, c'était la chose la plus importante, à cet instant précis. C'était justement cette barre de fer qui pouvait être le petit point qui faisait qu'il y avait une première et une seconde divisions, qu'il y avait une vie et une mort.

Je me remis péniblement sur les genoux, et me relevai. Je secouai pesamment la tête.

« Je n'arrive pas à comprendre ! gémis-je. Je n'arrive tout simplement pas à comprendre. Qu'est-ce que tu avais à y gagner ? Quel était le but ?

— Il n'y a pas de but. Il n'y a que des actes, grinça-t-il. Tu arrives à un point zéro, un point fatal, quand tout se fige autour de toi, et qu'il ne reste qu'une chose à faire : agir.

— Et toc ! l'idéaliste devient fasciste ? » zézayai-je.

Il ne répondit pas, mais fit une avancée surprenante, presque à la façon d'un karatéka. Il fit deux pas en avant, campa solidement ses pieds sur le revêtement goudronné, saisit sa barre à deux mains et l'agita dans ma direction.

J'étais toujours en état de me déplacer, et pour la deuxième fois, mon épaule droite entra en contact avec la mortelle barre de fer. Encore une fois, ce fut comme si mon épaule allait être arrachée, comme si mon corps entier allait être divisé en deux. Ce fut comme un brutal accident vasculaire cérébral, et il ne me resta plus qu'une possibilité, plus qu'une chance de survivre : les coups fourrés les plus vicieux, les prises les plus sauvages.

J'avançai vers lui plié en deux, lançai mon pied vers son bas-ventre, et donnai à l'aveuglette un coup de mon poing droit à sa main qui tenait la barre. Je l'atteignis au bras, juste au-dessus du poignet, ce qui le dégagea sur le côté. Son bras partit vers le haut, sa main s'ouvrit sous l'effet de la douleur, et la barre de fer décrivit une courbe en l'air, fut freinée un instant par la bordure en béton avant de disparaître sans bruit dans les ténèbres. Si quelqu'un était en train de promener son chien, il pourrait rentrer avec un hot-dog à la broche. Ou avec un mât à drapeau planté sur la tête.

Il déchaîna son autre poing sur mon oreille. Le tintamarre fut épouvantable dans mon conduit auditif, comme si un orchestre de cuivres s'y adonnait à d'innommables orgies.

Nous poursuivîmes accrochés l'un à l'autre. Nous dansâmes comme un duo solitaire, comme deux vieux filous, comme deux boxeurs âgés dans la cour d'une maison de retraite, sous la bruine, avec les étoiles et le Lyderhorn pour seul public. Nos poings fatigués frappaient le dos de l'autre, nos avant-bras essayaient d'étrangler l'autre, nos doigts émoussés cherchaient les yeux de l'autre. Un-deux, tcha-tcha-tcha, un-deux, tcha-tcha-tcha !

Nous fûmes à nouveau repoussés l'un de l'autre, comme deux prétendants éconduits. Nous battîmes l'air tout en partant vers l'arrière. Je tombai. Il vint en chancelant vers moi. Je ne me relevai pas. Il donna mollement un coup de pied dans ma direction.

Il resta à me regarder. Ses yeux étaient vitreux et vides, comme gravés dans du marbre sale et émaillés. Il y avait quelque chose de fiévreux et d'agité en lui, quelque chose de possédé. Du sang coulait d'un coin de sa bouche, il avait une belle entaille sur le front, et l'un de ses bras pendait, inerte, le long de son corps. Il respirait lourdement. Il ressemblait de plus en plus à un spectre.

Mais je savais bien que je n'avais pas spécialement meilleure mine — et j'étais allongé, alors que lui était toujours en état de se tenir debout. Le réveillon de Noël des vieux partenaires d'entraînement. Joyeux knock-out !

« Mais pourquoi, Vâge, *pourquoi* ? demandai-je d'une voix éraillée.

— Pourquoi quoi ? fit-on d'une voix métallique.

— Pourquoi les as-tu tués ? »

Il se mit brusquement en rogne.

« Ce vermisseau ! Il m'a menacé ! » Puis sa fureur retomba et devint presque inaudible. « Il... m'a demandé de le rejoindre là-haut. M'a dit qu'il était au courant — pour Wenche et moi, qu'il m'avait vu... lui rendre visite. Qu'il savait pourquoi j'avais tué... son mari. Il... C'était des conneries, de la folie... Il m'a menacé. Je lui ai dit : O.K. Je viendrai, Johan. Je viendrai seul, mais sans argent. Il voulait du pognon, tu vois ? » Il me jeta un regard presque suppliant.

La bruine se transformait petit à petit en pluie : ça rafraîchissait le visage.

« Je l'ai donc vu, continua-t-il. Et il m'a demandé de l'argent. Mais je n'en avais pas, et je n'avais pas l'intention de lui donner ne fût-ce qu'une øre. Je... Il m'a menacé de son couteau. Moi qui... moi qui... je l'avais aidé, couvert, défendu ! Je voulais vraiment l'aider, Veum, et lui, il a sorti son couteau. On s'est battu pour l'avoir. Il... il a perdu. Je veux dire : ce n'était pas voulu, mais ç'a été si violent, c'est allé si vite, et tout à coup... tout à coup, il était là... mort. Ce n'est qu'à ce moment que j'ai compris que... » Il leva le visage vers le ciel, le lava dans la pluie. « C'était de la légitime défense. »

Les mots s'échappèrent d'entre mes dents comme des pépins d'orange écrasés :

« De la légitime défense ? Et c'était aussi de la légitime défense, quand tu as supprimé Jonas Andresen ?

— Jonas Andresen ? répéta-t-il en me regardant fixement.

— Jonas Andresen ! Tu ne lis pas les journaux, mecton ? Tu ne lis pas leur nom, à ceux que tu envoies ad patres ?

— Mais alors, tu n'as vraiment rien pigé ? J'étais amoureux d'elle ! Ça fait onze ans que je l'aime, Veum. Depuis ces deux mois, il n'y a plus eu qu'elle. Est-ce que je pouvais lui vouloir du mal ? Est-ce que j'aurais voulu... Pouvais-je... la blesser ? Tu ne connais rien à l'amour, Veum, pour dire des choses pareilles ! Ce que tu appelles "amour », ce sont des dessins sur un mur, des images dans un livre — au mieux. Je... J'aurais passé ma main dans ses cheveux, je l'aurais embrassée, j'aurais fait l'amour avec elle... Je n'aurais jamais tué quelqu'un qu'elle aimait. Parce qu'elle l'aimait réellement, et c'était le plus consternant : elle était aussi désespérée et insensée dans son amour pour lui que moi dans mon amour pour elle.

— Et donc, tu t'es dit que si tu... tu l'éliminais, alors... »

Il fit cinq ou six pas fatigués en avant sur le revêtement du toit et me flanqua l'une de ses semelles en plein visage. Je reçus le coup, où j'étais allongé, comme la bonne personne serviable que je suis. L'arrière de mon crâne heurta le toit, et j'eus l'impression que mon visage était comme un goudron tout frais dans lequel un gamin inconscient s'amuse à sauter. Je me mordis la langue et sentis ma bouche s'emplir de sang chaud et épais.

« Non, bordel de merde ! siffla-t-on au-dessus de ma tête. Je ne l'ai pas tué ! »

Il rejeta la tête en arrière et se mit à hurler comme un loup-garou, en direction d'une lune invisible. « Je n'ai pas tué Jonas Andresen ! Vous entendez ? »

Il se pencha en avant et m'attrapa au col. Il me souleva de ses dernières forces et me donna un coup de boule en plein visage. Je restai suspendu entre ses mains. Il trébucha en avant, m'entraînant avec lui. Nous nous retrouvâmes étendus à un mètre ou deux de la bordure de béton qui courait tout autour du toit.

Il se remit à genoux et commença à me tirer vers le bord.

« Mais, les dieux m'en soient témoins, je tuerai Varg Veum, même si c'est la dernière chose que je fais, l'entendis-je grommeler.

— Il y a des chances », tentai-je, comme une blague. Je serrai les dents et me redressai complètement. C'était à présent moi qui étais debout, tandis que lui était à genoux. Il leva vers moi des yeux qui étaient à la fois suppliants et pleins de haine.

« Pendant onze ans, Veum, pleurnicha-t-il. Rien.

Ni amour, ni joie. Rien que de la haine, de la méfiance et un ennui pesant, écrasant. Et puis un rêve. Je l'ai pistée jusqu'ici. Et j'ai accepté ce boulot, ici, pour être près d'elle, juste pour être où elle était, pour laisser filer la vie, comme un paquebot pour l'Amérique, au loin sur l'horizon, mais être au moins la barque qui avançait lentement le long de la côte où elle habitait... Tu comprends ?

— Je ne comprends rien. »

Il pleuvait de plus en plus fort. Nous étions trempés, et la pluie lavait le sang que nous avions sur nous. Nous n'étions que deux gamins hirsutes, couverts de bosses, à la fin d'une partie dangereuse, au bord d'un précipice.

Il me sauta à la gorge, m'attrapa par le cou et me courba vers le rebord de béton. Je cédai vers l'arrière, sentis le gouffre juste derrière moi, le vide qui m'aspirait. Je joignis alors les mains et les abattis de toutes mes forces sur sa nuque. Il s'affaissa contre moi, et je tombai vers l'arrière. Je sentis l'angle du mur contre mes reins, et me sentis l'espace de quelques secondes comme une bascule cherchant son équilibre : pour / contre, ira / ira pas, vivre / mourir... Pris de panique, je me mis à ramper vers l'intérieur du toit.

Il se releva. Il se releva comme un phénix de ses cendres. Je serrai le poing et le frappai. Son regard s'était fait vitreux.

Il se releva encore une fois. Il dodelina un moment de la tête. Mais il avait été à deux doigts de me flanquer dans le vide, et je frappai donc encore une fois.

Puis, je cessai.

Sa bouche saignait de nouveau, tandis que je le traînais pratiquement vers la porte du local technique, vers la sécurité de l'intérieur. « Je n'ai pas tué Jonas Andresen, Veum. Je ne l'ai pas tué... » babillait-il presque sur le chemin.

Les larmes coulaient de ses yeux, se mélangeant au sang et à la pluie.

Au moment où je lui faisais passer le seuil, il poussa un cri, comme si c'était le portail des Enfers que nous passions.

« Tu iras brûler en enfer pour ça, Veum ! Tu *brûleras* !! !

— Raconte ça à la police, entendis-je ma voix dire. Ils les utilisent comme matons, en enfer. »

51

Jakob E. Hamre ne dit pas grand-chose dans la voiture quand nous retournâmes en ville. Il tourna une fois son visage vers moi, et me dit sèchement :

« Est-ce que tu as une idée de ce qu'on t'aurait fait, si tu n'avais pas ramené Vâge ? »

Je ne répondis pas. Et il ne me dit pas ce qu'ils m'auraient fait. Il le mit en réserve pour une autre occasion.

Quand nous arrivâmes à l'hôtel de police, Hamre dit à l'un des autres policiers :

« Prévenez Paulus Smith. Dites-lui de venir le plus tôt possible. » Puis à moi : « Toi, tu attends ici que Smith arrive. On va rendre une visite tardive à ta copine, alors j'imagine qu'il vaut mieux que tu sois là, faute de quoi tu n'arriveras pas à dormir cette nuit ? »

Il disparut à l'intérieur de l'ascenseur et monta, sans attendre de réponse.

Je restai dans le hall. À défaut de sapin de Noël, ils avaient dressé un policier en uniforme, dans l'un des coins. Il se tenait immobile, le regard fixe, et attendait que des gens commencent à déposer des cadeaux à ses pieds. Il attendrait encore quelques mois : environ le temps d'une grossesse le séparait du prochain Noël.

Au-dehors, des gens portant le masque du soir passaient dans des voitures dont les phares étaient allumés, ou bien rangés dans des bus oblongs et jaunes, en regardant à travers les fenêtres brillantes comme des visages que vous n'avez jamais vus vous regardent depuis un album de photos inconnu.

Paulus Smith arriva en taxi vingt minutes plus tard. Il vint vers moi avec une expression de contentement sur le visage, m'attrapa une main entre les deux siennes :

« Excellent travail, Veum. On m'a dit que vous m'avez trouvé un meurtrier.

C'est lui qui m'a trouvé. Et malheureusement, il s'est aussi trouvé un nouveau cadavre dans l'intervalle.

— Pardon ? » fit-il avec consternation.

En attendant que Jakob E. Hamre redescende, je lui racontai ce qui s'était passé. Sa consternation augmentait au fur et à mesure que j'avançais dans mon récit. J'avais à peine terminé que les portes de l'ascenseur s'ouvrirent, et Hamre arriva.

« Bonsoir, Smith, dit-il d'une voix formelle. Elle est au parloir. Ils nous attendent. »

Sans en dire davantage, nous descendîmes au sous-sol en empruntant l'escalier entre les bienheureux et les damnés. Nous étions cinq dans le parloir dépouillé : deux femmes et trois hommes.

Wenche Andresen occupait seule l'un des longs côtés de la table. Paulus Smith et Jakob E. Hamre étaient assis en face. Je me trouvais au coin entre ce côté et l'une des largeurs, tandis que la femme policier était assise sur une chaise en bois près de la porte. Un magnétophone était posé sur la table devant Hamre, prêt à enregistrer.

Wenche Andresen semblait encore plus tendue que la dernière fois. La peau de son visage collait encore plus à ses os, la lueur fiévreuse de ses yeux était encore plus visible. Elle avait croisé les mains sur la table devant elle, et on pouvait voir les muscles jouer malgré les efforts qu'elle faisait pour qu'elles se tiennent tranquilles, enchevêtrées comme deux lutteurs épuisés.

Paulus Smith semblait avoir été dérangé au milieu d'une réunion aussi réussie que bien arrosée. Sa peau avait une nuance de rouge sous le nappage chocolat au lait, et ses yeux trahissaient de l'excitation, comme s'il ne s'était pas encore complètement remis de la bonne histoire qu'il venait d'entendre. Ses cheveux tout blancs lui conféraient une aura de pureté, d'honnêteté et d'infaillibilité. C'était un déguisement parfait pour un avocat.

Jakob E. Hamre me faisait penser à un jeune ministre, une personne qui a toutes les cartes en main et qui est prêt pour un débat télévisé au cours duquel il est sûr de méduser des milliers de gens à travers tout le pays. Il avait l'air sûr de lui.

La femme policier faisait penser à un chapitre refusé pour un mauvais roman. Ses cheveux étaient résolument tirés dans la nuque, mais son visage n'était pas assez courageux pour être à ce point dégagé. Elle garda le regard fixé droit devant elle tout au cours de la séance, et il ne dévia pas d'un centimètre.

Je ne devais pas pour ma part avoir spécialement bonne mine. Quand j'avais serré la main de Wenche Andresen, elle m'avait dit : « À chaque fois que je te vois, il y a quelqu'un qui a fait quelque chose avec ton visage, Varg. » Et elle m'avait bien observé, comme pour s'assurer que c'était bien moi qui me trouvais derrière tout le reste.

Lorsque nous fûmes tous assis autour de la table, il se passa un instant de silence tendu. C'était une atmosphère d'attention intense, comme si chacun attendait que le silence fût rompu par un cri, ou que quelqu'un se lève tout à coup pour faire la roue, ou quoi que ce soit de loufoque et d'inattendu. Mais personne ne fit autre chose qu'attendre que Jakob E. Hamre ne démarre les festivités.

Tous les regards se tournèrent peu à peu vers lui : Paulus Smith dans son expectative heureuse, Wenche Andresen dans une tension tourmentée, mézigue avec une sensation indistincte de malaise.

Jakob E. Hamre tendit une de ses mains fines, et déclencha l'enregistrement de ses doigts longs et minces.

D'une voix basse et monocorde, il précisa où nous étions, quel jour nous étions et quelle heure il était, et la liste des présents. Il s'arrêta ensuite un court instant, fit face à Wenche Andresen et lui dit : « Nous venons d'arrêter Gunnar Våge. »

Nous la regardâmes tous. Nous vîmes la courte phrase se frayer un chemin en elle, s'y retourner et reparaître dans ses yeux. Ils s'agrandirent, et sous son nez, sa bouche s'arrondit. Un halètement fut la seule chose qui s'en échappa. Ses yeux allèrent de l'un à l'autre, cherchant un point de repère, une explication, un réconfort, ou ce qu'elle pourrait bien y trouver. Mais nous étions trois hommes, qui ne disaient rien. Nous ne fîmes que regarder les mots entrer et prendre un sens pour elle, et les larmes qui, tout à coup, se mirent à couler de ses yeux.

« Gunnar ? » dit-elle.

Pause.

« Est-ce que c'est lui qui a...

— C'est lui qui a tué Johan Pedersen, dit Hamre.

— Qui ? fit-elle sans comprendre.

— Joker, dis-je. Ce soir.

— Il a *tué* Joker... ce soir ? dit-elle en secouant la tête. Mais... Mais, et Jonas, alors ? Pourquoi il... Je ne peux pas croire que...

— À quel degré connaissiez-vous Gunnar Våge, madame Andresen ? » interrompit Hamre. Sa voix était ferme, mais agréable. Il était toujours aussi aimable, mais un noyau d'impatience, un soupçon d'agitation commençaient à apparaître sous le vernis.

« Je... » commença-t-elle. Elle se mordit les lèvres et rougit. La chaleur l'envahit, et elle eut l'air coupable de quiconque qui rougit.

Je la fixai des yeux, mais elle ne me regardait pas.

« Ça remonte à longtemps, répondit-elle lentement.

— Combien de temps ?

— On est sorti ensemble, ça devait être en... en 1967, je crois. Juste pendant un mois, ou environ. Avant que je ne rencontre Jonas... »

Sa bouche se contracta quand elle prononça son nom, comme si elle voulait le bloquer, le retenir pour toujours.

— Et ensuite ? continua Hamre, têtu.

— Ensuite... » Elle se passa le bout de la langue sur les lèvres.

« Nous... Je l'ai revu... là-bas. Je suis tombée dessus par hasard, dans la rue, en pleine journée. Il est venu me parler. "Tu ne me reconnais pas, Wenche ? » a-t-il dit, et il a fallu que je le regarde avec plus d'attention. Il avait perdu pas mal de cheveux, mais je l'ai reconnu, bien sûr. »

Elle s'arrêta et baissa les yeux sur ses mains croisées.

« Et puis ? » continua Hamre.

Elle le regarda. Il n'y avait pour ainsi dire qu'eux dans la pièce. Paulus Smith, la femme policier et moi-même n'étions plus que des éléments du décor, des figurants d'une pièce de théâtre entre Hamre et Wenche Andresen. Ils croisaient le fer du regard, se défiant pratiquement l'un l'autre.

« Vous avez repris le contact ?

— Nous avons repris le contact, répéta-t-elle sur le ton du sarcasme. On dirait presque une relation d'affaires, ou quelque chose comme ça. Oui, nous avons repris le contact, mais pas tout de suite, seulement après un moment. Il m'a dit... il m'a dit qu'il m'avait pistée, qu'il avait emménagé là-bas, qu'il y avait trouvé un boulot, juste pour avoir une chance de se retrouver près de moi, et peut-être de me revoir. Ça... ça m'a impressionnée.

— Je peux le comprendre.

— C'est vrai ? Je... J'avais depuis longtemps senti tourner le vent, je savais où nous irions... Jonas et moi. Et moi, j'avais besoin de tendresse, d'amour. J'aimais Jonas, comme je l'aime encore à ce jour, et comme je l'aimerai jusqu'à mon dernier jour, même si lui est déjà mort. Ce qui... ce qu'il y a eu entre

Gunnar et moi... c'était tout à fait autre chose. Je veux dire : c'était aussi assez unilatéral, tout comme entre Jonas et moi. Mais cette fois-ci, ça allait dans l'autre sens... J'étais de l'autre côté, je veux dire.

— Alors, vous avez donc entamé une relation avec lui ? »

Elle hocha la tête, sans rien dire, et déglutit. Ses yeux se mirent à briller.

Ma tête me lançait : j'étais en route pour une splendide migraine. Paulus Smith posa un regard triste sur elle. Elle se contentait de regarder Hamre.

« Ça s'est passé quand ? demanda Hamre. Était-ce avant ou après votre séparation avec Jonas Andresen ?

— C'était avant ! s'exclama-t-elle en un douloureux sanglot. Mais ce n'était rien du tout, ce n'était pas de l'infidélité, et ce n'est pas cela qui a fait que... pas comme ça. C'était fini, entre Jonas et moi, depuis pas mal de temps. J'en avais la sensation, dans chaque fibre de mon corps, comme si tout l'amour que j'avais eu en moi avait été pétrifié, enfermé, cloisonné aux endroits les plus sombres de moi-même. Vous comprenez ? Peu de mois se sont écoulés avant que Jonas ne... s'en aille. Mais c'était avant !

— Est-ce que ça pourrait être la raison expliquant le choix de votre mari de vous quitter ?

— Qui ? Jonas ? Jamais ! Lui aussi ; il avait... elle, l'autre. Solveig Je-ne-sais-quoi. Je crois qu'il n'a jamais su quoi que ce soit pour... Gunnar et moi. Je l'aurais vu, à sa façon d'être. En tout cas, il me l'aurait dit... quand il est parti. Non, c'est resté entre Gunnar et moi. Nous avons été aussi discrets qu'il était possible de l'être. C'était du reste extrêmement rare, seulement quand nous étions tout à fait sûrs, que nous

nous voyions. Ou bien chez lui — la plupart du temps — ou bien chez moi. Mais c'était moins risqué chez lui. Nous étions mieux chez lui.

— Vous... Vous avez passé de bons moments ? »

À nouveau, ce regard de défi.

« Bons ? Aussi bons que peuvent l'être des instants partagés par deux adultes relativement déçus et amers. Ça faisait du bien de pouvoir à nouveau exprimer de la véritable tendresse — et d'en recevoir ! C'était bon de pouvoir partager quelque chose avec quelqu'un, même si c'était secret, quelque chose de sale... en fait. Vous devez bien comprendre : j'ai eu une éducation assez stricte, en ce qui concerne ce genre de choses. L'infidélité était un péché capital, donc impardonnable, quelles que soient les circonstances. L'infidélité de Jonas n'a rien enlevé à la gravité ni au côté fautif de la mienne. Vous comprenez ?

— Avez-vous jamais parlé de... » commença Hamre. Puis il se retint et posa la question différemment :

« Pourriez-vous me dire, madame Andresen, quelles raisons Gunnar Våge aurait eu de tuer votre mari ? Était-il jaloux ? »

Elle secoua la tête, l'air de ne pas comprendre.

« Nous étions déjà pour ainsi dire divorcés. Il n'y avait aucune raison... Je vous l'ai dit, c'était fini, entre Jonas et moi.

— Pas du point de vue des sentiments. Pas de *votre* point de vue. »

Elle ne répondit pas. Nous la vîmes chercher ses mots. Elle ouvrit la bouche à plusieurs reprises, comme pour se mettre à parler, mais aucun son ne sortit.

« Vous êtes consciente qu'en dépit de ce qui a pu

se passer ce soir, commença Hamre, les indices montrent toujours aussi clairement que c'est vous qui avez tué votre mari ?

— Écoutez, Hamre, s'immisça Paulus Smith. Il faut vous ressaisir, voyons ! Vous ne pouvez tout de même pas sérieusement penser que... »

Il chercha mon soutien du regard, mais poursuivit en constatant mon silence.

« Ce Gunnar Våge a tué ce gamin il y a quelques heures, ce qu'il a déjà avoué, à ce que j'ai compris.

— Pas officiellement, dit Hamre.

— Non, mais quand même, continua Smith. Et la raison en est limpide : le gamin savait quelque chose sur lui, il savait que c'était Våge qui avait tué Andresen — il se trouvait en bas, devant l'immeuble, au même moment que Veum, ici présent, et il a pu voir quelque chose que Veum, lui, n'a pas vu...

— C'est possible, ça ? demanda Hamre, sarcastique.

— Il a dû voir Gunnar Våge poignarder Jonas Andresen avant de disparaître par l'autre escalier que celui qu'a emprunté Veum, continua Smith. C'est sûr à quatre-vingt-dix-neuf pour cent. Quand Våge s'est rendu compte, ce soir, de tout ce que savait le gosse, il n'a plus eu qu'une possibilité pour que rien ne se sache. C'est aussi simple que ça, Hamre. Ce n'est pas plus compliqué. »

Je me penchai lourdement sur la table et fixai Wenche Andresen du regard :

« Tu m'as menti sur Gunnar Våge, Wenche. »

Tous les autres se figèrent. Wenche Andresen tourna lentement la tête dans ma direction. Elle me regarda de ses grands yeux bleu foncé que j'avais vus pour la première fois moins de quinze jours auparavant. Je regardai sa bouche, ces lèvres que j'avais embrassées et que j'avais espéré pouvoir embrasser de nouveau. Je regardai son visage, en repensant avec quelle douceur et quel calme elle l'avait levé vers moi, quand je l'avais embrassée, la première fois qui devait être la seule.

« Tu m'as menti. Sur tout le reste, tu m'as dit la vérité. J'ai pu vérifier tout le reste, plus ou moins. C'était toi qui disais la vérité, pas Richard Ljosne. Il a été forcé d'avouer qu'il m'avait menti, quand je l'ai confronté à ce que tu m'avais dit. Mais quand je t'ai interrogée sur Gunnar Våge, tu m'as menti. Pourquoi, Wenche, pourquoi ? »

Elle détourna son visage, vers Hamre, comme si c'était à présent contre moi qu'elle voulait obtenir une défense, et comme si c'était de Hamre qu'elle attendait ladite défense.

« Je ne comprends pas pourquoi Gunnar aurait eu l'idée... dit elle ; pourquoi il aurait tué... Jonas.

— Eh non, dis-je. Tu ne comprends pas, nous non plus. Et en fin de compte, ce n'est peut-être pas si étonnant. Parce que ce n'est pas Gunnar Våge qui a tué Jonas. C'est toi. »

Elle tourna à nouveau brusquement la tête vers moi, subitement écarlate.

« Écoutez, Veum, il y a... » commença Paulus Smith.

Jakob E. Hamre se pencha en avant avec raideur, une expression d'attention extrême sur le visage.

« C'est toi qui l'as fait, poursuivis-je, et ç'a été toi depuis le début. Nous ne l'avons pas vu, c'est tout. *Je* ne l'ai simplement pas vu. Mais maintenant, ça ne fait aucun doute. Car c'est pour cela que tu as menti.

— P... pourquoi ? fit-elle.

— Tu as menti pour ne pas trahir que tu avais quoi que ce soit à voir avec Gunnar Våge, au point d'aller chez lui, au point de pouvoir farfouiller dans ses tiroirs et y trouver le couteau avec lequel tu as tué Jonas.

— C'est lui qui me l'a donné ! Gunnar...

— Ah oui ? Pourquoi ? Dois-je comprendre que vous aviez prévu...

— Tu ne comprends rien, Varg. Je crois véritablement que tu ne comprends rien à rien. Oui, Gunnar m'a donné le couteau, mais ce n'était pas parce que je... parce que nous prévoyions de... C'était pour que j'aie quelque chose pour pouvoir me défendre, au cas où... si Joker et sa bande ne me laissaient pas tranquille, s'ils continuaient à nous pourrir la vie... Je le conservais dans le tiroir du haut de la commode, dans l'entrée... au cas où ils auraient essayé de s'introduire dans l'appartement, ou quelque chose comme ça...

— Mais personne n'a essayé de s'introduire dans l'appartement. C'est juste Jonas, qui est venu. Et c'est lui que tu as tué.

— C... c'était insensé. C'était incompréhensible, ça n'aurait jamais dû arriver, mais... »

Hamre l'interrompit de sa voix paisible et posée.

« Veuillez nous raconter ça aussi calmement que possible, madame Andresen. Contentez-vous de nous raconter ce qui s'est passé. »

Elle le regarda presque avec gratitude. Je sentis mes tripes se nouer en même temps qu'une solitude infinie s'emparait de moi, aussi infinie que faire se peut. Je regardai à nouveau ses doigts emmêlés. C'était de cette façon que les amoureux avaient l'habitude d'entortiller leurs doigts lorsqu'ils rêvaient. Mais elle n'avait personne avec qui rêver, et la seule personne avec laquelle elle puisse entortiller ses doigts, c'était elle-même. Peut-être était-ce la seule personne qu'elle aimait, tout compte fait.

« Je suis remontée du sous-sol avec le pot de confiture, dit-elle, et à ce moment-là... il était déjà entré. Ça m'a agacée, au début. "Tu n'habites plus ici, Jonas", je lui ai dit. "Tu n'as plus à venir ici..." » Il avait l'air assez bête, et il a commencé à s'excuser en me disant qu'il avait de gros problèmes d'argent, qu'il avait pris du retard dans les remboursements, et que ceci, et que cela... Je ne sais pas ce qui m'a pris, mais tout à coup, j'ai vu rouge. Tout à coup, ç'a été comme si tout le chagrin et le désespoir déferlaient en moi et m'aveuglaient. Et je me suis dit que c'était lui qui avait tout saccagé, à cause de son infidélité, que c'était par sa faute que j'étais devenue, que j'avais été... infidèle, que j'avais commis... un péché capital. Je... J'avais le pot de confiture à la main, et je l'ai lancé sur lui. Il l'a reçu au front, et j'ai vu que ça lui avait fait mal. Il... Il a toujours été emporté, et il m'a frappée. Il m'a collé sa main sur la figure, et je suis partie vers la commode. J'ai pris le bord de la commode... dans la hanche, et ça m'a fait terriblement mal. Alors, j'ai ouvert le tiroir où se trouvait le couteau, et je... J'ai riposté, je lui ai rendu le coup, avec... le couteau. Il... Il a tout simplement disparu en lui, et je... Il s'est cassé en avant, une expression de totale incompréhension sur le visage... Je ne sais même pas s'il avait vu le couteau. "Qu'est-ce... qu'est-ce que tu as fait, Wenche ? » a-t-il demandé. Mais je ne voulais pas qu'il me regarde avec ses yeux accusateurs, et j'ai donc retiré le couteau pour le replonger aussitôt, encore, encore, et... encore une fois. Il a fait quelques pas vers moi, sur des jambes qui ont cessé de le porter, et puis... il est tombé. »

Elle jeta un regard noir devant elle.

« Il est... resté étendu. Je... Je suis simplement passée à côté de lui, je suis allée jusqu'à la porte, je l'ai ouverte et je suis sortie. Je me souviens avoir crié au secours. Je ne me souviens pas de ce qui s'est passé, j'ai dû m'évanouir. Je me souviens à quel point j'étais paralysée, quand vous êtes arrivés, d'abord Varg, et puis... » Sa voix s'éteignit. Nous étions au courant du reste. Nous savions.

« Ça va si vite, dit-elle. De mettre fin à une vie. À deux, en fait, trois. La mienne et celle de Gunnar.

— Et celle de Roar, ajoutai-je.

— Oui, Roar », fit-elle d'une voix éteinte, comme si c'était le nom d'un parent éloigné, une personne qu'elle avait connue à une époque très, très reculée.

Nous gardâmes le silence un moment.

Puis Hamre étendit le bras et arrêta l'enregistrement. Plus aucun son ne fut audible dans la pièce.

Smith se leva, pesamment.

« Vous avez fourni un excellent travail pour la défense, Veum », dit-il avec un sarcasme lourd comme le plomb.

Hamre et moi nous levâmes presque simultanément, avant de regarder Wenche Andresen.

« Puis-je rester seul avec elle... deux ou trois minutes ? »

Il me regarda, impassible.

« Tu ne peux sûrement pas faire beaucoup plus de dégâts que tu n'en as déjà fait... »

Il me fit un signe de tête et quitta la pièce en compagnie de Smith.

414

La femme près de la porte resta assise, mais peu m'importait. Elle faisait partie du décor.

Je fis deux pas en direction de Wenche Andresen, m'appuyai lourdement sur la table et me penchai vers elle. Elle leva la tête vers moi et me regarda. Ses yeux et sa bouche étaient les mêmes. Mais je ne l'embrasserais plus jamais. À cet instant, je le savais. Je ne l'embrasserais plus jamais.

« Je suis désolé, Wenche. Mais j'étais obligé de le dire. Ça s'est fait comme ça. Je t'ai cru, depuis le début. J'étais persuadé que tu étais innocente, que ce n'était pas toi qui l'avais fait. Mais quand il m'est finalement apparu que... que tu m'avais menti, et que j'ai fini par comprendre... il a fallu que je le dise. J'espère que tu peux le comprendre. »

Elle hocha la tête sans rien dire.

« J'ai... j'ai été très heureux de faire ta connaissance. Et celle de Roar. Je... Le peu de soirs chez toi : je n'ai pas... ça faisait longtemps que je n'avais pas senti autant de chaleur et que je ne m'étais pas senti aussi détendu qu'après ces discussions. Dans d'autres circonstances... Qui sait ? Peut-être aurions-nous pu... nous trouver. Peut-être aurions-nous pu nous... réconforter l'un l'autre. »

Elle me regarda sans rien dire.

« Mais c'est trop tard, maintenant, Wenche. Beaucoup trop tard.

— Je suis désolée, Varg... Je ne voulais pas... »

Je la regardai, et contemplai son visage en espérant que ce serait la dernière fois. Ses yeux, ses lèvres, sa peau ferme, l'expression tourmentée de son visage...

Et je pensai à Roar. Je pensai au père dont elle l'avait privé, et je pensais à la mère dont elle était en train de le priver.

Que deviendrait-il ? Et elle ? Et moi ? Où serions-nous, dans cinq ans ? Dans dix ans ? Il y avait trop de questions, et il n'y avait qu'une vie pour leur trouver des réponses. Une seule et unique vie : et elle s'achève si brusquement. À un moment donné, vous l'avez en main. L'instant suivant, quelqu'un vous l'a arrachée, et vous la regardez partir, étendu sur un trottoir.

Je me redressai, mais restai près de la table.

« Nous avons rendez-vous, note-le bien, à six heures de l'après-midi, dans mille ans », entendis-je ma voix dire.

Elle me regarda sans comprendre. « Qu'est-ce que tu veux dire ?

— Juste quelque chose que j'ai lu, un jour », répondis-je en haussant les épaules.

Puis je me retournai et sortis rapidement de la pièce, sans refermer la porte, et sans regarder derrière moi.

Hamre m'attendait au-dehors.

« Smith est déjà parti. Je pense qu'il n'aurait pas supporté de te voir une fois de plus ce soir, dit-il. Je peux le comprendre. »

Je le regardai.

Son impatience était montée jusque dans ses yeux, au moment où il dit :

« Et qu'est-ce que tu crois avoir obtenu ?

— Obtenu, obtenu...

— Nous avons toujours le même meurtrier. Nous avons toujours la même réponse au problème que je t'ai exposé vendredi dernier. La seule différence, c'est qu'entre-temps, un homme a tué un môme.

— La même réponse, peut-être, dis-je, perplexe. Mais la vérité a toujours plusieurs facettes. J'ai discuté avec pas mal de gens, entre-temps, ce qui fait que la réponse n'est peut-être pas tout à fait la même... en fin de compte.

— Parfois, dit Hamre d'une voix fatiguée, je crois que la seule chose dont tu es capable, c'est de jouer sur les mots, Veum. C'est en tout cas la seule chose que je t'ai vu réussir. Ce dont moi, je me soucie, ce sont les faits. Et les faits m'indiquent que vendredi dernier, un homme s'est fait meurtrier et qu'un môme s'est fait cadavre. Cet homme aurait pu poursuivre son existence assez peu réussie, et l'avenir du gosse n'avait peut-être pas l'air particulièrement prometteur, mais en tout cas, c'étaient deux vies. Deux possibilités que quelque chose leur arrive un jour. Tu as mis un terme définitif à cette possibilité. Est-ce que tu comprends ça ? Est-ce que tu comprends ? »

Je comprenais. Et donc, je ne répondis pas. Nous remontâmes en silence, et je rentrai chez moi.

52

Je me présentai à nouveau à l'hôtel de police le lendemain, et y fus auditionné une fois de plus sur ce qui s'était produit la veille au soir. Je signai le compte rendu d'audition et quittai les lieux sans que personne ne me félicite, sans que personne ne parsème le sol de confettis sur mon passage.

Des nuages sombres, venus de l'ouest, avaient couvert le ciel. Le ciel en personne avait mis sa tenue de deuil.

Je descendis lentement au bureau, montai les nombreuses marches, passai la porte à la vitre cannelée et allai inscrire mes initiales dans la poussière qui recouvrait mon plan de travail, pour que tout le monde sache que c'était bien *mon* bureau, même si je n'y étais pas en permanence.

Je m'assis derrière mon bureau. Je me sentais la tête vide et le cœur comme de la pierre. Par-dessus le toit du Håkonshall, je vis la silhouette d'une plate-forme de forage désaffectée, dans Skuteviken. C'étaient les vestiges de deux époques, et environ sept cents ans les séparaient. Il me semblait de temps en temps avoir moi aussi sept cents ans.

Je parcourus mon carnet de note à la recherche d'un numéro de téléphone que j'avais noté quelques jours plus tôt. Je le trouvai et le contemplai un instant, comme une sorte de formule magique, une clé pour le futur.

Je composai le numéro. Lorsque la standardiste répondit, je demandai : « Solveig Manger, est-ce qu'elle est là ? »

DU MÊME AUTEUR

Chez Gaïa Éditions

Les enquêtes de Varg Veum

ANGES DÉCHUS, 2005, Folio Policier n° 509.

LA NUIT, TOUS LES LOUPS SONT GRIS, 2005, Folio Policier n° 448.

LA FEMME DANS LE FRIGO, 2003, Folio Policier n° 409.

LA BELLE DORMIT CENT ANS, 2002, Folio Policier n° 362.

POUR LE MEILLEUR ET POUR LE PIRE, 2002, Folio Policier n° 338.

LE LOUP DANS LA BERGERIE, 2001, Folio Policier n° 332.

Le roman de Bergen

1900 — L'AUBE, première partie, 2007.

1900 — L'AUBE, deuxième partie, 2007.

1950 — LE ZÉNITH, première partie, 2007.

1950 — LE ZÉNITH, deuxième partie, 2007.

1999 — LE CRÉPUSCULE, première partie, 2007.

1999 — LE CRÉPUSCULE, deuxième partie, 2007.

Aux Éditions de l'Aube

BREBIS GALEUSES, 1997.

COLLECTION FOLIO POLICIER

Dernières parutions

Composition IGS
Impression Novoprint
à Barcelone,le 19 avril 2008
Dépôt légal: avril 2008
Premier dépôt légal dans la collection : juin 2004

ISBN 978-2-07-031094-4 /Imprimé en Espagne.